D1877378

Gabriele Wohmann

Aber das war noch nicht das Schlimmste

Gabriele Wohmann

Aber das war noch nicht das Schlimmste

Roman

Piper
München Zürich

ISBN 3-492-03765-8
© R. Piper GmbH & Co. KG, München 1995
Gesetzt aus der Walbaum-Antiqua
Gesamtherstellung: Offizin Andersen Nexö, Leipzig
Printed in Germany

Inhalt

1

Es ist ja fast so, als sei sie nie dagewesen

Ihre Freundinnen brauchten sie vor allem als Zuhörerin, und genau das schätzte Tanja an ihnen, denn natürlich brauchten sie auch ihre Kommentare und manchmal Ratschläge, das Wichtigste war die Komplizenschaft bei einem Geheimnis, im äußersten Privaten. Im allgemeinen gefiel es Tanja genau so, sie liebte ihre Rolle, die sie immer als entlastende Ablenkung von den eigenen Sorgen empfand, Sorgen innerhalb der Familie, und die gingen ihr immer viel zu nah. Deshalb hörte sie sehr gern zu. Aber diesmal reizte sie Beryls Schilderung vom letzten Stand ihres ehelichen Melodrams, Beryl hatte einen Liebhaber und gerade eine Zeitlang herumgeschluchzt und Tränen abgewischt und aufs neue geweint bei der Vorstellung, sie müsse sich nun endlich entscheiden und womöglich gegen den Burschen, mit dem sie seit ungefähr einem Jahr ihren Mann, den netten Kerl, betrog.

Jetzt hatte sie einen Schrecken bekommen, die lebenslustige verliebte Beryl, Tanjas *Blondie*, sie war richtig zusammengezuckt, denn an einen so harten strengen Ton war sie bei ihrer besten Freundin nicht gewöhnt. Tanja hatte gesagt: Meine Schwägerin wäre froh gewesen, wenn sie *deinen Kummer* gehabt hätte. Und danach ein bitteres kurzes Lachen.

Was für eine Schwägerin? Und was ist an meinem Kummer verkehrt, ich meine, warum sagst du das so ironisch: Kummer? Blondie Beryl fing lieber wieder zu weinen an. Es war die bequemste Lösung.

Da haben wirs. Ich habe an Nike gedacht. Du hast

anscheinend vergessen, was mit ihr war. Und wer sie war.

Hab ich nicht. Aber es ist nun mal wie es ist. Und du vergleichst Äpfel mit Birnen.

Beryl konnte übergangslos trotzig reden, dann wieder weinen.

Wer ist der Apfel, wer ist die Birne?

Es ist eine Redewendung.

Aber eine saublöde. Besonders in diesem Zusammenhang.

Sie hockten eine Zeitlang stumm beieinander. Tanja trank Kaffee. Beryl ließ den Kopf hängen.

Du läßt deinen Kaffee kalt werden.

Was macht das schon. Aber Beryl griff nach ihrer Tasse, und Tanja mußte an ein ausgeschimpftes gekränktes Kind denken. Eine Anwandlung von Mitleid tat ihr gut. Sie wollte wieder sanft werden. Auch um ihrer selbst willen. Es bekam ihr besser. Es war nicht so anstrengend.

Wir sprechen ja selber so gut wie gar nicht mehr über sie, Kevin und ich. Tanja seufzte.

Beryl begriff, daß die Freundin jetzt an der Reihe war.

Es muß ja auch schrecklich schwierig sein, ich könnte mir denken, es ist zu früh, jetzt schon über sie zu sprechen.

Und sogar das kann ich Kevin nicht sagen: Hör mal, wir sprechen so gut wie gar nicht mehr von ihr, das ist ja fast so, als sei sie nie dagewesen. Immerhin: das *denke* ich. Daß wir sie nicht mehr erwähnen. Das ist ja auch schon was, oder? Tanja gelang es, stolz auszusehen, sie kannte sich mit ihrer Mimik aus. Seufzt du aus Freundschaft mit?

Als wenn das *nichts* wäre. Ja, aus Freundschaft. Beryl war logisch und diesmal im Recht.

Ich dachte nur, es wäre nicht Nike, sondern ...

Er ist es nicht, sondern ...

Endlich mußten sie beide lachen. Eine vergab der andern. Beryl tat noch mehr und erklärte mit fester Stimme: Ich finds gut, daß du drüber nachdenkst. Ihr redet nicht mehr von ihr, aber du bedenkst es.

Ein schlechtes Gewissen ist immer was Gutes, sagte Tanja, und ihre Blondie witterte die Anspielung, blieb aber vergnügt. Vorhin, als ihr Liebeselend sie über alle Ufer geschwemmt und dann wieder in die Tiefe versenkt hatte, war Tanja ihr mit einer neuen Packung Kleenex und einem Bourbon – sie nannte sich angloamerikanophil – zu Hilfe gekommen, und nun hielt Beryl eine Bloody Mary für geeignet. Aber die beiden wußten nicht, wie man die machte und ob alle Zutaten dawären. Beide Freundinnen liebten amerikanische Filme und amerikanische Literatur.

Ich bin eine Bloody Mary. Beryl gab sich gern mit dem Bourbon zufrieden, und Tanja trank mit, obwohl sie eigentlich nur schottischen Whisky vertrug, vom amerikanischen wurde ihr immer etwas übel.

Du bist eine Bloody Beryl, Bloody Blondie, und Nike –

Oh Gott, sags lieber nicht, rief Beryl.

Tanja dachte wieder einmal, Beryl sei in Wahrheit die Sensiblere von ihnen beiden. Viel empfindlicher, mit schwankenden und immer ehrlichen Ups and Downs, wie auf einer Kinderwippschaukel, oder wie diese Dinger hießen, bald hoch oben, himmelhochjauchzende Blondie, bald tief unten, zu Tode betrübte Beryl.

Bloody Nike. Furchtbar. Tut mir leid, aber ausnahmsweise reden wir mal von mir. Ich kann auch sofort wieder aufhören, sagte Tanja.

Bloß nicht! Und ein schlechtes Gewissen mußt du

nicht haben, wirklich nicht. Du machst dir Gedanken drüber, wie schnell man ... na und so weiter. Als neulich zum Beispiel Hedimil, du weißt, Spitzname für meine Lieblingstante, als die neulich starb, da habe ich ein paar Tage später, vielleicht schon am nächsten Tag, nicht mehr dauernd um sie ... du weißt schon. Du machst dir Gedanken.

Aber eine Gipfelleistung des Angedenkens ists wahrhaftig nicht. Tanja bekam einen heißen Kopf. Zuerst waren es bloß die Ohren, dann strömte die Glut ins Gesicht.

Was denn?

Die nüchterne Erkenntnis: Sie kommt nicht mehr vor, Nike, sie kommt nicht mehr vor. In unseren Alltag integriert. Sie ists nicht mehr. Tanja dachte: Selbstverständlich, und das ist sogar richtig, unterlassen wir die kleinen grausamen, aber nie böse gemeinten Scherze von früher. Sie sagte das der Freundin und erklärte: Jemand war ihr ähnlich, jemand auf der Straße oder im Fernsehen, bald mehr als Typ, bald auch äußerlich, aber immer dann als Karikatur, irgendso ein Double in Negativ, mit hängendem Kopf und noch viel trister als Nike leider manchmal war, oder oft war sies, und mit noch schlechter gewaschenem Haar ...

Es gibt kein schlecht gewaschenes Haar, es gibt ungewaschenes und gewaschenes Haar, korrigierte Beryl, die ihre Blondiefransen jeden Morgen unterm Strahl der Dusche reinigte.

Okay, und dann, damals, als man auf sie noch sorglos mit schwarzem Humor reagieren konnte, riefen wir dem Bildschirm zu: Nike! Kevin genau so wie ich. Kevin vielleicht noch öfter als ich. Es ist *seine* Schwester, hab ich mir gedacht, und wenn *er* solche Scherze macht, muß es *mir* erlaubt sein, drüber zu lachen.

Oh Gott! rief Beryl wieder, aber auch sie mußte lachen, und nun, hinterher, wars nicht mehr so richtig erlaubt. Sie klappte die Hand vor den Mund.

Reg dich nicht auf. Denk an dein Dilemma und du wirst sofort wieder ernst und traurig, wie es in *mein* Thema paßt, beruhigte sie Tanja, doch Beryl fand sie bloß wieder ironisch und ließ die Mundwinkel hängen, ihr hübscher Mund, auf dem die Schminke vom Weinen verschmiert war, bildete eine Schippe, und ihr flächiges helles Gesicht nahm wieder den Kinderausdruck an. Tanja kam sich plötzlich sehr erwachsen vor. Ihr würde es nie passieren, vor anderen Leuten zu weinen. Sie weinte ja nicht einmal, wenn sie allein war. Doch, mit viel Glück, endlich in der Nacht, endlich allein, noch Stunden nach einer Kränkung durch Kevin. Das kam aber kaum mehr vor, was ein noch viel größeres Glück war als das Glück, Tränen zu vergießen.

Daß wir mit so was aufgehört haben, versteht sich nun wirklich von selber. *Nike* zu rufen beim Anblick irgendeiner trüben Tasse.

Wirklich, Gott sei Dank. Von nun an geht das nicht mehr. Beryl versuchte, wie eine Moralphilosophin in einer Ethikkommission auszusehen.

Ich bin trotzdem nicht sicher, ob diese Diskretion jetzt … ob die nicht vielleicht auch falsch ist. Falsch und feige.

Beryl gab sich große Mühe und urteilte, es sei nicht falsch und feige.

Tanja hatte nicht zugehört und fuhr mit dem in sich gekehrten Ausdruck eines Menschen fort, der sich eine Zeitlang auf dem WC aufgehalten hat: Sogar diese etwas garstigen Spielchen waren freundlicher als unser Schweigen jetzt, *sie kam bei uns vor*, das ists doch, was jetzt fehlt. Es wäre wirklich liebevoll, wenn wir damit weitermachten, wir sähen irgendeine nikeähnliche

Person, irgendso ein Zerrbild als Schrulle und Heulsuse, und wir würden wieder rufen: Nike!

Zwar mußte Beryl lachen, aber sie tat es so, als habe sie einen Schrecken bekommen. Um wieder ernst zu werden, fragte sie: Wie alt war sie eigentlich genau?

Genau weiß ichs nicht, aber so zwei, drei Jahre jünger als ich. Noch nicht mal fünfzig.

Fünfzig war für die noch nicht vierzigjährige Freundin ziemlich alt, fünfzig war erschreckend, weil schon vierzig ziemlich furchtbar war. Aber gehorsam kommentierte sie und etwas lahm: Viel zu früh.

Du sprichst wie eine Todesanzeige, sagte Tanja.

Ich weiß nicht, obs ein Schwarz gibt, das so schwarz ist wie dein Humor. Beryl gab sich Mühe, nicht zu grinsen.

Lach doch, rief Tanja. Ich sags doch dauernd, es wäre am liebevollsten, wenn wir mit Nike so weitermachten wie vorher. Als wäre nichts passiert. Mir ging damals immer eine Gedichtzeile im Kopf herum, vom Schlimmsten, das irgendwas immer noch nicht war.

Die Freundinnen brüteten vor sich hin. Tanja glaubte nicht, daß Blondie Beryl bei der Sache bleiben konnte. Die Arme, sie möchte so dringend, daß wir uns wieder in ihre Liebesgeschichte versenken, dachte sie ein wenig schadenfroh. Sie sagte: Zu Kevin würde ich nie *das Schlimmste* sagen, weißt du, er erwartet von mir, daß ich sie, seit sie nicht mehr hier ist, für tausendmal besser aufgehoben halte, als sie es je in ihrem ganzen Leben war.

Bist du fromm? Ich meine, religiös, so richtig, mit allem Drum und Dran?

Auf jeden Fall bin ichs nicht *nicht*. Unter allen Umständen will ich nicht *nicht* glauben, es wäre zum Kotzen öde und gräßlich.

Beryls Augen glänzten, und sie weiteten sich, als sie wie zu ihrem eigenen Erstaunen erzählte, sie und ihr Liebhaber läsen sich am Telephon Bibelstellen vor.

Da müßt ihr bloß leider ziemlich viele Stellen überschlagen, Tanja klang in ihren eigenen Ohren so streng, daß sie sich fragte, ob bei ihrer Kritik an Beryls Liebesglücksunseligkeit Eifersucht mitspiele, deshalb lachte sie und sagte: Pech, hm?

Nicht wieder gemein werden, warnte Beryl. Gott ist barmherzig, vergiß das nicht.

Bloß seit fast einem Jahr nicht deinem Mann gegenüber: Das dachte Tanja nur, aber es fiel ihr schwer, es nicht auszusprechen.

Nike ist jetzt frei. Sie ist den ganzen Schlamassel los. Sie hat es jetzt gut. Die grünen Auen, das frische Wasser, die himmlischen Vorhöfe ... wärs nicht trostlos, hier, alles das hier, ohne solche Bilder? Das Jenseits, Ewigkeit ... Tanja wußte nicht recht weiter, sie fand, Beryl und sie fragten sich das Gleiche: Warum haben wir keine Lust, sofort dorthin aufzubrechen? Uns zu töten? Warum haben wir trotz der Verlockung der erquickten Seele im Haus des Herrn mit den vielen Wohnungen Angst vor dem Tod? Und wie genau wird die Ewigkeit sein? Doch nicht womöglich langweilig? Oder Massengeschmack? Und Beryl wollte ganz gewiß noch unbedingt mit ihrem Freund weitermachen, mit den köstlichen heimlichen Treffen und den Kassibern und dem Sex und sogar mit der gründlich von Quälereien durchgewalkten Ehe. Tanja gab sich einen Ruck, um dagegen anzureden: Kein Seufzen, keine Tränen mehr für Nike. Kevin hält sich dran, daß ich das denke. Glaube. Daß ichs glaube.

Und was glaubt er?

Keine Ahnung. Vielleicht glaubt er, wenn ichs glaube, genügt es. Er weiß zum Beispiel, daß ich abends bete.

Machst du das, Blondie, Abendgebet? Irgendsowas wie Bilanz?

Beryl machte es. Meistens. Sie schlief zu schnell ein.

Ich bete übrigens nicht für Kevin mit, ich versuche, an alle in der Familie zu denken, ich meine, nicht vorher einzuschlafen, davon, fürchte ich, hab ich auch meine Einschlafstörungen, nebenbei – aber mir fiel neulich mal wieder auf, daß ich Kevin weglasse. Und ich finds nicht mal schlimm. Ich *lebe* mit ihm. Wir leben so ausführlich zusammen, dachte ich, und das *ist* wie ein Gebet.

Als Beryl sich an diesem Gedankengang berauschte, schien sie ausschließlich mit ihrem Liebhaber zusammenzusein.

Wann kommt das Schöne nun, wie in der Bachkantate, Nike muß es nicht mehr fragen. Sie ist am Ziel, beim Idealen, wenn ich abends ein bißchen was getrunken habe, sage ichs manchmal zu Kevin, selten, und ich sag dann auch, wir schleppen uns noch hinterher, gut, ich glaube das, aber wenn ich jetzt diese Tasse Kaffee trinke und diesen Bourbon, tut sie mir plötzlich leid. Verstehst du das?

Beryl verstand das selbstverständlich nur allzu gut.

Und wenns hundertmal verrückt ist, ich *hoffe*, es ist verrückt, sie tut mir sogar leid, weil sie nicht wie ich Kopfweh oder ein bißchen Zahnweh hat oder ein kleines Problem am großen Zeh oder ein großes am kleinen Zeh.

Oh ja, feuerte Beryl die Freundin an.

Denn diesen Schluck jetzt, den kann sie nicht nehmen! Tanja hob ihr Glas. Prost Nike!

Beryl hob ihr Glas: Prost, Nike!

Denk nicht an deinen Freund jetzt! Aber wirklich, so müßten wir mit ihr verfahren. Fortsetzungsroman Nike. Die Fortsetzung ihrer Geschichte. Andererseits,

Tanja setzte ihr Glas ab und ihr Ton drückte Verdrossenheit aus, Geringschätzung: Es sind ziemlich beschränkte Rückfälle ins phantasielose nichtige menschliche Ermessen. Wir wissen nichts anderes als Kaffee, Bourbon, Zahnweh.

Oh doch, ich schon, ich weiß …

Ich auch.

Nike – zum Tabu eingefroren. Vielleicht bedurfte es ja nur einer Wartezeit, und dann würde man sie auftauen, wie die anderen, über die Tanja und Kevin wieder sprechen konnten, belustigt und stimuliert von der Erinnerung an die Menschen, die sie geliebt hatten und gestorben waren. Aus Versehen dachte Tanja: eines natürlichen Todes. Aber sie waren alt genug zum Sterben, Kevins Eltern und Tanjas Vater zwar noch nicht steinalt, aber eine Großmutter und zwei Tanten, nur eine andere Tante, die war zu jung, und merkwürdig, die erwähnten sie auch kaum. Aber auch Freunde, die starben, als es *viel zu früh* war, wie Beryl und die Todesanzeigen reagierten, kamen als Zitate und Nachahmungen ihrer Eigenarten in Tanjas und Kevins Alltag vor. Und damit holten sie tote Verwandte und Gefährten wieder zu sich in Tagsvorkommnisse, bei denen sie ihnen einfielen.

Zu zweit gehts doch rascher, so zitiere ich eine Tante, die mich, und ich *wollte allein sein*, in der Küche überraschte und mir beim Abtrocknen half, erzählte Tanja und holte ihre Blondie-Freundin aus romantischeren Gedanken, aber das Angenehme an Beryl war unter vielem anderen Angenehmen, wie gern und bereitwillig sie sich mit den Problemen anderer abgab. Damals störte mich diese Tante, und wie sie mich störte! Und jetzt muß ich drüber lachen, und manchmal ists jetzt Kevin, der dieses *zu zweit gehts doch rascher* zitiert und ihre Rolle beim Abtrocknen übernimmt, obwohl auch er weiß, daß ichs viel lieber allein mache. Oh, ich bin so schrecklich gern in meiner Küche, du auch?

Überhaupt nicht. Beryl lachte. Ich bin am liebsten gar nicht drin und lasse Dieter machen. Dieter war der betrogene Ehemann.

Du hast nicht meinen wundervollen Bodenbelag in der Küche, meine göttlichen italienischen Kacheln. Weißt du, Blondie, feierliche Verlusttraurigkeit muß überhaupt nicht sein. Viel besser, unsere gestorbenen Lieben gerade in den grotesken und komischen Szenen wieder mitten in unser gewöhnliches Leben reinzustecken, wie die rausgefallenen Teilchen in einem Puzzle. Das Spiel *Tee am Nachmittag*. Mein Vater saß am Teetisch, ringsum wir, und vorerst achtete keiner auf seinen elegischen Verzichtsausdruck, er seufzte, und wir wußten alle, was mit ihm los war. Bis auf meine arglose Mutter. Sie hatte ihm zum hundertsten Mal geglaubt, als er vor dem Tee erklärte, er wolle nur Tee, nichts zu essen. Also hatte sie ihm wirklich nicht Butter, Brot, Wurst hingestellt. Er aber wollte jedesmal, daß Butter, Brot, Wurst dastehen. Er wartete darauf, daß jemand drängte, endlich: Du solltest aber was essen, Väterchen, wirklich, das solltest du. Kleine Mahlzeiten, Zwischenmahlzeiten, man hat sie dir empfohlen. Die Aufforderung würde kommen, und endlich kam sie. Und meine Mutter, wieder ohne Hintergedanken, glaubte ihm, wenn er so tat, als sähe er ein, von den Überredungen überzeugt, es sei vernünftiger, etwas zu essen. Und er sei nun, wenn auch appetitlos, bereit, uns diesen Wunsch zu erfüllen. Butter, Brot, Wurst wurden herbeigeschafft, und mein Vater aß mit Interesse, keine Leidensmiene mehr, kein Seufzer.

Beryl begeisterte der kleine Bericht. Er hatte die ganze Zeit über nichts anderes als Appetit, oder? Die ganze Elegie: nur Appetit.

Allerdings. Und wir haben kein schlechtes Gewissen, wenn wir bei diesen Rückblicken lachen. Wir haben ja auch schon damals gelacht, und eine vergnügte Familie hat *ihn* sowieso immer gefreut.

Diesmal seufzte Beryl, denn seit knapp einem Jahr war ihre vorher immer vergnügte Familie nicht mehr vergnügt. Die beiden Kinder, fünfzehn und zwölf, hatten mit der Zeit Wind von der Sache bekommen. Beryl war zu oft nicht zu den üblichen Zeiten zu Haus.

Und mit Nike müßten wir eines Tages auch so weit kommen.

Kommt ihr sicher.

Ich weiß nicht. Wir – es fehlt an einschlägigen Erinnerungen. Du, mir brummt der Kopf. Etwas schlecht ists mir auch. Brauchen wir einen kleinen Spaziergang?

Sie brauchten ihn. Die übliche kleine Runde. Es war ein grauer dunstiger Tag und außerdem Werktag, und deshalb war es bis auf ein paar ums Überleben kämpfende Jogger und zwei Hundebesitzer, einer Frau mit zahmem Pudel unter einem gehäkelten Verdeck, das wie die Umrahmung eines Toilettenbeckens aussah, und einem Mann mit brutaler Dressurherrschsucht beim Hin-und-Her-Kommandieren seines Schäferhunds, auf den bäuerlichen Wiesen und Äckern und den vom letzten Regen aufgeweichten Wegen menschenleer.

Über Tanjas Vater sprachen sie und Kevin mit zärtlicher Verehrung und auch bewundernd. Als Tanja und ihre Geschwister vor einiger Zeit seine große Bibliothek unter sich aufteilten – vier Geschwister, vier Teile – und sie jedes Buch, das er angeschafft hatte, in die Hand nahmen, taten sie es pietätvoll. Sogar dann, wenn sie über manchen Fund den Kopf schüttelten: Irrläufer, die Buchhändler ihm aufgeschwatzt hatten. Die kannten seine Passion: Bücher. Bei den Werkausgaben der

Klassiker, den vielen Duplikaten, zitierten die vier Geschwister vergnügt in der glücklich-wehmütigen Erinnerung die Rechtfertigung des Vaters gegenüber seiner Frau, ihrer praktischen Mutter: *Schließlich habe ich vier Kinder.* Unter die Kostbarkeiten der Bibliothek gemischt fanden sie Komisch-Nebensächliches, auch darüber lachten sie, und es war kein Sakrileg.

Tanja überlegte: Wir müßten Erheiterndes aus Nikes Leben aufstöbern. Bloß: was? Was denn? Gibt es denn Erheiterndes? Wir kannten sie nicht gut genug. Sie war scheu, von sich aus hat sie keine Kontakte angestrebt. Wir haben das ganz bequem so gefunden, wer hat schon Zeit, wir haben nie Zeit übrig, berichtete sie Beryl, die das einsah, ihr ging es ähnlich, doch hielt sie diese Distanz innerhalb der Familie für *sträflich*, und sie überwand sie unter Opfern.

Chronisch knapp mit der Zeit, Kevin und ich, wir beide sinds, und da vergißt man einfach Leute, denen man nachlaufen müßte. Leute wie Nike. Oh je, ist das jetzt, ohne Nike, jetzt erst recht eine chaotische kleine Familie, ihr Mann ein Chaot, und die Töchter ... sie sind immerhin sehr sehr wohlgeraten, wunderhübsch, die jüngere sieht wie aus einem anderen Jahrhundert aus, die ältere ist schon zeitgemäßer. Aber sie sind nicht wie deine Zwei mit all ihren Terminen und Freundinnen und Freunden. Sie leben alle völlig isoliert, das war schon mit Nike so.

Du müßtest dich um sie kümmern. Beryl, ein neidloser Mensch, konnte es gut vertragen, von Nikes wunderhübschen Töchtern zu hören.

Ich habs ja versucht. Ich habe telephoniert, ich habe angeboten: Kevin hilft euch gern bei Banksachen und so was, meldet euch, wir könnten wieder mal essen gehen. Das habe ich nicht zu Enzio gesagt, Enzio ist, nein er *war* Nikes Mann, er geht mir auf die Nerven, Kevin erst recht, weil er bloß noch über seine Pläne für einen Rachefeldzug schwafelt, es sind immer wieder andere Adressaten, denen er Nikes Kreuz aufladen will, verklagen wollte er die Stadt, und ich sagte ihm, damit kommst du nicht durch, und zwischendurch tiradiert er wie zu Nikes Zeiten über irgendwelche wissenschaftlichen Studien, pseudowissenschaftliche, und dann kommt er wieder auf Nike, und wenn man so, wie er es jetzt ist, den elektrischen Magnetfeldern auf der Spur gewesen wäre, hätte Nike sich nicht auf und davon gemacht …

Das ist ja grauenvoll, rief Beryl.

Könntest du den dicksten Pfützen ausweichen? Meine italienischen Kacheln, ja? Grauenvoll, wirklich. Und da war Nike noch da, und sie hat sich das angehört. Und am Telephon später, als ich mich noch dauernd als Hilfe anbot, klang die jüngste Tochter immer so gequält, jeder Satz eine Überwindung, ich fand mich lästig, sie haßte anscheinend diese Telephonate. Da fühlst du dich wie ein Störenfried. Tanja verstellte ihre Stimme, sie hörte sich sozialarbeitermäßig an: Aber wolltet ihr nicht Tips für eure finanziellen Angelegenheiten? Wie kommt ihr zurecht? Dann redete sie wieder als Tanja: Sie sind Habenichtse. Und die Tochter antwortete wie unter Koliken: Die zwei sagen mir nichts von Geldsachen. Es geht schon irgendwie. Nur das Einkaufen macht Probleme.

Na ja, dann gibt man auf.

Tanja gönnte Beryl eine kurze schräge Umarmung: Mein Armes, du kommst gar nicht mehr auf deine Kosten. Du möchtest von *dir* sprechen.

Nein, überhaupt nicht mehr, Beryl klang wieder trotzig. Du ziehst ja doch alles runter. Ich habe genug dazu gesagt. Du hast dich total auf Dieters Seite geschlagen.

Ich habe versucht, *seine* Misere ein bißchen anzuleuchten. Riskiers doch mal, dorthin zu blicken. Auf sein mieses Elend.

Mach ich ja.

Du wirst wieder weinerlich und bockig zusammen. Also gut, ich bin dran, dann gibts auch keinen Streit. Wir hatten schon genug Last mit dem ersten.

Das war bloß eine Krise. Beryl entdeckte die Komik und beruhigte sich. Was ist eigentlich mit Kevins älterer Schwester? Ich meine, hat *sie* Kontakt mit Nikes Mann und den Töchtern?

So viel ich weiß hat sie auch aufgegeben. Irgendwann hat sie mir in ihrer kategorischen Art erklärt, sie ist alles andere als sentimental, aber ich glaub schon, daß sie gekränkt war, sie sagte: Ich hatte die Mädchen ein paarmal zum Essen bei mir, aber nachlaufen kann ich ihnen auch nicht.

O je, ganz schön hart. Beryls Familienleben war unkompliziert, Tanten, Geschwister, Nichten, Neffen, Mütter und Schwiegermütter und ebenso die jeweiligen Väter trafen sich regelmäßig, und von dem gegenwärtigen Konflikt *Ehebruch* blieben vorerst die Telephon- und Besuchsrituale verschont.

Und die ältere Schwester hat mir erzählt, Tanja kopierte die Stimme der anderen, sie sagte spitz und bitter: Zu ihnen raus soll ich nicht kommen. Sie wollen wahrscheinlich nicht, daß ich den ganzen Schmutz und die Unordnung dort zu sehen kriege. Wieder als Tanja fügte sie hinzu: Diese Schwester ist total anders als Nike je war, sie ist unglaublich korrekt, bei ihr liegt alles an seinem Platz und kein Stäubchen drauf. Früher hatte ich gedacht, Nike und ich, wir könnten uns näher befreunden, vieles an ihr gefiel mir, gerade auch diese gewisse Schlamperei, du bekamst wenigstens sofort einen Kaffee, und der Kaffee war gut, und sie konnte auch über sich und über ihre hausfrauliche Disqualifikation lachen.

Die Freundinnen verständigten sich darüber, daß ein anständiger Kaffee und die Erlaubnis zu rauchen, ohne bei aufgerissenen Fenstern ausgekühlt zu werden, viel mehr zählten als saubergewischte Fußböden und was nicht alles.

Tanja erinnerte sich an Lachen bei Nike, es war nie wirklich ausgelassen, als wage sie nicht, so vergnügt zu sein, wie sie es doch sein könnte, als käme etwas dazwischen, wenn sie es riskierte, das volle Vergnügtsein. Das Lachen kämpfte sich wie gegen einen Widerstand in ihr Gesicht, das dann verblüfft aussah. Ich muß ja *lachen*, schien sie zu denken, etwas geniert und verwundert. Sie hat nie frei herausgelacht so wie du, sagte Tanja zu Beryl. Als fände sie es erstaunlich, daß es überhaupt was zu lachen gab.

Aber der Kaffee war in Ordnung, sagte Beryl, und *sie* lachte frei heraus, obwohl sie in diesen Zeiten wenig Grund zum Lachen hatte. Tanja vermutete, Beryl sei mit der festen Absicht zu ihr gekommen, diesmal so gut wie nie zu lachen. Die ernste Tristan-und-Isolde-Beryl-Nummer abzuziehen. Aber da war nichts zu machen, die fröhliche Blondie boxte sich immer wieder ihren Weg durch die strengsten Maßnahmen.

Und man brauchte sich, wenn man reinkam bei ihr, nicht die Schuhe abzuputzen …

Aha. *Sie* hätte mich in allen Matsch und in die tiefsten Pfützen treten lassen.

Ganz bestimmt, hätte sie garantiert, und sie qualmte …

Aber *dann* – Beryl legte eine Pietätspause ein – *dann* doch hoffentlich nicht mehr?

Hätte man sie nur gelassen. Tanja schüttelte den Kopf wie ein Hund nach dem Rumschnüffeln und Buddeln in einem Erdloch. Ja, *dann* nicht mehr. Brav wie sie war, gläubig, pah! Nicht gläubig wie wirs vorhin meinten. Den *Ärzten* hat sie geglaubt.

Na ja, Rauchen, gesund ists ja wohl nicht gerade.

Und sie würde auch nicht mehr gesund. Lassen wir das, ich will mich nicht aufregen. Sie hat gequalmt, als sie gesund war, und gleichzeitig schwor sie auf Öko-Bio-Kram und runzlige wurmige Reformhausäpfel, auf *Natur*. Tanja merkte, daß sie jetzt eigentlich Lust hatte, Beryl zu kränken. Beryl backte sonderbare Brote aus Reformhausmehl, aß aber zwischendurch cremige Torten. Sie fragte sich, warum sie manchmal gern zu Beryl gemein war. In der letzten Zeit, früher auch schon. Immer, wenn Beryl in jemanden verliebt war. Es ist kein schöner Zug an mir. Auch mein Gerenne ins Krankenhaus zu Nike, ganz hasenrein war auch das nicht. Nike brauchte das *naturbelassene* Zeug vermutlich als Ausgleich zu ihren wenigen Unvernünftigkeiten, Kaffee, Rauchen, zu spätes Insbettgehen, all die Körner und Schrotmühlenpampen sollten bescheidene Laster wettmachen, mit Scheu genossen, aber immerhin: genossen. Oh wie froh und traurig zugleich ich werde, wenn ich an Nike im Zusammenhang mit *Genuß* denke. Beim Übertreiben dieses Gefühls wurde Tanja zufrieden mit sich, mehr als zufrieden. Sie *genoß* es.

Kehren wir um? Es wird bald wieder regnen.

Statt einer Antwort kehrte Beryl um. Tanja zwang alle Besucher zu Spaziergängen. Alle hatten so gut wie nie Lust und saßen lieber in ihren Sesseln.

Wenn ich bei ihr war, mußte ich oft an dieses Politikerdoppelselbstmordpärchen denken. Ich meine damit, ich dachte an Selbstmord. Nike hats aber nicht gemerkt. Sie dachte nicht dran.

Hoffentlich warst du nicht taktlos. Beryl mußte wieder lachen.

Von diesem Pärchen redet auch kein Mensch mehr, sagte Tanja.

Beryl erwähnte ein Buch über diese beiden, aber Tanja winkte ab: Eine Sensation wars nicht. Tot sein ist Mist.

Oh ja, das ist es!

Falls man Wert auf Nachhall legt oder nicht ein Künstler ist, nimm Schubert …

Van Gogh! rief Beryl, stolz auf ihren Beitrag.

Nicht mal Verdi wurde zu Lebzeiten akzeptiert. Und Beethoven, alle.

Nachruhm, bei allen.

Immer noch besser als gar nichts, wie bei Leuten, die kein *Werk* hinterlassen. Auf Todesanzeigen tun die Angehörigen sich immer groß damit, wie sie ihre Toten in ihrem Gedächtnis weiterleben lassen. Also, fang damit an, jetzt klang Tanja frisch-fröhlich wie eine Gymnastiklehrerin, die ihre Kommandos ausruft, fang an und sprich mit Kevin über seine kleine Schwester.

Und doch, ich weiß nicht, ich weiß nicht. Tanja hüpfte über eine Pfütze. Für ihn ists besser, wenn ich den Mund halte. Er hat, als es mit Nike losging und ich sofort wegstürmte zu ihr – von da an hat er sich beruhigt, er war sicher: sie übernimmt den Fall. Frauen sind in Ehen immer für die Menschenangelegenheiten zuständig. Tanja lachte. Ich denke jetzt nicht an eine Ehe wie deine derzeitige.

Die Anspielung kränkte Beryl nicht, sie machte sie eher stolz, aber sie wollte bei der Sache bleiben: Ich weiß nicht, wie sehr Kevin an ihr hing.

Ich auch nicht. Auf die natürliche Weise. Tanja erinnerte sich an Beryls Besuchszweck und spürte wieder den nicht geheuren Drang, eklig zu sein. Beryl betrog ihren wortkargen Mann – in Beryls Ausdrucksweise hieß das: Er verbalisiert sich nicht – mit einem, der

Beryls schwärmerischen Schilderungen zufolge etwa gleich viel Dialoganteile für sich beanspruchte und wißbegierig genehmigt bekam wie die gesprächslustige Geliebte. Tanja sagte in feindseliger Absicht: Ich mag die nicht verschwätzten Männer.

Ich nicht. Beryl antwortete ebenso feindselig.

Drei Tage später chauffierte die Leiterin der Sprachabteilung beim Kopenhagener Goethe-Institut Tanja von der Flughafeninsel in die Stadt, auf der Brücke sagte sie, *links und rechts die Ostsee*, und erzählte weiter so vergnügt, wie sie sein konnte, mit bekümmerter Stimme von einer Schreibwerkstatt, bei der sie mitgemacht hatte; sie war noch ganz erfüllt von diesem Abenteuer und huldigte dem Schriftsteller, der ihre Arbeiten gelobt hatte, und Tanja fragte sich, warum sie nicht vergnügter sein konnte. Aber Nikes Hemmungen beim Vergnügtsein fielen ihr erst ein, als die kleine Frau mit der gleichen Stimme wie für die Schilderung der Schreibwerkstatt und Göteborg im Vergleich mit Kopenhagen von einer schwerkranken Verwandten erzählte, von den Besuchen in der Klinik, den Therapien.

Ich habs bei meiner Schwägerin erlebt, sagte Tanja.

Und später, als sie mit der Frau bei einer Tasse Kaffee und flachem dänischen Kuchen im Büro der Frau saß, brachte sie die Rede auf die beiden Politiker und ihren Doppelselbstmord. Falls es das war, bei *ihr*, Selbstmord.

Auf jeden Fall haben sie sich verrechnet, wenn sie hofften, ihre grausige Tat brächte die Welt zum Beben, kremple alles um, und man würde nicht aufhören, von ihnen zu reden, Tristan und Isolde der grünen Politik.

Hier hat man wenig drüber gehört, sagte die Frau. Es ist leider nie richtig hell hier im Parterre, in dieser Straße wirds nie richtig hell, nicht mal im Sommer.

Tanja gefiel die Dämmerung und sie sagte *ja sehr gern* auf die Frage, ob sie noch eine Tasse Kaffee wolle. Sie fühlte sich leicht und wohl, die kleine Frau tat ihr merkwürdig gut, Tanja hätte nicht sagen können, warum.

Diese Schreibwerkstatt, ich weiß auch nicht, sie hat irgendwas in mir aufgeweckt, sagte die Frau von der Kaffeemaschine aus und behielt ihr besorgtes Gesicht bei, obwohl sie lächelte.

Ihr Talent, wahrscheinlich. Tanja machte es Spaß, die Frau in die Höhe hinaufzukomplimentieren.

Oh, viel Talent hab ich sicher nicht. Aber irgendwas ... es war ein guter Kontrast zu allem, was ich sonst erlebe. Die Arbeit macht mir Spaß, aber wir haben Personalprobleme, Finanzprobleme ... dann die täglichen Eindrücke vom Krankenbett.

Meine Schwägerin hat nie geglaubt, daß sie in irgendeiner Weise wichtig wäre, sagte Tanja und erläuterte für die Frau, sie habe wieder an das Politikerpaar gedacht. Anders als diese zwei, meine Schwägerin. Sie fand sich nicht weltbewegend. Tanja trank zwei Schlucke Kaffee, sie gab sich einem angeregten und völlig unangestrengten Wohlbehagen hin. In dem Kaffee muß irgendwas drin sein. Sie lachte. »Es ist nur ein Schritt zwischen mir und dem Tode.« Man denkts, und denkt doch: Noch nicht. Ich bin noch nicht gemeint. Ja, gern, ein bißchen Kuchen auch noch, er ist einfach umwerfend. Danke. Und das ist, glaub ich, das Allerschlimmste.

Was meinen Sie?

Daß sie sich nicht selber wichtig gefunden hat. Einfach für sich, sehr sehr wichtig.

Die bescheidene und von den unsichtbaren Gewichten ihrer Bekümmernis in die Tiefe gezerrte Frau nickte zwar, fand aber, sie selber sei auch nicht wichtig. Plötzlich ziemlich energisch redete sie in Tanjas Protestieren hinein: Und ebenfalls nicht einmal für mich selber bin ich wichtig.

Denken Sie an die Schreibwerkstatt. Tanja blieb vergnügt.

Aber die Frau schüttelte den Kopf. Ihre Ablehnung war beschlossen. Kein Zureden, keine Schmeicheleien würden helfen.

So könnte ich nicht leben, nie und nimmer, rief Tanja. Sie beugte sich über den Tisch, um es eindringlicher zu machen, es bedeutete ihr nicht viel, und sie ahnte, es werde vergeblich sein: Und Sie *müssen* anders drüber denken! Besuchen Sie *diese* Werkstatt!

Und wirklich, Tanja brachte die Frau zum Lächeln.

2

Sie ist in den besten Händen

Und merkwürdigerweise ging mir während des ganzen weiten Wegs ein Gedichtanfang von Raymond Carver im Kopf rum, ich kann nur noch diese erste Zeile, das Gedicht ist lang und wundervoll, es ist wie eine Geschichte, aber mit dieser ersten Zeile war es immerhin besser als sonst beim sehr schnellen Gehen, wenn ich wie unter Zwang zähle: 50, 51, 52, ich fange nie bei 1 an, 67, 68, es ist wirklich ziemlich quälend, und ich habs auch beim Hochleiern der Läden. Nun, diesmal wars Carvers Zeile, die mitten reinspringt in die Handlung des Gedichts, oder aus der Handlung herausquillt, sie ist eigentlich gar kein Anfang, und auf die Lage, in der ich war, hat sie auch gepaßt, vielleicht, ich weiß nicht ... Du kennst mich ja, ich fliege förmlich, mein schnelles Gehen träume ich oft als Fliegen, ich komme gefährlich schnell durch die ganze Stadt, und es war auch heute, als jagte ich wie ein Vogel im Tiefflug zwischen den Häuserzeilen, Straße für Straße.

Tanjas erhitztes Gesicht sah wie von einem Glücksfall belebt aus, was zum Schreckensanschlag dieses Sonntags nicht paßte, aber es paßte Kevin. Nichts konnte ihm besser in den Kram passen als Tanjas gut durchbluteter Eifer, ihre vielleicht etwas aufgesetzte und ihm zuliebe übertriebene Vergnügtheit; auch gut, wenn sie sich sorgloser gab, als sie es war, das diente der Entspanntheit. Mit ein bißchen Theaterspiel mußte man bei Tanja sowieso immer rechnen, und dem Theaterspiel von heute nachmittag wünschte Kevin nicht hinterherzugrübeln.

Dauernd diese Zeile von Carver, auf dem Rückweg wieder. Tanja lachte. Rückflug, verbesserte sie sich.

Ihre gute Kondition auf Hin- und Rückweg verdankte sie die den Hospitaleindrücken und dem daran gekoppelten Bewußtsein, sie sei hier ja nur ein flüchtiger Gast?

»Aber das war noch nicht das Schlimmste.« Es ging und ging mir im Kopf herum. Nur während ich bei ihr im Zimmer war, hat es aufgehört.

Klar, da warst du abgelenkt, sagte Kevin und hoffte, Tanja habe sich bei seiner kranken Schwester nicht übernommen. Alles beeindruckte sie so stark, besonders das, was mit Krankheit, Verfall, Tod zusammenhing, alles Gefährliche, und sie verausgabte sich im Übereifer, unglückliche Menschen zu ermutigen. Etwas weniger uneigennützig und sehr wichtig für sie, ja, die Belohnung für einen Krankenbesuch wie dem heutigen: ihr ebenso vehementer Übereifer beim Einsammeln, ja Aufsaugen von Eindrücken. Kevin merkte, wie viel mehr er sich in diesem Augenblick um seine gesunde Frau Sorgen machte als um seine schwerkranke Schwester.

In der Mittagszeit hatte sein Schwager angerufen: Bei uns siehts trübe aus.

Was heißt denn das? In Kevins Frage lauerte der Zweifel. Er empfand auch Unbehagen. Aber konnte man diesem skurrilen Burschen auch nur ein einziges Wort glauben? Sein Schwager war ein vielseitig begabter Unglücksrabe. Abstruse Ideen spukten durch seinen Kopf, er hielt sich für genial, aber wenn er auf keinem seiner wechselnden Interessengebiete etwas zustandebrachte – es blieb bei Anfängen, er brachte nichts zu Ende – dann hatte nach seiner Meinung die Familie daran schuld. Seine drei Frauen. Sie sind alle miteinander und gegen mich verschworen, die Mutter und die Töchter, erzählte er als fröhlicher Masochist gern. Lustvoll sackte er auch in Trübsinnslaunen ab, wartete auf Mitleid. Oft schimpfte er unverhohlen über seine Ehe und das Familienleben überhaupt. Er sei nicht dazu geschaffen. Er hätte nie heiraten sollen. Tausend Chancen habe er sausen lassen, weil er sich dazu bequemt hatte, Nike zu heiraten. So kam er weder dazu, eine anthroposophische Enzyklopädie in Kurzfassung zu vollenden, noch zur Malerei oder zum Abriß der Geschichte der Naturwissenschaften und der Religionen angefangen bei Adam und Eva, er plante, plötzlich auf dem Weiblichkeitstrip trotz der Frauenmafia um ihn herum, ein Mammutwerk über *Die Frau*, wieder beginnend mit Eva, diesmal ohne Adam. Lediglich eine Welt bizarrer Skulpturen stand gespensterhaft in dem Kellerraum, den ihm seine Familie zugestand für seine Passionen, und zwischen deformierten grauen Pappmaché-Gestalten schwebten leichenhafte Phantasiegebilde an Wäscheleinen, die hin- und herwippten oder still schwebten, wenn man sie nicht anstupste, eine düstere Unterwelt, deren Bewohner Fetzengewänder aus Spinnweb und verfilztem Staub trugen.

Trübe trübe, so siehts bei uns aus. Deine Schwester hat Krebs. Stadium B vermutlich. Sie ist operiert worden. Du kennst ja deine Schwester, sie hat mal wieder zu lang gewartet.

Enzio, der Schwager, operierte häufig mit dem halb bewundernd, halb abschätzig gemeinten Hinweis, man kenne Nike ja. *Kevin, du kennst ja deine Schwester. Tanja, du kennst ja deine Schwägerin.* Die Wahrheit war, trotz all der Lästerungen: Er verehrte Nike so grenzenlos, daß er in seinem Überschwang ihre Qualifikationen zu allen möglichen großartigen Berufen übertrieb – zu werweißwas nicht allem hatte er sie schon emporgehoben und gekrönt –, und die bescheidene, stille Nike verabscheute seine Lobhudeleien und Ansprüche an sie, die lieber zufrieden und unauffällig in ihrer kleinen städtischen Informationszentrale halbtags arbeiten und das sehr nötige Geld als Ergänzung zu seinem sonderbaren Rentensammelsurium verdienen wollte. Ähnlich wie früher ihr Vater setzte heute ihr Mann mit seinen Prahlereien Nike unter Druck, beschämte sie vor anderen. Sie war eine pessimistische Realistin, an herausragende Begabungen bei sich glaubte sie nie.

Schlechte Nachrichten empfing Kevin ungehalten und ungläubig. Tanja erkannte an seinem Ausdruck, daß etwas nicht stimmte. Laß mich dran, sagte sie, und schon hörte sie Enzio zu: Du kennst ja deine Schwägerin.

So gut auch wieder nicht, sagte Tanja, was zutraf, aber sie überschätzte sich nicht, als sie dachte: Und trotzdem kenne ich sie besser als du, mein Guter. Als du Spintisierer.

Mit Zysten an der Brust hatte sie immer zu tun, also dachte sie, das Ding wäre wieder harmlos, so wie die früheren. Enzio sprach in jammerndem, ziellos anklagendem Ton. Seine immer etwas erstickte Singsangstimme dröhnte nicht salbadernd wie sonst. Nike hatte dauernd mit den blöden wäßrigen Zysten zu tun. Und ihr Gynäkologe meinte auch, das bliebe so, ihr Leben lang.

Dann hat der Gynäkologe schuld, sagte Tanja, während Kevin mit zunehmendem Unwillen auf- und abging, in der Nähe des Telephons. Er sah den Frieden des Tags dahinschwinden, und deshalb wurde er auf seinen Schwager, aber auch auf seine kranke Schwester böse. Sie zerstörten jetzt nicht nur das Sonntagssystem, sie beendeten darüberhinaus die regelmäßige beruhigende Kontaktleere, die sich zwischen ihnen herangebildet und ziemlich gut bewährt hatte.

Tanja aber – zum Glück, fand Kevin trotz allem – reagierte wie erwartet mit ihrem Beistandselan. Sie verlegte den Imbiß auf den frühen Mittag und machte sich sofort nach dem Espresso auf den Weg zum Hospital.

Zuerst, ich streckte meinen Kopf ins Zimmer, zuerst, als sie mich sah, hat sie ein bißchen geweint, sie hat sich abgewendet und geweint, aber nur kurz, erzählte sie. Ich brauche jetzt einen Kaffee, du auch?

Tanja, die immer noch etwas von diesem Tiefflug-Vogel hatte, der seine Route nach einem geheimen Radarsystem rekordreif und ohne irgendwo anzustoßen hinter sich bringen konnte, war schon aufgesprungen und jetzt in der Küche.

Geweint? Kevin versuchte es mit Gleichmut. Gewiß würde Tanja auch sofort diese Tränen unter *unsensationell* einordnen. Das geschah: Du weißt ja, sie hatte schon immer nah ans Wasser gebaut. Als ich damals in eure Familie kam und sie kennenlernte, sie war ein schüchternes und etwas schwieriges junges Mädchen, ja, schon damals hat sie oft ganz aus dem Stegreif geweint.

Das Wasser kochte noch nicht, aber die aufgedrehte Tanja war ungeduldig und goß es über den dunkelbraunen Extrakt in den Kaffeetassen, und Kevin trottete hinter ihr her, zurück ins Wohnzimmer. Er wartete. Zuerst brauchte Tanja ein paar Züge aus ihrer Zigarette, und die nahm sie mit einer somnambulen Andacht, dann Kaffee, sie atmete tief durch, schien sich gut zu fühlen.

Sehr bald lächelte Nike, erzählte Tanja, und sie hat die Tränen weggewischt und gesagt: Es ist nur immer, wenn ich das erste Mal jemand sehe. Dann muß ich weinen. Also komme ich ein zweites Mal rein, habe ich so zum Spaß gesagt, und da mußten wir alle miteinander lachen, ihre beiden Töchter saßen nämlich am Bett, und sie haben auch gelacht, es tat ihnen richtig gut. Die zwei saßen da so lieb und hübsch anzusehen nebeneinander am Bett, na ja, und der Bann war gebrochen.

Kevin fing an, sich richtig zu entspannen. Er streckte die Glieder wie jemand, der nach dem Schlafen noch ein bißchen Zeit fürs Bett hat und seinen Körper aufwecken und dabei genießen will. Tanja ging, immer noch im Raubvogelstil mit Tempo, wieder in die Küche, die Kaffeetasse in der Hand.

Ich brauche noch einen, du auch?

Kevin verneinte. Ihr sakraler Sonntagskaffee war das heute nicht. Er paßte auf, damit er nicht wieder auf die ganze Familie seiner Schwester böse wurde. Brustkrebs. Krebs überhaupt. Wie können sie uns das antun. Sonntags gab es sonst den Kaffee aus besonderen Tassen. Antikes wird bei uns benutzt und nicht bloß durch Vitrinenglas bewundert, pflegte Tanja Gäste zu informieren, und sie dachte daran, daß sie, um der Sonntagstradition die Treue zu halten, im Krankenzimmer gesagt hatte: Ja leider leider, aber ich fürchte, ich sollte jetzt aufbrechen. Ich habe den Kalender voller Termine, wißt ihr. Bin ja nie richtig zu Haus, und im Herbst wird es noch dichter.

Und es wurde doch später, weil Nikes und Kevins älteste Schwester erschien.

Mit Leichenbittermiene, na, du kennst sie ja. Sie hat ja öfter diesen Ausdruck von Rechthaben bis in alle Ewigkeit, dieses Ich-habs-ja-immer-gewußt-Gesicht. Ich weiß nicht, ob sie die arme Nike damit beglückt hat. Aber als redliche und patente Hausfrau, die ans Praktische denkt, brachte sie ein paar Flaschen Saft mit und ich glaube irgendwelche besondere Milch, über die

Milch hat Nike sich gefreut, mehr als über das Buch von uns. Sie könne gar nichts Gescheites lesen. Sie habe Lust nach richtigen albernen Schmökern, hat sie gestanden.

Kevin wollte wissen, wie die Töchter ausgesehen hatten.

Hübsch, aber das habe ich bereits berichtet. Tanja klang diesmal barsch. Ich habe Nike vor allem von Magdalena erzählt. Um sie aufzubauen, verstehst du?

Magdalena war Tanjas Tante, die, nun neunundachtzigjährig, eine Brustkrebsoperation um inzwischen mindestens vierzig Jahre überlebt hatte.

Daraufhin hat Nike zwar erklärt, neunundachtzig wolle sie gar nicht werden, aber als sie hörte, daß Magdalena ihren Haushalt schmeißt, wie eine Siebzigjährige aussieht, wie eine mit dreißig in irgendwelchen Diskussionen mithält und daß sie musiziert und den Garten betreut, da machte sie doch ein überraschtes Gesicht, und vor allem, ein zuversichtliches Gesicht. Die Töchter sind auch sichtlich aufgelebt.

Tanja fühlte, wie sie als Heldin der Schlacht um die Krankheitsängste dastand, sowohl vorhin im Zimmer 253 als auch jetzt vor Kevin. Als Heldin des Kampfs gegen diese widerwärtige hassenswerte Krankheit. Ging sie zu weit, war das bereits Prahlerei?

War der Kaffee gut?

Kevin lobte ihn nach Sonntagsart, obwohl es ein Werktagskaffee war. Wenn Tanja in der Woche überhaupt Zeit hatte, ihn zu verwöhnen, dann gab es Pulverkaffee oder Pulvertee. Als Unternehmensberater hatte Kevin vor anderthalb Jahren nach einem Umzug sein Büro in das neue Haus integriert, besser gesagt, er ließ eine ehemalige Zahnarztpraxis, einen langgestreckten Anbau an der Nordseite des Hauses, in seinen Amtssitz umbauen. Und wenn Tanja nicht verreist war, kam sie gegen vier Uhr mit dem Tablett und den beiden Werktagstassen und dem Werktagsgetränk.

Tanja dachte: Nikes ausgeräumte Achselhöhle. Fünfzig herausgeschälte Lymphdrüsen, alle schon befallen. Fünfzig von sechsundsechzig. Warum hat man sie nicht alle ausgebuddelt? Wie kann das gut gehen. *Aber das war noch nicht das Schlimmste.* Raymond Carvers Zeile meldete sich wieder. Tanja sah den Verband vor sich und die vielen dünnen Schläuche, aus denen Wundwasser abfloß, eine bläßlich-rosige Flüssigkeit. Die Schläuche waren am unteren Matratzenrand befestigt. Sie benutzte wieder ihre kräftige muntere Stimme: Wir haben übrigens über alles mögliche geredet, Antiquitätenläden und Jugendstil und Südfrankreich, überhaupt nicht dauernd über die Krankheit, eigentlich mehr über anderes, über Dresden beispielsweise, wo sie mit ihren Töchtern war. Diesen beiden Blumenmädchen, fügte sie weich hinzu. Sie hatte Kevin die Erkundigung nach Leila und Nora, Nikes Töchtern, verziehen, und daß er nochmals hören wollte, wie hübsch sie waren: alles vergeben. Sie wollte bis zum Einschlafen ein guter Mensch sein, und war deshalb bereit, die Mädchen zu rühmen. Ich finde es ja so stur und engstirnig, wenn Eltern ihren eigenen unbefriedigten Ehrgeiz auf die Kinder verlagern, die dann unbedingt als Akademiker prunken sollen. Aber Leila und Nora: richtige Blumenkinder. Was tuts, wenn sie bloß Floristinnen werden? Und was heißt: bloß? Ist doch auch was, und vor allem, Hauptsache, sie sind glücklich damit. Ein Drink?

Tanja rauchte wieder. Beide nahmen Sherry. Nur manchmal haben wir übers Krankenhaus geredet, über die Kost beispielsweise, Nike ist ja von jeher beim Essen etwas mäkelig gewesen, aber beklagt hat sie sich nicht. Und über den Arzt. Er muß nett sein. Ists nicht wichtig, daß sie sich mit ihm versteht? Sie grübelt nur immer über diese dringebliebenen Lymphdrüsen nach und ob die wohl *streuen*, ja, das war der Ausdruck, den sie gebrauchte. Sie sagte: Doktor Schiefer nannte mich sensibel und kraftvoll. Dazu lächelte sie ihr ganz spezielles Nike-Lächeln, du weißt schon, als fände sie es ulkig, aber auch schwer zu glauben. Sie hat nie genug Selbstvertrauen gehabt, nie genug von sich gehalten. Sensibel und kraftvoll. Das muß ihr gefallen haben.

Tanja machte eine Pause. Ihre Schwägerin hatte ausschließlich sensibel und nicht im mindesten kraftvoll ausgesehen. Blaß war sie immer, schmal auch, auch ohne Krebs. Den ersten Satz hatte sie gedacht, den zweiten – er hätte ein Selbstgespräch bleiben sollen – nicht aufhalten können, und so war er ihr entwischt.

Kraftvoll, nun ja, ich weiß wirklich nicht. Kevin machte einen skeptischen Mund. Und wie genau sahen die Töchter aus, ich meine, was hatten sie an, und die Frisuren? Er empfand das Bedürfnis nach sehr jungen, sehr gesunden Vertreterinnen des weiblichen Geschlechts plötzlich stark. Als Ursprung seines Wunschs diagnostizierte er Nikes schockierenden, merkwürdig enttäuschenden Befall mit diesen widerlichen Krebszellen. Er fühlte immer noch so etwas wie persönliche Kränkung. Schrecklich anfällig waren so sanftmütige rührende Erscheinungen wie Busen – er durfte gar nicht dran denken. Ihm fielen verschiedene Busen ein, bis hin zu denen von Fernsehansagerinnen. Diese weichen Wölbungen, uns Männern zur gefräßigen Freude, für die Frauen jedoch höchst bedrohliche Angebinde, potentielle Feinde. Er vermied es, an den Busen seiner Schwester zu denken, und es wäre auch das erste Mal gewesen, wenn er es getan hätte: dran zu denken. In Tanjas Abwesenheit hatte er im Medizinischen Lexikon gelesen, jede sechzehnte Frau erkranke an Brustkrebs. Das Lexikon war fünf Jahre alt. Diese Statistik war sicher überholt. Und Kevin wußte sowieso nicht, welche Botschaft aus der Welt der Statistik ihn trösten oder ängstigen könnte. Wahrscheinlich weder die eine noch die andere. Die Botschaft ließ ihn kalt. Er konnte, im Schrecken über seine Schwester – dem immer noch eine Verärgerung beigemischt war – nichts damit anfangen, daß sie so eine sechzehnte war, falls sie nicht längst eine siebte oder eine fünfte war. So was passiert in anderen Familien, aber doch nicht bei uns, ging es ihm wieder durch den Kopf. Kevin hoffte, Tanja hätte noch ein paar beruhigende Sätze auf Lager.

Und sie hatte. Die Töchter machen einen sehr günstigen Eindruck. Was sie anhatten? Die Jüngere, die Nora, so was wie einen Poncho, und mit ihrem langen, im Nacken angeflochteten Zopf sah sie wie eine Peruanerin aus. Was Leila anhatte, ich weiß nicht genau, irgendwelche Hosen und einen Pullover. Sie wirkten, als wären sie der Lage gewachsen. Sie sind für Nike sicher der wichtigste Beitrag zum Gesundwerden. Ich habe mir Nike nie als Mutter vorstellen können, aber diese Mädchen scheinen in ihr wirklich die Mutter zu sehen, ich weiß nicht, ob du mich verstehst. Kevin, um Nike und ihre Familie haben wir uns nie wirklich gekümmert. Wir haben sie sträflich vernachlässigt. Tanja seufzte. Wäre Enzio nicht so anstrengend, wer weiß, dann vielleicht.

Vor vielen Jahren hatte Tanja oft zwischen Nike und Enzio Frieden gestiftet, sie hatte die zwei dazu gebracht, sich zu umarmen, nach irgendeinem gräßlichen Streit.

Enzio ist halt ein Kauz, ein bißchen verrückt, aber gutmütig, tolpatschig, armer Kerl, ich hab ihn trotzdem gern. Und Nike kann ganz schön zickig sein. Schon als ich sie kennenlernte und als sie so aufs Geratewohl losweinte, oder wenn sie mit eurer Mutter zuerst rumschmuste, dann aber plötzlich anfing, sie zu kratzen.

Tanja erinnerte sich an frühere Mahlzeiten im Familienkreis, wie die ängstliche, zugleich nervöse aufsässige Jüngste das Gesicht verzog, wenn etwas auf dem Eßtisch stand, das sie nicht ausstehen konnte. Das Gesicht von damals hatte sie heute in Zimmer 253 wiederentdeckt. Trotz grauer Haare – Nike war früh grau geworden und schien es aus irgendwelchen weltanschaulichen, vielleicht anthroposophischen Gründen abzulehnen, daran mit Tönungen etwas zu ändern – trotzdem, auch im grauen, vom Liegen und Leiden strähnigen Rahmen der Haare war das immer noch ein Mädchengesicht. Nike hatte gesagt: Jetzt kommt dann bald die Chemotherapie, der Arzt macht einen Plan, wegen der Kombination mit Bestrahlungen. Puh, dann fallen mir die Haare aus.

Sie wachsen wieder. Tanja hatte ihren eigenen Schopf durchwühlt. Bei mir ists anders. Wenn meine Haare ausgehen, wachsen sie nicht wieder.

Tanja berichtete Kevin von dem kleinen Gespräch über die Haare. Deine Schwester war ganz animiert plötzlich, weil sie von einer Kollegin gehört hatte, daß deren Freundin nach dem Kahlschlag durch die Chemotherapie eine ganz andere Haarart bekam. Eine bessere. Vorher war sie glatthaarig, danach war alles kraus und auch dichter.

Aber das war noch nicht das Schlimmste. Tanja wunderte sich, weil zur Carver-Zeile ihr der Satz auf der Zunge lag: Ach, sie war so zuversichtlich! Freute sich auf lockiges und sogar dichteres Haar! Glaubte dran, war vielleicht neugierig drauf. Wieso sehe ich die kleine Krankenzimmerszene plötzlich aus so weiter Entfernung, so weit rückwärts, als seien viele Monate vergangen?

Tanja verscheuchte ihre plötzlich von trüben Befürchtungen umdüsterte Verfassung und raffte sich zur frischen Erzählerstimme auf, mit der sie Kevin einen guten Rest vom angeknacksten Sonntag verschaffen wollte: Ja, und so haben wir uns eigentlich bestens unterhalten. Ob dus glaubst oder nicht, wir waren vergnügt. Sie hat oft gelacht. Daß die linke Brust weg war, hat man kaum gesehen, das ist der Vorteil für Frauen ohne diese großartig herausragenden Busen. Tanja lachte. Denk an meinen, bei mir fiele es überhaupt nicht auf: Das zu sagen, ließ sie aber doch besser bleiben. Stattdessen fuhr sie fort: Meistens saß sie in ihrem Bett und lehnte sich nicht an, was beweist, daß sie sich nicht schwach und kränklich fühlte, und auch Schmerzen hatte sie keine, erstaunlich, oder nicht? Wäre nicht diese Frau im Nachbarbett gewesen und ihr sturer dicker Mann im Plastiksessel, in dem er gethront hat, und daß dieses Paar so stumm war, anscheinend auf uns lauschte, wäre das nicht gewesen, dann hätte man sich wie sonstwo vorkommen und richtig behaglich fühlen können.

Aber das war noch nicht das Schlimmste. Da war wieder diese Zeile. Als wolle sie in die auf Nike zukommenden Monate deuten. Tanja sah einen Wegweiser vor sich.

Woran denkst du? Kevin beunruhigte der nachdenklich in sich gekehrte Ausdruck in Tanjas Gesicht. Sie flog nicht mehr, vom rätselhaften Eifer angetrieben, durch Straßen und über Kreuzungen hinweg. Ihr Blick sah irgend etwas, das er in diesen vier Wänden hier nicht sehen konnte. *Ich sehe was, das du nicht siehst:* Wie lang hatte er nicht mehr an das alte Kinderspiel mit dem Namen *Teekessel* gedacht, und wie lästig, jetzt daran zu denken, weil mit dem Spiel in seinen Erinnerungen die magere kleine Nike auferstand, die als die Jüngste im Familienkreis beim Raten nicht mithalten konnte. Wie schlecht sie ihre Niederlagen einsteckte. Schon als Kind ein Nervenbündel, armes kleines schwieriges dünnes Ding.

Tanja mußte Kevin antworten. Auch sie hatte Nike gesehen, aber nicht das Kind Nike, sondern die blasse Frau im weißen Nachthemd mit blauem Blumenmuster, Nike in ihrem elenden Stadium B. Muß B zu C werden? Oder kann es B bleiben? Oder gar zurückweichen auf A? Würde Nike wieder gesund? War sie heilbar? Tanja spürte mit schlechtem Gewissen, das neben ihrem Mitleid eine richtig raubgierige Neugier herlief, mit dem Mitleid Schritt hielt, nein, dem Mitleid schon voraus war, es schnell überholte. *Aber das war noch nicht das Schlimmste.* Ich bin interessiert, verteidigte sie sich, und das ist Empathie. Empathie, jawohl, und zwar in Reinkultur.

Woran ich denke? Na ja, zuletzt daran: Sie hatte Lust zu rauchen. Von einem Balkon unter ihrem Stockwerk würde es manchmal nach Zigaretten riechen. Ja, sie hatte große Lust zu rauchen. Ich hab sie gefragt, ob sie das nicht auch irgendwo machen könne. Ob sie in diesem Hospital nicht eine Raucherecke oder sowas hätten.

Und?

Sie würde sichs verkneifen, selbst wenn es irgendwo ein Plätzchen für Raucher gebe. Sie sagte: Rauchen ist ja ein Risikofaktor, ich glaube, das wäre doch ziemlich verkehrt, wenn ich rauchen würde. Ich werds mir wohl ganz abgewöhnen müssen, für immer.

Tanja dachte: Was heißt für Nike wohl *für immer*? Wie sie ihre Schwägerin einschätzte, würde sie, in deren Körper der Tod seine schon bis zum B-Stadium fortgeschrittenen Versuche machte, gegen das Leben sich voranzuarbeiten, getreulich und korrekt ärztliche Verbote und Gebote einhalten.

Soll sie doch, sagte Kevin.

Was: soll sie doch? fragte Tanja.

Rauchen.

Kevin überraschte Tanja sehr. Prinzipiell war er gegen das Rauchen, und bei Tanja duldete er es aus Ohnmacht. Er war mindestens so korrekt wie Nike.

Ich hab mal aufs WC gemußt, und weißt du, was sie da für ein Schild aufgeklebt haben? *Auf den Toiletten bitte nicht rauchen.*

Na und? Was ist daran erstaunlich?

Es ist so formuliert, als gäbe es anderswo sehr wohl einen Ort zum Rauchen. Weil es mit den Toiletten anfängt. Ich finde, es klingt so.

Kevin vermutete, Tanja habe daraufhin eine Schwester oder einen Pfleger oder womöglich einen Arzt mit irgendwelchem Unsinn von der Art *und wo sonst kann man rauchen* verärgert. Auf den Toiletten also nicht, das mache ich auch zu Haus nicht, würden Sie mir bitte sagen, wo ich rauchen kann? Er sagte: Ich hoffe, du hast nicht irgendwelchen Blödsinn gemacht. In Krankenhäusern verstehen die keinen Spaß, nicht deine Art von Spaß.

Tanja hatte keine Zeit dafür, gekränkt zu sein. Sie dachte an den Baum. Eine Buche? Eine Ulme? Das Krankenzimmer Nr. 253 im zweiten Stock war auf der Höhe der dicht belaubten Krone. Schon kündigte sich da und dort an einigen Blättern goldbraun die Herbstverfärbung an. Nike wird kahl sein, wenn der Baum kahl ist. Der Baum wird im Frühjahr mit frischen neuen Blättern das neue Jahr erleben, die Blätter werden wie immer sein, nicht kraus, nicht glatt, Blätter wie eh und je, nicht wie nach einer Chemotherapie verändertes Haar. Wird Nike das andere Haar erleben? Der Baum wird weitermachen.

Sie hat einen herrlichen Blick übrigens, erzählte

Tanja hastig, als bestehe Gefahr, daß Kevin in ihr schreckliches Denken eindringe. Der Blick geht mitten hinein in eine Baumkrone, ich schätze, es ist eine Buche.

Buchen kriegen Sonnenbrand. Buchen sind empfindlich. Aber diese vor dem Zimmerfenster sah stabil aus. Und vor allem, selbst wenn sie nicht stabil wäre, die Buche hätte keine Befürchtungen. Vor dem Sonnenbrand und vor dem Holzfäller: keine Angst. Keine kleine, durch ihre ungefähr zu neunzig Prozent gesicherte Heilung in die Angst hineingezogene Familie. Quatsch, neunzig Prozent, nicht im Stadium B.

Tanja erzählte, dieser Baum sei ein Genesungsgewinn, und Kevin fand die kränkende Schauergeschichte von der wie durch einen Irrtum in seine ordentliche Umlaufbahn geratenen Krankheit endgültig bei Tanja gut aufgehoben.

Sie ist in den besten Händen, sagte Tanja.

Ist sie, bestätigte Kevin.

Bei diesem Arzt, den sie sympathisch findet, und dann, mit dem Blick in den Baum …

Aber das bekam Kevin nicht mehr mit, denn wenn er mit dem Zuhören aufhören wollte, dann gelang ihm das auch.

Und von da an haben beide tagelang nicht mehr über Nike gesprochen.

3
Sie ist eine Vierte

So wie früher ist nichts mehr. Sie lebt in der selben Wohnung, hier ist nichts umgeräumt, wie eh und je geht ihr Blick auf die Kastanie ostwärts über rote Ziegeldächer bis zur Volksbank, und aus allen Fenstern in jede Richtung mehr oder weniger stückweise: der Himmel. Alles wie immer und nichts mehr wie vorher.

Tanja versuchte beim Aufstehen und dann in der Küche beim ersten Becher Kaffee eine andere Frau zu spielen. Fast sah sie wirklich nicht *ihre* Möbel, *ihre* Bilder, *ihre* Kleidungsstücke.

Die Kinder versuchen, so zu reden und mich anzusehen, als wäre nichts. Auch mein Mann bemüht sich um den Gesichtsausdruck, von dem er annimmt, es sei der bei ihm gewohnte. Aber sie strengen sich an, die etwas verkrampfte Sorglosigkeit habe ich nicht gern. Ich habs nur erst recht nicht gern, wenn sie das freundliche Theaterspiel vergessen. Dann sind sie wirklich so, als wäre nichts passiert. Enzio kann mit dem Interesse von früher die Zeitung lesen, er und Nora und Leila erwarten, daß ich einkaufe und koche, und sie sehen fern mit Neugier und Konzentration, beides ist mir abhandengekommen, ich kann nicht mehr richtig fernsehen, Zeitung lesen, ein Buch lesen. Ich fürchte, das bleibt jetzt so bei mir. Ich werde mich nie mehr ablenken können, und ich kanns datieren, seit wann ichs nicht mehr konnte: Seit der Gynäkologe mit betulichem Ernst, den er mit einer rumkaspernden Na-wenn-schon-Attitude kaschieren wollte, zu mir dieses *Au-*

weia! whoopsie! Diesmal haben wir Pech gesagt hat und: *Der Brustkrebs ist nun mal die Nummer 1.*

Zu oft darf ich nicht mit ihr telephonieren. Tanja verordnete sich diese Rationierung. Sie und Nike hatten vorher selten miteinander telephoniert, und wenn sie sich nun ständig bei ihr melden würde, müßte Nike vermuten, es stehe doch schlechter um sie, als alle Welt ihr vorschwindelte – *vielleicht* vorschwindelte –, und sie sei die größte Sorge wert. Aber das ist sie, ob sie nochmal gesund wird oder nicht, das ist sie, und sie wird das am besten wissen. Tanja hätte gern zu jemandem gesagt: Aus Taktgefühl habe ich meine Schwägerin nur ein einziges Mal im Krankenhaus besucht, und sie war, die zwei Tage Operationsvorbereitung mitgezählt, elf Tage dort. Sie würde gern diesen beileidssüchtigen notorischen Barmherzigkeitsheuchlern, die sich an Krankenbetten sauwohl fühlten, eins auswischen. Diese Helfer-Syndrom-Scheinheiligen sättigten sich an dem Elend anderer: Tat es nicht verdammt gut, mit der Nase drauf gestoßen zu werden, daß man die besseren Karten hatte? Und weil es auch Tanja drängte, Nike zu sehen oder wenigstens mit ihr zu telephonieren, dämmerte ihr, wie gefährdet sie war, in diese Mitleidsklientel zu geraten. Aber immerhin, ich besitze einen Instinkt fürs Falsche, immerhin, ich denke drüber nach und verkneife mir allzu viel Interesse, beschwichtigte sie sich.

Besonders das Aufwachen kann nicht mehr dasselbe sein. Das Einschlafen hingegen, das geht, es geht sogar manchmal friedfertig gut. Getröstet von irgendwelchen Botenstoffen im Gehirn. Aber das Wiedereinschlafen, wenn Nike nachts wach würde, das müßte eine Katastrophe sein. Nochmal das Einschlafen. Daß Nike betete, bezweifelte Tanja. Gott hat nichts damit zu tun, würde ich ihr energisch erklären, falls sie mir mit Vorwürfen an diese Adresse käme. Was gar nicht zu erwarten ist. Nicht bei ihr. Und unwahrscheinlich, daß sie überhaupt je von sich aus mit mir über so etwas sprechen wird. Andere Elendsteilnehmer tuscheln: Wie kann Gott das zulassen? Sie blicken dich finster an und stoßen es wie eine Drohung gegen dich aus: Darüber verliere ich meinen Glauben! Man kennt das. Wer so reagiert, hätte nie anzufangen brauchen mit Gott und Glauben und so weiter. Tanja fragte sich, ob sie ihre friedliche Beziehung zu Gott aufrechterhalten könnte, wenn zu ihr der Arzt *auweia* und *diesmal haben wir Pech* gesagt hätte. Um nicht zu zweifeln, gab sie sich schleunigst die Antwort: Aber erst recht! Ich wäre doch total idiotisch, den einzigen Trost wegzuschmeißen. Den Freund meiner Kindheit.

Nike, das bescheidene und etwas ängstliche Mädchen von früher, war für Tanja die geblieben, die sie war, als sie beim ersten Besuch bei Kevins Eltern scheu und ein bißchen verschlafen aus ihrem Zimmer die Treppe herunter kam. Sie wirkte sehr zart, empfindlich, schwierig, sie war hübsch und schmal und hatte schlechte Nerven. Die Gefaßtheit, die Nike jetzt aufbrachte, erstaunte Tanja. Ihre Krankheit nahm sie geradezu sachlich an, viel weniger emotional als ihren Mann, Tanja dachte: als ihre *Krankheit Ehe.* Enzio war eine Strapaze. Ein lieber Kerl, auch gutmütig, aber mit seinem Spintisieren und dem Kopf voller utopischer Pläne und aberwitziger Ideen kostete er Geduld und Gleichmut, und an denen fehlte es Nike von jeher; für Enzio brauchte man die allerbesten Nerven, Nerven Handelsklasse I, und Nike verfügte höchstens über Handelsklasse III. Um so verwunderlicher und bemerkenswerter fand Tanja Nikes Verhalten als Krebspatientin.

Ich brächte das nicht so hin wie sie, da bin ich sicher, sagte sie zu Kevin, obwohl ich immer die hundertmal besseren Nerven hatte. Zum Beispiel weine ich nie, aber dein Schwesterchen hat mich schon damals, als wir noch verlobt waren und bei euch zu Besuch, mit diesem furchtbar häufigen Weinen verblüfft. Es fing einfach plötzlich an, beinah nichts brauchte vorzufallen, und schon fings an, das Weinen. Weißt dus noch? Natürlich wußte es Kevin noch. Das Weinen ziemlich überflüssiger Tränen, sagte Tanja. Aber unter diesen abscheulichen Umständen jetzt überrascht sie mich wirklich in puncto Nerven.

Zwar klang Nikes Stimme kläglich, doch das war schon immer so. Es war überhaupt kein Mumm in ihrer Stimme. Aber ohne zu jammern berichtete sie Tanja von ihren ersten Erfahrungen mit der Chemotherapie. Von der noch erträglichen Übelkeit. Sie brachte es tatsächlich über sich zu sagen: Ich habe mich dran gewöhnt. Es ist mir eigentlich dauernd ein bißchen schlecht, aber es geht. Man gewöhnt sich dran. Nur brauchte ich überhaupt nichts mehr zu essen.

Sie zwang sich aber zu essen. Sie wußte, abnehmen durfte sie nicht. Lust hatte sie nach gar nichts. Sie war auch immerzu müde und fragte sich warum.

Tanja sagte: Bedenke, Nike, die Operation ist noch nicht lange her, was kannst du erwarten? Das war doch ein schwerer Eingriff. Demnach ists ganz natürlich, daß du müde bist.

Nike machte sich Sorgen um ihren Arm, den an der operierten Seite.

Tanja wollte ihr die Sorgen nehmen: Sei sicher, dieser Arm wird wieder, laß deine Krankengymnastin nur unken. Manchmal flunkerte sie beim Trösten, mit Phantasie fiel ihr immer etwas ein, diesmal aber mogelte sie nicht: Meine Tante spielt Geige, mit beiden

Armen macht sie alles wie jeder andere auch. Und sie hatte genau deine Operation.

Tanjas Tante war die große Ausnahme in ihrem Register der Leidensgenossinnen. Beinah alles andere war Schwindel. Tanja setzte die Heilungsgeschichten erfundener und nicht erfundener Freundinnen und anderer Leute fort. Einige waren längst tot. Nike mißtraute den Legenden nicht. Warum schöpfte sie keinen Verdacht? So viele krebskranke Freundinnen allein in Tanjas Umkreis? Sie mußte wohl ausschließlich mit sich und dieser Krankheit beschäftigt sein. Tanjas nicht erfundene Personen waren an Krebs gestorben und überlebten für Nike. Es waren diese Vierten, die an Krebs erkranken, und dann wurden sie diese Fünften, die an Krebs starben.

Hast du davon gehört, Nike? Klingt doch nach Fortschritt, oder? Vor einigen Jahren noch hieß es: Jeder Dritte stirbt an Krebs. Hab ich dir von Henny erzählt?

Das hast du. Sie ist eine Vierte, so wie du, hast du gesagt. Nikes Stimme hatte schon nicht besonders hoch oben angesetzt, aber sie sank zum Schluß hin ab.

Ihre Gesellschaft muß dir doch ein Trost sein, oder auch Hillys Gesellschaft. Meine jetzt uralte Tante, sie war eine Zweite. Man kann, auch als Vierte, nochmal wieder Zweite werden. Das muß man bei dir und Henny und Hilly noch abwarten. Ihr könntets werden, Zweite.

Nike sagte mit der abgesunkenen Stimme von vorhin, eine Ärztin habe ihr eingeprägt: Man darf die Hoffnung nicht aufgeben. Die Hoffnung soll ganz wichtig sein, sagt die Ärztin. Wenn Nike hoffnungslos klang, so bedeutete das überhaupt nicht, daß sie es auch war. Sie hörte sich ganz genau so an, wenn sie über Leilas neuen Haarschnitt redete.

Jeder zweite Patient mit Krebs kann geheilt werden.

Jeder vierte Mensch erkrankt an Krebs und jeder Fünfte stirbt daran. Tanja hatte an diesem Morgen das Frühstücksfernsehen gesehen. Ein übellaunig und trotz der frühen Stunde erschreckend ausgeschlafen dreinblickender Internist hatte bei dieser wie eine Drohung mitgeteilten Statistik einen befriedigt griesgrämigen Eindruck gemacht. Er sah so aus, als sei er ein Erster, absolut gefeit, einer, der alle Risikofaktoren mied und verachtete, und erst recht die Menschen, die sie nicht mieden.

Tanja mußte wieder an Nikes Aufwachen denken. Sie ist eine Vierte. Es fällt ihr sofort ein, oder doch nicht gleich? Es dämmert ihr beim langsamen Wachwerden, dann aber wird sie gräßlich wach. Sie mag sich nicht mehr wie vor der Diagnose im Bett herumräkeln, und wie schön das doch früher immer war: noch ein bißchen zulegen. Nur: Zum Aufstehen fehlt ihr auch die Energie. Aufstehen ist trotzdem besser als Liegenbleiben. Womit kann sie sich ablenken? Vorsichtig, wie sie ist, verbietet sie sich wahrscheinlich, was sie früher aus dem Bett trieb: Kaffee. The first morning cup. Man hat ihr sicher geraten, den Kaffee aufzugeben und stattdessen irgendwas langweilig Lahmes, Gesundes zu trinken, wovon sie nicht wach wird. Und schon gar nicht wenigstens ein bißchen high. Etwas übel ist ihr ja so oder so.

Tanja hatte keine Ahnung und wagte es auch nicht – sie entdeckte eine seltsame, langwierige Diskretion, ein Dauertabu – sich bei ihrer Tante danach zu erkundigen, aber Nike gegenüber behauptete sie: Ja, meine Tante hatte damals auch Chemotherapie. Ja, und auch Bestrahlungen nach der Chemotherapie. Ja, auch sie verlor die Haare. Tanja glaubte nicht, daß das stimmte. Nike, meine Tante hat sich sehr schnell erholt, und die Haare wuchsen, sie hatte bald ganz wundervolle Haare, die alte Pracht, und bis zum heutigen Tag kein Mangel auf dem Kopf. Aber ja, genau so wie bei dir wurden auch bei ihr die Leber und die Knochen untersucht, und es war nichts, sie haben nichts gefunden, paß auf, du wirsts genau so bei dir erleben.

Lauter Märchen, sie basierten nicht einmal auf Vermutungen oder verblaßten Erinnerungen, und das meiste von dem, was Tanja Nike berichtete, so schätzte sie es mit gutem Gewissen ein, es waren Lügen.

Nikes Aufwachen beschäftigte Tanja immer wieder. Diesmal spielte sie es in ihrem Bett, sie hatte den Wecker absichtlich auf eine Viertelstunde vor ihrer Aufstehzeit eingestellt. Nike wacht auf und ist noch benommen. Sie fühlt sich, ehe sie richtig wach wird, angenehm. Wirklich, heute ist es ein paar Sekunden lang wohlig im Bett, sie streckt die Glieder, sie schiebt die Beine überm Laken hin und her, und gerade will sie ihre Schläfrigkeit noch ein wenig genießen, den von der Nacht weichgeträumten schmiegsamen Körper – aber ach! Da fällt ihr alles ein. Das Bewußtwerden ihrer selbst in der Gegenwart gewinnt sofort die Oberhand: Ich habe Krebs. Zumindest *hatte* ich Krebs. Ich hatte diesen Tumor. Ich hatte Krebszellen drin. Ich muß ja wohl immer noch Krebs haben, denn warum sonst machen sie Chemotherapie und warum stehen Bestrahlungen schon auf dem Programm? Oder sind das Vorsichtsmaßnahmen? Ich weiß nicht genug. Will ich überhaupt mehr wissen?

Tanja stellte sich vor, Nike träumte, sie wäre gesund. Sie wäre nie krank gewesen. Waren das aber erholsame Träume? Zogen sie nicht mit ihren schönen Täuschungen einen Schock nach sich und machten das Aufwachen zum Verrat? Wie bei einem Polizeiverhör die unbekannten Empfindungen aus Nike herauszulocken hätte Tanja interessiert. Sie ließ es mit der Ausrede *ihr zuliebe* sein. Ihr fiel ein, ihre erfundene Henny oder die Hilly vorzuschieben: Nike, du könntest mich beraten. Soll ich Henny (soll ich Hilly) ein bißchen vernehmen, ich meine *ausfragen*, oder soll ich besser nicht? Sehnt man sich als Patient nach solchen Fragen? Vielleicht ist das befreiend und man fühlt sich weniger alleingelassen, beim Gefragtwerden und erst recht beim Antworten? Oder ists gerade umgekehrt, und die Kranken ziehen die Stummheit vor? Ich selber hab ja keinen blassen Schimmer. Mal denke ich, ich würde gern drüber reden, wenn ich ... du weißt schon. Und dann wieder denke ich das Gegenteil.

Für Nike verwandelte Tanja die erfundene Henny in eine Frau, die Nike ähnlich war. Manchmal war es auch Hilly. Immer noch wie ein Mädchen, so wirkst du auch, nicht wie üblicherweise Frauen mit Kindern und Ehemann.

Stichwort Ehemann, Hennys erinnert ein bißchen an Enzio, nicht nur weil er auch mal wieder arbeitslos ist und vorher fast wie Enzio Nachtwächter gespielt hat, aber bei einer Druckerei, das hätte Enzio nicht so gut gefallen wie am Theater. Und Henny hat sich aus Bescheidenheit ganz wie du nie für einen nennenswert wichtigen Menschen gehalten – Tanja mußte an die Sprachabteilungs-Frau in Kopenhagen denken –, sondern für nichtswürdig. Uninteressant für andere. Mit ihr und mit dir verglichen bin ich ein vorlauter Mensch. Glaub mir, es ist bestimmt gesünder, wenn man sich selber für ziemlich beachtenswert hält. Für den Mittelpunkt der Welt. Aber das werdet ihr nie schaffen, du nicht, und Henny nicht oder auch Hilly. Also würdet ihr nie ungefragt von Angstzuständen sprechen. Vielleicht schadet meine Diskretion Menschen sogar, die mit sich selbst so diskret sind.

Vielleicht liest Nike dieselben Artikel wie ich, dachte

Tanja, beispielsweise den von gestern im Wissenschaftsteil der Zeitung, und denkt beim Bericht von Nr. 1, Brustkrebs, über folgende Meldung nach: Die Heilungsrate bei Früherkennung beträgt 90 Prozent. Und sie überlegt: Früherkennung? Trifft nicht auf mich zu. Ich bin nicht sofort zum Arzt gegangen. Ich bin so ungefähr ein halbes Jahr zu spät hingegangen. Sie fürchtet sich, im Kalender nachzublättern, genauer will sie es nicht wissen. Tanja korrigierte ihren Gedanken: Nike war immer unordentlich, selbst wenn sie so etwas wie Eintragungen in einen Kalender machen würde, müßte sie im chaotischen Haushalt nach dem Kalender suchen. Ich bin so spät zum Arzt gegangen, weil ich dachte, dieses dumme Ding wäre bloß wieder eine von diesen Zysten, und ich hatte schon ein paar davon, und der Gynäkologe hat zu mir gesagt: Zysten werden Sie immer wieder kriegen, das ist Veranlagung. Also dachte ich, diese blöde Zyste kann ich ja immer noch irgendwann mal absaugen lassen. Bisher war immer wäßriges Zeug drin.

90 Prozent werden geheilt. Nike, etwas zu spät dran, ist vielleicht bei den 70 Prozent. Bei diesen etwas Verspäteten. So könnte sie immer doch noch eine von den Zweiten sein, die geheilt werden. 70 Prozent: Sieht gar nicht übel aus. Stell dir ein Glücksspiel vor. 70 Prozent, das ist noch lang nicht das Schlimmste.

Denk an Lotto, Nike, Enzio ist doch ein Spielertyp. Tanja lachte ein bißchen.

Sie saß bei Nike im unaufgeräumten Wohnzimmer. Aber der Kaffee war gut. Nike nippte an einem dieser schauerlichen Gesundheitssäfte. Für Kevin erläuterte Tanja ihren Besuch mit den Worten: Damit sie nicht immer nur zwischen Couch und Sessel hin- und herpendelt und rumliegt und vor sich hin brütet.

Leider leider, seufzte Nike. Er hat ja auch mal spekuliert, über irgendso einen Typen mit angeblichem Börsenverstand.

Also es ist wie Lotto. Spielt Enzio auch Lotto?

Ich fürchte, er machts. Er machts heimlich, glaubt er wenigstens, und dann finde ich diese Scheine.

Hat er je einen Gewinn gezogen?

Keine Spur. Er schmeißt unser bißchen Geld raus. Na ja, es ist sein Taschengeld, das er rausschmeißt. Soll er damit machen, was er will.

Nike hatte das so organisiert. Enzio bekam Taschengeld, damit für die Töchter, den Haushalt, die Steuern und sonstigen Abgaben und auch für Nike etwas übrig bliebe. Das Reihenhaus war auch noch längst nicht abbezahlt. Nike arbeitete halbtags. Seit ihrer Krankheit war sie beurlaubt, aber entschlossen, so bald wie möglich wieder anzufangen.

Hör zu. Denk wieder ans Lotto, wenn ich dir jetzt sage, daß 90 Prozent von dieser widerwärtigen Nr. 1 geheilt werden.

Was für einer Nr. 1?

Brustkrebs. Und bei den 90 Prozent, die nicht im Lotto gewinnen, bist du doch auch immer gewesen, über Enzio. Es gewinnen nämlich genau diese 90 Prozent nicht, und das ist die gleiche Zahl wie bei den vom Brustkrebs Geheilten. Und du warst nie bei den Gewinnern.

Bißchen schwer zu verstehen, das alles. Ich bin ganz durcheinander. Nike griff mit beiden Händen an ihre schmalen Schläfen.

Tanja war auch ziemlich durcheinander. Also nochmal: 90 Prozent, die Zahl mußt du dir merken. 90 Prozent Geheilte – 90 Prozent, die nie im Lotto gewinnen. Du bist immer bei den 90 Prozent gewesen, da gehörst du hin, solang Enzio spielt. Für immer. Du gehörst also auch zu den 90 Prozent, die geheilt werden. Das ist nun mal deine Gruppe. Sieh es mal so. Glück im Spiel wäre auch schlecht, denk an den Spruch *Glück im Spiel* ... Die Fortsetzung mußte Tanja weglassen. Pech in der Liebe. Es war dumm, damit angefangen zu haben. Bis dahin war der Dialog weder riskant noch taktlos gewesen. Aber plötzlich machte Nikes nüchterne Logik ihn peinlich:

So kann ich es nicht sehen, sagte sie beinah energisch und nicht klagend wie sonst. Ich sehs so: Ich bin immer auf der Verliererseite, ob beim Lotto oder bei Krebs. Ich bin beim Lotto unter diesen 90 Prozent Verlierern – meinst du nicht, es wären noch mehr? Egal, aber als typische Verliererin müßte ich dann mit dieser Krankheit nach deiner Regel bei den zehn Prozent sein. *Die nicht geheilt werden*, ließ Nike weg.

Alles Quatsch, sagte Tanja, geben wirs auf. Alles abergläubische Zahlenmystik. Außerdem ists ja Enzio, der spielt.

Eines Morgens dachte Tanja: Wachwerden ist so vernichtend, weil Nike in ihr denkbarer gewordenes Sterben hinein wach wird. Es glaubt doch jeder: Klar, jeder Mensch stirbt, aber ich? Das ist noch sehr die Frage. Wenn es uns gut geht, wissen wir verhältnismäßig unbesorgt: In jedem von uns läuft das Todesprogramm ab, Nummer für Nummer, in jeder Nacht rücken wir um eine Todeslänge todwärts voran, wir werden um einen Tag früher sterben als gestern. Tanja nahm sich vor, beim nächsten Telephonat zu erklären: Nike, bedenk doch, schon übermorgen kann mein Arzt auch mir *Aua* und *Whoopsie* und *diesmal haben wir Pech* verkünden.

So verschwätzt waren nur die Gesunden, Tanja wollte aufpassen, ihrer Leidenschaft für Huldigungen an den Tod zu widerstehen. Trotzdem sagte sie beim nächsten Telephonat: Was ist das denn schon, das Leben?

Es ist alles, was ich kenne, antwortete Nike.

Tanja fragte sich: Wozu ihre Kindheit, wozu ihre Fremdsprachenausbildung, warum das alles, während Nikes Logik sie lähmte. Sie rappelte sich auf und fand sich etwas schäbig: Gut, es ist alles, was du kennst. Und damit kennst du eine Menge Probleme. Dein Leben ist doch ganz schön schwierig – wie bei den meisten, fügte sie schnell hinzu. Wie meins auch. Und du hast wundervolle Töchter, das steht fest.

Tanja dachte: Aber beide haben mit der Schule vor dem Abitur aufgehört, sie haben sich zu den Blumen gerettet; werden sie nie was anderes tun als Blumen binden, Blumen verkaufen? Und Nike blickte sie unsicher an, als denke sie das Gleiche.

Tanja sagte: Aber mit deinem Job rackerst du dich ab, du verdienst den Lebensunterhalt für eure etwas weltfremde Familie, also bitte, ist es nicht ein anstrengendes Leben? Wo bleiben die Vergnügungen?

Schreckliche, armselige Sätze zu jemandem, der lieber Schwierigkeiten hätte als ausgerechnet Krebs.

Ich finde mein Leben nicht schlimm, sagte Nike.

Als Tanja einmal einen Freund, der Theologieprofessor war, gefragt hatte, ob er Angst vor dem Tode habe, antwortete der, ein Mensch ohne Todesangst wäre ein Unmensch. Enttäuschend bei einem, der bei dem johanneischen Wort *Niemand kommt zum Vater denn durch mich* seine Epiphanie erlebt und zum Sprung in die Freiheit des Glaubens angesetzt hatte, aber Tanja verstand, es war nun einmal deprimierend, als Mensch nichts weiter zu sein, so bald es um den Tod ging, als eine *Kreatur*. Jesus Christus hat Angst gehabt. Der Papst will nicht sterben.

Viele haben zur Zeit Krebs, viele Prominente, sagte Tanja.

Nichts kann mehr sein wie vor der Diagnose, gar

nichts. Auf ihrem Rückweg versuchte Tanja wieder den Rollentausch. Die Brust ist ab, die Achselhöhle ist ausgeräumt. Nicht *ganz* ausgeräumt: eine Vorstellung, die stört und beunruhigt. Es bleibt dennoch möglich zu hoffen, das Kapitel Krebs sei zu Ende. Trotzdem ist nichts mehr wie vorher. Nike weiß es jedesmal, wenn sie auf diese neue widerwärtige Weise morgens aufwacht: mit einem Adrenalinschub, ihr Mund wird trokken. Weil das scheußlich ist und behagliches Ausruhen vernichtet, steht sie besser mitsamt ihren sechzehn verbliebenen Lymphdrüsen auf. Nach Herumliegen wäre ihr zwar den ganzen Tag über zumute, denn sie fühlt sich schlapp und zu nichts aufgelegt, wieder aber: besser, sie lenkt sich mit Alltagskram ab. *Whoopsie. Auweia.* Nike hatte diesmal *Pech.* Das war doch bisher immer nur andern passiert. Und hatte sie nicht ehrlich auf jede schlimme Nachricht – *weißt du schon, wie furchtbar traurig, es ist Krebs bei X, hast du es gehört, es hat Y erwischt, Krebs, denk nur, wie grauenhaft, Z, es ist doch bösartig* – jedesmal mit Entsetzen und Mitgefühl reagiert? Geradlinig und frei von Hintergedanken: Nike. Ihr traute Tanja nicht die Neugier zu und, noch schlimmer, Spuren von Sensationslust, die sie bei sich beschämt argwöhnte. Für alle, die es traf, und jetzt für Nike, empfand Tanja zwar auch Entsetzen und Mitgefühl. Aber drang nicht auch durch diese guten Empfindungen etwas Triumphierendes – es ist die andere, ich bins nicht – und eine nicht einwandfreie Interessiertheit? Tanja rechtfertigte sich damit, die Gefährdung des menschlichen Körpers fasziniere sie nun einmal. Keine Angst, Nike, nicht bei dir, es ist was anderes bei dir, dem zarten, etwas quengeligen und vor dem Leben ängstlichen Mädchen, als das ich dich kennenlernte, lang lang her. Und lang, bevor du dich mit deiner Gewissenhaftigkeit – und doch auch schußlig und ein bißchen fade, der Sache nicht gewachsen – dran gewagt hast, eine Familie zu haben, diesen Enzio auf dich zu nehmen, einen größeren Gegensatz zu dir selber hättest du kaum finden können, bis aufs Chaotische, das aber bei jedem von euch anders ausfällt.

Nein, wirklich, nicht bei Nike. Tanja prägte es sich ein: Bei ihr steht mein Interesse an der Hinfälligkeit des Menschen nicht obenan. Aber es mischte sich in ihr Mitleiden. Könnte es sich vielleicht um Empathie handeln? Dann wäre es etwas Großes und Seltenes und sehr Gutes, das sie empfände. Empathie, oh ja, das wars, wenn sie auf dem Laufenden über Nike bleiben wollte, denn sie stellte sich ja immerzu vor, sie wäre Nike. Mach dir nicht zu viel vor, warnte sie sich und wurde realistisch: Jede miserable Etappe dieser Krankheit interessierte sie, weil sie *nicht* Nike war.

Krebs ist eine Krankheit, beobachtete Tanja, die ihre Opfer voll beschäftigt. Sie spannt sie ein, teilt ihren Tag auf, sie gleicht einer Berufstätigkeit. Sie dachte an die zu Nikes Ermutigung angeblich Geheilten. In Tanjas Berichten schwammen sie im Meer und nahmen Steptanzkurse und löffelten ihre Suppe, in Wirklichkeit waren sie tot, bis auf die altgewordene Tante, die wirklich und lebendig Geige spielte. Wie sie sich von der Krankheit in die Pflicht nehmen ließen! Sie sah Gertrud vor sich mit dem fürs Krankenhaus gepackten, in der Wohnung stets griffbereiten kleinen Koffer: die nächste Folge in der Fortsetzungsgeschichte Chemotherapie stand bevor. Es fing auch bei Gertrud mit der Nr. 1 an, die Krebszellen begannen ihre Exkursion durch Gertruds Körper, und sehr lang nahm sie jegliche Gegenmaßnahme ernst, lebte noch gesünder als vorher schon: Auch wieder eins der Krebsopfer, das niemals mit einem *Risikofaktor* in Berührung kam. Sollte Nike irgendwann auf die Ratschläge naturheilverblendeter, chemie- und apparatemedizinfeindlicher Leute hören – *laß bloß nichts mit dir machen, wehre dich gegen die vergiftenden Methoden der Schulmedizin, lebe gesund!* – würde Tanja mit aller verfügbaren Verachtungswucht die Gegenposition beziehen. Außerdem war jede Therapietortur immerhin eine Ablenkung, *gesundes Leben*, was immer das sein sollte, ganz und gar nicht. Nike braucht die Therapie als Beschäftigung. *Man lebt und weiß den Tod. Alles andere ist Beschäftigungstherapie.* Die Behandlung ist ein guter Job.

Tanja lief durch die Straßen einer langweiligen Stadt. Auf einer Dienstreise hatte sie diese Stadt wegen des einzig passablen Hotels im Umkreis als Standort für Stichfahrten nach da und dort ausgewählt. Auf einem Hügel im Rücken der kleinen Stadt stand mitten in einem Friedhof, der sich nach Süden und Westen hin hangabwärts wie eine durch Grabstätten und ihre Bepflanzungen gut gegliederte Parkanlage zog, eine neugotische Kirche, und Tanja wollte eintreten, aber sie probierte alle sechs Türen vergeblich aus, alle sechs abgeschlossen. Wie schon oft wurde sie auf evangelische Kirchen böse.

An diesem Tag und auch am Vortag hatte Tanja überhaupt noch nicht an Nike gedacht. Aber auf dem Friedhof fiel sie ihr ein. Sie machte ihre Runde, bergauf, bergab, bergauf, zunächst ohne an irgendwas Bestimmtes zu denken. Ihr gefielen die über den Friedhof verteilten dicken Witwen – sie hielt nach einer dünnen Ausschau, keine da – und ihre zupackende Emsigkeit beim Rupfen an Pflanzen und dem Abwaschen von Grabsteinplatten und ihre breiten Hintern in geblümten, vom Bücken hochgerutschten Schürzenkleidern, und wie sie in ihrer stummen Tüchtigkeit ihre toten Männer gleichsam darüber verständigten: Na komm mein Alter, sei zufrieden, das Essen ist bald fertig.

Lauter Zweite, lauter Neunzigprozentige, Gewinnerinnen, die Witwen auf dem Friedhof. Viele Frauen dieses Alters, dick und siebzig sind sie geworden, könnten von ihren *Totaloperationen* erzählen. Sie hatten viel überstanden. Sie hatten ihre Männer überlebt.

Der da würde ihn freuen. Tanja deutete auf eine kleine Eibe. Schon ein richtiger Baum.

Die resolute stämmige Frau mit dem grauen krausen Haarschopf, den die meisten hier hatten, sah Tanja skeptisch an.

Wen freuen?

Ihren Mann, oder? fragte Tanja.

Den freut so leicht nichts. Die Frau lachte. Vorher nicht und jetzt nicht.

Wer weiß? sagte Tanja.

Ja, wer weiß. Die Frau lächelte unvermutet beinah versonnen und sanft, und Tanja ging weiter.

Nike, hast du das gewußt: Vor den Frauen sterben die Männer, die Frauen müssen sich um die Gräber kümmern. Sowieso sterben die meisten an Herzkreislauferkrankungen. Man stirbt nicht an der Krankheit, vor der man sich fürchtet, schrieb Čechov seinem Verleger.

Noch mehr sterben an gebrochenem Herzen. So betrachtet, starb Nike seit jetzt ungefähr fünf Wochen, bald langsam und allmählich, bald heftig, immer dann heftig, wenn ihr die Diagnose einfiel, also beim Aufwachen. Das Aufwachen, es war und blieb das Schlimmste. Oder? Ging Einschlafen wirklich fast wie in Trost geborgen? Tanja merkte wieder, wie schlecht sie ihre kleine Schwägerin kannte. Sie stand vor einem Grab still. Dann ist endlich Ruhe, sagte sie leise. Überzeugt davon war sie zwar, aber so wenig wie Nike zum

Sterben verlockt. Da sah sie, daß der Tote, vor dessen Grab sie sich nach dem Tod zu sehnen versuchen wollte, seinen Doktortitel in den Granit hatte meißeln lassen. Was muß eigentlich noch alles passieren, bis die Menschen nicht mehr all ihren Lebensehrgeiz mit seinen Schikanen und Niederlagen und den paar eitlen Genugtuungen dem Tod vorzogen? Tanja stand hier am verkehrten Grab.

Im auch nicht besonders *passablen* Hotel war es eng und der Fußboden kalt. Tanja konnte stark geheizte Zimmer nicht leiden, aber in diesem hier würde sie sich erkälten, und sie schrieb auf einen Notizblock: »Viele werden aufwachen, etliche zum ewigen Leben.« »Wenn der Hungrige aber aufwacht? Wenn der Durstige aber aufwacht?« (Nike wie beim Lotto auf der Verliererseite?) »Ich liege da und schlafe ganz mit Frieden, denn allein du, Herr, sorgst dafür, daß ich sicher wohne.« »Laß uns bei unserem Vater schlafen.«

»Ella legte sich und schlief unter dem Wacholder.«

Liebe Nike, für Henny, wahrscheinlich mach ichs auch noch für Hilly, schrieb ich das hier auf.

Diesen Briefanfang zerriß Tanja in viele kleine Stücke. Sie schickte ihr nicht einmal eine der Ansichtskarten, die sie aus einem Rondell in der kleinen Fußgängerpromenade im schönen Gefühl, es geschähe mit des Himmels verschmitztem Einverständnis, gefischt und wie in tiefe ganz andere Gedanken versunken in ihre Manteltasche hatte gleiten lassen. Jeder Gruß wäre geschmacklos. Es genügte Tanja und sie war mit sich zufrieden, weil sie in Nikes Los vertieft gewesen war, vom Friedhof an bis jetzt.

Aber später! Schande über mich! Tanja spürte: Alles wie weggeblasen, jeder gute, sinnstiftende Gedanke. Es passierte in einem Café, genannt *Bistro Extrem*, eine kleine aufgemotzte Bude neben einem biederen Stoffgeschäft und einem kleinen Supermarkt. Völlig vergessen waren Nike und ihr von Grund auf verändertes, ihr verunstaltetes Leben. Und der eigene melancholische Genuß zwischen den Gräbern bei den dicken handfesten Witwen. Der Grabstein mit eingemeißeltem Doktortitel. Die Sammlung der Bibelsätze übers Aufwachen und den Schlaf. Ihr Herumschnuppern zwischen Leben und Sterben – alles wie weggewischt, völlig vergessen. Ausgelöscht wegen nichts Nichtigerem als läppischem, luxuriösem Alltagsärger, einem Ärger für Gesunde, für eine Frau wie sie, eine ohne die Nr. 1, den Brustkrebs. Gesunde Menschen gehen wegen Bagatellen auf die Barrikaden.

Warum schmeckt dieser Kaffee wie Bouillon? Tanja stand mit der noch beinah vollen Tasse vor dem affektiert und vergeblich auf englischen Pub getrimmten Tresen. Ein Mann und eine Frau, beide jünger als Tanja, schauten sie lustlos an.

Wie bitte? Sie hatten nichts verstanden. Die Rock-Musik im *Bistro Extrem* lärmte.

Ich wollte Kaffee, und das hier ist keiner.

Was soll los damit sein?

Dieser Kaffee ist ungenießbar. Was für Wasser haben Sie verwendet? Ich sehe nicht ein, daß ich dafür bezahle.

Sie werden bezahlen, sagte die Frau.

Mit einer Bewegung seines Kopfs zur Tür hin blickte der Mann seine Frau bedeutungsvoll an, als wolle er sagen *Paß auf, mit der stimmt was nicht*, dann zu Tanja hin. Laß sie gehen, was soll der Ärger, sagte er, den ausdruckslosen Blick unverwandt auf Tanja. Er schob den Kiefer hin und her, als wälze er einen Kaugummi im Mund herum.

Okay, wir wollen keinen Ärger, sagte die Frau.

Tanja knallte ein Zwei-Mark-Stück auf den Tresen. Nicht für Ihr komisches Getränk. Nehmen Sie es als Sitzgebühr.

Wie gesund ich sein muß, oh ja, ich bins, gesund! Tanja faßte in der Manteltasche die geklauten Ansichtskarten an, in Hochstimmung, als sie das *Bistro Extrem* verließ, sie wußte nicht einmal, ob es drei oder vier Karten waren. Bis jetzt noch bin ichs, und zwar muß ich ganz verdammt gesund sein. Ich streike bei miesem Kaffee. Blöde Ansichtskarten krieg ich umsonst. Im Hotel werde ich nicht die Rechnung voll bezahlen: Ihr Fußboden ist eiskalt, zahlen denn Sie mein Aspirin? Vielleicht bin ich nicht ganz richtig im Kopf, aber keine Vierte. Ich bin kämpferisch, aber nicht gegen Krebs: hurra!

4
Leichensachen, Party

Es mag häßlich klingen, und es *klingt* häßlich, aber das heißt nun einmal *Leichensache.* Als *Leichensache* wird bei der Staatsanwaltschaft jeder sogenannte nichtnatürliche Tod geführt, also der Tod durch Unfall, durch rechtswidrige Tat, und folglich auch der Selbstmord dieser beiden. Ganz richtig, Selbstmord wird ebenfalls bei der Staatsanwaltschaft als *Leichensache* geführt.

Oh danke, ich tu es, ich nehme tatsächlich noch eines von diesen dort – wie würden Sie die nennen? Man erkennt überhaupt nichts mehr von den Produkten, aus denen sie fabriziert wurden. Aus Eiern? Aber womit vermischt? Avocado scheint auch dran zu sein. Köstlich. Schmeckt nach allem möglichen, aber vom Ei merkt man fast am wenigsten, und es ist doch hauptsächlich gelb. Ein Kunstwerk, was immer es ist. Eins nach dem andern, ich bin ja noch nicht mit einem von diesen kleinen ovalen Schätzchen am Ende, und dazwischen sollte man einen Schluck trinken. Die ganze Vielfalt, wie sie dort auf den Platten liegt: ein Gemälde. Fast schade, daß es zum Essen ist, schauen Sie, die Platte dort drüben sieht schon eher wie ein Puzzle aus, es fehlen ihm aus der Mitte und an den Rändern bereits wichtige Teile. Glauben Sie das wirklich? Die Hausfrau, sie will selber Hand angelegt haben – ha, das ist ein bißchen doppeldeutig, stimmts? –, aber was mir wahrscheinlicher vorkommt, das ist Catering, ich meine, alles wurde von einem Party-Service geliefert. Von einem der Luxus-Klasse, ganz klar. Aber Kaufhäuser machen das auch, sie haben verschiedene Kategorien. Neulich war ich bei einem Buffet der Marke *rustikal.* Es war gar nicht übel, das war es nicht, ab-so-lut nicht. Ich mag diese Sachen hier außerordentlich, aber bei dem rustikalen Buffet wußte man immer genau, was man sich in den Mund schiebt. Man hats *erkannt*, wissen Sie.

Doch, stimmt, abends und auch noch beim Einschlafen habe ich oft vor, ich habs eigentlich immer vor, ihr zu schreiben, und beim Aufwachen denke ich auch noch, nachher schreibe ich ihr ... ich spreche von meiner kranken Schwägerin. Aber dann fängt der Tag an, der übliche Alltag, das ganze Hin und Her, Sie wissen schon, man hat hundert Sachen gleichzeitig im Kopf, und im Kopf können sie leider nun mal nicht bleiben, sie müssen in die Tat umgesetzt werden ... Für so etwas wie *das*, ihr zu schreiben, für so etwas braucht man Konzentration. Wirklich Ruhe. Wann bin ich schon ruhig? Ich meine, innerlich ruhig, wann komme ich zur Ruhe? Abends sehr spät vielleicht, mein Tag ist verdammt lang, und dann *muß* ich einfach drauf achten, daß ich mich von dem ganzen Durcheinander erhole, also sehen wir vielleicht was aus unserem Kino-Vorrat an, mein Mann und ich ... Kino-Vorrat? Ach so, ich rede von haufenweise angesammelten Videokassetten, beziehungsweise von den Filmen auf den Bändern. Und doch, immer wieder habe ich vor, ihr zu schreiben. Ich will das erklären, ich habs bis jetzt nicht getan, nicht einmal eine Ansichtskarte von irgendwoher.

Nein danke, mein Glas ist noch dreiviertel voll, nicht schon wieder. Aber vergessen Sie mich nicht, später gern.

Und schon gar nicht einen Brief, ich habe keinen an sie geschrieben. Schade? Bedauerlich für die Kranke? Ich denke immer mehr, daß es besser ist *ohne* Brief, obwohl ich den Vorsatz ja beibehalte, paradoxerweise. Ja, ich denke mittlerweile anders drüber, vielleicht kommen Sie darauf, warum und wieso, denken Sie doch einmal um ein paar Ecken herum, dann kommen Sie bestimmt drauf. Stimmt, ich bin viel unterwegs, und ich dachte auch anfangs dran, also seit sie krank wurde: Von jetzt an schickst du ihr von da und dort immer einen kleinen Gruß. Seit es diese grauenvollen neuen Postleitzahlen gibt, muß man sich ja die blöden neuen langen Zifferngruppen vorher notieren, sie töten jede Spontaneität, diese Postleitzahlen ... oh leider: danke! Das sind die reinsten Cholesterinbomben. Mir kommts schon bald aus den Nasenlöchern, das Cholesterin, es *muß* Avocado dran sein, bei diesen hier garantiert.

Kränken will ich Sie ums Himmels willen nicht, aber wenn ich etwas nicht gutheiße, dann ist es dieses Um-ein-paar-Ecken-herum-Denken. Ich vermute, Sie können nicht mehr anders, Sie werden es sich angewöhnt haben, mag sein, für den Beruf oder so, davon verstehe ich vermutlich nicht genug.

Vermutlich, ja. – Sehr gern, danke. Jetzt ist mein Glas leer, gerade eben geworden.

Warum also nicht spontan und geradeheraus? Notieren Sie sich diese neue Postleitzahl Ihrer kranken Freundin – oder war es Ihre ...

Es ist meine Schwägerin. Ich habe ihr früher keine Ansichtskarten geschrieben ...

In der Küche, ich habe auf dem Rückweg von der Toilette einen Blick in die Küche geworfen, und da steht eine Frau und wäscht ab, und ein junges Mädchen ist auch noch dabei, also mit so viel Hilfe gehts, da kann man Parties wie diese bewältigen.

Wie er über diese Leichensachen geredet hat, puh. Den beiden gings um *Werte*, um ihre hohen Ziele, und dann: Leichensachen. Igitt. Lieber nicht, sehr freundlich, aber ich wechsele allmählich besser in die Region da drüben, das scheint was Fischiges zu sein, bei Eiern, ich weiß nicht, seit diesen Salmonellengeschichten. Finde ich auch, sie hat sich für zu viele Sachen mit Eiern drauf entschieden.

Um drauf zurückzukommen, wissen Sie, was von Herzen kommt, das allein zählt. Nicht das Um-die-Ecke-Denken. Können Sie das überhaupt noch: Ihr Herz sprechen lassen?

Was ließ nun dieses hochpolitische Pärchen sprechen, diese Leichensache, die sie jetzt wurden, gräßlich, was ließen die zwei sprechen? Ihr Herz? Ihr politisches Engagement? Die Enttäuschung, denk ich. Also wars das Herz. Oder nicht? Vielleicht nur *ein* Herz. Ich komme nicht los vom Verdacht, daß sie es gar nicht wollte. Sterben. Und sie war so viel jünger. Herrje, ich fürchte, das ist schon ein Schwips bei mir.

Wenn ich ihr zu oft Grüße von da und dort schicke, meiner armen kranken Schwägerin, mit dem Nebeneffekt, bei ihr Betrübnis auszulösen, denn sie sitzt zu Haus …

Aber dann erst recht braucht sie irgendwas von da draußen, aus der schönen weiten Welt, sehen Sie es doch mal so! Zum Wohl, Kinky – er blinzelt mir dauernd zu, der hübsche Knabe. Das schätzt nicht einmal mein Ex-Mann. Zu komisch, Männer.

Sie sitzt zu Haus, und dann kommt eine Karte von mir aus einem vielleicht überhaupt nicht interessanten Ort, aber der Ort kann so provinziell und so unattraktiv sein wie er will, sie ist nicht *dort*, was viel besser wäre, als zu Haus zu sitzen, ich finde Zu-Haus-sitzen grundsätzlich ideal, aber nicht, wenn es sein muß, und dazu wegen einer Krankheit wie ihrer. Dann ists das Allerletzte.

Umso wichtiger, ihr diese Karten zu schicken. Ihre Argumente überzeugen mich überhaupt nicht. Braucht der Kranke nicht irgendwelche *Reize*? Ganz abgesehen vom Gefühl: Es wird an mich gedacht.

Sie ist nicht sentimental, meine Schwägerin, und ich will sie nicht sentimental *machen*. Was leicht passieren könnte, jetzt, mit der Krankheit.

Bedenken Sie, was man über dieses Politikerpärchen jetzt so hört. Völlig vereinsamt sollen sie gewesen sein. Ein wenig Sentimentalität, ich bin nicht einverstanden mit *Sentimentalität* für das, was der so oder so Isolierte dringend braucht, ich würde von Zuwendung sprechen, wie habe ich angefangen? Sei es wie es sei, bleiben wir bei den Ansichtskarten, sie hätten auch den beiden geholfen.

Den Leichensachen – schschsch, tztz, zu widerlich. Aber Pia, ich finde, sie hat recht, mit der Zuwendung und dem Spontanen und all dem und den Ansichtskartengrüßen.

Sie sitzt nicht nur einfach so in ihrem Sessel zu Haus, sie haben ihn ihr ans Fenster gerückt, sie ist in ihre Krankheit und deren Therapien eingespannt, wie mit Ketten gefesselt, Krankheit und Therapien sind Schwerarbeit ... also, wenn ich ihr zu oft mein Angedenken signalisiere ...

Oh danke, die hier habe ich noch nicht probiert, sieht nach Tatar als Basis aus, nur, ich war eigentlich schon beim Käse. Nein, nein, bloß nicht. Meeresfrüchte ja, aber nicht, wenn diese dunkelvioletten Saugnäpfe von Tintenfisch mit drin sind. Sie erinnern mich neuerdings an unseren Rohbau. Ganz recht, wir bauen. Sie erinnern mich an diese Rohrleitungen, an diese offenen Teile im Bad und WC.

Wenn ich also tue ...

Tun Sies! Tun Sie es, so oft Sie reisen!

... was vorher zwischen uns nicht üblich war, verstehen Sie, das ist doch auch von großer Bedeutung, es war nicht üblich, ich schrieb ihr selten, fast nie, Nike schrieb mir sowieso *nie*, nicht mal nur selten ...

Nike? Sagten Sie Nike? Das ist vielversprechend! Die Göttin des Sieges. Sie wird die Krankheit besiegen. War nicht vorhin von Champagner die Rede? Wie bitte? Erst um Mitternacht, das gibts doch nicht.

Versprechen Sies mir: Schreiben Sie ihr, egal, ob das zwischen Ihnen üblich war oder nicht. Vorher war sie ja auch nicht krank, Ihre arme Schwägerin.

Meine Post könnte sie kränker machen. Schon gut schon gut, das kann kein Mensch verstehen, ich höre alle Einwände, aber ich bleibe dabei: Wenn ich dauernd schriebe, telephonierte, dann müßte sie den Verdacht schöpfen, es stehe viel schlimmer um sie, als wir alle in der Familie ihr gegenüber zu erkennen geben.

Da hat sie recht, man muß alles, aber auch alles tun, um den Kranken bei Stimmung zu halten, ich wollte nicht *Stimmung* sagen, ich kam nicht drauf, daß es Hoffnung war, die ich gemeint habe. Die muß man – o là là, das ist eine doch etwas zweifelhafte Kombination: Roastbeef mit Kaviar und einem Aprikosenschnitz aus der Konserve drauf. Das Fleisch wird ganz naß. Der Kaviar ebenfalls. Bei aller Liebe zu unserer Gastgeberin. Jetzt in der Nacht sieht diese Szene zauberhaft aus, finden Sie nicht? Und welches Glück sie mit dem Wetter hatten. Die Oberlins fielen mit ihrem Gartenfest ja furchtbar auf die Nase, es war eine richtige Bauchlandung, alles zog nach wenigen eiskalten windigen Minuten ins Haus, und das im Juli, man stelle sich vor. Ja, diese Szene hat etwas Märchenhaftes. Für mich furchtbar schwer, mich dahineinzuversetzen – ich denke wieder an diese Zwei, die sich umgebracht haben, oder er sie, wer weiß schon, wie es ablief, obwohl, es gibt ein Buch drüber … aber der Sohn hat bereits protestiert, *sein* Sohn, sein Vater sei kein Mörder … und soll nicht sie eine ziemliche Nervensäge gewesen sein? Ah, dieser Glanz, es ist wie in einem Theaterstück, Nachtszene Sommernachtstraum, ein altmodischer Bühnenbildner war am Werk. Er hat alles so gelassen, wie es in der Natur ist. Nein, ich kann mich nicht in Leute reinversetzen, die sich eine Kugel durch den Kopf jagen, so lang sie das doch noch erleben könnten, eine Kulisse wie diese. Oh, es geht mir genau so, ich kanns auch nicht. Und die Spezereien, die Getränke, die anregenden Gespräche, die interessanten Menschen – kennen Sie den großen schlanken Mann mit dem zurückgekämmten Haar, aber vorne fällt ihm immer wieder eine Partie in die Stirn, ich finds ziemlich süß. Wo denn? Hinter der Gruppe, die beim Gastgeber steht. Das Herbstlaub schimmert dort drüben wie Altgold. Apropos Altgold! Ich lasse aus den Eheringen meiner und seiner Großeltern etwas zusammenlöten, was draus wird, weiß ich noch nicht, wir sind noch im Stadium der Beratung, der Juwelier und ich. Tut mir leid, ich wollte Sie nicht unterbrechen. Der Schimmer von Altgold im Herbstlaub da: sehen Sie? Hinter dem Herzensbrecher mit der Haarlocke. Eine eigentliche Locke ists nicht, es ist was Widerspenstiges, fällt nach vorne, und ich mag den raschen Unwillen, mit dem er gegen diese paar Strähnen ankämpft, wie gegen eine Frau, die immer und immer wieder nicht versteht, was er will. Es ist reichlich erotisch, so ein Detail, kanns durchaus sein, bei einem wie ihm. Hat er nicht eine gewisse Ähnlichkeit mit Gary Cooper? Hat er, wahrhaftig. Gary Cooper, er war für mich seit Anbeginn der Größte. Pech für den Gastgeber. Was denn, Pech? Das rote Gesicht hat er nicht von hohem Blutdruck, obwohl, er hat zu hohen. Aber ich kenne ganz und gar bleiche Menschen mit viel zu hohem Blutdruck. Er ist nicht sexy, absolut nicht sexy, das ist sein Pech. Nun, wer weiß denn, ob er sich nicht dafür hält, für sexy? Was nützt ihm das, wenns andere nicht tun und ers einfach nicht *ist*. Hoffen wir, daß seine Frau die Sache anders sieht. Arme Chris. Seis drum. Jeder ist seines Glückes Schmied. Pardon, ich habe jetzt nicht an Ihre bedauernswerte Freundin – oder wars die Schwester? – gedacht. Obwohl, es gibt Theorien, und die stammen von erfahrenen Psychologen, die auch auf Krankheiten dieses Sprichwort anwenden, sagen wir mal: im weitesten Sinn, manche gehen bis zu gewissen Schuldzuweisungen ... Gangster, alles Quatsch. Meine paar Krebstoten – o ja, leider habe ich in meinem Umkreis Freunde und Bekannte, die dran gestorben sind – sie waren meistens *positiv*, Lieblingsprädikat dieser Pseudopsychologen, und optimistisch und all das, und übrigens sind diese dummen bösartigen Theorien längst widerlegt, und zwar ganz offiziell.

Reden Sie lieber wieder über Altgoldherbstlaub und so was. Schatz, hast du Mariannchen irgendwo gesehen?

Während da vorne die Blätter an die Farbe eines sehr hellen Milchkaffees erinnern. So hat mein Satz, glaube ich, weitergehen sollen. Milchkaffee ist weniger poetisch als Altgold. Übrigens auch an Nußeis. Hat jemand die Nußcreme probiert? Noch nicht, noch nicht, daß du sie mir bloß nicht wegschlemmst, ich weiß, du bist eine Süße, aber wir hier sind noch bei den Canapés, obwohl ich endlich Schluß machen sollte. Zwar habe ich mich seit zwei Tagen durchgehungert, weil ich heute hier zuschlagen wollte, aber ich fürchte, die Grenze zur Unvernunft ist überschritten. Sorg dich nicht, wir haben doch morgen wieder den Kosmetik-Termin. Wißt ihr, die Maßnahme ist eigentlich eine gegen Zellulitis. Zellulitis *ist* ein Problem, aber nicht mein Hauptproblem, und du wärst überrascht von dem absolut phantastischen Begleiteffekt, nämlich: Du nimmst ab. Sie wickeln dich in warme Matten, oder? Gummimatratzen oder so was, und dann wirst du an heißen Strom angeschlossen? Na so ungefähr, egal, du schwitzt dir die Zentimeter vom Leib runter, totes Fleisch sozusagen. Ich hab am Bauch schon vier Zentimeter verloren, zwei am linken Oberschenkel, und wieder vier am rechten. Die Kosmetikerin kriegte bei einer ihrer Kundinnen neunzehn Zentimeter weg, neunzehn!

Meine kranke Schwägerin paßt jetzt sehr genau auf ihr Gewicht auf, steht täglich mehrmals auf der Waage. *Sie* ist froh über jedes Gramm, das sie *nicht* verliert ... Oh Gott ja, traurig. Muß sie ja. Abnehmen, wenns nicht durch freiwilliges Hungern und so was wie bei unserer Kosmetikerin geschieht, Abnehmen ist immer ein schlechtes Zeichen. Hat schon jemand die Nußcreme probiert? Göttlich. Eine neue Variation der Mousse au chocolat, kennt ihr die Mousse aus weißer Schokolade? Ich persönlich ziehe *allen* die Vanillemousse vor. Sie liegt dir auch am leichtesten im Magen. Ich weiß nicht, obs die letzte Weisheit ist, mitten in der Nacht Mousse au chocolat seinen Gästen zu offerieren. Gut gemeint, gewiß, aber wie es so schön heißt, gut gemeint reicht nicht. Gilt das nicht für die Kunst? Es gilt wo auch immer. Was *sie* vorhin meinte, wirklich, das paßt drauf, was sie meinte, als sie von den Karten und Briefen redete, die sie ihrer kranken Werauchimmer eben *nicht* schreibt. Wenn sie schriebe, wärs bloß gut gemeint.

Aber es ist mehr als gut gemeint, es ist viel mehr und ich halte das für eine glänzende Idee der Gastgeber, diesen herrlichen alten Baumbestand ihres Gartens zu illuminieren, Stromkosten hin, Sparen her, wenn man auch heutzutage alles unter diesem Aspekt sehen muß, in unserer Ära der endenden Ressourcen, und eine Verschwendung ists und bleibts. Sag mir, was in dieser Nacht *nicht* Verschwendung ist?

Der Garten, man könnte ihn, zumindest in der Nacht, wenn man nicht sieht, wo er aufhört, ohne zu übertreiben könnte man ihn als Park ausgeben. Diese Naturkulisse, ja, zumindest in der Nacht, sie macht einen unversehrten, keineswegs zum Sterben verurteilten Eindruck. Wird eigentlich das mit dem Waldsterben übertrieben? Gestern waren wir stundenlang auf der Autobahn, die Bäume sahen fabelhaft aus, fabelhafter Zustand. Wo steckt eigentlich irgendeins von diesen Mädchen mit den Getränken? Ich nähme lieber einen Knaben, hi! Hauptsache, man kriegt mal wieder was in sein Glas. Ach du liebe Zeit, im Grunde bin ich ziemlich am Ende. Ich meine, es geht mir nah. Mit diesen beiden hatte ich zwar wirklich nie viel am Hut, aber jetzt, durch diese Nachricht aufgerüttelt ... Ich schätze, das geht uns allen so, wir alle, meine Liebe, wir müssen immer wieder über diesen schockierenden Doppelselbstmord grübeln, was immer wir auch daherschwatzen. Wir müssen uns Fragen stellen, die auch für uns unbequem sind. Ines, darf ich dich bitte fragen, warum sie *auch für uns* unbequem sind? Ich hab mir nichts vorzuwerfen, und wer hier hätte das? Gut, weniger für uns, wir waren nicht ihre unmittelbaren Mitstreiter. Weniger als unmittelbar. Ich war überhaupt kein Mitstreiter. Was mich betrifft, ich fühle da keine Verantwortung. Ist das nicht typisch deutsch? Deutsche sind geradezu verrückt nach Mitverantwortung. Nehmt nur *Ausländerfeindlichkeit.* Tanzen? Ob ich jetzt tanzen möchte? Ich glaube nicht. Nicht vorerst, um höflich zu sein. Einverstanden? Was war mit Ausländerfeindlichkeit? Mit dem da hätte ich nicht mal nur vorerst nicht tanzen mögen. Aber wenn es der mit dem widerspenstigen Haar vorne auf der Stirn gewesen wäre … Ein amerikanischer Korrespondent, ich glaube von der New York Times, er schrieb, in *allen* Staaten gebe es Ausländerfeindlichkeit. Und nur die Deutschen zählten jede Ohrfeige auf die Backe eines Türken und numerierten jeden Fußtritt gegen einen Asylanten. *Scheinasylanten* vielleicht sogar. Die Deutschen nehmens genau, gründliche Leute. Sie machen sich selber gern fertig. Andererseits halten sie sich, und vielleicht deshalb, für die Besten. So ähnlich waren die zwei mit dem Doppelselbstmord. Falls es einer war. Falls nicht er – in dem Buch, gegen das sein Sohn jetzt losgeht, heißts felsenfest: Er hat sie umgebracht.

Mit meiner kranken, leider schrecklich kranken Schwägerin …

Ich weiß, ich weiß, meine Liebe, man hört zu wenig Gutes von Krebs. Eine Bekannte von uns machte neben den Schulmedizintherapien noch alles mögliche an Alternativprogrammen, Mistel, Neuralgeschichten, Blutwäsche, aber erwischt hat sie es schlußendlich doch.

Nach meiner Auffassung hätte Ihre Bekannte sich das alternative Brimborium sparen können. Tut mir wirklich leid, ich wollte Sie nicht kränken. Aber ich stehe nun mal ganz auf der Seite der wirklichen *Ärzte*.

Sie meinen die Schulmediziner, na, ich weiß nicht, man hört doch viel Negatives drüber, denken Sie nur an diesen Skandal, auch schon wieder ziemlich lang her, an diese viel zu hohe Strahlendosierung bei den daraufhin schwerverletzten Patienten, dieser *Schulmediziner* hat einfach mal experimentiert, und das tun viele.

Wir haben Sie unterbrochen. Sie wollten gerade erzählen …?

Ich habe mit meiner Schwägerin vor ein paar Tagen

verhältnismäßig unbefangen über diese beiden Grünenpolitiker und ihre schreckliche Tat, den Suizid zu zweit oder was immer es war, gesprochen, unbefangen, sagte ich, aber das war mehr sie als ich, ich hatte Hintergedanken dabei. Ich wars auch, die damit anfing, dann erschrak, aber … nun, als das Gespräch auf die Motive der zwei kam, da brach ich mitten im Satz ab, gottlob noch kurz bevor ich taktlos wurde.

Wie soll ich das verstehen? Taktlos? Inwiefern denn *das*?

Nun, ich sagte wohl dem Sinn nach: Wer so etwas tut, sich erschießen, oder auf irgendeine andere Art sich umbringen, der muß entweder geisteskrank sein oder – und da habe ich *unheilbar krank* sagen wollen. Oder man könnte es auch tun aus unüberwindlicher Angst vor dem Tod, ihm zuvorkommen wollen, irgendwas mehr Allgemeines. Aha, nicht wahr, jetzt haben Sie es kapiert. Man muß auf der Hut sein. Man muß höllisch auf seine Worte aufpassen.

Ists nicht Offenheit, die unsere Kranken von uns im Innersten ersehnen?

Glaub ich nicht. *Ich* würds nicht ersehnen. Ich würde nicht wissen wollen, was mit mir ist, nicht genau. Mir dürfte ein Arzt beispielsweise nicht sagen: Hören Sie, Sie haben noch, wenn wir Glück haben, ein Dreivierteljahr, so was in der Art.

Diese Kranken aber, hört man, fangen an, jede Minute bewußt zu erleben. Sie sollen, hört man, intensiver leben als je zuvor.

Sorry, ich glaub nicht dran. Und ich würde nicht intensiver leben, ich hätte intensiver Angst und mein Leben wäre intensiver verdorben, und genau so denke ich, wärs bei meiner Schwägerin. Tausend Dank! Ich bin ganz sicher, daß ich noch einen Schluck gebrauchen kann. Egal, was ich morgen früh davon halte.

5
Die Nachahmer – Es gibt nur noch uns beide

Rosalind sah Walter auf der Schwelle zur offenen Haustür in gebückter Haltung kauern. Ein alter Mann, dachte sie, und zu ihrer Überraschung: Er stört. Sie wunderte sich über eine kalte, beinah feindselige Distanz zu ihm. Aber was tut er denn da? Und nun fand sie ihn lächerlich. Auch das war neu, so verblüffend und nie zuvor empfunden wie die Kälte. Oh, wie idiotisch! Was für ein sturer Bock! Ein Pedant, ein Feldwebel, ein Pauker. Walter putzte Schuhe – immer noch. Rosalind sah darin keinen Hoffnungsschimmer. Zu deutlich war ihr sein zugeknöpfter entschlossener Ausdruck vor Augen, mit dem er vorhin in der Küche nach dem Frühstück ausgerechnet und dann notiert hatte, wie viel bis zum festgesetzten Termin noch einzukaufen wäre. Sie täuschte sich nicht, Schuhputzen war kein Hoffnungsschimmer.

Es wird auch bis zu allerletzt aufgeräumt und saubergehalten, ordnete er auf seine soldatische Art an, nachdem sie *Ist denn so was noch sinnvoll, Schuhe-Putzen?* gefragt hatte.

Sie hatten jetzt immer so viel Zeit. Obwohl Walter darauf Wert legte, das Tagesgeschehen in der gewohnten Weise zu systematisieren, kam es doch an diesem Vormittag dazu, daß sie alles andere liegen und stehen ließen, und sie studierten sich durch den Stapel Tageszeitungen, die Walter vor dem Frühstück besorgt hatte. Während du das Frühstück machst, fahre ich zum Kiosk. Ich nehme das Fahrrad. Es ist gesund. Ihm fiel anscheinend überhaupt nicht auf, was für absurde

Sachen er plante, dann ausführte. Radfahren, weil es gesund war. Wozu sich gesund erhalten? Gesundheit war so überflüssig in ihrer Lage wie geputzte Schuhe.

Rosalind brachte hinter ihrer Zeitung hervor: Es sieht jetzt so aus, als wärs gar keiner gewesen. Hier schreiben sie, daß es wahrscheinlich gar keiner war.

Was: keiner? Walter klang mürrisch, barsch sowieso. Er wappnete sich jetzt immer gegen Störungen, alle möglichen Irritationen durch Rosalind. Richtig deutliches Aufmucken war noch nicht vorgekommen.

Kein Doppelselbstmord. Als wärs überhaupt nicht verabredet gewesen. Das scheint der neuste Stand zu sein.

Walter schimpfte auf die Journalisten. Rosalind brachte den Mut auf, von polizeilichen Ermittlungen zu reden, und die Journalisten hätten nur über diese Ermittlungen berichtet.

Ich weiß nicht, *wo* du *was* liest, ich jedenfalls lese, daß die Polizei noch völlig im Dunkeln tappt. Walters Stimme bedeutete: Und jetzt will ich keinen Ton mehr hören. Eindeutig war das seine Widersprich-mir-nicht-Stimme, und darauf folgte sein Halt-den-Mund-Schweigen.

Mittags wurde er freundlich, fast der in die kleine Rosalind vernarrte Liebhaber-Walter, und Rosalind taute auf, er redete so nett über die dicken aufgeplusterten Amseljungen, er schlug vor, zum Bäcker zu radeln und Rosalinds Lieblingskuchen zu besorgen – Käsekuchen mit darin eingesunkenen Äpfeln auf Mürbteig –, aber dann, wenn auch immer noch freundlich, sagte er: Die beiden hatten ein politisches Motiv, das ist ein ganz klarer Fall. Sie fühlten sich völlig isoliert. Die einstigen Freunde hatten ihre hochgesteckten Ziele, ihren Glauben an die Rettung des Planeten, kurz: ihre idealistische Gesinnung an die sogenannten realen Zwänge verraten, sie fühlten sich im Stich gelassen, sie wurden nicht mehr gebraucht. Es war ein Doppelselbstmord. In Liebe vereint. Ein Fanal. Ein Ausrufezeichen!

Bei uns wärs weder das eine noch das andere, dachte Rosalind, deren gute Stimmung absackte, aber Lust nach Kuchen hatte sie noch. Walter fühlte sich nicht nur nicht gebraucht, er wurde nicht gebraucht, Freunde hatten ihn nicht im Stich gelassen, er hatte kaum mehr wirkliche Freunde gehabt, als sie ihn kennenlernte. Sie gab damals, aus Leidenschaft für den viel älteren Walter, leichten Herzens Bea, Henriette, Margit, Silke, Christian, Ulfi und wie sie alle hießen, auf. Monatelang hatte sie keinen von ihnen vermißt. Der um mehr als dreißig Jahre ältere Walter hatte sämtliche Interessen und alles, was sie für wichtig gehalten und womit sie sich beschäftigt hatte, aus ihrem bisherigen Leben abgesogen. Rosalind dachte, es war wie bei einer Blutentnahme beim Arzt oder wie Staubsaugen, und auch ihre Familie, Eltern, Geschwister, die ganze Verwandtschaft ließ sie fahren, alles schöpfte der ältere Mann ab, er inhalierte ihre Existenz. Sie hielt das jetzt immer öfter nicht mehr so wie damals für ihre eigene Entscheidung. Gut, sie hatte es freiwillig geschehen lassen – empfand sich dabei allerdings gar nicht als die Passive, mit der da etwas geschah, worauf sie keinen Einfluß besaß –, aber daß sie unter seinem Bann stand, war ihr schon klar. Weniger unter dem despotischen Bann eines Mannes, der sie mit Haut und Haar für sich beanspruchte und neben sich keine emotionale Ablenkung duldete, nicht die kleinste, nicht die normalste – Gernhaben von Freunden, Liebe zur Familie –, für Rosalind war das der aufrüttelnde wuchtige imponierende Bannstrahl der *Liebe*, auf ihn und sie gleichmäßig verteilter Liebe, es war fast wie Ins-Kloster-Gehen, eine Extrementscheidung, ein Abschied von der übrigen Welt, nur, im Unterschied zum Kloster, einfach wundervoll romantisch.

Beim Mittagsimbiß, Walters Werk – denn er hatte über die Vorräte die Kontrolle übernommen, seit sie den Entschluß gefaßt hatten, er allein wußte, wie sie bis zum geplanten Zeitpunkt mit den Vorräten hinkämen, während Rosalind Bohnen mit Rindfleisch und Weißbrot nebenher lobte, um den in sich verkapselten Walter aus seinem Schweigepanzer herauszuschälen, damit sie vielleicht wieder ein paar Vorstöße wagen könnte, die mit dem Plan zu tun hatten – beobachtete sie ihn. Nach der Leidenschaft kommt die Zeit, in der man genauer auf den andern hinblickt. Die Zeit der Beobachtungen. Warum beißt er nicht, wie andere Menschen, einmal vom Brot ab und legt das Brot wieder hin bis zum nächsten Abbeißen! Walter stieß seine Zähne immer dreimal kurz hintereinander ins Brot, hackte sich die drei kleinen Bissen ab und kaute sie hastig auf einmal, es paßte eigentlich nicht zu seinem strengen förmlichen Generalsgesicht und erinnerte Rosalind an die Eßweise von Nagetieren.

Walters Art wurde schon eher die Angewohnheit gerecht, sein Glas, sei es mit Wasser, Wein oder Bier gefüllt, auf die stets gleiche zeremonielle Weise zu heben und später, wenn er mit dem Glas in der Hand einige Zentimeter über dem Ort auf dem Tisch, wohin das Glas gehörte, seine Bewegung erheblich zu verlangsamen, ehe er es weniger feierlich als sonderbar überdeutlich, einer stummen Mahnung ähnlich, wieder abstellte. Erwartete Walter inmitten einer Unterhaltung mit Rosalind eine ihrer Äußerungen, von denen er mutmaßte, sie werde ihm nicht gefallen, dann stopfte er seine Zungenspitze zwischen Oberkiefer und Oberlippe, worauf sich dort ein kleiner Wulst bildete, der flacher wurde und beweglich, wenn er mit der Zungenspitze über Zahnfleisch und Vorderzähne strich. Der dazugehörige Blick streng und mißtrauisch. Rosalind fing an, übers Registrieren hinaus diese Stereotypen nicht zu mögen, schließlich zu verachten, manchmal sogar sich vor ihnen zu ekeln. Noch immer bekämpfte sie in ihrem Bewußtsein die Erkenntnis: Ich fürchte mich vor ihm. Er macht mir angst.

Doch plötzlich an diesem Nachmittag, als Walter Rosalinds Lieblingskuchen aus der Satteltasche des Fahrrads geholt hatte und sie ihn auf der Türschwelle erwartete – Zufall? Wie dieses politische Pärchen zu Lebzeiten bewohnten auch sie als Mieter ein unauffällig bescheidenes Reihenhaus mit ganz nettem Bettvorlegervorgärtchen – und weil Walter Rosalinds Lächeln beim Strecken seiner Glieder (gesund, gesund, die Radlerei!) nicht nur beantwortete, er nahm es sogar vorweg, er lächelte als erster, da plötzlich faßte Rosalind ein fast verschüttetes Zutrauen, fand zurück in den spielerischen Ton aus besseren Zeiten, sie seine Angebetete, er vor ihrem Altar auf den Knien, und sagte, schlau zuerst den Kuchen beschnuppernd: Hmmmm! Sieht herrlich aus, und der Duft: Vanille! Du, danach werd ich furchtbar satt sein und ein bißchen laufen. Der letzte Satz, Abschluß der kleinen Kuchenhymne, der wars, weswegen sie überhaupt den Mund zum Sprechen aufgemacht hatte, und er war heikel. Lieber Gott, laß ihn als ganz heiter belanglos passieren, tu mir den Gefallen!

Ich komme mit.

Bildete Rosalind sich das nur ein, oder blickte Walter wieder finster aus dem gefürchteten Befehlshabergesicht? Dachte er an ihrer beider schrecklichen Plan statt an Kaffee und Kuchen? Streng und nach Kein-Widerspruch-gefälligst klang er auch.

Du hattest schon das Radfahren.

Aha, machte er.

Was denn: aha?

Tablettenfresserin, sagte er nur und war danach zu keiner Silbe mehr bereit.

Rosalind erstarrte vor Schreck. Sie hielt es für klüger, für vorsichtiger, nichts zu sagen. Keine Frage zu stellen, auch nicht heuchlerisch harmlos: Was meinst du mit Tablettenfresserin? Vielleicht wollte er sie nur in eine Falle locken. Ahnte was, wußte nichts. Ein einziges Mal hatte er, der sich das Recht genommen hatte, als ihr Aufpasser in ihrem Kleiderschrank und in ihren Wäscheschubladen zu stöbern – weil sie nicht sehr ordentlich war, galt das offiziell als Aufräumen und verdiente ihre ihm geschuldete Dankbarkeit –, ein einziges Mal also hatte er, in einen Strumpf gestopft, drei Streifen Aspirin gefunden. Was soll das? Ich hab manchmal Kopfweh. Ich will dich nicht damit beunruhigen. Hier herrscht absolute Offenheit. Na gut, du rückst ja nichts raus. Weil diese Chemie des Teufels ist. Und wenn du denkst, du könntest dir etwas für den entscheidenden Abend ansammeln, was ich höchst feige fände, dann bist du verdammt schief gewickelt. Du bist verdammt auf dem Holzweg. Mit diesem Zeug kriegst du weder innere Ruhe noch Mut. Nimm dich zusammen.

Selten genug kam Rosalind allein aus dem Haus, und wenn, dann ebenso selten mit etwas Geld. Kleine Beträge, deren Verwendungszweck je feststand, erhielt sie aus Walters Hand. Aber trotzdem, sie verstand es, etwas abzuzweigen, und neuerdings gab sie es in der Apotheke für Halbmondtabletten aus. Ihr gefiel der Name so gut. Es handelte sich um nicht verschreibungspflichtige Schlafmittel. Rosalind nahm sie tagsüber, sie machten sie manchmal ein bißchen gleichgültiger, es funktionierte nicht immer. Am besten, wenn sie einen Schluck Whisky – konnte auch Cognac sein und Kornschnaps – dazunahm, den liebevoll blickenden Halbmond zerbiß und die Melange mit einem Zug heruntertrank. Doch stillschweigend hatte Walter mit kleingeschnittenen Leukoplaststreifen die Flaschen am jeweiligen Pegelstand markiert. Die Lage war nicht sehr aussichtsreich.

Rosalind saß in trüber Stimmung vor ihrem wundervollen Lieblingskuchen. Am liebsten hätte sie ihn in den Müllkübel geschmissen. Es geschah aus purer Gier, daß sie ihr Stück aufaß und sogar den Teller noch auf der Suche nach dem letzten Krümel abschabte. Und aus Appetit. Sie wurde fast nie mehr richtig satt, seit Walter die Vorräte verwaltete und pedantisch dosierte.

Na, schmeckts? Walter gab sich väterlich, und, Rosalind mußte es ihm zugestehen, sie liebevoll und fürsorglich ansehen, das tat er auch.

Danke, sehr gut.

Reine Diplomatie, sanftmütig auf ihn zu reagieren. Aber es wird mir nicht bekommen, wußte sie, und schon jetzt lag das Wunderwerk des Konditors wie ein Bleigewicht in ihrem gepreßten Magen. Ach, wie schade drum. In solchen Augenblicken bekam Rosalind großes Mitleid mit sich und fürchterliches Heimweh nach ihren Eltern. Würde jetzt das Telephon klingeln, dachte sie, ich ginge dran, und wenn Walter noch so sehr tobt. Nun, sie ginge doch nicht dran, denn die Erfahrung war: Er riß ihr den Hörer aus der Hand und drückte die Gabel runter.

Mein Schatz, wir wollten es tun. Wir wollten die Gefangenen unserer einzigartigen Liebe sein. Benimm dich nicht wie eine kleine Göre, ja?

Kleine Göre. Wenn alles nach Plan verliefe, und Walter war der Typ Mann, der Pläne nicht verwarf, verlöre er, der sechsundsechzig war und zwei Bypässe hatte und dessen Aortenklappe vielleicht platzen würde, wenn sie noch größer wurde, und der beim geringsten Schnitt oder wenn ihn ein Hund bisse, ohne Macumar verbluten würde, großzügig gerechnet und bei Glück höchstens fünfzehn Jahre. Die kleine Göre Rosalind, an deren dreißigstem Geburtstag vor fünf Wochen Walter Tristan und Isoldes Liebestod in den CD-Player geschoben hatte, sie verlöre, sofern sie aus dem bäuerlichen Holz ihrer beiden Großmütter geschnitzt war, über fünfzig Lebensjahre mindestens, wenn nicht noch ein paar mehr. Walter hatte mit ihr auf die Ewigkeit angestoßen, und weil sie beide leicht beduselt waren, wagte sie die Frage, unter Alkohol eigentlich kein Wagnis: Du bist aber doch ein Atheist, oder? Damit hatte sie Walter sogar ein bißchen unsicher machen können, doch als sie von Gott zu reden anfangen wollte, ratlos, sie war aus der Übung, schnitt er ihr gleich das Wort ab. Ich glaube an eine Ewigkeit zwischen dir und mir. Es gibt nur noch uns beide. Rosalind erinnerte sich, wie scheußlich rapide, als ginge es rasend schnell und furchterregend tief auf der Achterbahn in eine Senke, ihr gnädiger Schwips sich in einer leeren öden grauenvollen Nüchternheit aufgelöst hatte. *Es gibt nur noch uns beide.* Womöglich in einem Reihenhäuschen wie diesem. Dann bliebe alles beim alten. Nur Walter, immer Walter, der Mann, für den sie einst ihre mehr als zwanzigjährige frühere Existenz gelöscht hatte, und der ihr nun beinah immer nur noch Angst machte. Weglaufen können hätte sie an diesem dreißigsten Geburtstag nicht mehr, denn Walter sorgte dafür, daß das Haus wie ein kleiner Kerker verrammelt war, aber sie wäre einem herzkranken Mann ja überlegen und schneller auf der Treppe in den ersten Stock, um dort in einem der Zimmer ein Fenster aufzureißen und sich irgendwie runterzuhangeln, wie man es in Filmen sah, sie würde sich ein bißchen verletzen, was aber im Vergleich zu Walters Vorstellung von der Ewigkeit, die ihr nicht nur wie Einzelhaft zu zweit, sondern auch verfrüht vorkam, nicht ins Gewicht fiel. Doch wie die Dinge lagen, Rosalind hatte sich an diesem Abend unter Wagners Musikbegleitung bis zum Geht-nichtmehr vollgesoffen. Sie war wohl wirklich ein liebes Mädchen. Walter nannte sie so, wenn sie es nicht war.

6

Manchmal denke ich, das bin gar nicht ich

Enzio drückte sich in Nikes Umkreis herum, er wußte nicht, wie er es sagen sollte. Da saß sie mit ihrem neuen Gesicht am Küchenfenster. Vorhin hatte sie ihn abgewiesen, woran er im Grunde gewöhnt war. Auch bei den Töchtern kannte er diese Art der Abfuhr und genoß sie fast, weil er sich dann selbstmitleidig in sein Souterrain-Refugium zurückziehen und über seine mißverstandenen Talente, mit sich und – hoffentlich! – seinem Schöpfer allein, lamentieren konnte. Was hatte er diesmal Nike angetan? Er glaubte an eine neue Theorie zur Entstehung ihrer Krankheit und war erst am Anfang seines Vortrags, als sie ihn gereizt unterbrach: Deine Tiraden machen alles nur schlimmer.

Nun gut, zog er sich eben zurück. Seit der Befund wie ein Blitz in die Familienrunde eingeschlagen hatte, war nichts mehr wie vorher. Und nach ihrem Krankenhausaufenthalt – Enzio dachte, dem ersten, andere würden folgen, wenn auch vielleicht nur zum Zweck der Therapien – hatte Nike sich dort am Küchenfenster ihren Platz geschaffen, den schweren Sessel von ihm und den Töchtern dorthin bugsieren lassen. Man mußte auf ihre Wünsche eingehen. Da saß sie meistens, müde wie sie jetzt immer war, und las in ihrer verdammten Broschüre, Titel: »Wie ernähre ich mich nach Krebs«. *Nach* Krebs! Enzio lachte grimmig in sich hinein. Wenn sie sich darin mal nicht täuschte. Ihm hatte der Gynäkologe Angst mit der Bemerkung gemacht, er gebe Nike nicht viel mehr als ein halbes Jahr.

Natürlich wußte Enzio, wie wenig Verlaß auf ärztliche Prognosen war, jeder konnte von schweren Irrtümern berichten, jeder, den man fragte. Und trotzdem, obwohl auch er für Nike – und für sich selber, für Leila und Nora mit – dringend hoffte, alles werde wieder gut, trotzdem: Nikes Hoffnung reizte ihn, schwer zu sagen, warum.

Er stieg die Treppe hinauf, unten in seiner kleinen Werkstatt hatte er sich auf nichts konzentrieren können. In der Küche, nicht weit entfernt von Nikes Sessel, wedelte er mit der Zeitung herum. Hast du die neuste Theorie über diesen Doppelselbstmord gelesen? Hast du sie gelesen?

Nike, die seit der Diagnose, nicht erst seit der Amputation ihrer linken Brust und den Schmerzen im linken Oberarm so empfindlich wie eine Karlsbader Oblate war, blickte widerwillig auf und sah so aus, als wolle sie schon wieder weinen. Sie wußte, daß sie mit ihren noch niemals guten, neuerdings aber verheerend schlechten Nerven die kleine Familie maltraitierte. Im Beschwerdeton sagte sie: Ich lese hier was über freie Radikale. Ich muß schließlich wissen, wie ich mich in Zukunft ernähren soll. Hast du eigentlich vergessen, was mit mir los ist? Enzio, was willst du?

Man behauptet, die Frau sei unheilbar krank gewesen.

Nike wartete nicht mit der von Enzio erhofften Hellhörigkeit auf. Sie hatte ein schlechtes Gewissen dabei. Gleichzeitig ärgerte sie sich über ihren Mann. Wollte er, daß auch sie an Selbstmord dachte?

Sie seufzte vor sich hin, was alles und nichts bedeuten konnte. Ihre Seufzer waren in dieser Wohnung das dominierende Geräusch geworden, eine Art Begleitgeräusch, statt Musikuntermalung, dachte Enzio. Er killte eine Bierdose.

Ich muß bekanntlich nachher nochmal kurz weg. Es ist Donnerstag. Er trank aus dem Dosenschlitz.

Ist gut, sagte Nike, ohne den Blick von ihrer niederdrückenden Lektüre zu heben.

Hauptsache, sie glaubt dran, hatte der Arzt zu Enzio gesagt. Wenn es nichts nützt, so kann es doch auch nicht schaden.

Nike aß nur noch nach den auf die heilkräftigen Wunder von Obst und Gemüse, allerlei Körnern, frischgemahlenem Haferkorn setzenden Vorschriften des verdammten Scharlatans, den diese Broschüre vermutlich längst zum Millionär gemacht hatte.

Mir kommt ein Selbstmord aus politischen Gründen auch idiotisch vor. Aber bei unheilbarer Krankheit … Enzio hörte auf. Nike schien ihm nicht zugehört zu haben, was er ausnahmsweise als vorteilhaft einstufte.

Seine Frauengesellschaft, diese Weiberfamilie, sie hörte ihm ja kaum je noch zu, und das störte ihn erheblich, aber diesmal war es gut so. Obwohl er ursprünglich mit dem Selbstmordbericht ein pädagogisches Ziel verfolgt hatte.

Er brauchte jetzt einen großen Schluck, um Nikes blasses schmales Profil anzusehen, und zwar: nicht nur so halbwegs und drüber weg, sondern um es zu studieren. In diesem Moment sah er voraus, daß er sie verlöre. Sie hatte die zweite Chemotherapie ganz gut überstanden, etwas übel war ihr, aber nicht so sehr, wie man es sonst hörte.

Nach der Operation jedoch war es ihr viel besser gegangen. Damals hatte sie sogar noch manchmal gelacht und geplant, sich zur Arbeit im städtischen Informationsbüro zurückzumelden, es stand auch eine Reise zur Van-de-Velde-Ausstellung irgendwo im Ruhrgebiet auf dem Programm, Nike wollte diesmal Nora, die Jüngere, mitnehmen, sie bekam leichter frei im ersten Jahr ihrer Ausbildung zur Floristin, während Leila, die schon seit vier Jahren in der Stadt Blumen band und verkaufte, nicht so ohne weiteres abkömmlich war und außerdem früher oft Reisen in andere Städte mitgemacht hatte. Doch, es hatte nach der Operation gut ausgesehen, Nike besuchte regelmäßig die Stunden bei einer Heilgymnastin, um mit ihr am linken Arm, dem Arm auf der operierten Seite, zu arbeiten – damals hatten sich ihre gesamten Befürchtungen auf diesen Arm und die Maßnahmen gegen seine Unbeweglichkeit gerichtet. Fast schöne Zeiten, wirklich.

Enzio mußte nun aufbrechen. Er war ein Fußgänger und dazu ein schlechter. Seit einiger Zeit machte ihm die Parkinson'sche Krankheit das Leben schwer. Enzio war auch in seinem Temperament verlangsamt, es war nicht nur der Bewegungsapparat der ihn zusammenduckte und älter machte. Viel zu oft regte er Nike damit auf, wenn er sich mit *seinen* Leiden zu Wort meldete.

Selbstverständlich ist Nike schwerer krank als er, sagte Tanja zu Kevin, und milderte den Satz sofort mit einem *vorläufig*, aber auch er tut mir leid. Ich sah ihn kürzlich in der Stadt und erkannte ihn kaum, ich hab *armer Kerl* gedacht. Seine Frauen nehmen ihn einfach nicht ernst. Sie nehmen ihn kaum zur Kenntnis. Schlurfend geht er, wie ein alter Mann, und er hält die Arme so komisch, so halb hoch, und die Hände läßt er nach unten fallen. Kevin, er hat mich an ein Eichhörnchen erinnert.

Eines Abends, das letzte Telephonat lag taktvollerweise lang genug zurück, rief Tanja bei Nike an. Hallo, Nike! Ich bins. Ich wollte dir nur erzählen, Hilli gehts besser, viel besser. Und weil alles bei ihr fast identisch war wie bei dir, bisher, müßte dir das Auftrieb geben. Nur Roy, er ist ziemlich anders als Enzio. Er treibt Sport, neuerdings bevorzugt er Golf. Er ist kein Wirrkopf, weißt du, aber im Grunde läufts auf dasselbe hinaus. Ich war bei ihnen, ich hab die zwei gründlich studiert. Wenn Roy wegwill, zu seinem blöden Golfclub oder was weiß ich wohin, dann wirft er noch einen Blick auf Hilli, ich kann dir sagen, einen Blick! Zwar betrübt, aber durch seinen Aufbruch schon ermuntert. Und als ich da war, rang er sich noch ein abschließendes Wort für Hilli ab, die brütete über ihrer blöden Broschüre, solche wie du sie auch liest, *Positiv denken* und so was, also sagte er: Joy hat Liebeskummer, schon wieder mal. Joy ist ihre Tochter.

Nike gab immer zwischendurch in Tanjas kurzen Pausen nur ein müdes *na ja* von sich. Wahrscheinlich las auch sie in so einer Broschüre, sogar beim Telephonieren, und lernte weiter, wie sie sich in Zukunft ernähren würde oder wie sie es schaffte, ein fröhlicher dynamischer Typ zu werden.

Und dann sagte Roy so ungefähr: Ich muß längst los, müßte längst dort sein. Machs gut. Geh nicht zu spät in die Falle, Schatz, hm? Ciao, na, du weißt schon, der ganze Schmus. Bye Bye.

Wiedersehen, bye bye, sagte Nike wie aus Versehen.

Und ich bin sicher, Roy lenkte das Auto *nicht* in Richtung Golfclub. Er sah so aus, als würde er irgendwas schwänzen, wo man ihn auch erwartete.

So so. Nike hätte bei größter Anstrengung, es zu vertuschen, nicht gelangweilter klingen können.

Ich erzähls dir nur, damit du Enzio in einem andern Licht siehst. Sie flüchten alle. Nehmen Reißaus, bei der ersten besten Gelegenheit.

Aber diese Henny …

Hilli, diesmal.

Es geht ihr doch so viel besser. Warum läuft er dann davon?

Das kann ich dir sagen. Seit sieben Wochen, und da

war Hilli noch nicht über den Berg, trifft Roy in einer Autoschnellraststätte Fee Lombach, und die kenne ich zufällig ganz gut. Und nach ein paar Bier, bei Fee sinds Martinis, gehen sie für etwa eine Stunde rüber ins Motel.

Tanja hatte sich in ihre Erfindung so gut eingelebt, daß sie Roy und Fee und Hilli vor sich sah und es ihr vorkam, als sehe sie einen Film und erstatte bloß Bericht über das, was sich gerade abspielte. Weil Nike unverändert lustlos beinah gar nicht reagierte, Tanja aber lustvoll sich bei Roy und Hilli aufhielt, machte sie nach ein paar belanglosen Bemerkungen mit dem Telephonieren Schluß.

Sie sah der Filmhandlung zu: »Ich nehme dieses trübe konkave Profil am Küchenfenster hinterm dünnen Vorhang herunterhängender grauer Strähnen – die Haare waschen könnte sie sich – mit dorthin zu meiner glänzenden Geliebten, dachte Roy, weil er sentimental sein wollte, während er brutal war. Verdammt, sie könnte diese Haare nicht nur waschen, sie könnte sie auch tönen. Sie machts absichtlich nicht, sie macht nichts aus sich, damit man sie noch mehr bedauern muß.« (Tanja hatte Nike vor Augen.) »Kurz vor der Auffahrt zur Raststätte besann Roy sich anders. Er kehrte um. Hilli sah freudlos auf, als er die Küche wieder betrat. Hast du was vergessen? Hab ich, ja. Roy stand unschlüssig herum, er lehnte sich gegen den Herd. Du kommst zu spät. Du mußt weg. Muß ich. Aber ich könnte auch mal wegbleiben. Die Welt ginge davon nicht unter. Roy wollte auf einmal wirklich wegbleiben. So mies er sich auch hier mit Hilli in dieser Küche fühlte, er wollte heute Fee Lombach sitzenlassen. Er sagte: Jetzt haben wir sie schon *Joy* getauft, und trotzdem hat sie nichts als Pech mit diesen blöden Burschen, so wie sie heute rumlaufen. Roy probierte ein bitteres Lachen aus. Hilli las, schwieg.« (Tanja dachte an die bestimmt noch jungfräulichen Töchter Nikes. Die beiden waren so altmodisch, die ältere hatte vielleicht ja doch schon was erlebt, aber die jüngere bestimmt nicht. Erstaunlich, Nikes Töchter fand Tanja wunderschön, liebreizend.) Sie dachte: Ich sehe diese kleine Film-Szene für Nike. »Roy knurrte: Ich nehme an, es kommt daher, daß sie heutzutage gleich nach dem Kennenlernen aneinander rumknabbern müssen. Sie müssen alles sofort erledigen. He he, bis aufs Ernstmachen, ich meine, heiraten, das ists, wonach ihnen bestimmt nicht der Sinn steht. Nach einer Pause kriegte Roy eine keck anzügliche Tonfärbung hin: Du, Hilli, hasts schlauer angefangen damals, hast mich ganz schön zappeln lassen. Das war die raffinierte Tour. Diese Jungen heute haben von nichts eine Ahnung.«

Hatte Nike Enzio *ganz schön zappeln lassen?* Tanja wollte sich nichts dergleichen vorstellen, weder sofortiges *Herumknabbern* noch das *Zappelnlassen*, nicht bei Leuten, die sie kannte. Über erfundene Personen konnte sie stundenlang phantasieren. Bei einer Hilli mit ihrem Roy beflügelte das Indiskrete Tanjas Phantasie, sie sah den beiden zu, und sie war jetzt in Roys Rolle geschlüpft, die kranke Frau war Nike, aber doch nicht so genau Nike, daß ihre privaten Empfindungen eine Barriere aufbauten. Hilli/Nike blickte zum zurückkehrenden Ehemann auf, mit der Anstrengung sehr kurzsichtiger Menschen, die für einen Moment ihre dicke Brille abgenommen haben und deren Augen sich mühsam, ein bißchen unwillig und auch verwundert durch eine Nebelwand kämpfen. Tanja sah Nike vor sich. Nike trug eine Brille. Trotzdem hatte sie diese Art, andere Menschen anzublicken, selbst wenn sie die Brille nicht absetzte. Das Sehen schien sie Überwindung zu kosten. Sie tat es, als habe sie sich dazu aufgerappelt und einen Widerstand gebrochen. Sie tat es offenbar einfach nicht besonders gern.

Tanja ließ ihren Roy sinnieren: »Und nun war dieser Körper, dessen Scheu er besiegt hatte – Hilli war schon mal mit einem Burschen liiert gewesen, sie hatte sogar mit ihm zusammen gewohnt, aber diese Verbindung war keusch geblieben, und das hatte Roy bei aller Genugtuung am meisten irritiert – ein Körper, so blaß und zahm, dachte Roy, daß mir seine Leidenschaftlichkeit beinah Angst gemacht hat, und dem ich zwei Schwangerschaften zugemutet habe, nun also war dieser Roy rätselhaft gebliebene Körper ihm noch rätselhafter und sogar unheimlich geworden. Er gestand sich das nicht gern ein, aber seit gefräßige und sehr schlaue, wenn es um ihren Erfolg ging, überaus findige Zellen auf dem besten Weg waren, aus der Opposition heraus die Regierungsgeschäfte zu übernehmen, faßte Roy seine Frau nicht mehr besonders gern an. Er war nicht einmal gern in ihrer nächsten Nähe, und bald würde daraus Hillis weiterer Umkreis, den er lieber mied. Roy dachte plötzlich: hätte ich besser auf Hilli aufgepaßt – der Schichtwechsel bei ihrer Halbtagsarbeit bekam ihr nicht gut, es fiel ihr dadurch noch schwerer, wenigstens einigermaßen den Haushalt zu organisieren – und wenn er sie öfter geliebt hätte ...« (Tanja dachte grimmig, und mußte dabei grinsen, an Enzio, der tatsächlich so etwas von sich gegeben hatte: *Sie hätte die dreifache Dosis Sex haben müssen!*) »... aber Hilli ließ sich gehen, sie war abgeneigt, gleich nachdem Joy geboren war: nichts mehr mit ihr los im Bett, nur einen Sohn wollte sie noch, ja, vielleicht wäre sie dann nicht krank geworden. Er verscheuchte den unsinnigen Gedanken. Die Ursache für Krebs haben sie noch nicht gefunden, sie wissen nur was von ein paar Risikofaktoren und von den Genen und von irgendwelchen klettverschlußähnlichen Sicherungen, die beim Gesunden die Zellen schützen und auf keinen Fall durchbrennen dürfen.

Als Roy im Flur zum zweiten Mal seinen Schal um den Hals schlang, hörte er, daß Hilli telephonierte. Sie redete tonlos, erstattete Bericht, vermutlich ihrer Freundin Bärbel oder ihrer Schwägerin, die zwei riefen zum Glück manchmal an. Roy lauschte: … und nach der dritten Chemotherapie kommt ein Abstand und danach 6000 bis 7000 Bestrahlungen, täglich. Die Zahl ist glaub ich die Strahlenmenge. Das wird sich in den Februar reinziehen.

Weil sie natürlich eine Weihnachtspause machen, dachte Roy zornig. Weihnachtspause! Diese Zellen machen keine.

Eine Zeitlang redete die andere Person, dann sagte Hilli: Ja, schon. Richtig schlecht gehts mir nicht. Aber ich habe keinen Appetit. Ich bin überhaupt vollkommen lustlos und dauernd müde. Aber das mit der Kiwi stimmt, war ein guter Tip. Eine Kiwi nüchtern, und die Verdauung klappt. Wenigstens *dazu* brauche ich die Zigarette nicht mehr.

Roy regte sich wieder über Hillis Ärzte auf. Mittlerweile kümmerte sich schon ein kleines Team von Medizinern um Hilli. Wut auf diese Berater vermischte sich mit Trauer um Hillis Fügsamkeit im Entbehren. Eine Folge ihrer Hoffnungen. Roy war sicher, Hilli, zäh und trübselig, hoffte, diese Sache zu überleben. Die Vollidioten von Ärzten! Wozu nahmen sie ihr noch das wenige, das sie entlasten würde: das Rauchen, ihre Tagesration Kaffee, irgendwas Unvernünftiges, aber Gutes zu essen? Den Alkohol? Tranquilizer? Weil alles das dem Immunsystem nicht zuträglich sei, wie jeder wisse. Hillis Immunsystem, als lohne es sich noch, auch nur ein Sterbenswörtchen darüber zu verlieren!

War das Seelentherapie, wollten sie mit ihren spartanischen Richtlinien Hilli an ihre Heilung glauben machen? Es war Quälerei, und sonst gar nichts. Quälerei, sagte Roy beinah laut vor sich hin und hängte eine seiner Lieblingswendungen dran: schlicht und ergreifend. Da merkte er, wie gut beide Adjektive Hilli charakterisierten. Hilli und die ihr verordnete Quälerei, beide mit dem Qualitätsprädikat *schlicht und ergreifend* versehen. Roy stellte sich eine Szene vor, in der die ärztlichen Spielverderber und Sadisten über Hillis Untersuchungsergebnisse gebeugt, über Röntgenbilder und Ultraschallaufnahmen und Tomographieabbildungen ihres verhunzten Innern den Kopf schüttelten, Hillis künftigen Leidensweg genau vor sich sahen, und dann doch seiner armen todkranken Frau wider besseres Wissen die werweißwie kurze Lebensfrist in aller Betulichkeit zusätzlich vermasselten. Es widerte Roy an. Hilli von innen: genauso widerwärtig. Peinlich, das vor sich selber zuzugeben. Die Krebszellen stellte er sich wie ameisenartige Tierchen vor, ziemlich große und fette Ameisen mit garstigen kleinen funkelnden Augen und ekligen spitzen Zähnen und mit schaufelnden vielen Beinchen.

Auf dem Küchentisch las Roy den Bestellzettel, den Hilli ausgefüllt hatte, gerichtet an ein Buchversandhaus: ›Heilung durch die Kraft des positiven Denkens‹. ›Die Kraft der Gedanken‹. Bestell-Nr. 57 391, 80 Seiten, DM 14.90. ›Universelles Leben‹. Dahinter stand die Adresse von einem Kaff in Baden-Württemberg. Roy, der Hilli nochmals erklären hörte, mit 6- bis 7000 Bestrahlungen sei wahrscheinlich die Dosis gemeint, ärgerte plötzlich ihr Vertrauen in die Redlichkeit der Person, der sie berichterstattete. Jetzt sagte sie: Es kann halt doch gut sein, daß noch eine Anzahl Lymphknoten befallen ist, daß das gestreut hat oder so. Sie lachte sogar ein bißchen, munter klang es nicht, war aber Lachen, und Roy fühlte sich daraufhin noch jammervoller. Ja warum denn verdammt nochmal hatte der Gynäkologe nicht sämtliche Lymphdrüsen weggemacht, alle miteinander, diese elenden dummen Dinger?

Mit dieser Frage hatte Roy Hillis ältere Schwester, in ihrer ordentlichen gutbürgerlichen Art zu Hilli ein Kontrastprogramm, neulich so angeschnauzt, als sei *sie* für dieses Versäumnis, denn das war es doch wohl, verantwortlich. Die beinah fünfzehn Jahre ältere Schwester hatte mit der Logik eines Hausfrauenverstands und als gehe es um die praktische Lösung eines Problems aus dem Sektor Saubermachen oder Einkaufen energisch kalt geantwortet: Aber fünfzig hat er ja herausgeschält, und stell dir das bitte mal vor, fünfzig, was für eine Arbeit!

Ich hätte übrigens besonders viele Lymphdrüsen, sagte Doktor Spira, keine Ahnung, ob er nur einen Witz gemacht hat, berichtete Hilli.

Roy dachte: Positiv denken, Schwachsinn! Außerdem würde eine Frau wie Hilli, immer schon pessimistisch und nah ans Wasser gebaut, so was nie lernen, selbst wenn mans lernen könnte, und unter den jetzigen Bedingungen konnte man es schon gar nicht. Auch als Gesunde hätte sie es nicht hingekriegt, was immer das sein soll, positives Denken. Aber mitten im Stadium B und mit ihren Müdigkeiten und den trüben Stimmungen ist so ein Ansinnen der blanke Hohn.

Das letzte, was er von ihr hörte – er winkte ihr einen Abschiedsgruß zu –, ging ihm während der Fahrt zur Raststätte nicht aus dem Kopf. Sie hatte ins Telephon gesagt: Manchmal denke ich, das bin gar nicht ich. Ich hab die Krankheit nicht, nicht ich, das ist eine andere, die krank ist, sie ist immerzu irgendwie neben mir.

Eigentlich denke ich das nicht nur manchmal. Ich denks ständig: Das bin gar nicht ich.

Aber du bist es, du bist es, meine arme Kleine.« (Tanja fand, Nike brauchte statt Enzio dessen nicht wirrköpfiges Pendant, *ihren* Roy, aber andererseits, Roy war ein Ehebrecher, Enzio höchstens ein Möchtegernehebrecher, er wäre nicht imstande, Strategien zu entwickeln, sein Ziel konsequent zu verfolgen.) »Arme Kleine, du bist es. Roy fühlte trotzdem, ein bißchen recht habe Hilli doch mit dieser Empfindung, nur verstand er nicht, inwiefern, und er kam auch nicht dahinter. Krebs paßte nicht zu ihrer Biographie, so wie sie sich die vorgestellt hatte – aber wer plante schon Krebs in seine Biographie ein und fand dann, es passe? Als Roy um den Block bog, sah er Thomas in seiner Sportplatzausrüstung. Er ging am Bordsteinrand neben einer Gruppe von Freunden mal in einem Hüpfschritt, den einen Schuh setzte er auf den Bordstein, den andern auf die Straße, mal kickte er einen Stein vor sich her. Weil er sich seinem Zuhause schon so nah fühlte, machte Thomas ein wie zur Probe trübseliges Gesicht. Die Faxen mit dem Hüpfen und Steinankicken waren trotzige Heuchelei. Thomas spielte seinen Freunden Gleichmut und Kaltblütigkeit vor. Sie sollten ihn nicht bedauern: Puh, der muß zu seiner kranken Mutter zurück. Roy wußte, sein Sohn würde sich nach einem kurzen Blick auf den Sessel mit dem Schattenriß seiner Mutter am Fenster nach einem *hallo ich bin zurück* sofort in sein Zimmer verkriechen. Nicht mehr lang und er müßte doch in der Küche erscheinen, um sich so schnell wie möglich ein paar Sachen zum essen zusammenzusuchen. Joy käme viel später oder bliebe über Nacht bei einer Freundin. Das tat sie in letzter Zeit ziemlich oft.

Roy fand, er solle umkehren. Plötzlich haßte er Fee

Lombach, ohne allerdings Hilli deshalb wie zum Ausgleich glühend zu lieben, ach Unsinn, falsch: Er liebte sie, das körperliche Verlangen abgezogen. Vor ein paar Tagen hatte es ihn Überwindung gekostet, den Reißverschluß an Hillis Jacke zu reparieren, während sie die Jacke anhatte. Schwerarbeit. Doch sollte er das tun, wirklich, sie in die Arme nehmen, sie um die Schultern fassen, sie war doch nicht ansteckend, er sollte es tun.

Dann saß er mit Fee am Tisch vor den Papierlätzen für den Fall, daß sie etwas essen wollten. Fee sah gepflegt aus. Ihre kurze blonde Frisur wusch sie jeden zweiten Tag morgens unter der Dusche. Vor allem sah sie schamlos wundervoll gesund aus. Roy empfand Feindseligkeit und große Lust, ohne Umschweife mit ihr ins Motel rüberzuziehen. Aber er setzte seinen Stuhl nur ein bißchen zurück. Als er ihr Lächeln mit einem Grinsen erwiderte, verachtete er sich dafür. Ich sags ihr sofort. Ich sags ihr, daß ich fort muß. Fee, es ist aus. Aus und vorbei. Schluß, wie nie gewesen. Sofort sag ichs.

Roy trank ein zweites Bier und hörte Fee bei ihren Nachahmungskünsten gemeinsamer Arbeitskollegen zu. Immerhin nicht mit der gewohnten Belustigung. Aber er mußte doch ab und zu lachen. Sie war einfach gut. Er gab sich Mühe, an Hilli zu denken.

Und wen hab ich jetzt eben imitiert, wen? Fee beugte sich dicht über die Tischplatte hinweg zu ihm vor. Mit der Nase stieß sie fast in sein Gesicht. He! Hallo! Guten Morgen, Roy, schon aufgewacht? Na schön, ich machs nochmal, ich krieg die alte Zimtziege nämlich verdammt gut hin. Schlaf nicht wieder ein, obwohl, sie hat was Monotones, die Schreckschraube, also hör zu: Fee kopierte eine leiernde, transusige Frauenstimme bei ihrer eintönigen Litanei über die gelobte gute alte Zeit vor der Umstellung auf die ständig verrückt spielenden Computer. Die Abteilungsleiterin. Roy mußte Fees Talent bewundern, und im Stillen bewunderte er ihr hübsches flächiges glattes Gesicht, und er wußte nicht, wen er gemeiner fand, Fee oder sich selber, als die fröhliche Parodistin sich ihr nächstes Modell vornahm: Wieder eine eintönige Stimme, wieder eine Frau, den Ton setzte Fee etwas höher an, und beim Abfallen klang er so monoton wie in der geringen Höhe, und die Stimme klagte über Müdigkeit und wiederholte mehrmals *ach nein ich hab keine Lust, nein auch dazu hab ich keine Lust. Laß mich nur so einfach rumsitzen.* Fee strahlte ihn an: Die kennst du ziemlich gut. Na, wer wars? Das eben, die lustlose Frau, war Hilli gewesen. Nicht erkannt? Roy schüttelte den Kopf.

Kopfschütteln sei keine Antwort. Fee wartete einen Augenblick, dann verwandelte sie ihr gutaufgelegtes Gesicht geschickt und setzte eine sorgenvolle Miene auf. Ich bin nicht taktlos gewesen, sags mir, daß ich nicht taktlos war.

Schon gut.

Es geht ihr doch einigermaßen.

Einigermaßen. Schon gut. Lassen wir das.

Ist eigentlich was mit dir? Fee beruhigte sich, lehnte sich zurück.

Was soll sein.

Gehts ihr schlechter?

Nein. Wie gestern und wie morgen. Plötzlich bekam Roy Lust, Fee damit zu strafen, daß er ihr etwas vorlog. Es geht ihr eher besser. Sie hat gute Chancen.

Na toll. Dann ist ja alles bestens. Gehn wir?

Der zweite Akt, der Akt Motel, heute fällt er aus, sagte Roy.

Machs nicht so spannend, ist wirklich nicht nötig. Fee lachte. Ihr Männer werdet immer zickiger. Früher waren die Frauen so. Also los, mach schon. Ich muß Punkt zehn zu Haus sein.

Roy ließ sich von ihr abschleppen. Bei der Liebe dachte er an gar nichts. Er fühlte sich großartig gesund, und Fee war ein schönes Gefüge aus Zellen, die sich hinter ihren intakten Klettverschlüssen ordentlich benahmen.

Aber danach hatte er es eilig. Ohne nach Haus zu wollen, mußte er nach Haus. Fee sah auf ihre Armbanduhr mit dem Resultat: Sie hatte noch eine herrliche Dreiviertelstunde Zeit.

Ich aber nicht, sagte Roy.

Du liebst eine andere, stellte Fee ruhig fest.

Mach ich. Erraten.

Du Schuft. Wer ist sie. Aber Fee blieb vergnügt, sie glaubte ihm kein Wort.

Roy kam Hillis Satz in den Sinn, und während er Fees Arme, die ihn zu ihr niederzwingen wollten, ohne Kraftaufwand abschüttelte, wiederholte er ihn: Manchmal denke ich, das bin gar nicht ich.

Wenns weiter nichts ist. Fee gähnte. Weißt du, dieses Bereuen und Sentimentalwerden hinterher, ich finds nicht originell. Post coitum. Trübsal oder so was, ich kanns nicht weiter, aber du bist dir das nicht schuldig. Im Film raucht der Mann danach eine Zigarette und blickt nach oben.

In *alten* Filmen. Steh auf, zieh dich an. Roy stand neben dem Bett.

Also, wer ist sie! Fee spielte nochmals die Rolle mit dem sonst zugkräftigen Ich-hab-schon-wieder-Lust-Gesicht. Komm doch. Komm nochmal zu deiner Fee. Feen können zaubern.

Roy legte sich in seinen Sachen, sogar mit der Parka und dem Schal um den Hals, aufs Bett und schob sich auf die nackte Frau. Er tuschelte ihr ins Ohr, was Fee garantiert sexualisierte: Du bist die dreizehnte Fee, und *die andere*, das ist Hilli. Das ist meine Frau.

Fee erlitt eine Art Lachstoßanfall. Als sie damit fertig war, zog sie seinen Kopf auf ihre warme Schulter.

Dann ists ja gut. Deine Frau. Wunderbar. Und ich arme Irre hab tatsächlich angefangen zu fürchten, du machst ernst.

Mach ich, sagte Roy.

Ich hätte ernsthaft Konkurrenz gekriegt. Sie kicherte und kitzelte ihn.

Hast du.

Oh ja, und wie! Fee küßte Roys Schläfen und seine Stirn, als wolle sie kleine Stempel auf seine Haut drücken. Spiels nochmal, Sam. Sie fing an, die Leitmotivmelodie aus *Casablanca* zu summen, und Roy summte mit, aber er stand auf, er ging aus dem Zimmer, er summte die Melodie, bis er zu Haus die Eingangstür aufschloß.«

7
Nebenwirkungen

Tanja war neugierig auf die Ärztin, von der die bescheidene Nike sich viel, sicher zu viel, versprach. Wahrscheinlich hatte vor ihrer Krankheit kein Mensch außerhalb des engsten Familienkreises jemals nur ganz allein *sie* gemeint und sich so eingehend wie die Ärztin mit ihr befaßt. Die kranke Nike war so überraschend anders als die gesunde. Eine Charakteristik der gesunden Nike wäre bei Tanja immer auf folgende Haupteigenschaften hinausgelaufen: zuverlässig, rechtschaffen, insichgekehrt, menschenscheu, hat schlechte Nerven. Zwar konnte man früher, als sie noch bei ihren Eltern lebte, mit ihr Blödsinn machen und albern sein, aber schlagartig kippte oft ihre Stimmung um, gereizt durch die geringfügigste Störung – ihr Vater fing an, mit ihr anzugeben, später tat Enzio das gleiche: *Wartet nur, dieser Job jetzt entspricht nicht ihren Fähigkeiten, und eines Tages wird sie, zu Höherem berufen, auch dorthin aufsteigen* – und die für diesen hochtrabenden Quatsch zu intelligente Nike empfand das Absurde und Belastende der großartigen Erwartungen, deshalb wurde sie zuerst grantig und schimpfte laut, dann mußte sie übergangslos weinen.

Die kranke Nike fand Tanja noch viel schwerer zu verstehen. Für eine Frau benahm sie sich ungewöhnlich sachlich. Nur gerade so emotional wie anderen gegenüber angemessen. Über ihre Prognose sagte man ihr nicht alles: Sie schien das zu merken. Von Natur aus skeptisch-kritisch und kaum je optimistisch, brachte sie ihre Zweifel und Bedenken selbständig in jede Information hinein, andererseits wiederholte sie die eingestreuten Ermutigungen in einem etwas fragenden Ton, wie jemand, dem man in Aussicht stellt, *nur Geduld, gleich kommt der schöne Ausblick*, und für den es eigentlich keinen Grund gibt, an der Verheißung zu zweifeln. Tanja erkannte in Nikes Hoffnungen trotzdem Arbeit und Willensanstrengung.

Kein Wort zu viel von Nike, du wirsts nicht erleben, daß sie weitschweifig wird, sagte sie zu Kevin.

Warum sollte sie auch, sagte Kevin.

Als Enzio am Telephon jammerte – Enzio, eher einer, der übertrieb und sich gehen ließ und von Mitleid nicht genug bekommen konnte – natürlich weine Nike jetzt ziemlich oft, hatte Tanja Nike im Hintergrund schimpfen hören.

Sie protestiert aber ganz gehörig, ich kanns hören, Enzio!

Aber Enzio ließ es nicht gelten.

Gib sie mir mal, bat Tanja.

Sie will lieber nicht sprechen, fürchte ich, klagte Enzio.

Gib sie mir, überrede sie.

Dann kam Nike an den Apparat.

Ja? Sie fragte so vorsichtig wie ein Kind, das mit einer Ermahnung rechnet. Wie meistens hörte sie sich mißmutig an, auch mutlos, aber: wie meistens. Wie vor ihrer Krankheit. Aus geringer Höhe fiel ihre eintönige Stimme noch ein bißchen tiefer ab, es klang, als wolle sie sagen: Was habe ich schon Besseres zu erwarten? Was ist von mir überhaupt zu erwarten? Wie komisch, daß jemand sich was davon verspricht, mit mir zu reden. Ich bin nur Nike. Achtung, es wird sicher langweilig mit mir.

Sie weine gar nicht oder fast nicht, nicht mehr als sonst, erfuhr Tanja von ihr. Aber selbstverständlich sei sie nicht zum Jubeln aufgelegt. Da lachte sie sogar ein bißchen, und Tanja bewunderte sie erstaunt. Sie konnte sich nicht in Nike einfühlen. Nike war so verdammt ehrlich.

Bekommst du nicht irgendwas für die Stimmung? Es gibt doch massenhaft Medikamente, durch die sich die Stimmung aufhellt. Du würdest dich wundern.

Das soll nicht sein, weil es die Leber belastet. Sie haben es mir erklärt. Nike war die Ergebenheit selber. Keine Spur von der Aufsässigkeit aus früheren Zeiten, wenn sie bei den hymnischen Tiraden ihres Vaters, diesen geheimen Forderungen, und mitten in der großspurigen Suada Enzios, gespickt mit versteckten Ansprüchen, durchdrehte.

Mir läßt das keine Ruhe, es macht mich wütend, sagte Tanja zu Kevin, der die Anordnung der Ärzte, Nikes Geduld und Tanjas Rebellion, hinnahm, undurchsichtig, einsilbig, nach Männerart. Männerart? Enzio machte zu viele Worte, zu welchem Thema auch immer. Verstehen konnte Tanja die schwatzhaften Männer besser, aber die wortkargen waren ihr lieber.

In einem kleinen, mit medizinischem Gerät und Medikamentenschränkchen, einem Tisch und zwei Stühlen möblierten, gelb gekachelten Raum der radiologischen Abteilung wartete Tanja auf die Ärztin, von der Nike so viel hielt. Über den Tisch verstreut lagen Papiere, und ein Kaffeebecher, halb leergetrunken, stand in der Seifenablage des Waschbeckens. Warum empfängt sie mich nicht in ihrem Sprechzimmer, oder hat sie in der Klinik kein Sprechzimmer, fragte Tanja sich. Ha, sie weiß ja nicht, wer sie hier erwartet, sie hofft, ich sei als Patientin hier, bereits interessant zellverwuchert, zerfressen überfällig, und mit so einer kommt man ohne Umweg übers Sprechzimmer an einer öden

Stätte wie dieser sofort zur Sache. Nur der Kaffeebecher machte die Ärztin menschlich.

Die hübsche Gehilfin, eine junge Frau mit strammer, vom Kopf abstehender Dauerwelle im dichten rötlichen Haar, hatte Tanja vorhin ins Zentrum des Bösen geführt, in die Nähe der therapeutischen Katakomben, worin sie versuchten, das Gute zu erwirken, oft gegen besseres Wissen. Was sollten sie sonst tun? Die Kranken wegschicken? Nike zum Beispiel, Enzio, die Töchter, sie brauchten das Vertrauen auf ihre Methoden. Und Tanja ginge es als Patientin genau so. Plötzlich empfand sie Nike als ihre Stellvertreterin. Als habe Nike ihr, vielleicht durch einen Irrtum, ein bloßes Versehen, die Krankheit abgenommen. Als eine Vorreiterin sah Tanja sie sowieso. Nicht Nikes Weg, nicht unbedingt diesen Weg, würde auch Tanja gehen, sie kannte ihren Weg nicht, aber war man nicht schon drauf, seit es mit dem Leben angefangen hatte, auf dem direkten Weg in die Richtung Tod?

Die Ärztin tritt ein. Etwas atemlos, um zu bekunden, wie beschäftigt sie ist. Sie gibt Tanja zu erkennen: Zeit ist mein Problem, ich habe nämlich keine zum Verschenken. Sie sieht nach einem trotz Überforderung erwartungsvollen Blick mit eingebettetem Prophylaxe-Mitgefühl enttäuscht aus, als Tanja sagt, wer sie ist. Ah, bloß eine Verwandte, eine Gesunde, jemand, der mich über eine Patientin aushorchen will: So interpretiert Tanja den Ausdruckswandel im Gesicht der Ärztin. Die Ärztin läßt Tanja nicht ausreden. Schon gefällt ihr die Sachlage besser, ihre Mimik wird ironisch, und sie fängt an mit *ärztlicher Schweigepflicht* und *allernächsten Angehörigen*, Tanja als Schwägerin gehöre in diesen engsten Kreis leider nicht, und nun ist es Tanja, die sie unterbricht, indem sie erklärt, all das wisse sie, und die Patientin selber informiere sie regelmäßig genau darüber, wie weit die Krankheit schon fortgeschritten sei. So fern man die *Patientin* ausreichend informiere.

Gut gemacht, reingelegt, ironisch sein kann ich besser! Was Tanja gesagt hat, scheint der Ärztin, wieder im Sinn einer Enttäuschung, nicht zu gefallen. Die Ärztin ist übrigens noch sehr jung. Sie hat etwas Saloppes und glattes blondes Haar und ein ungeschminktes vergnügtes Gesicht und sieht aus, als würde sie niemals krank, nicht weil sie besonders stabil gebaut wäre, ihren Schnupfen kriegt sie schon auch, sondern weil sie ein Geheimnis kennt, das sie vorm Kranksein schützt, oder weil sie ihr Studium vielleicht summa cum laude absolviert hat, oder kraft ihres Amtes. Sie sieht auch aus, als würde sie nie älter, sie sieht unsterblich aus, sie wird sich immer zu helfen wissen, und sie wird aus diesem Becher einen wundervollen aufweckenden Kaffee trinken, während Nike ihn sich, auf der Ärztin Gebot achtend, versagt, und wird wieder Kaffee trinken, wenn Nike schon längst nicht mehr weiß, ob sie Kaffee mag oder nicht, weil es ihr zu schlecht geht, um das zu überlegen. Durch welche Magie bloß können zwei derartig verschiedene Frauen wie Nike und diese Ärztin sich gut verstehen? Oder unterstellt die arme Nike nur, die Ärztin verstehe sie gut? Hilft ihr deren Sachverstand aus der Einsamkeit, ist sie eine Komplizin, der Draht nach draußen, diesseits der Verbannung in die Krankheit? Die Krankheit, das Straflager.

Tanja sagte: Ich begreife einfach nicht, warum man meiner Schwägerin nicht mit Psychopharmaka über die Runden hilft. Sie war nie ein Bruder Lustig, aber …

Gewiß nicht, sie ist eine *Frau*. Die Ärztin lachte.

Sie war nie ein fröhlicher Mensch, sie ist nicht sorglos durch ihr Leben gehüpft.

Ein Kind von Traurigkeit. Ist mir nicht entgangen.

Das trifft es nicht ganz. Aber egal. Es geht um ihr ge-

genwärtiges Elend. Dafür bringt sie wenig Reserven mit.

Sie hält sich tapfer.

Das ist anstrengend. Sogar den Optimisten vergeht ja wohl das Lachen in einer Situation wie dieser, etwa nicht? Und es *gibt* Medikamente, ich weiß Bescheid.

Die Ärztin macht eine ungeduldige Bewegung, mit der sie *Bescheid weiß erst recht ich* ausdrückt.

Sie muß jetzt viel durchstehen, eine verfluchte Menge, sagt Tanja. Aber was sie nicht aushalten müßte, das ist diese düstere Stimmung. Sie hängt da in ihrem Sessel rum.

Ihre Schwägerin macht die Chemie gut mit, bestens, tapfer tapfer. Und demnächst wird sie es bei den Bestrahlungen ebenso hinkriegen, sagt die Ärztin. Reden Sie ihr bloß nichts ein, machen Sie ihr keine Angst.

Das ist bestimmt nicht nötig.

Die Ärztin lacht zwar, aber sie hat genug von Tanja.

Ich rede von ihrer Gemütsverfassung. Wie ich gehört habe, weint sie viel. Mir sagt sie, sie sei vollkommen lustlos. Und daran läßt sich mit einem anständigen Tranquilizer etwas ändern.

Ihre Schwägerin ist sensibel, aber auch kraftvoll. Beides ist sie.

Tanja kannte längst diese lobende Zensur. Die behandelnden Ärzte mußten sie einander weitergereicht haben. Sie beeindruckte Nike schon in der ersten Zeit nach der Brustamputation, als der Schock darüber noch wirkte, daß wahrhaftig *Krebs – ja: Krebs, es ist kein Irrtum!* – ihrem Leben diesen Tritt vors Schienbein gegeben hatte. Aber alles schien damals noch überschaubar zu sein, und Nike hielt sich an die gute Note für ihr Naturell. Daß sie sensibel war, hatte sie vorher schon gewußt, aber *kraftvoll?* Das kam einer Erleuchtung gleich. Es mußte Wunder wirken. Gute alte Zeit vor den Metastasen.

Sowohl das Sensible an ihr als auch das Kraftvolle, beides könnte ein Highlight dringend gebrauchen. Tanja lacht, um der Ärztin zu gefallen. Und es ist auch höchste Zeit für ein Kompliment an deren Adresse: Meine Schwägerin schwärmt von Ihnen. Wirklich, sie lobt Sie in den höchsten Tönen. Und du hast es nicht verdient, und den Tatsachen entsprach es auch zu keinem einzigen Zeitpunkt, denkt Tanja. Noch nie in ihrem Leben hatte Nike irgendwas *in den höchsten Tönen* gelobt, angeschwärmt erst recht nichts, *höchste Töne* kamen bei ihr nur vor, wenn sie im Zorn Enzio anschrie. Sogar über ihre Passion für den Jugendstil sprach Nike gedämpft, als traue sie weder sich noch dem Jugendstil zu, daß diese Liebe zu irgendwas tauge; ihrer Liebe traute sie zaghaft, aber sie hielt es für unwahrscheinlich, der Jugendstil werde sie auf irgendeine Weise erwidern.

Na sehen Sie, Ihre Schwägerin und ich, wir kommen gut miteinander aus. Steht doch alles zum Besten. Vertrauen zum Arzt ist ungeheuer wichtig. Gehen Sie vorsichtig damit um, zerscheppern Sie kein Porzellan.

Ärzte sind ganz schön kaltblütig, oder hartgesotten, abgebrüht, vielleicht müssen sie so werden: Der Ärztin war Tanjas Huldigung nicht in den Kopf gestiegen.

Meine Schwägerin kasteit sich, das kommt noch dazu, und sie machts, weil mans ihr gesagt hat. Sie soll gesund leben. *Gesund!*

Ganz recht.

Sie ist *krank*!

Um so wichtiger, daß sie gesund lebt.

Finden Sie es denn noch sinnvoll?

Die Ärztin erinnerte Tanja an ihre ärztliche Schweigepflicht, an den engsten Kreis, zu dem sie leider nicht gehöre, und den hippokratischen Eid erwähnte sie diesmal auch.

Sie versagt sich Sachen, nach denen sie Lust hat, oder vielleicht *hätte*, bedenken Sie, *Lust!* Bei einer, die sich *vollkommen lustlos* fühlt.

Sie ist eine vernünftige Frau. Und Sie sind es nicht, läßt die Ärztin weg, ihren gegnerischen Blick aber sagen.

Was hat das noch mit Vernunft zu tun? Ihre Chancen sind gering, seit den Metastasen in der Leber, also warum sollte sie nicht, so lang es überhaupt noch geht, etwas genießen, es einfach leichter haben. Mit *Mama's little helpers.* Tanja lacht, wonach ihr nicht zumute ist.

Ihre Schwägerin dächte dann: Ich schade mir, und aus und vorbei wärs mit dem Genießen. Sie weiß Bescheid über die Nebenwirkungen.

Nebenwirkungen! Bei ihrem Befund! Lauter Hauptwirkungen. Das ist doch alles lächerlich. Ich finde, man legt sie rein.

Ein bißchen Mogelei ist wichtig. Gut für die Hoffnung.

Es täuscht.

Sie müssen bedenken: Es muß alles über die Leber. Alles. Ich sags Ihnen ja gern ein zweites Mal: Die Chemotherapie stellt unsere Patienten in eine hohe Belastung. Anschließend setzt die Bestrahlung den gesunden Zellen zu. Dem gesamten Organismus wird eine Menge abverlangt.

Ebenso der Seele.

Nochmals, da Sie ja informiert sind: Die Erkrankung hat in besagte Leber metastasiert, also heißts: Pfoten weg von Psychomittelchen. Jedes zusätzliche Medikament ist eins zu viel.

Tanja muß sich zusammennehmen, um Nike nicht zu schaden. Aber *das ist pervers und brutal* allerdings ziemlich sanft und mit einem Lächeln zu sagen, kann sie sich nicht verkneifen, sie will es nicht.

Wie Sie meinen, sagt die Ärztin.

Tanja probiert eine noch sanftere Stimmlage, lächelt schief: Allzu viel Lebenszeit hat meine Schwägerin vermutlich nicht mehr vor sich, für diese ganze tolle Tapferkeit und so was. Und da denken Mediziner an *Nebenwirkungen*. Das gäbe ein Stück fürs absurde Theater.

Schreiben Sie es. Diese Ärztin ist nicht zu kränken.

Man könnte ihren Lebensrest verschönern. Besänftigte Gefühle, ein bißchen Euphorie …

Sie schaffts auch so, beschließt die Ärztin.

Halt mal! sagt sie. Tanja steht schon, bereit zum Abschied, die Ärztin auch, sie zeigt jetzt, wie ungeduldig sie ist, steht neben ihrem Stuhl am Tisch und blättert in den Papieren. Halt! ruft sie aber trotzdem nochmal und blickt zu Tanja hin, tritt zwei Schritte vor zu ihr. Was haben Sie denn da bloß am Hals? Sie tritt noch näher, beäugt eine Stelle an Tanjas Hals. Hier, links vom Kehlkopf.

Tanja kann sie nicht leiden, weil sie ihr einen Schrecken einjagen will. Gegen ihre Absicht es zu tun, eher wie hypnotisiert, greift sie dorthin, und wirklich, links vom Kehlkopf trifft ihre Fingerspitze eine kleine harte Erhebung. Eben war noch nichts da, jetzt ist es da und warm, juckt auch, alles erst ab jetzt.

Tanja sagt: Das hier ist doch völlig egal. Wann bekommt meine Schwägerin ein Medikament gegen ihre Ängste und das Weinen? Es gefällt ihr selbst nicht, wie jämmerlich sie klingt.

Wenn es so weit ist. Im Endstadium. Da kriegen unsere Krebspatienten das Morphium sogar als Infusion, also durchgehend. Wenn starke Schmerzen auftreten, geben wir ihnen das Beste vom Besten. Aber was das da ist, links vom Kehlkopf da an Ihrem Hals, mir gefällts nicht besonders.

Ein Insektenstich, behauptet Tanja aufs Geratewohl. Die winzige Stelle brannte. Vorher hatte sie nicht einmal *existiert*. Sie haßte die Ärztin. Ein uralter Insektenstich, er war schon verjährt, aber manche wachen plötzlich wieder auf.

Die Gehilfin mit der krausen abstehenden Frisur steht auf einmal bereit. Geht es um einen Termin? fragt sie ihre Chefin.

Zuerst beim Hautarzt. Die Ärztin, wieder richtig froh, hat sich gerächt. Wissen Sie, es kann jeden von uns erwischen.

Die beiden Frauen geben sich die Hand, sie lächeln einander an, sie können sich nicht leiden.

Alles Gute. Grüßen Sie Ihre Schwägerin.

Bye bye, sagt Tanja.

Auf Wiedersehen, sagt die Ärztin. Oder: hoffentlich nicht, ich hoffs für Sie.

Okay, ich nehme an, das erfüllt sich. Das läßt sich bestimmt machen, sagt Tanja. Sie möchte die Tür zuknallen, aber das macht sie nicht. Die Ärztin würde es als ihren eigenen Triumph verbuchen.

8

War ich taktlos?

Ich kann es nicht verstehen, daß sie mir so bereitwillig antwortet. Sie gibt mir jede Auskunft ohne Mißtrauen, und das will mir einfach nicht in den Kopf. So viel Demut. Sie läßt mich teilhaben.

Tanja wartete darauf, daß Bunny Shapiro etwas sagte, aber er sagte nichts. Tanja bekam allmählich kalte Fußzehen, und deshalb fing sie an, sie in den Schuhen bei jedem Schritt zu bewegen. Kevin, oder wenn sie heute abend käme, um vom neusten Stand ihres Melodrams zu berichten, Beryl würde sie erzählen: Bunny mag rasches Gehen nicht, und ich mag langsames Gehen nicht, schon allein wegen meiner Fußzehen. Weil ich nämlich, und wenn es bloß so um die sechs, sieben Grad plus sind, kalte Füße kriege, komisch, zu Haus habe ich immer zu warme Füße, was ich ebensowenig ausstehen kann. Aber die kalten Füße draußen sind gefährlich, denn meine Frostbeulen könnten aufwachen, später, wenn ich mich im Haus aufheize. Diese Frostbeulen sind das einzige schlechte Andenken aus meiner Kindheit. Aber Tanja zog auch nicht diese vernünftigen plumpen Schuhe an, die von Orthopäden empfohlen wurden, nicht, bis es wirklich Winter und unvermeidlich war. Bei solchen Unleidlichkeiten – Frostbeulen, weiter nichts – fiel Tanja jetzt immer Nike ein, und wie nichtig sie waren verglichen mit dem, wodurch *ihr* bedauernswerter Körper drangsaliert wurde, und wie gern Nike ein so kleines Problem wie zu kalte oder zu warme Füße hätte, im Tausch mit ihrem.

Die Felder waren dunkelbraun, die Wege matschig und auch dunkelbraun, voller Pfützen wie an dem Nachmittag mit Blondie Beryl, aber diesmal sorgte Tanja sich nicht um ihre schönen italienischen Kacheln zu Haus, denn Bunny käme bestimmt nicht noch auf einen Kaffee mit. In der düsteren Szene unterm Hochnebel, der in einzelnen Schwaden bis zum Boden fiel wie Qualm von einem weit entfernten Feuer, sah man wenig anderes als dieses Braun, nur noch ein paar nicht durchgezackerte Zwischenflächen aus verschossenem Grün, und durch eine solche nebelumwölkte Grünparzelle stapfte plötzlich eine Schafherde auf sie beide zu. Alle Schafe hatten schwarze Köpfe. Sie sahen mit ihren dicken wolligen wagenförmigen Körpern auf den dünnen Stöckchenbeinen drollig aus.

Beryl würde natürlich fragen: Wer ist denn dieser Bunny Sowieso überhaupt? Und dann kichern und vielleicht hoffen, Tanja entschlösse sich auch mal wieder zu einem Liebhaber. Bunny Shapiro war Nikes Freund aus der Zeit vor Enzio, bei Nike eine altmodisch brave Zeit; so viel Tanja wußte, war zwischen den beiden nichts passiert, obwohl er sogar mit ihr in einer Wohnung gelebt hatte, aber da waren noch ein paar andere drum herum gewesen. Bunny galt damals als Nikes Partner. Das Wort hörte sich doof und irgendwie nach Firma an, nach Geschäftsbeziehungen. Sie hatten zusammen Psychologie gebüffelt, bis Nike aufgab und es mit einer Hotelfachschule probierte, dann auch dort aufgab. Bunny hatte geheiratet und Tanja mit Begräbnisstimme anvertraut, bei seiner Frau seien stumme Zysten entdeckt worden. In den Nieren, aber sie forschten weiter. Vorher hatten sie über Nike gesprochen. Angeblich könnten solche stummen Zysten sich ein Leben lang ruhig verhalten, sagte er, bevor er sehr schweigsam wurde. Es geht ihr gut, war seine Antwort auf Tanjas Hinweis, bei Nike hätte man sich auch über die Friedfertigkeit von Zysten geirrt. Stumme Zysten sind – na, eben stumm. Tanja würde eher Beryl als Kevin erzählen: Ich habs für ihn übernommen, weil er nicht gern drüber spricht, diese Symptome durchzudiskutieren und ihn von seiner Susie und ihren stummen Zysten abzulenken, und deshalb redete ich dann über seine Ex-Nike und wie schlimm *die* dran ist. Ich dachte, das hilft ihm, oder? Es hilft ihm, weil er bestimmt nicht herzlos ist und es ihn sicher bekümmert, daß seine Freundin aus Studentenzeiten so Gräßliches mitmacht, und dann hilfts, wenn er an seine Susie denkt.

Längs des Matschwegs mit ein paar Schlammtücken darin, um die sie einen Bogen machen mußten, türmte sich eine Hügelkette aus geernteten Zuckerrüben auf, lauter euterartig geformte, dicke, erdverschmierte Dinger, und Tanja dachte an Nikes Brust, an Unmengen von weggeschnittenen und in riesige Abfallcontainer geworfene krebsbefallene Brüste und andere Organe. Sie dachte, sie müsse sprechen, um den armen Bunny aus seinem Brüten zu holen. Weißt du, Bunny, daß Nike überhaupt mit mir spricht, ich finds erstaunlich. Ich an ihrer Stelle, ich würde den Mund nicht aufmachen. Sagst du auch mal was?

Ist doch freundlich, was du machst, du rufst sie an, erkundigst dich, du kümmerst dich. Bunny klang trübe und mürrisch. Er schien es nicht freundlich zu finden, er schien an keinen der genannten Werte zu glauben. Tanja fürchtete, er verachte sie. Sie riet ihm, auch einmal mit Nike zu telephonieren. Doch Bunny wollte es nicht tun, wegen Enzio. Dann versackte er wieder. Beryl, vielleicht hatte er einfach schlechte Laune. Ich sagte ihm, Enzio sei zwar eifersüchtig, Enzio hat fast jedes Gefühl, sofern es nur abseitig und überflüssig ist, aber ernstzunehmen sei fast nichts von all dem. Bunny dachte vielleicht längst wieder an die stummen Zysten seiner Susie. Und daß diese stummen Zysten das Sprechen lernen könnten.

Ich weiß nicht, ob ich mich freundlich fände, an Nikes Stelle. Ich fände mich vielleicht bloß neugierig. Neugier muß nichts Schlechtes sein, nebenbei bemerkt. Es ist besser als Gleichgültigkeit. Hey, hab ich kalte Zehen!

Bunny Shapiro erstaunte Tanja immer einmal wieder. Das Seufzen über ihre Zehen ärgerte ihn gar nicht, obwohl es doch eher taktlos war, etwas so Banales wie kalte Zehen vorzubringen. Frostbeulen, mitten im Gram über Nike und seine Susie, die beinah denkbare Nachfolgerin Nikes. Aber Bunny schien das Kalte-Zehen-Getue willkommen zu sein, und er fing sofort mit den letzten Blättern der Steineiche an, *darüber* redete er und über einen Krähenschwarm, den er auf den dunkelbraunen Furchen schön fand, als er sich dort so elegant und gut verteilt niederließ, daß es wie einstudiert aussah. Tanja versuchte sich daran zu erinnern, womit er die Krähen verglich, Schachbrettfiguren, Balletteusen, fest stand, er bevorzugte das Krähenthema gegenüber allem, was mit Nike und Susie und Zysten und Chemotherapien zusammenhing, und das ärgerte sie ein bißchen; deshalb gab sie ihm etwas spitz und mit gespieltem Gleichmut zu bedenken: Weder Schachbrettfiguren noch Ballettmädchen können plötzlich vom Himmel runterschweben und dann wieder plötzlich aufsteigen, stimmts?

Bunny fing an, alles durchzugehen, was er vor Weihnachten noch zu erledigen hatte. Und wieder fand Tanja ihn reichlich sonderbar. Lauter Kleinkram wars, den er aufzählte. Tanja wartete darauf, als er bei den Weihnachtsgeschenken angelangt war und wer was zu kriegen hätte, nun käme endlich: Und Susie kriegt diesmal was Besonderes. Ein goldenes Armband oder sonst etwas Großartiges, und für Nike sollte mir nach all den Jahren auch was Schönes einfallen, jetzt, wo es ihr so hundsmiserabel geht. Aber nichts dergleichen. Gewiß, Nike und er hatten keinen richtigen Kontakt mehr, vermutete Tanja, außer ein paar Telephonaten übers Jahr verteilt nichts. Auf seiner Liste im Kopf stand offenbar Nikes Name gar nicht drauf. Doch möglicherweise war es ja auch Diskretion. Ein Weihnachtsgeschenk gegen die Gewohnheit, einander nichts zu schenken, hätte den Effekt einer Warnung.

Ich würde, wenn ich Nike wäre und jemand wie ich sie anriefe, den Hörer auf die Gabel schmeißen, sagte Tanja. Oder ich wäre sehr herablassend. Ich würde eine verlogene Ruhe in meine Stimme zwingen. Und wenn es gelänge, würde ich die Vergnügte spielen, um die ausfragende Person zu enttäuschen, verstehst du. Danke danke, würde ich zwitschern. Es geht gar nicht schlecht. Es geht aufwärts. Die Therapie ist okay. Die Ärzte sind prima. Die Ärztin in der onkologischen Ambulanz vor allem. Richtig gut verstehe ich mich mit ihr. Ich habe ihr einen kostbaren antiken Leuchter geschenkt.

Das hatte Nike wirklich getan. Als dann ihr Bauch riesig anschwoll, und diese wunderbare Ärztin sie, weil Weihnachten dicht bevorstand, die *Weihnachtspause*, mit der Diagnose *Blähungen* abspeiste, und es komme natürlich auch ein bißchen von der Leber oder so ähnlich, und Nike zurück nach Haus schickte, *über Weihnachten, frohes Fest*, anstatt sie in der Klinik zu behalten und sich sofort um ein Krankenbett zu bemühen, und als Nike dann erfuhr, was wirklich los war statt der *Blähungen*: Wasser im Bauch, weil die Leber schlecht arbeitete, da hatte sie zu Tanja gesagt, und zwar während dieser für sie und die kleine Familie schauderhaften *Weihnachtspause* mit ihrem dicken Bauch, der ihr weh tat und keine Pause machte: Daß ich ihr den Leuchter geschenkt habe, ärgert mich jetzt richtig. Aber sie sagte es immer noch nicht zornig, sie brachte sogar das für sie charakteristische Lachen heraus, etwas resigniert, aber mit Sinn fürs Tragikomische.

Zu Bunny sagte Tanja: So wäre *ich* als Nike zur neugierigen Tanja, also zu mir, die angerufen hat. Grob und heiter. Tanja verstellte ihre Stimme, als wolle sie eine mit sich und der Welt zufriedene Frau nachahmen: Gute Prognose, ich tue, was getan werden muß, und überhaupt, es gibt noch eine Menge anderes, woran ich denke. Über Langeweile kann ich mich nicht beklagen. Du weißts vielleicht nicht, aber wenn man kerngesund ist, kommt man nie wirklich zu seinen Interessen, und jetzt habe ich Zeit und noch mal Zeit. Und ich würde lachen und lügen und nochmal lügen und angeben: Über den Jugendstil kann mir bald niemand mehr was Neues erzählen. Ich vergesse diese blöde Krankheit oft genug total. Schmerzen habe ich keine. Und noch alle Haare auf dem Kopf. Sieht nicht schlecht aus, alles in allem.

Bunny stapfte stumm neben Tanja her. Ihre Schuhe waren matschverklebt, und Tanjas Fußzehen mittlerweile so verfrostet, daß es mit den Bewegungsübungen aus war.

Du, Bunny, so würde ich reden. Ich würde allen, die sich nach mir erkundigen, schön was vorlügen. Himmel, wären die enttäuscht! Sie kriegen eine Ladung Enttäuschung vor den Bug geknallt. *So* macht man das. Nike war immer allzu redlich. Gut, Redlichkeit ist natürlich eine Qualität, aber wenn man unterstellt, und das ist die Wahrheit selber, die man da unterstellt, daß der Mensch im allgemeinen nicht gut und edel ist und in einem Fall wie diesem neugierig und auf Sensationen versessen, dann ist so viel Redlichkeit beinah töricht.

Es gibt aber Leute, die es wirklich gut mit ihr meinen. Die sich Sorgen machen. Du bist doch selber auch nicht etwa schadenfroh, das bist du doch sicher nicht, sagte Bunny.

Ach, die Gutmeinenden, die mit den Sorgen! Tanja warf den rechten Arm hoch und hatte so laut gesprochen, daß eine kleine Krähengruppe aufflog. Mein lieber Bunny Shapiro, bei jedem Gesunden, der sich mit einem Kranken vergleicht, gibts das Begleitgefühl, trotz Mitleid, es geht so: *Ich* bin besser dran. Ach wie gut, daß *ich* so viel besser dran bin. Das denkst sogar du bei Susies stummen Zysten.

Nie drauf gekommen, knurrte Bunny.

Gut, du vielleicht nicht, du liebst sie, dann kanns sein, daß das bei dir entfällt. Und trotzdem, du hast die besseren Karten.

Das Leben ist ein Scheißspiel, sagte Bunny.

Na siehst du.

Noch gar nicht klar, wer die besseren Karten hat, sagte Bunny.

Seit Susie nicht ganz gesund war, plagte Bunny ein Druckgefühl auf dem Herzen. Und sonst noch dies und das, jedenfalls, er rannte zu Ärzten.

Du denkst doch nicht, du müßtest früher dran glauben? Interessant, daß man beim Tod vom *dran glauben* spricht. Dann ists allerhöchste Zeit, dran zu glauben, an Gott, meine ich, Jenseits, all das.

Ich denke, ich weiß nicht, ob Weiterleben das ist, was du mit den besseren Karten gemeint hast.

Kreatürlich gemeint, doch, gab Tanja zu, Todesangst ist normal.

Sie schwiegen eine Zeitlang, bis Bunny zuerst von

einer Fernsehsendung über die Everglades und dann von den paar Leuten redete, die es sicher ernst mit Nike meinten. Tanja konnte sich eigentlich gar nicht vorstellen, was für Leute das sein sollten. Nike hatte zurückgezogen gelebt, sie war keine Frau für Parties und Freundschaften.

Bunny, gerade dieses sorgenvolle Mitfühlen muß zum verdammt Widerwärtigsten gehören. Ich würde es hassen. Die Leute tun unbeschwert, während sie aufs Schlimmste lauern. Was sie sagen und fragen, soll sich munter anhören. Und ich, Bunny, ich bin leider Weltmeister in diesem Getue. Was ich trotzdem nicht bereue, das ist all das Vorgeschwindelte von geheilten Kranken aus meinem Bekanntenkreis, ich hab nicht wenige davon erfunden, das bereue ich nicht, es tut Nike gut, und ich werds fortsetzen, so lang es irgend geht. Sag mal, könnten wir nicht ein bißchen schneller vom Fleck kommen? Wenn ich noch länger mit diesen Eiszehen rumlaufe, handle ich mir damit das Frostbeulenelend ein. Einen ganzen Abend Juckreiz.

Mit der Zeit fand Tanja Bunny Shapiro etwas stur. Ein paar Verlautbarungen jenseits der Alltagsbanalitäten hatte er sich zwar abgepreßt, doch nur unter Druck, so was merkte Tanja. Vielleicht waren es aber Sorgen und Susies stumme Zysten, weswegen er so kärglich wenig rausbrachte, Tanja wollte gerecht sein, oder vorsichtig. Ich urteile oft vorschnell, verurteile unbedacht, muß mich in acht nehmen. Sieh es mal so, es ist sein Kummer, Kummer macht die Leute langweilig, sagte sie sich und redete weiter: Bei meinem letzten Telephonat, als ich schon gehört hatte, es habe nun auch Leber und Lunge erwischt, da hat Nike mich nicht so abgefertigt, wie ichs getan hätte, du weißt schon, mit dieser gespielten Gelassenheit, überhaupt nicht, nichts von Abfertigen, das schon mal gar nicht, sondern sie hat ehrlich geklungen, verdammt deprimiert, klarer Fall. Aber sie blieb vollkommen sachlich, ein Wunder, ich faß es nicht, und so gab sie mir Auskunft. Regelrecht zur Sache, verstehst du? Ich finde sie fabelhaft, deine platonische Liebe von einst. Tanja lachte anzüglich, Bunny nicht. Ich hätte das von einer wie ihr nie erwartet, denn schließlich, und das wirst du besser wissen als ich, sie war nie besonders nervenstark, diskret ausgedrückt.

Tanja merkte, daß Bunny stehengeblieben war, sie merkte das jetzt erst. Sie drehte sich nach ihm um, und da stand er, in ungefähr zehn Meter Entfernung, und blickte rauf in den Himmel. Mit der linken Hand in dem dicken Lederhandschuh rieb er sich über seine Jacke links, wo das Herz sitzt. Tanja brauchte eine Weile, bis sie erfaßte, was los war. Das Reiben übers Herz hielt sie für reine Show, er hatte sich das zugelegt, seit Susie ein paar Probleme machte. Bunny stand da und blickte aufwärts in die Luft, in die grauweißlichen Nebelwolken, und schaute zu, wie da ziemlich tief über dem braunen Acker ein Schwarm Krähen umherflog; einige Vögel lösten sich aus der Formation und schwärmten weg, andere stießen dazu. Es erinnerte Tanja an ein Kaleidoskop, an dem man rüttelte und immer neue Muster zu sehen kriegte. Für sie ein ganz irrwitziger Anblick. Die schwarzen dicken großen Vögel stiegen auf und kurvten umeinander, und sie kamen sich niemals in die Quere, obwohl sie so rasch flogen, keine Krähe stieß an eine andere, und sie hielten sich in der Luft, aber Tanja hätte es viel begreiflicher gefunden, wenn sie eine nach der anderen von da oben heruntergefallen wären. Sie sahen schwer aus, wie große reife Früchte. Tanja lief die paar Meter zu Bunny zurück. Sieht toll aus, sagte sie, um ihn irgendwie zu erreichen. Er schien nicht mehr ganz bei ihr auf dem

Matschweg zu sein, in all diesem Erdschlamm. Dann machte sie ihm zuliebe wieder mit seinem Problem weiter, und sein Problem war nun einmal Susie und nicht Nike. War nicht aber der Vergleich stummer Zysten mit Nikes Krebszellen viel besser für ihn? Doch, entschied Tanja, und sie erzählte von Nikes Ergebenheit, ihrer Gewöhnung daran, sich nie mehr richtig wohlzufühlen. Stell dir das mal vor, Bunny, dauernd Übelkeit! Wenns bei mir aufkommt, daß mirs schlecht ist, nehme ich sofort ein Paspertin oder ich trink einen Schnaps, ich sehs einfach nicht ein, Zeit damit zu verschwenden, du verstehst, was ich meine, mit Leiden oder noch weniger als Leiden, mit Mißbehagen. Weiß ich, wie lang mein Leben dauert? Ich find nicht, daß ich Zeit zu verlieren habe. Aber Nike! Sie nimmt es in Kauf, ihr ists übel, doch glaubt sie alles, was man ihr erzählt, alles über *Nebenwirkungen.*

Stimmt ja wohl auch. Dein Paspertin und dein Schnaps sind nicht gerade ein Segen für die Leber.

Oh, fängst nun auch du mit diesem Schwachsinn an! Nike hat garantiert nicht mehr viel Zeit, während ich meine Zeit nicht kenne, aber bei ihr ists ja leider ziemlich klar, und was also würden ihr Pillen und noch so viel Alkohol schaden? Ihr schaden diese widerlichen gierigen Krebszellen innen drin in ihrem Körper, Bunny!

Bunny zog sich wieder in seine Stummheit zurück, er gab auch äußerlich ein Bild der Stummheit ab: das Kinn tief in den hochgestruppten Schal gesteckt. Tanja dachte an die Ärztin. Was ginge in der wohl eines schönen schrecklichen Tages vor, wenn ihr Blick auf Nikes Geschenk, den wertvollen antiken Leuchter fiel? Wie hatte sie ihn überhaupt annehmen können? Als sie längst absah, wie es mit Nike ausginge? Wahrscheinlich wimmelte es in ihrer Wohnung von hübschen und manchmal kostbaren Gegenständen aus dem Besitz dankbarer Todeskandidaten.

Die Ärztin hat Nike eine Depression anhängen wollen. Tanja lachte. Bunny, ich lache bloß, weil Nike selber gelacht hat. Nike sagte damals: Die Ärztin hat mich gefragt: Wissen Sie eigentlich, daß Sie eine ganz schöne Depression haben? Stell dir das vor. Furchtbar einfühlsam. Fast genial, oder? Na ja.

Tanja wußte nicht recht weiter. Warum war Bunny so stur. Gräßlich stur. Sie gingen endlich weiter, Tanjas Zehen waren längst Tiefkühlkost.

Es sind wahrscheinlich Kobaltbestrahlungen, die sie kriegt, wenn sie überhaupt bis Februar durchhält.

Als wüßte ich das alles nicht, ich weiß das alles von A bis Z, knurrte Bunny. Nike ist nicht die erste Krebspatientin.

Tanja glaubte, er sei so verstimmt, weil er an die fast gesunde, womöglich aber nach Art der Nike gefährdete Susie denke. Vielleicht fürchtete er jedes Wort über Nikes Krankheitsverlauf, als wäre es ein Virus, das Susie anstecken könnte.

Aufzuhalten sollen sie aber sein, ihre Metastasen, vielleicht, sagte Tanja. Sie ärgerte sich über Bunny. Er war feige. Wegbringen kann man sie nicht mehr, keine Chemie kanns, kein Kobalt oder was immer.

Wie bekümmert Bunny aussah, richtig gepeinigt, als sei er mindestens so schlimm dran wie Nike, schlimmer als seine Susie mit ihren paar diskreten stummen Zysten. Eher zu Blondie Beryl als zu Kevin würde Tanja sagen: Daß er nicht mehr mit mir loszieht, der Bunny Shapiro, auf diesen nebligen matschigen Wegen in die Felder hinein und unter den Krähenschwarmhimmel, ich deute das mal so: als die pure Rücksicht auf mich. Ich mit meinem Gejammer über Zehen, die mir erfrieren würden, und über Frostbeulen aus meiner

Kindheit, die beim Warmwerden später im geheizten Haus aufwachen und jucken, und all das, das war wohl wenig feinfühlig von mir. Also doch nicht Rücksicht auf mich? Fiel ich ihm auf die Nerven? Gut, ich gebs zu. Über meine Zehen, und daß er zu langsam ging, hätte ich nicht lamentieren sollen. Das, zugestanden, war reichlich taktlos.

Kein Wunder, daß Bunny einfach stehenblieb und seine Krähen studierte. Das tat er nämlich ein zweites Mal, etwa da, als Tanja bei den nur *vielleicht* noch aufzuhaltenden Metastasen war. Sie wartete noch ein paar Minuten, schon um sich weiter mit ihm über Nikes unschuldiges Vertrauen zu einer wie ihr zu wundern, sie wollte offenbaren: Ich bin stolz, ich bin total anders als sie, aus mir kriegt keiner was raus, wenn es ums Bemitleiden geht, dann schon gar nicht, ich lasse mich lieber *beneiden* – worauf doch Bunny sich das Bemitleiden genießerisch reinziehen könnte, nach dem Sankt-Florians-Motto *laß mein Haus stehen, zünd sein Haus an* oder wie das ging. Deshalb wartete Tanja.

Aber als Bunny Shapiro plötzlich in die Gegenrichtung stapfte, einfach abhaute, weg von ihr, ging sie allein weiter. Sie redete sich zu, er mache das, einfach Abhauen, gedankenverloren, weil sein Krähenstoßtrupp sich weiter ostwärts verzog, und er und sie, sie waren ja Richtung Westen gelaufen.

Bunny, Bunny! Er hatte nicht darauf gehört. Vor lauter Krähenfanatismus oder so was ähnlichem, Beryl, stell dir so was vor. Und ich bin weitergegangen, ließ ihn dort, tut mir leid, ich habe ihn sich selbst überlassen, tut mir aufrichtig leid – Tanja hörte Beryls hohes Lachen, es tröstete sie –, ich hätte ihm gern noch ein bißchen geholfen, hätte die arme Nike dazu benutzt, ihm für seine Susie als Negativ zu dienen, aber meine Zehen … und so weiter. Ja, vielleicht war das taktlos.

9
Eine Stellprobe

Seit sie den Beschluß gefaßt hatten, die Nachahmer, mußten sie wechselnde Stimmungen durchmachen. Walter weniger als seine so viel jüngere Freundin Rosalind. Die dachte gelegentlich, und fühlte sich dabei plötzlich schrecklich allein: Er schwankt und zaudert nicht. Ich sollte mir ein Beispiel an ihm nehmen. Andererseits: Walter war schon über sechzig, sie knapp halb so alt, und sein hochgestecktes Ziel – wir setzen ein Zeichen, wir wirken als ein Fanal – kam Rosalind manchmal in den letzten Wochen nur noch wie eine Kopie des Doppelselbstmords vor, mit dem das weithin bekannte Politikerpärchen ihn inspiriert hatte, und außerdem albern. Ja: albern. Bei allen Ähnlichkeiten zwischen ihnen beiden und dem toten Paar – der Altersunterschied, die große, alle übrige Welt ausschließende Passion, und fast auch eine äußere Ähnlichkeit – etwas war bei Walter und ihr vollkommen anders als bei diesen beiden Vorbildern, etwas Entscheidendes: Walter und sie waren über ihren Freundes- und Bekanntenkreis und ihre Familien hinaus überhaupt nicht bekannt. Sie würden kein *Zeichen setzen*, kein *Fanal* sein, und was nicht noch alles an Hehrem, die Mitmenschen Aufrüttelndem.

Wenn Rosalind sich vor dem Spiegel hübsch fand, hielt sie es für schade um sie. Das kurze blonde Haar: so ideal, wie es heute wieder in kleinen abgestuften Locken metallisch von ihrem schmalen Gesicht abstand, und war das nicht ein schönes Gesicht auf einer Rarität von einem Hals, es gab nicht viele Frauen mit der richtigen Halslänge, und früher hatte Walter von ihrem Modigliani-Hals gesprochen, was sie nicht verstand, bis er ihr Bilder zeigte, *Schwanenhals* verstand sie auf Anhieb. Und war das nicht auch ein kräftiger glatter schlanker Körper, sanfte und doch straffe Haut? Sie konnte lang und gründlich suchen und fand doch so gut wie überhaupt keine Falten.

Nach Abklingen der Euphorie fürchtete Rosalind sich davor, Walter zu fragen: Meinst du nicht, wir sollten es lassen? Kamen ihm nie Zweifel? Hatte er denn gar keine Angst? Die Angst verlor sie nur noch bei den kleinen Orgien in ihrem Wohnzimmer im Parterre des bescheidenen Reihenhauses. Zwei, die sich lieben wie wir, zwei Einzigartige, die gehen gemeinsam in den Tod. Nüchtern fragte Rosalind sich, worin der Sinn lag. Warum sollten sie sich nicht so einzigartig weiterlieben?

Aber meiner Oma möchte ich einen Abschiedsbrief schreiben.

Kleines Dummerchen. Dummes Ding. Deine Oma hat stärkere Nerven als du, scheint mir, du enttäuschst mich.

Ich will meiner Oma sagen, worum es uns ging. Und du mußt es deiner Ehefrau sagen. Damit sie nicht so eifersüchtig ist. Es treibt uns nicht nur unsere Liebe in den Tod, es sind die politischen, gesellschaftspolitischen und ökologischen Probleme, und daß wir zusehen müssen, daß sie bei den Regierenden keine Chance haben. Was hatte sonst noch in der Politik den Vorbildern zugesetzt? Rosalind fiel nichts mehr ein. Sie schien alles benannt zu haben. Schließlich hatte sie an Walters Seite viel in der Bürgerinitiative gelernt und war eine Kämpfernatur geworden. Von der war nicht mehr viel übrig.

Wenn sie beim Rotwein abends doch immer einmal

wieder miteinander in eine Harmonie zurückfanden, und sogar Ausgelassenheit kam vor, riskierte Rosalind kleine Vorstöße. Ich kanns nicht richtig glauben, daß sie es bloß wegen der Politik gemacht haben, weißt du?

Sie fühlten sich vollkommen isoliert. Ihre Freunde konnten sich besser mit Kompromissen arrangieren. Und unsere zwei, die konnten es nicht, und sie wollten es nicht. Leider klang Walter dann immer sofort wieder streng.

Trotzdem machte Rosalind weiter: Ich denk mir, es war eher was Persönliches zwischen ihnen.

Liebe, befahl Walter. Und was er hinzufügte, hatte wieder den Wert eines Kommandos: Sie liebten sich so, wie die Welt das nicht verstehen kann. Er wollte Rosalind in die Arme nehmen, aber sie entwand sich ihm.

Aber eine Liebe *genießt* man doch. Damit, daß man sie beendet, tut man doch was ziemlich Verrücktes. Man hört mit dem Schönen auf ...

Ganz recht, triumphierte Walter. Man hört auf, so lang die Liebe noch eine hohe lodernde Flamme ist. Wartet nicht ab, bis sie alltäglich wird und zusammenschrumpelt.

Rosalind bekam, wenn er so redete, und sie immer ein *links kehrt marsch, rechts kehrt marsch* mithörte, Angst vor Walter. Vor seiner verdammten lodernden Flamme, vor seiner Verachtung für den Alltag. Besser wieder die junge Politikerin mit ihrer verehrten und heißgeliebten Oma spielen: Meiner Oma möchte ich doch gern noch einen Brief schreiben. Damit sie uns versteht.

Für Walter schien das Spiel aus zu sein. Er stand an seinem Billardtisch, und der eiskalte Ausdruck, die Berechnung in seinen Augen gefiel ihr nicht: Er peilte, den Queue in den Händen, eine Kugel an. Eine arme kleine Kugel, die eine andere arme kleine Kugel anschubsen und ins Loch befördern sollte.

Ich möchte nicht, daß meine Oma Kummer hat.

Leg mal eine andere Platte auf. *Gewehr – über!* hörte Rosalind. Die Platte mit deiner kleinen Schwester.

Aber Rosalind hatte keine Lust, den fälligen Text zu sprechen: Ich freue mich auf meine arme kleine Schwester, die so früh der schrecklichen Krankheit Krebs erlag. Ich glaube an ein Wiedersehen mit meiner armen kleinen Schwester.

Nach zwei Erfolgen am Billardtisch stärkte sich Walter mit Rotweinnachschub und klang freundlicher: Bleib bei der Stange, Kleines. Und wenn du Probleme hast, ich weiß hundert Ablenkungen für dich.

Oh! Und welche? Rosalind wartete gespannt und mit vorsichtiger Hoffnung. Hatte Walter einen Sinneswandel mitgemacht und würde sie allein aus dem Haus lassen? Ins Kino? Dürfte sie sich mit einer Freundin treffen?

Etwas körperliche Bewegung kann nie schaden, vor allem nicht jetzt; Walter begann mit der Anweisung für die Marschroute. Sieh also lieber mal zu, daß es in der Wohnung anständig aussieht. Alles soll tip top sein, genau so, wie wirs geplant haben, tip top.

Wenn sie uns finden, dachte Rosalind. Mit verkrustetem Blut, ebenso halb verwest wie die Vorbilder. Die Ermittlungen würden mindestens so schwierig wie bei den Vorbildern. Ihr war ein bißchen übel, und ihr Herz pochte so komisch, es kam ihr wirklich so vor, als klopfe es bei ihr an, wollte sich melden.

Walter quälte seinem besserwisserischen Gesicht eine Grimasse ab, die er für romantisierend hielt, wie Rosalind aus Erfahrung wußte. Sie fand ihn abstoßend, er machte ihr angst.

Und diesmal merkte er das. Er trennte sich vom Billard und trat von hinten an ihren Sessel, beugte sich zu ihr herunter und rieb seine linke Gesichtshälfte an ihrer rechten. Es kratzte ein bißchen, abends war er nicht mehr glatt genug rasiert. Doch Rosalind fühlte sich nur allzu empfänglich für Tröstliches, und damit schien sie jetzt rechnen zu dürfen.

Ich denke mir, Kleines, ich habe eine gute Idee.

Das hörte sich verheißungsvoll an, und den Generalfeldmarschallston hatte Walter auch abgelegt.

Ja? Sags schon, was für eine Idee?

Wir tun mal so, als wärs so weit. Eine Stellprobe. Noch nicht die Generalprobe. Er lachte ein bißchen in ihr rechtes Ohr, sein alter Trick, Rosalind bettreif zu erotisieren. Aber der zog diesmal nicht. Rosalind hatte auf eine viel bessere Idee gehofft. Auf eine, die gar nichts mit ihrem Nachahmungsplan zu tun hatte. Draußen stürzte plötzlich ein Regenschauer über ihren Zweierkäfig, und als Rosalind Autos über die nasse Straße zischen hörte, wäre sie am liebsten aufgesprungen, um das Fenster zu öffnen oder noch besser die Haustür. Da draußen war das Leben, die Menschen lebten, bis sie irgendwann starben, und sie war hier drin mit einem Besessenen verbunkert.

Trinken wir also heute schon die für den letzten Abend vorgesehene Flasche aus, ändern wir die Reihenfolge. Du weißt, den für den Schlußtermin reservierten Champagner. Übrigens können wir ihn ersetzen, *die* Zeit haben wir noch. Und wir schieben was Passendes in den CD-Player ... Walter hatte eine Fahne, er war ein bißchen beschickert, und Rosalind wars auch, vielmehr, sie hätte es sein müssen, sie hatte eine Menge Rotwein intus, aber sie fühlte sich merkwürdig nüchtern, trotz des Nebels in ihrem Kopf. Und übel wars ihr immer noch. Gefühlvolle Musik? Oder lieber was Flottes? Und wollten wir nicht auch tanzen? Einen leidenschaftlichen Tango?

Wie wärs mit einem Marsch, sagte Rosalind kalt.

Robert Schumann, Soldatenmarsch. Walter merkte nichts. Aber den haben wir nicht auf Kassette.

Mit Strammstehen, sagte Rosalind.

Ich bin mehr für Romantik. Und dann tanzen wir unser letztes Tänzchen. Totentänzchen. Mein Kind, jedes große Drama bedarf der Probenarbeit.

Walter lächelte genau so wie vor sechs Jahren, als sie sich mit Haut und Haar in ihn verliebt hatte. Es gab doch eine bestimmte Stelle am männlichen Körper, in die man treten mußte, um einen Mann kampfunfähig zu machen. Er war dann in Filmen immer für eine Zeitlang völlig von seinem vernichtenden Schmerz beschlagnahmt. Rosalind hatte viele Krimis mit diesen gekrümmten Männergestalten gesehen, die mutige Frauen mit dem berühmt-berüchtigten Tritt außer Gefecht setzten, zarte Frauen, kleine schmächtige, aber immer mutige Frauen, und dann gewannen sie Zeit, meistens Zeit für die Flucht oder einen Anruf beim Polizeinotruf.

Rosalind stand auf. Leider kauerte Walter noch vor dem Regal mit ihrem Kassettenvorrat. Als er fündig geworden war und sich aus seiner Hocke aufrichtete, streckte sie ihr rechtes Bein aus und stieß es in die einstmals sehr begehrte Richtung, Walters Schwachstelle mit ihrer einmaligen Stärke, von der sie bis zum heutigen Tag immer wieder einmal abhängig wurde, aber Walter fing ihr Bein ab und hielt es fest, und Rosalind strauchelte, bevor sie hinfiel.

Ich kleb dir eine, Kleines, zischelte er, und Rosalind hörte genau die zärtliche Tondämpfung seiner sonst eher schneidenden Stimme, mit der er sie vor sechs

Jahren und für sicher mindestens fünf darauffolgende Jahre in die bedingungslose Kapitulation geflüstert hatte – und war das nicht von Anbeginn schon äußerst bedrohlich gewesen? Kapitulation. Gehorsam. Ihre Freundin Henriette hatte sie schon ziemlich früh gewarnt: Bist du neuerdings beim Militär? Und wo bei euch kann man eigentlich auch nur ein Fitzelchen von Gleichberechtigung aufstöbern? Pah. Rosalind konnte mit allen diesen Warnzeichen, Mahnungen, Bedenken, Zweifeln nichts anfangen. Im Gegenteil, sie bemitleidete Henriette genau so wie die übrigen Skeptiker, vor allem die weiblichen mit ihren ungefähr gleichaltrigen Freunden. Wie stolz sie darauf war: Ein so viel älterer Mann lag ihr zu Füßen! Was sich vorher um sie und die aus der neuen Perspektive zu bedauernden Freundinnen tummelte, waren noch für lange lange Zeit keine *Männer*.

Und an diesem Abend, an dem sie beide zu viel getrunken hatten, bekam Rosalind keine geklebt, sie übten auch nicht den allerletzten Abend, der Champagner blieb im Keller, die Kassette wurde nicht in den Player geschoben, denn Walter hatte sich rittlings über die hingefallene Rosalind gesetzt, benutzte auch den Ins-Ohr-tuschel-Trick, und worauf die nächsten Stunden hinausliefen, war von da an völlig klar.

Eine Stellprobe, eine von vielen, hatten sie doch.

10

Ich bin ich

Es klingelte an der Haustür. Nike hatte ein bißchen vor sich hingedöst und dabei in den Nieselregen überm nassen Vorgarten geschaut, aber sie mußte wohl eingeschlafen sein, nicht richtig, nur waren ihr anscheinend die Augenlider heruntergefallen, denn sie konnte sich nicht dran erinnern, jemand am Gartentor gesehen zu haben. Sie schreckte auf, es klingelte zum zweiten Mal, und sie schreckte sehr ungern auf. Das Wachwerden war ja jetzt immer so unangenehm. Sofort wußte sie dann wieder über alles Bescheid. Es war zehn nach elf am Vormittag und eigentlich niemand zu erwarten. Die Töchter banden Blumen, Nikes ausnahmsweise einmal nicht in den Tag hineinschlafender Enzio hatte vor einer Stunde großspurig gedröhnt, ihn erfülle heute das sichere Gefühl, bei der Bewerbung um einen Job mit dem Glück im Bunde zu sein. Um welchen Job genau? Irgendwas Besseres am Theater, eine halbe Stufe höher als Nachtwächter? Vor Müdigkeit und universalem Unwohlsein hatte Nike nicht richtig zugehört, auch aus eingeborener Skepsis. Enzio war lang nicht mehr in Sachen *Jobs* unterwegs gewesen, und Nike glaubte weder daran, daß er heute hinginge, um sich irgendwo vorzustellen, noch daß er nicht hinginge, und erst recht glaubte sie nicht an sein *sicheres Gefühl*, schon gar nicht an sein *Glück* – mit andern Worten: Es war ihr egal. Zwar fühlte sie undeutlich, es dürfe ihr nicht egal sein, schon um des Auskommens der Familie, um der Töchter willen, aber sie war zu schwach fürs Interessiertsein, für jede Teilnahme, und wenn sie für etwas, *irgend etwas* Kraft hätte aufbringen können, dann wäre es die Kraft zur Wut auf den Begriff Glück, aufs Glück selber. Das Glück schien diese Familie nicht zur Kenntnis zu nehmen. Es glich einem Postboten, der an einer bestimmten Hausnummer stets schnell vorbeigeht, weil er hier nichts abzuliefern hat. Und das war *ihr* Postbote und es war *ihre* Hausnummer.

Es klingelte wieder. Diesmal wurde länger auf den Knopf gedrückt. Schwierig, sich mit dem dicken Bauch, der heute wieder ziemlich weh tat, aus dem Sessel zu schaffen und die Füße über die beim Dösen runtergerutschten Zeitungsseiten zu setzen, ohne zu stolpern. Aber weil der Einlaßwünschende vielleicht ein Gas- und Wasser- oder Stromableser sein könnte oder der Schornsteinfeger, jemand von dieser Dienstleistungssorte, störend, aber unvermeidlich, gebot Nikes Gewissenhaftigkeit: Mach auf! So gräßlich das auch war. So lästig alle diese Pflichten – Pflichten nahm Nike immer noch ernst, bis auf die, denen sie schon vor der Krankheit nicht gewachsen war: Der schreckliche Haushalt! Wie hält man Ordnung? Wie räumt man auf? Das Saubermachen! Was ist das: sich aufraffen? Wie geht es?

Vor der Haustür standen zwei Frauen. Beide trugen Parkas und darunter Hosen, die zu sehr Damenhosen waren und nicht zu den Parkas paßten. Sie klappten ihre Kapuzen zurück, bei der einen Frau hielt die Frisur, bei der andern gabs sowieso keine Frisur, nur ein zotteliges glanzloses Gewuschel. Die eine Frau, die mit der Frisur, war klein und mollig, die andere groß und dünn, beide ungefähr in Nikes Alter. Sie lächelten und sagten: Guten Tag. Die Kleine, Mollige sah gesund und vergnügt aus, die andere elend, mit grauer Gesichtsfarbe und eulenäugig, aber auch vergnügt auf die eher beherzte, entschlossene Art. Die Reiß-dich-zusammen-Variante der Vergnügtheit. Das Nimm-dein-Leben-an-Gesicht. Und schon setzte die Große auf ihre Begrüßung ein *carpe diem*, wobei sie breitmündig gelblich-graue Zähne und bleich krabbenfarbenes Zahnfleisch zeigte, alles in schlechtem Zustand.

Guten Tag. Nike klang wie immer scheu und etwas vorwurfsvoll. Ich bin Tina Koerner mit *oe*, die kleine Frau sprach laut und lachte, ich meine, Koerner schreibt sich mit *oe*, und das hier ist meine Freundin Connie Blei. Dürfen wir für einen Moment reinkommen? Wir möchten Ihnen erklären, worum es uns geht.

Es ist aber nicht aufgeräumt, sagte Nike, wofür sie ein *macht nichts* und noch mehr Vergnügtheit auf den Frauengesichtern erntete.

Tapfer schritt die Kleine voran, im Schlepptau ihrer Tatkraft die Große.

Nike ging es nicht gut genug, um zu widersprechen. Sie sah voraus, daß sie diese beiden Frauen an nichts von dem, was immer sie vorhatten, hindern könnte. Weil sie so gut daran gewöhnt war wie ein Rosenkranzbeter an seine Sätze aus der Reihumlitanei entlang der Perlen, wiederholte sie ohne besondere Anstrengung: Es ist nicht besonders aufgeräumt hier.

Die Frauen lachten jetzt fürsorglich und saßen schon auf den rasch von Zeitungen, Nähzeug und ungeordnetem Papierkram freigefegten niedrigen Sesseln, der dritte niedrige Sessel ihrer Sitzgruppe und auch die niedrige Couch kam für Nike wegen ihres angeschwollenen Bauchs nicht in Frage, und so zog sie einen Stuhl von der Eßnische rüber hinter sich her und setzte sich zu den Frauen.

Wissen Sie, wir haben das gleiche Problem, sagte die kleine Mollige, die Tina Koerner hieß und auf ihr *oe* Wert legte, Problem hin, Problem her. Wir sind Freundinnen.

Wir gehören zusammen, wir drei, Sie sollen das wissen, sagte die Große, für die Connie nicht der geeignete Vorname war.

Wir teilen uns in ein Schicksal, sagte Tina. Darf ich das ausziehen? fragte sie und gab selber die Antwort, sie rüttelte sich mit kleinen Vor- und Zurückbewegungen aus ihrer Parka, die sie, mit dem Kommentar *ganz zwanglos nicht wahr* neben dem Sessel auf dem Teppich plazierte. Ihr brauner Pullover mit weißem Norwegermuster sah selbstgestrickt aus. Ein Schicksal, wiederholte sie gemütlich, sie kuschelte sich zurecht.

Krebs, fügte Connie Blei mit einem grauen Strahlen hinzu. Sie ließ nicht locker, mit Nike einen Blickkontakt, von Auge zu Auge, anzustreben, endlich herzustellen. Freundinnen, wir zwei sinds seit vier Jahren, und Sie sind es von dieser Stunde an, eine Freundin.

Unsere Freundin, sagte Tina Koerner. Sie war ein bißchen neugierig, Connie Blei nicht, sie sah sich ein bißchen im Zimmer um. Und Nike wußte nicht, warum sie die Freundin wessen auch immer sein sollte, von einer Minute auf die andere war sie die Freundin dieser beiden Frauen mit Sicherheit nicht, und daß sich daran etwas ändern würde, hielt sie für unwahrscheinlich. Gleiche Probleme hatten in ihrem ganzen Leben noch nie Freundschaften gestiftet. Krebs war kein Problem, Krebs war eine widerwärtige Krankheit, die nicht oft genug geheilt werden konnte. Krebs war für nichts gut, zu nichts zu gebrauchen.

Aber Nike machte *ach so* mit ihrer immer noch scheuen und etwas vorwurfsvollen und verdutzten Stimme und blickte verwirrt, unwillig zu den Frauen hin. Woher wußten die überhaupt irgendwas von ihr? Nike fand, daß sie Krebs hatte, gehe niemanden etwas an außer Ärzten und deren Helfern und leider, wohl oder übel, den engsten Kreis der Familie und zwei

Freundinnen, mehr Freundinnen hatte sie gar nicht, und auch nur die eine war eine richtige Freundin. Im freudlosen Ton, der schon für die gesunde Nike typisch gewesen war und der sich auch bei Fragen nicht aus seiner Einförmigkeit tonleiteraufwärts hob, erkundigte sie sich, ob die Frauen etwas trinken wollten und woher ihre Information über sie als Krebspatientin stamme. Die Frauen wollten etwas trinken: Saft. Und schüttelten zur zweiten Frage bloß geheimnistuerisch die Köpfe, die Kleine den lockigen dicht frisierten, die andere den zotteligen, die Gesichter lächelten bedeutungsvoll, mit dem Lächeln war es wie mit Glühbirnen in Beleuchtungskörpern, man bediente einen Schalter, und schon ging das Licht an, das Lächeln, und es erschien Nike so, als zwinkerten die zwei einander zu. Ihr war mulmig, sie brachte Orangina-Plus, ihre eigene, angeblich die Immunabwehr stimulierende Marke, und fand die Lage ziemlich gespenstisch. Weil sie sich für andere Menschen nie sonderlich interessiert hatte, schon gar nicht für die merkwürdigen und grotesken Exemplare, zu denen Tina Koerner und Connie Blei zählten, und einer Situationstragikomik nichts abgewinnen konnte – sie empfand nicht einmal, daß dies hier eine darstellte – fühlte sie sich in der ungebetenen rätselhaften Gesellschaft unbehaglich und beinah durch sie bedroht.

Wir können den Krebs besiegen, verkündete Tina Koerner und leckte sich Orangina-Plus von den Lippen.

Wenn wir nur wollen, ergänzte Connie Blei, Tinas Echo und Verstärker, als solche angewiesen auf die Stichwortgaben der Freundin, die eifrig nickte, während Connie wieder strahlte, obgleich sie in diesem Moment sehr krank aussah und nach einem zweiten Schluck vom Saft zudem so, als müsse sie ihn auf der

Stelle wieder auskotzen. Aber sie strahlte weiter, fahndete sich mit ihren dunkelumrandeten Augen zu Nikes Augen durch, und die kleine mollige Tina nickte sich in ihren nächsten Satz: Genau betrachtet, war alles zwischen den beiden ein gut einstudiertes Zusammenspiel.

Auch bei uns fings mit der Brust an, berichtete Tina Koerner. Wir haben uns mit anderen Frauen zusammengetan und die Gruppe gegründet, von der Sie vielleicht schon mal läuten gehört haben.

Die Regie verordnete an dieser Stelle Connie ein herzliches Lachen, es quoll tief aus ihrer Kehle und hörte sich wie Männerlachen an, zugleich mütterlich, aber warum empfand Nike es als beinah gemein? Mit diesen Schicksalsgenossinnen fühlte sie sich erst so richtig einfürallemal zur Krebspatientin verdonnert, sie sah ihre Heilungschancen, an die sie doch noch immer glaubte, dahinschwinden.

Nein, sagte Nike, ich hab nichts davon gehört.

Gruppen hätten ihr, schon als Gesunder, nicht gelegen. Trotzdem gab sie sich nun einen Ruck, sie nahm sich vor: Mach keinen Blödsinn, bloß weil diese Frauen dir nicht passen. Du hoffst doch auf jedes Angebot aus der alternativen Medizin, also könnten diese zwei dir vielleicht auch irgendwas zu bieten haben, sei kein Dummkopf. Sie konnte sogar ein bißchen zurücklächeln, wenn auch der Großen, Grauen weiterhin nicht in die Augen sehen. Immerhin, wenn es um ihr Elend mit dem gräßlichen Krebs ging, den sie bei sich selber und in ihrem Körper eigenmächtig, und dem Willen und Erkennen nicht zugänglich, bei der Arbeit wußte und immer wieder für einen Irrtum hielt, als habe die Krankheit sich vertan und ihren Auftrag, einen anderen Menschen statt ihrer heimzusuchen, verfehlt. Nun mußte und wollte sie doch aufpassen.

Sie würde es mit jeder noch so verrückten Idee versuchen.

Die Gruppe *Ich bin ich*, Sie müßten darüber gelesen haben, es ging neulich viel davon durch die Presse, sagte Tina Koerner und setzte ihr leeres Glas auf einen Stapel noch nicht durchgesehener Kontoauszüge. Aber gern, sehr gern, sie nahm liebend gern noch einen Schluck. Wenn ich Sie nicht beraube.

Offensiver Umgang mit der Krankheit, murmelte Connie Blei brav ihren Einsatz runter, und obwohl ihr der Saft wahrscheinlich gar nicht gut bekam, wollte sie ebenfalls ein zweites Glas.

Offensiv, richtig. Tina klatschte kurz in die kleinen runden Hände. Tina anzuschauen, war ermutigend. Sie machte den Eindruck, endgültig genesen zu sein. Noch besser: Bei ihrer Diagnose schien man sich geirrt zu haben. Tina fuhr fort: Es fing damit an, daß diese New Yorker Künstlerin sich vornahm, nun aber Schluß mit der Tränensintflut und all den Enttäuschungen – sie machte böse Erfahrungen mit Männern, wissen Sie, die sie angeblich liebten, nun ja ... Männer – also Schluß damit, jetzt gehe ich die Sache *offensiv* an.

Es war gerade erst was über sie in der *Neuen Welle*, sagte Connie, was offenbar Tina etwas störte und nicht in die Inszenierung gehörte.

Ich lese nicht sehr viel in letzter Zeit. Nike deutete auf die herumliegenden Zeitungen. Es glückte ein trauriges verlegenes Lächeln. Ich werde schnell müde.

Das kennen wir, rief Connie Blei, die wieder beides tat: Strahlenversenden aus dem Grau ihres Gesichts und nach Brechreiz aussehen. Obwohl ihr Zwischenruf wieder nicht ins Konzept gepaßt hatte, war er verzeihlich: Man mußte schließlich auf die Bemerkungen der Neulinge eingehen, und Tina erklärte mit mildem Blick auf die elend aussehende Freundin: Die Ärmste leistet so viel in unserer Gruppe, obgleich sie außerdem noch unter einer Autoimmunkrankheit leidet. Als ahne sie Nikes Verdacht – igitt, hat sie etwa Aids? – setzte sie schnell hinzu: Rheumaanfälle sinds bei ihr vorwiegend.

Wie unangenehm, sagte Nike ratlos.

Da schmetterte Connie wieder mit dem Packenwirs-an-und-alles-halb-so-schlimm-Gesichtsausdruck ihr *carpe diem* ins Zimmer, womit sie als die Inspizientin ihrer Freundin fungierte, die zum Thema zurückkehrte: Matt Brewers ist ein Star, seit sie ihre Verstümmelung öffentlich gemacht hat.

Und sie *war* ein Star vorher, warf Connie ein. Dieser Beitrag schien nötig gewesen und von Tina vergessen worden zu sein, denn sie nickte eifrig und berichtete, Matt Brewers habe mit großem Erfolg als *model* gearbeitet. *Model* kam unzugehörig aus dem Mund der kleinen, biederen Frau, aber sie schien es schick zu finden. Fangen wir vorne an. Mit Matts Diagnose: Brustkrebs.

Nun erzählte Tina ziemlich weitschweifig Matt Brewers langen schmerzensreichen Weg von der Diagnose über die Biopsie und der Entscheidung, die Operationen filmen zu lassen, bis zu Matts Entschluß, als Amputierte weiterhin im Rampenlicht zu stehen, um den Beweis anzutreten, wie auch mit einer körperlichen Beschädigung die künstlerische Arbeit am Körper fortgesetzt werden könne. Ihr zentrales Objekt: der asymmetrische Oberkörper. Die Grazie der Asymmetrie.

Eines Tages, begann Connie, und nun war sie es, die einen gemütlichen Eindruck machte, beinah behäbig trotz ihrer Dürre, indem sie zu realeren Vorgängen aus den Höhen der Kunst niederstieg, eines schönen Tags lehnte Matt es ab, in die rechte leere Schale ihres BH Watte zu stopfen.

Das taten wir auch, plauderte Tina Koerner aus und kicherte.

Übrigens gibts ihre Operation auf Video. Connie Blei klang so stolz, als handle es sich bei diesem Video um ihr eigenes Melodram unter der Regie eines Douglas Sirk, während beim Stück für Nike ein wenig die Kontrolle verlorenging.

Das ist es, was sie uns raten, die Ärzte, Männer als Ärzte, Silikon oder Watte im BH. Tina redete nach dem fast gehässigen Anfang nüchterner weiter. Bei Matt Brewers wars die Reach-to-Recovery-Organisation.

Alles gut gemeint, na schön, entschied Matt, der die Liebhaber davonliefen. Sie wissen schon, Nike, wir dürfen doch Nike sagen? Sie wissen schon, sobald es um Sex ging bei Matt – und so bald es um Sex geht bei allen von uns, ich weiß nichts über Ihre Ehe ... aber ... Nike dachte: Ich auch nicht. Das Beste am Krebs ist, daß ich meine Ruhe habe. Und diese Tina und erst recht diese graue ausgehöhlte Connie, sie sind Meilen entfernt von irgendwelchen Männern, es gibt nicht mal welche, die überhaupt *weglaufen* könnten.

Sobald Matt sich auszog, sagte Connie Blei. Dann haben diese Feiglinge sich schleunigst aus dem Staub gemacht.

Wozu das Theaterspiel, sagte sich Matt schlußendlich. Tina hatte ihren Part übernommen.

Nike warf einen vorsichtigen Blick auf die beiden Frauen, Richtung Brustregion. Doch dort war nichts zu erkennen. Keine Asymmetrie wie bei ihr selber. Aber diese Asymmetrie fiel nur ihr auf, nur Nike kannte sie und auch ausschließlich bloß dann, wenn sie nichts anhatte und sich nackt vor den Badezimmerspiegel wagte. Sie war oben herum nie sehr auffällig ausgepolstert gewesen und trug jetzt ein paar Wollsachen übereinander, wenn sie angezogen war, merkte man nicht, daß links was fehlte. Übrigens versetzte ihr längst die Asymmetrie, der Badezimmerspiegelmut, nicht mehr den großen Schock. Der Anblick war immer noch höchst entmutigend, aber nun erinnerte er sie hauptsächlich daran, daß es in ihrem Körper mit der unheimlichen Kriminalität der Krebszellen weiterging. Nike würde sich *alles* wegschneiden lassen, um dieses zerstörende Treiben zu beenden. Sie würde sich von ihrer Nase trennen, wenn sie ohne Nase gesund bis zu einem unbestimmten Datum leben könnte.

Auch die Frauen sahen obenherum gleichmäßig aus, was bei Connie Blei am Parka liegen konnte, aber Tina Koerner, die sich ihrer Parka entledigt hatte, traute Nike nicht recht. Sie mußte sich mit irgendwas ausgestopft haben. Connie hingegen war sowieso mager und hatte wahrscheinlich auf beiden Seiten nie viel vorzuweisen gehabt. Sie sagte gerade: Wir arbeiten in der Gruppe außerdem mit der jungen Isabella, vermutlich haben Sie ihr Buch gelesen.

Nike hatte nicht und erfuhr, Isabella sei mit erst fünfzehn Jahren an Krebs gestorben.

Ah, ich sehe, Sie fragen sich, wie wir dann mit ihr *arbeiten* können, rief Tina Koerner und rutschte auf ihrem Sessel nach vorne. Wir arbeiten mit ihrer Hinterlassenschaft, ihrem Buch …

Ihrer Botschaft, strahlte Connie grau.

Tina fuhr fort: Sie starb, leider, allerdings, aber es war ein Sterben in Frieden und Harmonie mit sich und der Krankheit und der Welt …

Und was nicht noch allem: Nike wurde jetzt vollends übel und sie nahm nicht mehr alles auf. Spätestens seit von der toten Isabella die Rede war, hätte sie gern diese bedrückenden neuen *Freundinnen* rausgeworfen. Die offensive Matt Brewer mit ihren Aktphotos als Brustamputierter, als asymmetrisches Model, die hatte ihr entschieden mehr zugesagt. Nun lief es anscheinend darauf hinaus, daß sie von dieser Isabella lernen sollte, in *Frieden* und *Harmonie* ihre gottverdammte Krankheit zu akzeptieren, nein, noch schlimmer: zu bejahen.

Isabella brachte es fertig, auf ihre Familie und ihre Freunde und Freundinnen Freude abzustrahlen, erzählte Tina Koerner. Sie wühlte in den Taschen ihrer am Boden liegenden Parka, wurde fündig, zog einen kleinen rotbackigen Apfel hervor, rieb an ihm herum und biß ab, kaute ein bißchen und redete weiter: Alle um Isabella herum ließen anfangs die Köpfe hängen, alle, die sie liebten, doch Isabella ... Tina beugte sich vor, um ihrer Erklärung besonderen Nachdruck zu verleihen: Mit einer, die noch lebt, mit der Körperkünstlerin Matt, und mit einer Fünfzehnjährigen, die starb, und zwar mit einem *glücklichen Lächeln* starb ...

Es gibt ein Nachwort zu ihrem Buch. Das glückliche Lächeln, ihr Vater selber hat es bezeugt; Connie nickte ernsthaft und stolz und strahlte ausnahmsweise nicht.

Mit diesen beiden machen wir uns in der Gruppe an die Therapie: Mut. Tina nahm einen großen Bissen vom kleinen Apfel. Unsere Therapie heißt: Mut, Zuversicht auf das, was auch immer kommen mag, und vor allem ... Sie mußte kauen, runterschlucken und wandte ihr Gesicht Connie zu, die ihr aushalf: Vor allem suchen wir nach dem Glück. Glück in jeder einzelnen unserer Lebensminuten.

Grau und unglückselig und häßlich sieht sie aus, dachte Nike. Mit den schwarzen Rändern um die Augen. Die Augen sahen wie Todesanzeigen aus.

Wer suchet, der ... Sie wissen schon. Tina lachte. Sie hatte vom kleinen Apfel nur den Stiel übrigbehalten und wußte nicht, wohin damit. Darf ich irgendwo ...?

Nike stand mit der Mühsal einer Hochschwangeren auf, um einen kleinen Teller aus der Eßnische zu bringen. Ich könnte einen Kaffee machen, sagte sie. Es erschien ihr, bei allem unleidlichen Widerstreben gegen Tina und Connie, plötzlich ein Schimmer von Hoffnung. Oder Neugier. Und Erwartung. Vielleicht war Kaffee bei diesen schrecklichen Sachverständigen doch erlaubt? Nike fehlte der gewohnte Kaffee. Da durchsummte zwar die nirgends dingfest zu machende Übelkeit ihren Körper, die Übelkeit summte auch durch den Kopf, aber Kaffee? Vielleicht würde er etwas in ihr aufräumen, etwas Aufklärung bringen? Einen Cognac vorher oder zum Kaffee? fragte sie nun beinah keck, und wann jemals war sie keck? Zumindest war sie es seit dem Spätsommer nicht mehr gewesen. Taten diese zwei Lemuren ihr womöglich doch gut, obwohl sie zudringlich und nervtötend und Nike so entgegengesetzt und fern waren wie der Planet Pluto dem Planeten Merkur auf ihren riesig weit auseinanderliegenden Umlaufbahnen. Bald burschikos, bald schmalzig-kitschig, nein, die Frauen lagen Nike wahrhaftig gar nicht, und doch hatten sie ihr soeben zum Mut verholfen, an den Genuß von Kaffee und Alkohol zu denken. Sogar eine Zigarette zu rauchen, kam Nike plötzlich denkbar vor. Tat so was nicht bestimmt auch diese offensiv verstümmelte Matt Brewer?

Aber Tina und Connie lehnten Kaffee entschieden und Cognac fast zornig ab. Nikes Mut sank. Die kleine Keckheit, die sie im Kopf als wohltuend gespürt hatte, kleine freche Aufsässigkeit unter der sonst immer so dämmrig-dösigen und kränklich durchsäuselten Schädeldecke, sie zerbrach in viele kleine Splitter, wie besonders dünnes Porzellan. Nike war es wieder schlecht und nichts als schlecht. Sie hatte die Frauen fragen wollen, mit welcher Prognose sie lebten, nach medizinischer Betreuung, nach alternativen Methoden, aber sie konnte sich nicht dazu aufraffen.

Wissen Sie nicht, liebe Freundin, daß wir uns von diesen Giften einfürallemal trennen müssen? Tina schüttelte langsam den Kopf, ihr rundes rosiges Gesicht hatte einen besorgten Ausdruck angenommen, und Connie machte: igitt: Kaffee, pfui: Cognac. So müssen wirs uns vorsagen, bis wir die zwei Boten des Teufels wirklich vergessen haben. Und es klappt, es klappt wirklich. Sie strahlte wieder. Sie schaden uns, und Coffein und Alkohol sind nicht unsere einzigen Feinde.

Ich weiß, sagte Nike müde. Hier liegt ja alles voll mit Broschüren über die richtige Ernährung. Zum Glück konnte sie nach einem dieser Wunderwerke greifen. Sie hielt es hoch und ließ die Frauen den Titel vorlesen. Es handelte sich um das Büchlein *Wie ernähre ich mich nach Krebs*, an dessen Lektüre Nike sich nach ihrer Brustoperation gläubig und wißbegierig gemacht hatte.

Nach Krebs. Na ja …

Dieses *nach* ist nichts, worauf wir todsicher setzen können.

Todsicher, Connie produzierte ein künstliches Lachen.

Die Frauen hatten sich mehr miteinander als mit Nike über die Angelegenheit verständigt.

Wir wollen Sie nicht erschrecken, meine Liebe, aber wenn wir nicht voll zur Krankheit stehen …

Connie war dran: *Dann* erschrecken wir nämlich. So ist das. So rum wird ein Schuh draus.

Die Frauen fanden, es sei Zeit, die neue Freundin zu duzen. In der Gruppe gabs keine *Sie*. Nike lernte, mit dem *Du* fange das Vertrauen und darüberhinaus Vertraulichkeit an. Geborgenheit. Die Gruppe sei von nun an auch Nikes Heimat, sei ihre Familie. Man untersagte ihr immerhin nicht, Ehemann und Töchter und andere Angehörige zu lieben, außerhalb der Gruppe Freundschaften zu pflegen. Und sie erfuhr mehr von Matt und ihrer Bekehrung zur Exhibitionistin im guten Sinn. Im Sinn der Kampfansage und der Aufklärung, der *Offenheit*. Die davongelaufenen schreckhaften feigen Männer, Liebhaber, Verehrer, Manager, Photographen, Zeitschriftenredakteure hatte Matt über der Konzentration auf die Entdeckung ihrer neuen ramponierten Schönheit verschmerzt, und sie hatte Mutige gefunden, mit denen gemeinsam sie nun ihr Geld als Model der ganz anderen Art verdiene. Ziemlich viel Geld. Nike mußte Aktphotos von Matt betrachten. Matt mit der einen Brust hatte auf der operierten Seite einen länglichen Wulst, und den hatte Nike nicht. Matt photographierte sich meistens selbst und wie als Gesunde in den Verführungsposen aller nackten Models. Wie für die aufklappbaren Playgirl-of-the-month-Seiten von Männermagazinen. Doch waren es jetzt natürlich vorwiegend Frauen, die sie anschauen wollten. Brav machte Nike ab und zu *aha* und *ach so*, aber sie machte es selten. Es fiel ihr überhaupt kein Kommentar ein, weder zu Matts Krankheitsauffassung noch zu ihren künstlerischen Machwerken, auch nicht zur manchmal aus der Schatztruhe für Lebenskunst beim Sterben gezauberten toten jungen Isabella. Alles war ganz von weitem ähnlich und doch weltenweit anders als bei ihr selber.

Matt war WHAM beigetreten. Aha. Ach so. Heißt so viel wie *Women's Health Action Mobilization*, erklärte man ihr. *Aha.* Vokabular wie *Kampf dem Krebs* oder *Krieg gegen den Krebs* lehnt WHAM ab. Ah ja. WHAM denkt pazifistisch. Nike dachte bellizistisch, wenn sie an Krebs dachte. Diesmal kein *Aha.* Brustkrebs ist *das* feministische Thema, das feministische Thema par excellence. Tina Koerner wollte fanatisch aussehen, Connie Blei gelang es besser.

Wir wenden die Guerillatechnik der Aids-Aktivisten an. Connie Blei schaltete das Strahlen an, glich aber einem ausgehöhlten Kürbis zu Halloween, mit ziemlich stark runtergebrannten Kerzen im Innern. Ihre trübe Gesichtsfarbe ging in eine anthrazitgraue Dämmerung über, womit sie sich der Tagesbeleuchtung anpaßte: Regenschauer überfielen das Reihenhaus mit dem jetzt düsteren Zimmer, und Nike mußte angesichts der Frauen denken: Gespenster. Sich schloß sie wider Willen ein.

Wir treffen uns jeden Donnerstag in der Kräuterstube. Vormals Teestube. Schon davon gehört, sicher?

Wieder Fehlanzeige, ha, machte Connie versöhnlich und gefiel Nike in diesem kleinen guten Moment, weil sie ihr einen verständnisvollen Blick zuwarf. Der Blick hätte bloß nicht zu lang auf ihr stehenbleiben dürfen.

Tina sagte munter und eindringlich: Und wir hoffen sehr, daß *du*, ja: *du* schon gleich am nächsten Donnerstag bei uns aufkreuzt.

Es geht mir nicht besonders, sagte Nike. Dann tat ihr das Bekenntnis leid, sie fügte hinzu, es seien nur Blähungen, und tippte auf ihren entsetzlichen Bauch.

Das sagen sie immer, zuerst mal sinds immer Blähungen. Connie strahlte nunmehr warnend.

Wenns dir nicht gut geht, Tina klang weich, dann mußt du erst recht sofort bei uns mitmachen. Wir reden über unsere Probleme und Sorgen. Und viele von uns haben schlimme Sorgen.

Connie strahlte wieder auf die gewohnte Art: Aber wir reden gleichermaßen über das, was uns seit dem letzten Zusammensein erfreut hat. Es kann eine Winzigkeit sein. Und wenn man genau aufpaßt, gibts diese

Winzigkeiten an jedem Tag, viele Male sogar. Jeder kann sie auftreiben.

Tina tat so, als puste sie einem unsichtbaren Etwas auf ihrem vorgestreckten Zeigefinger ihre Atemluft zu. Es kann ein Marienkäferchen sein, das dich angeflogen hat, ausgerechnet dich hat das Marienkäferchen auserwählt. Hier sitzts, und du freust dich dran, du weißt, es ist ein Glücksbringerchen, sooo klein, und das Glück ist dann sooo groß. Tina breitete die dicken kurzen Arme aus, so weit sie konnte.

Es gibt diese Minuten des Glücks, liebe Freundin. Connie Blei schien das Schlußwort in dieser Inszenierung eines Lehrstücks gesprochen zu haben, denn wie auf das erwartete Stichwort hin standen die beiden Frauen auf, Tina Koerner rüttelte sich in ihre Parka zurück, und während sie stumm feierlich Nike ein etwas schäbig aussehendes blaues Heft überreichte, kommentierte Connie: Darin steht alles über uns, ausführlicher, als wir jetzt sein konnten. Wir müssen weiter.

Nike hörte, die zwei hätten noch drei Besuche vor sich, wenn sie es schafften, sogar vier.

Sie gingen durch den Vorgarten, Nike blieb an der Haustür stehen.

Komm mal mit bis zum Gartentor, rief Tina Koerner freundlich, wenn auch im Befehlston, und Nike fand sich feige, als sie fröstelnd folgte. Wenigstens hatte der Regen aufgehört, aber es nieselte noch und war kühl. Tina bückte sich nach einem nassen schmutzig-gelben Blatt. Siehst du, Nike, du gehst durch deinen kleinen Vorgarten und schaust dich gründlich um, du bist auf der Suche nach den kleinen Boten des Glücks, und schon mußt du dich nach einem im Herbstglanz leuchtenden Ahornblatt bücken …

Nike dachte daran, wie weh das Bücken ihr im Bauch

tat, sie konnte ja noch nicht mal mehr wie andere Leute ihre Schuhe selber anziehen, und daran, daß sie gar keinen Ahorn im Garten hatte, kein Ahorn in der ganzen Straße, und daß dieses verschossene dreckige Blatt überhaupt nicht in irgendwelchem Herbstglanz leuchtete.

Ich werds mir überlegen, sagte Nike, der die Finger weh taten, so fest hatten Tina Koerner und besonders Connie Blei, die zum Umfallen müde wirkte, aber strahlte, beim Abschiedshändedruck zugepackt. Zum ersten Mal waren die beiden Freundinnen nicht miteinander einig. Die eine sagte: Tun Sie das, die andere: Da gibts nichts mehr zu überlegen. Dann, wieder im Chor, riefen sie Nike beim Weggehen zu: Wir erwarten dich. Vergiß nicht, Donnerstag, 17 Uhr, Kräuterstube! Rechts rein hinterm Rathaus und dann die erste links. Auch unter dem Namen Kräuterstübchen bekannt! Bis dann!

Nike kehrte in ihren Sessel, den hohen am Küchenfenster, zurück, um wieder zu dösen. Aber sie war aufgeregt. Nicht mehr lang, und sie würde etwas Verbotenes tun. Sie dachte an Matt Brewer. Sie würde eine Zigarette rauchen. Sie würde sich einen Kaffee brauen. Sie würde einen Cognac runterkippen.

Den letzten Cognac hatte Enzio anscheinend vor seinem Abmarsch zur Bewerbung um den Job runtergekippt, seine Art, sich mit Glück ausstaffiert zu fühlen. Und Nike rauchte keine Zigarette und sie machte sich keinen Kaffee. Sie fröstelte vor Angst. Ihr wars wirklich höllisch schlecht. Sie dachte an Tina und Connie und vermißte sie beinah. Aber obwohl ihr jetzt jeder Strohhalm recht sein mußte, dieser hier, der gerade angediente, der war eine Imitation, er war nicht mal hohl innen, und es gab vermutlich leider auch ganz und gar nichts, was sich mit seiner Hilfe hätte aufsaugen lassen.

Als sie merkte, daß sie das kleine blaue Heft noch in der Hand hielt, mechanisch den Titel las, *Ich bin ich* in der etwas verschmierten Photokopie einer schwachen graphischen Leistung, die Nike an die Schriftmalereien in ihrem Supermarkt erinnerten, schleuderte sie es über den Küchenboden von sich weg. Ich bin ich. Ich muß es ja wohl sein. Denn ich bins bei jedem Aufwachen doch noch immer und immer wieder. Wann fliegt der hinterhältige gemeine Irrtum eigentlich auf?

11

Wasser – und da kocht irgendwas über

Zuerst war Leila am Apparat, erzählte Tanja bei der Rückkehr ins Wohnzimmer, wo Kevin in ungeordneten Posthaufen herumwirtschaftete und auch damit fortfuhr, manches sortierte er aus nach dem Prinzip der Erledigung durch Zeitvergehen.

Leila ist wirklich wundervoll, ich weiß nicht, wie sie das fertigbringt, sie redet so freundlich und vergnügt, als wäre nichts los dort. Tanja dachte ihren Satz weiter: Ein Unglücksrabe wie Nike und eine solche Tochter, mit der hat sie also doch ein Mal in ihrem Leben den Hauptgewinn gezogen.

Obwohl Kevin sich den Anschein des Gleichmütigen gab, fragte er: Und? Was gibts Neues?

Leila ist ein Volltreffer. Nora kann ich nicht so gut beurteilen. Sie ist sehr scheu, glaube ich, und kindlich für ihr Alter. Andere Achtzehnjährige spielen sich längst gottweißwie auf. Ich glaube, sie waren eine ganz enge, gute Frauenclique, Nike und ihre beiden Blumenmädchen. Armes Schwein von einem Enzio. Tanja lachte. Wir haben nie viel von ihnen gewußt, ich meine, wie sie leben. Aber ist es unsere Schuld? Das ist es nicht, oder doch: nicht allein unsere. Nike war kein kontakteifriger Mensch. Eure ältere Schwester verzeiht ihr nie irgendwelche vergessenen Geburtstage.

Nie? Tanja überlegte. Über den Tod Nikes hinaus nicht?

Was ist, warum erzählst du nichts? fragte Kevin.

Jetzt gibts erst einmal einen Schluck Wein, und ich muß meine Nach-dem-Abendessen-Zigarette rauchen.

Tanja machte es sich in ihrem Sessel gemütlich. Die Beine legte sie auf einen zurechtgerückten Stuhl. Tanja sog fanatisch an ihrer Gitane. Weil Kevin kritisch zu ihr hinblickte, sagte sie: Daß es nicht zu den Heilmethoden gehört, Kevin, das Rauchen, ich weiß es. Aber ich brauche mehr Finger als ich an einer Hand habe, um die Personen aufzuzählen, die nichts als gesund gelebt haben, und Nike gehört dazu.

Bis aufs Rauchen. Sie hat geraucht, unterbrach Kevin.

Aber vom Rauchen keinen Brustkrebs gekriegt, sagte Tanja. Das willst du doch wohl nicht behaupten, oder?

Was weiß ich? Das Immunsystem, das Verrücktspielen der Zellen, nichts ist zu Ende erforscht.

Kevin sammelte die Post nach der Prioritätskategorie, aber um wie vieles mehr er darauf lauerte, endlich etwas über seine *kleine* Schwester zu erfahren, konnte Tanja merken. Nur fände er sich sentimental, wenn er direkt fragte, und außerdem fürchtete er schlechte Nachrichten.

Ja ja ja, machte sie. Sie leierte in Nachahmung seiner Einwände herunter: Nichts ist zu Ende erforscht. Das Immunsystem, die unberechenbaren Zellen, ja ja ja. Gesundheitsfanatiker waren manche ja auch aus Einfallslosigkeit. Gertrud zum Beispiel, die hat nie irgendwas Unvernünftiges in Versuchung geführt. Trank Saft einfach lieber als Wein, und komische Pflanzentees lieber als Kaffee, und wahrscheinlich hat sie einmal bei ihrem Tanzstundenfreund an seiner Zigarette ziehen sollen und daraufhin ist ihr schlecht geworden, und dann hat sie es zwanzig oder dreißig Jahre lang nicht vergessen, ich weiß nicht, wie alt Gertrud war, als sie schmählich an Krebs starb. Oder nimm Leonore mit ihrem Lungenkrebs, oder wars Bronchialkrebs? Nichtraucherin. Und dann kenne ich eine

Menge Optimisten, alle gestorben an Krebs. Aktive, interessierte, lebenslustige Leute. Alles das, was Nike nicht ist, der sie jetzt weismachen, ein bißchen, ja ja ein ganz klein bißchen sei sie, beziehungsweise ihre Wesensart, ihre leicht trübe defaitistische Einstellung gegenüber dem Leben und auch ihrer eigenen Person, sei sie also dran schuld, ha, der Mangel an Selbstbewußtsein soll carzinogen sein! Ich finde das unverschämt.

Wie gehts ihr eigentlich heute? fragte Kevin.

Sie hat wieder Lust zu rauchen, hat aber nicht geraucht. Alles, was ihr Entspannung bringt, wird ihr verboten.

Das habe ich schon öfter von dir gehört. Ich würde gern wissen, ob sich was verändert hat.

Oh ja, es hatte sich ziemlich viel verändert, und Tanja, obwohl sie sich in Rage geredet hatte, wollte es Kevin schonend beibringen.

Sie kam schlecht aus dem Sessel, in dem sie anscheinend den größten Teil des Tages verbringt, ich nehme an, es ist der alte riesige Clubsessel aus eurer Familie, und sie haben ein Fußteil darangestellt. Leila und Nora scheinen wirklich immer um sie herum zu sein, das gefällt mir so unglaublich gut an dieser kleinen Frauengruppe, wie sie zueinanderhalten, wie die Töchterchen nicht vor der kranken Mutter weglaufen.

Und weiter?

Enzio hat vermutlich in seinem Hobbykeller irgendwas fabriziert.

Tanja dachte: Er wird versucht haben, Nike in Pappmaché zu formen, Nike mit einem riesigen Bauch. Wie sollte sie Kevin von diesem Bauch erzählen? Ach, nur zu, er muß es schließlich wissen.

Nike hat mir gesagt, sie hätte einen Bauch, als bekomme sie Zwillinge. Blähungen, hat die Ärztin vermutet. Du kennst das ja, wenn wir verreisen, ich kriege dann immer in den ersten Tagen diesen gräßlichen Meteorismus. Sie hat also was gekriegt gegen Blähungen, aber es hilft so gut wie gar nicht, sagt Nike. Nachts weiß sie überhaupt nicht, wie sie liegen soll.

Wenn es Blähungen sind, hat das ja nichts mit ihrer Krankheit zu tun, oder was meinst du?

Kevin hatte vorsichtig geklungen. Er wünschte, beruhigt zu werden. Er schien genug gehört zu haben und dennoch mehr wissen zu wollen.

Vielleicht hats doch damit zu tun, sagte Tanja. Die Ärztin hat gesagt, aber anscheinend ganz beiläufig, als bedeute es nicht viel, das kommt von der Leber, das mit dem dicken Bauch und den Blähungen. Nike fängt an, all diesen verschiedenen Arztauskünften gegenüber mißtrauisch zu werden. Und mißmutig. Das finde ich eigentlich gut. Sie glaubt das nicht mehr so ganz mit den Blähungen zum Beispiel, wahrscheinlich weil die Bemerkung von der Leber fiel, sie weiß ja, daß sie da eine winzige Metastase hat. Aber Kevin, deine kleine Schwester sagt doch zwischendurch in aller Ruhe: Richte bitte Kevin aus, daß er noch nicht das Geld fürs Grab überwiesen hat. Stell dir das vor. Wen das nicht vom Stuhl reißt!

Was ist so sensationell daran? Sie will ihr Geld, das ist alles.

Turnusmäßig war in diesem Jahr Nike an der Reihe, für die Pflege des Familiengrabs zu sorgen und die fälligen Geldanteile der Geschwister zu kassieren.

Tanja rief: Aber sie spricht von einem Grab! Vom Grab! Verstehst du denn nicht?

Ich verstehe, daß sie ihr Geld will, und das ist in Ordnung.

Tanja holte tief Luft. Oh oh! Mir hingegen zeigt es, daß sie immer noch eine Menge Hoffnung hat und denkt, die Krankheit sei in Schach zu halten oder gar zu besiegen. Wärs anders, würde sie niemals das Wort *Grab* aussprechen.

Doch, würde sie. Sie ist keine Romantikerin. Sie ist eine ordentliche Frau, die knapp bei Kasse ist. Sie muß das Geld eintreiben.

Wie du meinst. Lesen wir oder sehen wir uns einen Film aus dem Videovorrat an?

Mit dieser Frage ließ Tanja Kevin vorerst allein und ging in die Küche, um das abgetrocknete Geschirr in den Schränken zu verstauen. Sie dachte an den Anfang vom Ende bei Rommys Mutter: an einen riesenhaft angeschwollenen Bauch voller Wasser. Als nur noch fünf Prozent der Leber den Stoffwechsel von Rommys Mutter aufrechterhielten.

Denn auch mit erheblich geringerer innerer Vibration der Wachsamkeit wie jetzt bei Nikes Niedergang – fast empfand sie Hochachtung, war stolz auf sie, die sich unerwartet als flinker erwies als die anderen Krebspatienten aus ihrem Kreis – hatte Tanja damals gut aufgepaßt und alles noch im Gedächtnis: die schlaflosen Nächte von Rommys Mutter, die mit dem furchtbar dicken und steinharten Bauch voll Wasser auch nicht mehr wußte, wie sie liegen sollte, die Varizen in der Speiseröhre, die sich durch den Druck, den der Bauch ausgeübt hatte, bildeten und dann platzten, so daß, als Rommys Mutter in der Nacht Blut erbrach, der Notarztwagen gerufen werden mußte, und dann – die lange Sterbezeit in der Klinik bei innerem Verbluten, langsam langsam.

Tanja dachte: Was ich jetzt mache, ist furchtbar. Ich memoriere Nikes Zukunft.

Sie klopfte mit dem Rand ihres Glases gegen Kevins Glas, lächelte ihn an: Nun, sie kriegt was gegen Blähungen und auch irgendwelche Entwässerungstabletten – da fiel ihr ein, daß sie das Wasser in Nikes Bauch gar nicht erwähnt hatte. Also redete sie schnell weiter: Falls ich das nicht falsch verstanden habe, und am Schluß vom Telephonat wurde es wieder mal richtig komisch, denn deine kleine Schwester schrie plötzlich so laut und kräftig wie eine Kerngesunde *hey da kocht in der Küche irgendwas über*, und dann sagte sie zu mir mit einem richtigen Lachen in der Stimme: Das ist mal wieder Nora mit ihren Nudeln. Stell dir vor, was für eine drollige Familie. Fast schon Nacht, und Nora kocht Nudeln. Ich sags ja, diese Töchter, diese liebliche Flower Power um Nike herum, sie sind ein solcher Gewinn, sie machen so vieles wieder wett. Was mich nur wundert: Sie haben alle beide anscheinend überhaupt keine Freunde. Hübsche Mädchen wie diese zwei! Und Freundinnen, auf dem Gebiet ist auch nicht viel los, so viel ich mitbekommen habe.

Ein Dreierbund, Nike im Zentrum. Tanja fiel wieder »Aber das war noch nicht das Schlimmste« ein, obwohl es jetzt nicht paßte.

12

Mit dir fahre ich immer gut

Die wechselnden Stimmungen, die sie durchgemacht haben, seit sie den Beschluß faßten! Aber vielleicht blieb Walter seelisch doch stur bei der Stange. Rosalind wunderte sich über eine manchmal unerwartet in sie einziehende Ruhe. Tat Walter ihr irgendwas in den Tee? Den Tee bereitete immer er, sie war für Kaffee zuständig. Sie konnte nicht wirklich dran glauben, denn ihren Einfall, seinem Arzt nahzulegen, wegen seiner Herzkrankheit brauche er zusätzlich einen wirksamen Tranquilizer, und den könnte dann sie futtern, den hatte er wie der Frost in Menschengestalt gleichsam vereist, der Einfall tiefgefroren, auf Eis gelegt. Aber manchmal war sie ruhig und sie genoß es, ohne diesen Frieden zu verstehen, sie machten Spaziergänge durch den kleinen Wald am Ende der Siedlung. Einsilbige Gänge, und bei Walter, wenn Rosalind seitlich zu ihm aufsah, erkannte sie das früher von ihr angeschwärmte, wie festgefrorene Lächeln, von dem sie jetzt meistens dachte: Verbiestert sieht er aus. Und dann: Man muß sich vor ihm fürchten. Von da an war es natürlich aus mit Ruhe und Frieden.

Sie wurde heute seit dem Aufwachen einen aufregenden Gedanken nicht los, aber er kam leider sehr spät, dieser Gedanke forderte alles von ihr, besonders strategisches Denken, und ob sie das schaffte, strategisch denken und danach handeln, reden, bis morgen, oder besser bis gleich nachher? *Ich mach nicht mit. Ich steige aus.* Wenn sie das sagen würde, verlöre sie all ihr Ansehen bei ihm. Das nähme sie in Kauf. Ihr Leben war einen schlechten Ruf bei Walter wert. Aber er ließe es nicht zu, er würde sie fesseln. Er würde das womöglich auf der Stelle tun. Die Derringer Kaliber 38 hatte er gestern geladen, vermutete sie, er hatte jedenfalls mit der Waffe herumhantiert. Sie lag auf seinem Schreibtisch, und Rosalind sah hin, sah weg, oh das fürchterliche kleine runde dunkle Loch, die Mündung – ihr wurde übel und bang. Fliehen? Wie käme sie aus dem Haus? Unbemerkt ging es sowieso nicht. Walter trug die Schlüssel bei sich. Er sperrte bei jeder Rückkehr ab, steckte die Schlüssel von einer Jacken- oder Hosentasche in die andere, wenn er sich umzog. Wo verwaltete er die Schlüssel nachts? Unter seinem Kopfkissen? Wenn er *sicher ist sicher* und *Vertrauen ist gut, aber Kontrolle ist besser* sagte, konnte er sogar richtig nett lächeln. Und das alles, bevor Rosalind ein Sterbenswörtchen über ihre Angst und ihre Absicht auszusteigen herausgelassen hatte. Er war wie ein Polizeihund, der sich an ein Drogenversteck heranschnüffelte. Er witterte Fluchtgefahr.

Schau, das Herbstlaub, sagte Rosalind. Der kleine Baum dort drüben sieht wie ein Pfirsich aus.

Die Baumkrone, meinst du, sagte Walter.

Daß das mein letzter Herbst sein soll … Ich hätte noch circa fünfzig Mal den Herbst vor mir.

War das ein kluger Satz? Nein. Deshalb lachte Rosalind, was ziemlich gekünstelt klang. Walters Profil blieb unverändert. Sie saß in der Falle. Er war ein alter Schulmeister. Was auf dem Lehrplan steht, muß durchgepaukt werden. Diese Klausur mußte zu Ende gebracht, die Arbeit geschrieben, die Prüfung abgelegt, bestanden werden. Tödlich.

Was war mit Vergiften? Walter beaufsichtigte die numerierten Medikamentenpackungen, auf jeder Pakkung stand die Angabe über den Inhalt. Er hatte einen leichten Schlaf. Sie konnte nicht zum Apothekenschränkchen schleichen, es würde ihn wecken, schon gar nicht aus dem Haus, er würde wach und hatte die Schlüssel, auch nicht zur Derringer, um als erste abzudrücken – aber wohin und wie machte man das überhaupt?

Was ist mit deinem schönen Farbenspiel, mit dem Genuß am Herbst? Walter hörte sich süffisant an. Starben sie denn nicht aus Liebe zueinander? Um es dem Scheidungsanwalt seiner Frau zu geben und dieser Frau erst recht? Und der ganzen Welt? Hatten nicht seine wunderbaren Vorbilder Ziele, die hehrer waren und menschheitsumspannend? Mogelte Walter und schob die Leitbilder vor, um es seiner Frau zu zeigen? Rosalind glaubte plötzlich, der jungen Politikerin sei es womöglich so wie ihr selber ergangen. Ihr alter Saulus, der zum Paulus gewandelte General, war verrückt geworden, gönnte seiner jungen Freundin ihre Jugend nicht, irgendsowas, und vielleicht war er außerdem eifersüchtig auf einen anderen, und wenn es ein Zukünftiger gewesen wäre, der sie ihm eines Tages wegnähme.

Was liest du da? fragte Walter streng mit dem Recht des Herrschers über seine kleine Liebste.

Ein bißchen Graham Greene, antwortete Rosalind kläglich und aufgeregt zugleich. Seine Autobiographie. Keinen Roman.

Wirst du noch fromm? Liest diesen Katholiken! Willst du zuallerletzt noch fromm werden?

Ich wars wohl immer, wenigstens ein bißchen, ohne groß drüber nachzudenken, dachte Rosalind und legte das Buch weg. Sie ging in die Küche. Sie stellte sich vor, es geschähe übermorgen. Sie sah sich beim Bereiten des vorletzten Mahls zu: Vorletzte Zwiebackpackung, angebrochen. Die erste Hälfte der letzten

Corned-Beef-Dose, ein vorvorletzter Apfel für jeden. Komisch, es ging ihr ganz gut dabei, getröstet vom Gin aus dem Küchenschrank links unten und ihrem Gesumm: *Guter Mond, du gehst so stille, an dem Abendhimmel hin* … Dann sang sie, wie er ihr gerade einfiel, ihren eigenen Text: Lieber Gott, es ist dein Wille / Daß ich heute schrecklich traurig bin. Wie beim Schäfchen, auf der Weide / Laß nicht zu, daß ich den Mangel leide / Lieber Gott, du hast mich…

Sing nicht so blödsinnig herum. Da war Walters Stimme dicht an ihrem Ohr. Ohne daß sie ihn bemerkt hatte, mußte er sich an sie herangeschlichen haben. Rosalind kehrte sich um und schlug ihm blitzschnell den Dosenöffner ins Gesicht. Er landete zwischen Nase und linkem Auge. Blind vor Schmerz deckte Walter in Kindermanier die getroffene Stelle mit beiden Händen zu.

Bist du … du hast wohl den Verstand verloren, brüllte Walter.

Du hättest mich nicht kränken dürfen, sagte Rosalind ruhig. Sie staunte über ihre Bestimmtheit, mit der sie Walter in Schach hielt.

Sie fuhr fort, ebenso ruhig wie vorher: Bei Graham Greene gibts eine Geschichte, in der eine junge Frau zuallerletzt noch einem Geheimbund entkam. Zwei wollten zusammen in den Tod gehen, aber als es ernst wurde, verlor die Frau die Lust. Und sie ist weggerannt, es war nachts im Freien, kurz vor dem Gebüsch, wo es stattfinden sollte, ist sie dem Mann davongelaufen.

Aber wie war in der Geschichte die Frau wirklich entkommen? Rosalind wußte es nicht mehr genau. Wirklich im Freien? Oder aus einem Auto? Einem Haus? War die Tür verschlossen, hat sie die Fenster eingeschlagen? Wie gut war die Kondition des beinah siebzigjährigen Walter, könnte er sie, blind oder nicht (falls sie ihn mit dem Dosenöffner schwer getroffen hatte) einholen, zurückschaffen?

Aber Walter gings unter den schützenden Händen bis auf ein paar Kratzer, die kaum bluteten, ganz gut.

Mit einem verlogenen Lächeln erklärte Rosalind: Ich wollte, daß du es leichter hast.

Was: leichter? Indem du mich fast krankenhausreif schlägst?

Erstens: Du hast mich gekränkt. Und leichter, zweitens, das meine ich so: Ich wollte dich außer Gefecht setzen. Daß du es nicht zu tun brauchst.

Was denn, nicht zu tun. Was soll der Schwachsinn.

Einen zu erschießen, den man liebt, also du mich, das ist doch übermenschlich schwer. Das ist doch das absolut Schrecklichste. Und ich habs dir ersparen wollen.

Lieb von dir, ganz entzückend, sagte Walter steif wie ein Bock. Doch vergessen solltest du nie, daß ich meine Versprechen halte. Und ich habs versprochen, und deshalb geschieht es, alles nach Plan.

Aber es muß doch für dich ganz und gar ... ich meine, es ist nicht menschenmöglich ...

Möchtest du Nachrichten sehen? Oder lieber Musik, wie wärs mit Mozarts Requiem? Du siehst, ich verzichte deinetwegen auf Nachrichten und auf Wagner. Mein Herz, mein liebes Kind, mach dir wegen der Vollstreckung keine Sorgen. Denk nicht über meine Gefühle nach. Das ist meine Sache. (Tu ich ja auch gar nicht, deine Gefühle sind Null-Gefühle, dachte Rosalind.) Ich halte mein Wort. Ein Mann, ein Wort, stimmts?

Walter kümmerte sich um seine Schrammen – halb so schlimm – und Rosalind wunderte es, warum sie trotz allem hungrig war. Letzter Einfall: Ihre Leidenschaft zum Beispiel für Nuß-Schnecken. Sie rangierten auf Platz zwei der Liste ihrer Lieblinge aus der Konditoreibranche.

Ich hol mir ein paar Nuß-Schnecken, ganz schnell, ich möchte sie zum Kaffee, sagte sie, und in ihrem Kopf war es wieder der Tag der Hinrichtung. Läßt du mich bitte schnell raus? Und ich sehe dann auch noch nach dem Ahorn. Diesmal lachte sie bühnenreif. So bestände sie jede Aufnahmeprüfung der besten Schauspielschule, jedes Vorsprechen. Nur nicht bei Walter. Er ließ sie durchrasseln.

Bleib ruhig hier. Ich nehme das Fahrrad, ich mach mir gern noch etwas Bewegung, und ich hole dir deine Schnecken.

Ich wollte auch noch ein bißchen Bewegung haben. Rosalind agierte jetzt hilflos, kein Engagement in Sicht.

Noch besser, ich nehme ausnahmsweise mal das Auto. Sowieso schade um das Benzin, das noch im Tank ist.

Zuerst machte Rosalind noch der Schock zu schaffen: Sie kam hier nicht raus. Wie dumm von ihr, so fest auf ihre Fluchtidee zu setzen. Die war so transparent wie ein frischgeputztes Fenster. Aber dann dachte sie, sie würde aus einem Fenster aussteigen, während Walter weg war, mit dem Auto allerdings viel zu kurz weg, und sagte: Du Lieber, tausend Dank. Du gehst auf meine verrücktesten Ideen mit so viel Verständnis ein. Ich benehme mich wie eine Schwangere, Gelüste um Gelüste, nicht wahr? Also, fahr gut, fahr vorsichtig.

Worauf du dich verlassen kannst, sagte Walter. Mit dir fahre ich immer gut.

Und er zerrte sie mit sich aus dem Haus und drückte sie auf den Beifahrersitz ins Auto.

13

Wie soll ich mit ihr reden?

Jetzt stell dir vor, ich selber bin plötzlich dran. Es trifft auch mich, die miserable saumäßige Diagnose, du weißt, wovon ich rede. Wäre dir das eine Hilfe?

Wie Tanja Nike kannte: nein. Für starke Gemütsbewegungen ist sie nicht mehr kräftig genug, dazu kommt: Sie muß sich mit sich selbst beschäftigen. Bemitleiden würde sie Tanja. Aber nichts von komplizenhafter Freude würde in Nikes Augen aufblitzen: Hurra, die also auch!

Bietet der Tod nicht eine Menge Vorteile? Vorausgesetzt, es gibt das Leben nach dem Tod, vorausgesetzt, wir tauchen nicht ab in ein Nichts der Empfindungslosigkeit. Sondern wir leben in einem Märchen. Zum Beispiel: Ich habe so dichtes Haar auf dem Kopf, eine solch kompakte unerschütterliche stabile Masse, daß ich weder Wind, Wetter noch Friseure fürchten muß, an meine Haare brauche ich überhaupt keinen einzigen Gedanken mehr zu verschwenden, genau so gehts mir mit meinem Gesicht, mit der gesamten Körperlichkeit – Auferstehung im Fleische, immer vorausgesetzt, Paulus hat recht – aber paß auf, jetzt kommts, was den extremen Reiz dieser Vorteile überhaupt erst zu einem Gewinn macht. Ich werde nämlich die früheren Sorgen und Belästigungen und Befürchtungen und so weiter und so weiter, alle die Lebenszeitpeiniger und irdischen Quälgeister nicht vergessen haben! Hätte ich sie vergessen, wo bliebe die Erleichterung? Geh sie alle durch, Nike, alle Minuspunkte des Menschenlebens vor dem Tod, es muß sich mit ihnen so verhalten wie mit deinen Haaren, deinem Gesicht, deinen Beinen und Händen, ich bin die Minuspunkte los, aber ich erinnere mich an sie. Das ist unerläßlich für das Befreiungsgefühl, unerhört wichtig. Du verstehst mich: Einfach nur *Glück*, das würdest du als Glück gar nicht wahrnehmen. Deinen *Frieden*, du würdest ihn nicht bemerken. Daß die Angst weg ist, es fiele dir nicht auf – ohne Gedächtnis – die schöne Ruhe, endlich endlich Freiheit, vor allem die Freiheit von der Angst: Angenehm wäre das ja schon noch, aber auch ein bißchen fade. Du kannst zu diesem wundervollen Genießen nur kommen, wenn du es mit früher vergleichst. Mit all dem elendiglichen Gezappel. Und denk nur an etwas so Ersehntes und kaum je Mögliches, ich habs mir jedenfalls nie erlaubt, mir saß immer die Zeit im Nacken, ich denk jetzt an *Ausschlafen.*

Ausgeschlafen hab ich immer, ich meine, wenns ging. Nike lächelte sogar, mit ihrem über sich selbst und ihre winzige Keckheit verwunderten Ausdruck, wie bei einem Eingeständnis, auf das sie ein bißchen stolz war.

Stimmt ja, ihr habt schon bei euch zu Haus, Eltern, Kevin, alle, um die Wette geschlafen, sonntags immer, manchmal hast du das Mittagessen verschlafen. Tanja erinnerte sich an diese Bohèmesitte in Kevins Familie, Schlafen als Leistung und Leidenschaft hatte sie damals befremdet und beeindruckt. Lassen wir das Ausschlafen weg, das Beispiel paßt bei dir nicht. Mit dem Genuß klappts nur, wenn du dich *erinnerst.* An das, was vorher ungenießbar war. Wenn du es mit dem gewöhnlichen Schrecken vergleichst, der dich maltraitiert hat. Dann nur ists wie ein Aufatmen, immerzu aufatmen. Tanja holte tief Luft, atmete aus. Und dann noch das: Du hast keine Geheimnisse mehr. Sehr sehr wohltuend. Nichts mehr zu verheimlichen.

Nike und Geheimnisse? Welche denn? Höchstens harmlose: Sie hat Bargeld oder Schecks vor ihrem ungeschickten Mann in Sicherheit gebracht. Aber bei ihrer Unordnung? Sie fände ihre Verstecks selber nicht mehr. Wenn sie etwas aus dieser braven Kategorie getan hätte, würde es sich um ein Geheimnis zum Wohl der Familie handeln. Das Geheimnis-Beispiel taugte so wenig wie das Schlaf-Beispiel. Tanja gab auf. Die Wohltaten in *ihrer* Ewigkeit wären nicht Nikes Wohltaten. Nikes von keinen Phantasien verführtes Vorleben war so geheimnislos wie die Kühltruhe im Supermarkt, in die sie blind greifen könnte, um die Packungen herauszufischen, die sie haben wollte. Noch geheimnisloser, denn der Filialleiter könnte die Verfallsdaten überklebt haben. Sie hätte an seinem Geheimnis teil.

Aber sie hatte Tanja geduldig zugehört und bei den Geheimnissen vielleicht an die paar Kulminationspunkte der Unordnung im Haus gedacht – oh nein, wieder falsch! Denn an diese Spitzen der Eisberge war jeder in der Familie gewöhnt, und jeder war auf seine Weise an ihnen beteiligt, keinen beschämten oder bedrückten sie. Das Schöne am Leben nach dem Tod konnte mit Sicherheit für Nike nicht in der Erleichterung liegen, keine Geheimnisse mehr hüten zu müssen.

Etwas aus der Bahn geworfen, aber mit fester Stimme erklärte Tanja: So also stelle ich mir die Ewigkeit vor. Genuß am Genießen. Glück, das es nur durch den Vergleich mit dem Unglück gibt.

Sie dachte, nun müßte Nike doch eigentlich zustimmen, sie müßte an ihre Krankheit denken.

Genuß an der Befreiung, weil du dich *erinnerst.* Du erinnerst dich an die Sklaverei durch deine Lebenszeitpeiniger … was es auch sei, vom banalen Haarproblem bis zum Herzinfarkt.

Mit Absicht hatte Tanja nicht Krebs gesagt.

Nikes ältere Schwester, deren Gewissen vermutlich noch besser war als das gute Gewissen der Jüngeren, denn bei ihr stellte nicht einmal etwas so Unbeträchtliches wie der Haushalt je ein Problem dar, bei ihr war jedes Fach in jedem Schrank chronisch frisch ausgewaschen und keine Schublade unaufgeräumt, nirgendwo Fahrlässigkeit, vom Regal für die Schuhe bis zum Bankkonto, und Verstecke für Privatangelegenheiten brauchte sie nie, nicht einmal im Kopf, diese von A bis Z stets gereinigte Schwester billigte nicht, wie Tanja mit Nike redete.

Du meinst es gut, aber ist das nicht alles etwas exaltiert? Du machst ihr wohl eher Angst als Mut. Ich meine: Lebensmut.

Ich tue das Gegenteil von beidem.

Aber Lebensmut müßte man ihr machen.

Das hat nicht mehr viel Sinn. Mut zu glauben, daß es dereinst und anderswo besser ist als hier, hat Sinn.

Hast du Beweise?

Natürlich nicht.

Erzähl ihr doch lieber irgendwas Belangloses. Ein paar Neuigkeiten aus der Stadt.

Ich weiß keine.

Sie will doch denken, daß sie mit dem *Leben* weitermachen kann, nicht mit deiner absonderlichen *Ewigkeit* …

Aber mit mir spricht sie am liebsten, dachte Tanja. Ich bin die einzige Person, die sie zum Lachen bringt. Was bei Nike *Lachen* ist. Es ist nicht viel, aber nicht erst seit der Krankheit, es war immer so. Wenn sie mal richtig lachen mußte, ganz früher, vor ihrer Ehe, wars doch immer, als passierte etwas Unerwartetes mit ihr, als halte sie selbst es für einen Irrtum. Sie machte das verwunderte Gesicht, wie beim Rundumschauen nach dem Brilleabsetzen.

Trotzdem, sie interessiert sich bestimmt mehr für den Museumsanbau als für Himmel und Hölle.

Sollte sie aber nicht.

Tanja versuchte es mit dem Rat der Schwester und überlegte: Was gibts Neues vom Globus? Nike, hast du das grausige Erdbeben in dieser südlichen Region mitgekriegt? 20 000 Tote – stop! Was würden denn mich 20 000 Tote interessieren, wenn ich mich schon als die Nummer 20 001 vorgemerkt fühlen müßte? Getröstet sein von diesen Vorreitern? Nein, es gäbe Gedränge. Nicht einmal Gott kann jeden einzelnen wahrnehmen. Der Planet ist überfüllt. Es gibt zu viele Leute, das macht mir wegen Gott Sorgen, Ressourcen und so was: zweitrangig. ER kann sich wirklich nicht um uns kümmern. Es wird unentwegt geboren, gestorben, meistens mehr schlecht als recht gelebt, gedankenlos oder verhungernd, säumig oder sterbenskrank, bisweilen ganz gut, oft kriminell, es muß IHM einfach egal sein. Und doch: Einem Einzelnen ist es möglich, sich als ein Wahrgenommener zu empfinden. Mir zum Beispiel. Dir auch, sagte Tanja zu Nike.

Die sah müde aus, überhaupt nicht erleuchtet, sie hielte sich nie und nimmer für *wahrgenommen*. Tanja glaubte, diesen zweiflerischen Ausdruck mußte Nike schon als Baby verpaßt bekommen haben.

Manche Menschen, blöde Leute, eklige, sture, irgendwelche Leute, von denen kann ich mir nicht denken, daß Gott sie besonders mag, sagte Tanja. Sie wollte Nike zeigen, daß auch sie eine Realistin war. Es wäre zu viel verlangt, selbst von Gott, alle Menschen zu lieben.

Aber man sagt es doch von IHM.

20 000 Tote, verdammt, Beryl, du kannst mit ihr über *nichts* mehr einfach so reden, du mußt höllisch aufpas-

sen bei allem und jedem, alles sieht nach Anspielung aus, es verwandelt sich dir auf der Zunge, du kapierst, Blondie-Beryl? Auch nicht über was Schönes: Es könnte sie neidisch machen, ein Spaziergang auf Feldwegen zwischen Äckern und im Dunst Krähenschwarm-Choreographien zu einer waghalsigen Partitur. Tanja hatte ihren Spaziergang mit Bunny Shapiro Nike unterschlagen. Man könnte ihr auch nicht erzählen: Einen guten Fund bei Regenmänteln hab ich gemacht. So was, meine liebe lebenslustige Ehebrecherin, Blondie-Beryl, so was kannst du unmöglich sagen, Nike wird keinen neuen Mantel mehr brauchen, und sogar alles, was mich betrübt, könnte sie neidisch machen, sogar die wackligen Beine meiner Mutter, denn die ist alt genug für wacklige Beine, Nike aber noch nicht mal fünfzig.

Tanja beobachtete Nikes blasses Gesicht und versuchte, es sie nicht merken zu lassen, wie anstößig interessiert sie das machte, beinah voyeuristisch, obgleich nicht mitleidlos. Und besonders scharf bin ich, dachte sie entsetzt, scharf drauf, aber wirklich erschrocken, ihren aufgetriebenen Bauch zu sehen. Es fiel ihr schwer, diesen Bauch nicht anzustarren, der Bauch war monströs.

Jetzt stell dir also vor, ich selber bin dran, plötzlich, so wie du damals, von heut auf morgen, nein, von gestern auf heut, mit der verdammten Diagnose. Ich war ganz arglos wie jedesmal bei der blöden gynäkologischen Kontrolle.

Aber du warst rechtzeitig. Ich war zu spät.

Vergiß das. Hör zu: Er kam mit dem saumäßigen Urteil raus, du weißt schon. Ich habe das alles noch vor mir, deinen Weg bis dahin, wo du jetzt bist.

Daß es noch gut ausgehen kann, wird ja selbst mir immer wieder gesagt.

Klar kann es das.

Nike, vertieft in sich und in ihre fadenscheinigen Therapiehoffnungen, an diesen erbärmlichen Strohhalm der geringen Prozentzahl ihrer Überlebenschancen geklammert, schaute auf Tanja mit ziemlich weit entfernter Teilnahme. Sie war schrecklich müde. Sie konnte nur diesen Halbschlafblick aussenden.

In der Alternative *Laß sie in Ruhe – Aufwecken/Erheitern* entschied Tanja sich für Nummer Zwei. Für sie und Nike anstrengender als die Nummer Eins. Tanja glaubte, es sei besser für Nike, nicht den ganzen Tag vor sich hinzudösen, eingesunken in trübsinnige Vorstellungen, denn um die mußte es sich ja wohl handeln, und wenn sie auch hundertmal ihren falschen Freunden, den Ratgeberbroschüren, zu vertrauen versuchte. Fertig mit der Lektüre von *Wie ernähre ich mich nach Krebs?* – Tanja verfluchte den Verfasser: *nach* Krebs! Ab wann wußte man schon genau, wann *nach* Krebs paßte, *vor* dem Tod durch Krebs? – las Nike zur Zeit *Wie denke ich bei Krebs?*, genau so sinnlos und heuchlerisch bis auf die ausgewechselte Präposition.

Grotesk sein, widerspenstig sein! Deshalb sagte Tanja: Von nun an endlich endlich werde ich so unvernünftig leben wie es zu mir paßt. Viel verkniffen habe ich mir zwar nie, aber Exzesse, die doch, seit einigen Jahren wenigstens. Ewig nicht mehr stockbesoffen gewesen, na gut, auf den Suff singe ich jetzt auch kein Loblied.

Nike mußte nicht lachen, sie verzog das Gesicht nicht einmal.

Tanja bemühte sich weiter: Trotzdem, es ist aus mit dem vernünftigen Leben. Alles beschränkt und streng nach der Uhr, das bißchen von dem, was ich mir an Gesundheitsschädlichem noch erhielt – pah! Gesundheitsschädlich! Sie setzte eine Silbe von der anderen ab, in grimmiger Verachtung, mit der sie auch lachte, bitterböse. So fügsam wie du werde ich nicht, ich als Patientin, wozu denn noch?

War sie vielleicht zum Schluß doch zu weit gegangen? Entmutigen wollte sie Nike ja nicht. Aber es paßte ihr nun einmal nicht, wie bedingungslos Nike ihren Willen aufgab. Darum spielte sie Nikes Rolle als Tanja: Was mir jetzt erst recht hilft, als Kranker mit schlechter Laune, das nehme ich mir: starken Kaffee, Zigaretten, Wein, Bier, Schnaps.

Schnaps habe ich beinah nie getrunken, sagte Nike, die auf einmal viel weniger matt wirkte.

Tanja freute sich über diese erste Beteiligung an der Farce, aber selbstverständlich begriff Nike überhaupt nicht, worauf Tanja zielte. Sie würde sich nachher wieder fatalistisch und mit schwacher Erwartung den absurden Anweisungen ihrer dummen dreisten kleinen Bibliothek der scheinheiligen Geschäftemacher von Diätamateuren und selbsternannten Psychologen unterwerfen. Nikes angeborenes Mißtrauen ging weich in die Knie vor den Scharlatanen und auch vor den Maßregeln der Ärzte. Sie war eine Agnostikerin, lebte aber streng nach Glaubensgesetzen.

Ich soll mein inneres Gleichgewicht anstreben, sagte Nike mit einem zugleich ratlosen und beinah auch belustigten Gesichtsausdruck. Zweifellos fand sie diese Anforderung selber töricht und kaum zu erfüllen. Wie ich das machen soll, ist mir allerdings schleierhaft. Nike lächelte, und in diesem Augenblick liebte Tanja sie mit dem Eindruck, zu diesem Gefühl jetzt paßt nun einmal wirklich der Ausspruch: Mir wird warm ums Herz.

Manchmal krieg ich jetzt wieder so große Lust zu rauchen, sagte Nike, in Tanjas Ohren lauter Liebeswörter. Sie mußte an den gekachelten Raum in der onkologischen Ambulanz denken, sah die unerschütterliche junge Ärztin vor sich: so cool, so unbeschwert, und leider besaß sie die Macht.

Ich werds tun, rauchen, sagte Tanja. Und Tranquilizer schlucken, noch und noch. Ich verschaffs mir, so gut es geht, das *innere Gleichgewicht.*

Ich muß es ohne das versuchen. Nike klang wieder resigniert. Aber immerhin, sie hatte gelächelt, sie durchschaute die oberflächliche inhumane Gesinnung, die hinter dem Gemeinplatz stand: *inneres Gleichgewicht!* Mit einem Körper voller Metastasen, und dem *Übergewicht* des aufgetriebenen Bauchs: Nicht die besten Nerven und das ausbalancierteste Seelenleben konnten sich mit derartigen Gegnern erfolgreich abrackern. Aber es tat Tanja gut, sich den Lichtblick einzuprägen, in dem Nikes eingefleischte gescheite Skepsis aufgeblitzt war.

Nike, du kennst deinen Bruder, Kevin, meinen korrekten fürsorglichen Ehemann, der mein Bestes will, und dem werde ich erklären, obwohl ich ihn damit schockiere: Von nun an, seit der Diagnose, ists aus mit der Aufpasserei, Thema Gesundheit, das ist out. Sie ist nämlich hin. Ich *bin* nicht mehr gesund. Ich mach das Genußvollste draus.

Da wirst du was erleben! Wahrhaftig, diesmal lachte Nike sogar.

Natürlich, er wird dagegen sein. Tanja verschwieg, daß sie ergänzen würde: Wir haben schließlich das traurige Beispiel Nike. Nike hat sich von Anfang an reinlegen lassen. An Vertröstungen geglaubt. Weil sie nicht doof ist, hat sie nicht *ganz* dran geglaubt, doch sich gefügt, dem hinterhältigen Hokuspokus, das hat sie. Die Ärzte wußten von vorneherein bei ihr: Es dauert nicht mehr allzu lang. Zu Nike sagte Tanja: Und ich werds noch toller treiben, ich werde die Sache mit Koks und ähnlichem angehen.

Wie willst du an das Zeug kommen?

Tanja plante, der ältesten Schwester, Kevin besser nicht, von dieser Unterhaltung zu erzählen. Die älteste Schwester brachte es nicht fertig, so viel Vitalität und interessierte Dialogbeteiligung aus Nike hervorzulocken.

Tanja hatte sich so intensiv in die Rolle einer Kranken eingelebt, daß sie beim Verlassen der Station verwundert merkte: Mir fehlt ja gar nichts. Ich bin gesund. Jetzt noch, wenigstens jetzt noch, und das ist definitiv, und es ist verdammt viel. Bei einem kleinen Dankstoßseufzer, in dem Gott vorkam, fühlte sie sich frei und wohl und ein bißchen gemein, aber es ging ihr den ganzen Heimweg über gut.

14
In ihrem Alter schläft man noch tief

Die Neuners und die Engelbrechts, Harry und Britta und die ganze Clique um Isolde und die Schönbaums, sie alle kehren zurück aus den sanft angestrahlten Tiefen des Gartens, sie eilen über die Terrasse, die meisten lachend, hohe Frauenstimmen quietschen – demnach scheint es schon wieder zu regnen. Schon wieder? Als könnte es nicht regnen und regnen, und es wäre immer noch nicht genug für unseren armseligen Grundwasserspiegel. Da fallen mir diese zwei Ökokämpfer ein – ah, nicht schon wieder diese grausige Geschichte vom Doppelselbstmord, oder Mord, oder was immer es war. Außerdem, ganz im Ernst: Es bringt sich doch wohl keiner aus ökologischen Gründen um? Mir kommt das geradezu etwas lächerlich vor, pardon! Ich weiß schon, de mortuis nihil nisi bene, aber der Umweltschutz wäre für mich kein Anlaß, ich meine, der anscheinend vergebliche Umweltschutz, kein Anlaß, mein Leben zu beenden. Die Verzweiflung über das Waldsterben, den Treibhauseffekt, das Artensterben, die zerstörte Ozonschicht, den Klimakollaps, das Verschwinden der Regenwälder und was es sonst noch alles gibt, das bringt doch keinen Menschen, der bei Verstand ist, dazu, die Waffe gegen sich und einen geliebten Menschen zu richten – andere Reihenfolge, okay, egal, nein, das macht keiner, der bei Trost ist, Trost paßt schlecht, ich sag mal lieber, bei klarem Kopf, wenn es denn überhaupt so war, daß sie es verabredet hatten.

Übrigens, ich, ich persönlich, ich fände das schrecklicher, das *Verabredete.* Schrecklicher als wenn er, was ich fast vermute, sie, die es nicht wußte, erschossen und dann sich selber eine Kugel durch den Kopf gejagt hat oder wasweißich wohin, ich meine nur, egal wohin, uns kanns schnuppe sein, im Schlaf erschossen, als sie schlief ... hat sie ihn denn nicht gehört ...

In ihrem Alter schläft man noch tief.

Haben Sie das bemerkt? Jetzt löchern Alice und Robert unseren armen Gastgeber schon wieder, der Ärmste, wirklich, sicher wäre heute unser Gastgeber alles andere lieber als ausgerechnet Gerichtsmediziner.

Gemäß Paragraph 159 der Strafprozeßordnung muß auch bei dem zur Debatte stehenden Liebespaar die Todesursache ermittelt werden, und zwar unverzüglich.

Schluß mit der Romantik, oder? Mit den Spekulationen aber auch.

Hören Sie, das wird sich aber schlecht machen lassen, das: *unverzüglich.* Ihre Körper sollen bereits stark verwest gewesen sein, als man sie endlich fand. Irgend jemand, der sie immer wieder nicht an die Strippe bekam, soll schließlich die Hausverwaltung gebeten haben, im kleinen Reihenhaus doch mal nach dem Rechten zu sehen. Und da fand man sie, verwest, wahrscheinlich seit Wochen, zwei, drei Wochen tot, hingerichtet, nach der Vollstreckung, iihh! Mir geht so was durch Mark und Bein. Sie: tot in ihrem Bett – und immer muß man bedenken: *Verwest*, und so hübsch, wie sie doch mal war, oder war sie es nicht? Ich will nur sagen, nicht hübsch, das war sie bestimmt nicht, und nun aber... Und er auf dem Flur, da lag er tot, auf dem Flur, auch verwest. *Halb* nur, nicht ganz und gar. Oben beim Schlafzimmer? Oder hat er gezögert, war er entschlußlos, bekam ers mit der Angst, die Waffe nun auch auf sich zu richten? Und befand sich deshalb seine

Leiche auf dem Flur im Parterre? Fragen über Fragen. Zum Zweck der Aufklärung, Todesursache, das Drum und Dran, Mord oder Verabredung, oh danke, ich sag nicht nein, ich probier jetzt mal diese knallroten, fast hätte ich gesagt *blut*roten Kügelchen ... kurzum, Strafe entfällt ja ohnehin, bei Toten ... Darum gehts nicht. Der Staatsanwalt ordnet eine Leichenschau an. Dem Himmel sei Dank! Es muß Klarheit da hinein. Ich wills schließlich wissen, wie es sich zugetragen hat. Bei der Leichenschau handelt es sich um die amtliche Besichtigung der entkleideten Leiche durch einen Arzt. Oh Gott, der Bedauernswerte, nicht wahr? Irgendwie eklig, das Ganze. Schaudert mich, weil es auf der Veranda kühl geworden ist oder kommts von diesem furchtbaren Thema? Sie heizen im Hausinnern für meinen Geschmack etwas zu stark, aber die Veranda kriegt nicht genug davon ab. Obwohl es kühl ist, ich bleibe lieber hier, ich würde ungern auf den Blick in diese Lämpchengirlanden überm Herbstlaub verzichten.

Haben Sie gehört, was dieser Pranhammer gerade gesagt hat? Ähnlich hab ichs auch in seinem Leitartikel gelesen. Er ist ziemlich links und als Mensch, glaube ich, eher brutal. Aber genau diese Frage stellte ich mir auch, und zwar meiner kranken Schwägerin gegenüber, bis mir der Schreck in die Glieder fuhr, wegen Taktgefühl und so, und deshalb habe ich mit einer, die so krank ist wie sie, natürlich nichts davon verlauten lassen. Manchmal merke ichs zu spät, aber meistens sagt mir doch mein Instinkt, wann ich lieber den Mund halten sollte. Also Pranhammer. Suizid – aber warum bloß, hat dieser Journalist gesagt, ziemlich wörtlich aus seinem Leitartikel. Treten wir mal näher an ihn und seine Gruppe heran. Laßt uns was aufschnappen.

Sie waren politisch isoliert, politisch zu wirken hatten sie kaum noch Möglichkeiten.

Ist das eine Erklärung für den Freitod? Nein, ist es nicht, keine Spur.

Ich muß immer wieder an die Wochen vorher denken. Bei diesen beiden. Wie sie diese Wochen vorher verbrachten. Es müssen furchtbare umdüsterte Wochen gewesen sein. Vorausgesetzt, sie hatten es geplant. Aber dann doch erst recht? Es muß doch zwischendurch Angst aufgekommen sein? Zweifel, das Verlangen, alles rückgängig zu machen? Heimliche Gedanken vielleicht bei ihr, die so viel jünger war, zu kneifen, vielleicht: wegzulaufen? Auszureißen? Dort steht der Pastor. »Wer Böses tut, der hat Gott nicht gesehen.« 3. Brief des Johannes. »Wer ist aber, der die Welt überwindet, der da nicht glaubt, ...« ebenfalls Johannes – und Böses taten sie nie und nimmer. Herr Pfarrer, ich tu jetzt was *Verkehrtes*, böse ists nicht, ich gönne mir ein Glas Champagner. Wen diese Sache nicht mitnimmt, der hat kein Herz, oder? Und tut Böses. Zum Wohl! Sie könnten ein paar neue Eisbrocken in den Kübel werfen. Aber Pommery ist Pommery.

15
Links kehrt marsch

Natürlich versuchten ihre Freunde Rosalind doch noch zu erreichen. Sie schrieben (das nicht allzu oft), sie riefen an (das zuerst sehr oft, dann seltener). Und auch für Walter gab es Telephonate und Post; den Namen Freundschaft verdiene keine einzige menschliche Beziehung in seinem jetzigen, transparent gewordenen Leben, er habe keine Freunde mehr, kommentierte er diese paar übriggebliebenen Drähte nach draußen, keine *wahren* Freunde – aber die Leute von der Bürgerinitiative hielten sich dafür.

Ich sollte nicht mit dir reden, sagte Rosalind in diesen Pioniertagen nach ihrer Unterschrift hinter Walters hochhackigen Namenszug, der wie ein verkleinertes Gebirgsmassiv auf dem Pergament des Todespakts aussah, ich sollte mit niemandem mehr reden, leider also auch nicht mit dir, sagte Rosalind beispielsweise zu Henriette. Aus heutiger Sicht konnte Rosalind nur noch schwer begreifen, wie stolz sie damals noch auf ihre Walter-und-Rosalind-Klausur gewesen war, und wenn eins dieser nie ausführlichen Gespräche regelmäßig aufs Fazit *laß den Blödsinn* und *mach Schluß damit, am besten gestern noch* hinauslief, hatte sie innerlich *ach du arme Ahnungslose* triumphiert und die Diagnose der Freundin *du bist ihm ja hörig* stolz in sich eingeatmet. Sogar *dein Walter, er ist ja ein Besessener, er ist ein Verrückter* versetzte sie in einen Rauschzustand. Das war Speed, LSD, PCB, so mußte man sich nach einer Injektion Heroin fühlen.

Und später sogar auch noch! Sogar noch, nachdem

von Walter die Klausur für so exclusiv erklärt wurde, daß er es für sicherer hielt, einen Zähler am Telephon installieren zu lassen, damit Rosalind nicht in Versuchung geriete, ihrerseits Leute anzurufen – *du bist so jung, Kleines, und schon deshalb ein bißchen vergnügungssüchtig* –, und es sei normal, daß man sich nicht felsenfest auf ihre Willenskraft verlassen könne, also: *besser ist besser*. Er erwähnte, am besten in nächster Zukunft das Telephon überhaupt abzumelden. Er hats nicht gleich gemacht, dachte Rosalind später, weil er Angst hat, irgendwas wäre wieder mit seinem Herz, und er brauche ganz schnell einen Arzt. Ah, sein operiertes Herz, vielleicht würde es doch wieder mal verrückt spielen, und das imponierte Rosalind in den ersten Jahren als Anfängerin ganz gewaltig. Die Klausur hieß nun Exil.

Verzauberung sogar immer noch, hochgemuter Liebesfanatismus (Walter flüsterte ihr *meine Heroine* und *mon amour fou* ins Ohr und fürchterliche lebensfeindliche Sätze von Nietzsche oder Gedichte, in denen es um den Tod ging, und sie wollte dann nur noch Sex mit ihm und Musik dazu, sie hatten immer klassische Musik beim Sex), und auch immer noch, als *lebenslänglich vereint* nicht mehr viel bedeutete, nicht mehr viel Zeit bedeutete, ein paar Monate, aber was für eine Zeit, was für Monate!

Sex mit Walter war für Rosalind mittlerweile beinah immer nur noch eine Pflichterfüllung, dann widerwärtig, und sie genierte sich für seine Bedürfnisse und traute ihnen auch nicht. Sie hatte früher am Sex nur gut gefunden, wie er ihn genoß, erkannte sie. Jetzt kam es ihr so vor, als beachte er nur die Regelmäßigkeit ... ganz ekelhaft, sie schüttelte sich, er paßt drauf auf, daß alles seine Ordnung hat, der Sex, seine Verdauung. Aus Liebe zu ihm hats mir Spaß gemacht, oh viel viel mehr als *Spaß*, und demnach wars aus damit, so bald sich der Argwohn eingeschlichen und dann breitgemacht hatte, sein Argwohn gegen sie, ihrer gegen ihn, er zog wie ein Dunst durchs Haus, er nistete sich überall ein. Manche Häuser *rochen*, und man fand nicht heraus, wonach, und man kriegte den Geruch nicht weg.

Als es damit anfing, daß ihre Isolationseuphorie dahinschwand, tat sie das auf jede denkbare Weise: Sie zerbröselte, sie schmolz wie Schnee bei Tauwetter, sie löste sich auf wie eine Kopfschmerztablette im Wasserglas, sie fiel wie ein welkes Blatt im Herbst vom Zweig und wurde unter einem Fußtritt zerrieben – traurig und beängstigt sann Rosalind auf Vergleiche. Das war immerhin eine Ablenkung. Ganz gut gegen Furchtsamkeit und Überanstrengung. Rosalind erschrak, als sie drauf kam: Walter überanstrengt mich. Und ich fürchte mich vor ihm. Seine vorher angehimmelte Unheimlichkeit war nun nur noch *unheimlich*, überhaupt nicht *interessant* unheimlich, gar nicht schön.

Doch ab und zu war sie wieder in ihn verliebt, gleichzeitig kamen ihr immer mehr Bedenken. Lenkte und dirigierte Walter alles richtig und, die Hauptsache dabei: hatte er das Recht dazu?

Als es mit so vielen Zweifeln, Ängsten, lautlosen Protesten und Selbstüberwindungen anfing, da wachte Rosalinds Verlangen nach der Außenwelt aus seinem Abkapselungsschlummer auf. Walters kurze Abwesenheiten (er brauchte neue Rezepte für seine Herzmedikamente, er radelte und joggte, lang weg blieb er allerdings nie) nutzte Rosalind zu Telephonaten. Ihren Eltern beteuerte sie: Es geht mir gut, macht euch keine Sorgen. Wir sind ja nur für eine Weile abgetaucht, bereiten Pamphlete vor, wir arbeiten. Bis bald! Ihre Schwester Reni war nicht so leicht abzuwimmeln: Überleg dir, ob er nicht erstens zu alt für dich ist und b) …

Du hast mit *erstens* angefangen.

Ist doch völlig wurscht. Ob er *zweitens* oder b) ein bißchen ein Wahnsinniger ist, verbohrt ist er garantiert. Und zu guter Letzt drittens, c): Dich ausnutzt. Und unsere Eltern sind sehr niedergedrückt, sie machen sich Sorgen. Immerhin sind sie zum Glück so naiv, wirklich rührend, sie glauben nicht, daß du was mit ihm hast. Aber sonst hat alles so viel Ähnlichkeit mit diesem komischen Ex-General und der überdrehten Weltverbesserin, die er auf dem Gewissen hat, du weißt schon, die man beide tot auffand, sagte Rosalinds Bruder. Paß auf dich auf, noch besser: Geh weg. Mach ne Fliege.

Der Ahnungslose! Rosalind konnte nicht mehr weg. Walter hatte Vorkehrungen getroffen. Plötzlich war er wie ein schnuppernder Hund durchs Reihenhaus gelaufen, als wolle er nur Spaß machen: Ich wittere Fluchtgefahr. Er war kein guter Schauspieler. Er schloß Rosalind ein, wenn er ohne sie aus dem Haus ging. Allein ließ er sie nicht raus. Und dann kam die Telephonrechnung. Die Gebühren waren nicht sehr hoch, aber doch zu hoch, weil sie vorher kaum über den Null-Pegel gestiegen waren. Walter ließ am Telephon einen anderen Zähler anbringen, den bereits installierten hielt er für defekt, weil er ausnahmsweise Rosalind geglaubt hatte, als die behauptete: Mit dem Zähler scheint was nicht zu stimmen. Ich habe so gut wie gar nicht telephoniert. Rosalinds Plan, mit dem Mann von der Post über Walter zu sprechen – aber was denn, vom Todespakt etwa? – konnte nicht durchgeführt werden, denn Walter beaufsichtigte den Elektriker, der schließlich das Gerät, nachdem er es überprüft hatte, gar nicht abmontierte, da es nicht defekt war. Mit dem Zähler war alles in Ordnung. Folglich hatte Rosalind geschwindelt und doch mehr telephoniert, als sie zugab.

Ruft ihr mich an, signalisierte Rosalind ihrer Freundin Henriette, und sags weiter, ich muß es kurz machen. Wir sind zur Zeit knapp bei Kasse. Sie war sicher, daß Henriette ihr nicht glaube, und sie hoffte es, vielleicht würde sich im Freundeskreis Verdacht regen. Es geschah aber nichts. Post durfte keine mehr abgeschickt werden. Der Zähler vermerkte weiterhin Gespräche, Walter meldete das Telephon ab. Gerade noch in der letzten Minute war Anja mit der Botschaft durchgekommen: Tu ihm was in den Tee! Du warst mal Krankenschwester, also sag ihm, du übernimmst jetzt seine Pillenwirtschaft, okay?

Könnt denn ihr nicht irgendwas tun? Von außen, irgendwie an mich ran?

Du bist ja verrammelt wie Geld in einem Tresor. Anja lachte, aber es klang immerhin besorgt. Du schaffst das schon. Kopf hoch! Rosalind zögerte ein paar Tage lang. Anjas Rat wollte sie loswerden, sie wollte ihn abschütteln, aber er ließ sich nicht abschütteln.

Liebling, mir fällt auf, daß du deine Medikamente nicht richtig nimmst. Die Nachmittagsdosis vergißt du zu oft. Du machsts nicht gewissenhaft genug. Ich erledige das jetzt für dich.

Spielt keine allzu große Rolle mehr, wie gründlich ich auf mein Herz aufpasse, stimmts? Walter war ironisch und dann für Rosalind unerreichbar. Sie empfand seine Ironie wie einen Strom von Kälte, der durchs Zimmer zog bis zu ihr hin, als hätte jemand bei starkem Frost das Fenster weit aufgestoßen. Er war außerdem immer dann ironisch, wenn sein Argwohn Rosalinds geheime Gedanken erriet. Sie konnte es nicht leiden, wenn er sie dazu auch noch ansah, sein Blick drang wie ein Röntgenstrahl durch ihren wirren Kopf. Er schien alles zu sehen.

Aber warum hältst du dich trotzdem dauernd fit?

Wenns keine große Rolle mehr spielt, was mit deinen Medikamenten fürs Herz ist? Rosalind freute sich über ihren Trotz und über ihre Logik und hauptsächlich darüber, daß sie sich nicht einfach von ihm abfertigen ließ. Was ist daran sinnvoll? An dem ganzen Rumjoggen und Geradel?

Fühl mich besser drauf vorbereitet. Hat was mit körperlicher und geistiger Hygiene zu tun. Wir waschen uns ja auch, nicht wahr, Kleines?

Körperliche und geistige Hygiene. Zum ersten Mal fühlte sich Rosalind von Walter wirklich angewidert. Die Seele ließ Walter weg. Rosalind fand es wichtig, das zu bemerken. In ihren ersten passionierten Zeiten nahm Seelisches den größten Raum in Walters Rhetorik zur feierlichen Beschwörung ihrer *schicksalhaften Verbindung* ein. Verbindung zweier verwandter Seelen. Es konnte kein Zufall sein, wenn zwei Seelen sich fanden, die für einander vorherbestimmt waren. Das war Schicksal. Schicksal: auch ein Lieblingsbegriff Walters. Und immer klassische Musik zum Sex, für die Mitwirkung der Seelen bei diesem Hochleistungssport. Auf die Seelenzeiten folgten die mehr geistig geprägten, die weltanschaulichen, mit ihren langen, für Rosalind erhebenden Diskussionen. Und Walter lehrte eifrig die eifrig lernwillige Rosalind, das war alles schon immer *wahnsinnig* und *unheimlich*, aber beides in Kombination mit dem Hochgefühl des Interessanten. Wahnsinnig und unheimlich *interessant.* Nachträglich überdacht, schien zumindest Walter schon damals das berühmte ungleiche, ihm und Rosalind jedoch gleichende Politikerpärchen wie Vorbilder zu verehren, dann zu imitieren, schließlich sah er in sich und Rosalind Doppelgänger dieser beiden. Der Ex-General (auch Walter wurde einer, Rosalind wußte nicht, ob das stimmte) war in seinem Alter und besaß seinen

Habitus, sie hatten den gleichen Haarschnitt und sahen einander immer ähnlicher, je gewissenhafter Walter sich in den andern einlebte und auch dessen Art, sich zu bewegen und zu sprechen, kopierte; die jüngere Politikerin ein bißchen älter und entschieden welterfahrener, wortgewandter als Rosalind, die es gar nicht erst mit dem Vorbild aufzunehmen und so schnell und viel und offenbar gescheit zu sprechen versuchte, aber doch wenigstens ähnlich, hauptsächlich, weil Walter es so wollte und verinnerlichte, und Rosalind gab zu: Die Konstellation war verdammt ähnlich.

Walter und sie genossen, als Rosalind noch die abhängige Adorantin war, kostbar wundervolle Stunden, das konnten auch geruhsame und eheähnliche Stunden sein, und schön war es auch noch, als der Vorsatz, es den Doppelgängern gleichzutun, feststand, denn Rosalind zögerte nicht zu begehren, was Walter begehrte, selbst wenn das hieß, zusammen mit ihm der schnöden hiesigen Welt Adieu zu sagen. Sie hatten damals ja auch nicht nur Wagners Musik gehört (Wagner war für Walter die Nummer Eins auf der Weltrangliste für Komponisten), nein, Bachkantaten ebenfalls, und dann beide geweint, oh ja, der steinharte Walter weinte (sehr erotisierende Wirkung bei Rosalind), wenn Rosalind *Ich habe genug* und *Ich freue mich auf meinen Tod* mitsummte, *Der Abschied ist gemacht / Welt: Gute Nacht* – Steinerweichen bei Walter, und für Rosalind schloß sich die Himmelspforte auf, während sie beim Anhören der *Winterreise*, von Walters Schluchzen stimuliert, in die tiefen Abgründe von Schuberts schöner Traurigkeit fiel ... bis sie, als sei sie vorher blind gewesen, plötzlich dachte: Wenn doch alles so schön ist hier, das Genießen zu zweit und wie wir in der Abenddämmerung nebeneinanderliegen – warum es beenden?

So mußte es angefangen haben damit, daß bei Rosalind der Tod nicht mehr so recht zog. Todesangst kehrte die Todessehnsucht weg wie ein borstiger Besen den flusigen Staub.

Walter, es würde doch nichts schaden, wenn ich ein bißchen was zum Ruhigerwerden hätte.

Wir trinken unsere Vorräte leer. Alkohol hilft dir.

Aber das genügt nicht. Ich kann nicht tagsüber dauernd beduselt sein, das geht ja wirklich nicht. Bitte doch deinen Arzt um ein Rezept für mich. Es gibt sehr gute Sachen zum Beruhigen, Angstlöser.

Walters unwilliges Mißtrauen nahm seinen Anfang.

Probieren wirs wieder mit Musik. Musik schon am Vormittag. Sie hörten die *Winterreise* in der Küche.

Eigentlich muß man sich, wenn man das hört, sofort umbringen, sagte Walter.

Rosalind kannte diesen Satz von ihm. Er hatte ihn oft gesagt, und sie war immer wieder von ihm ergriffen worden, aber diesmal fühlte sie sich wie auf einem Lehrgang, wo man ihr etwas eintrichtern wollte, das sie unter allen Umständen zu beachten hätte. Und die schmerzliche köstliche Musik zog sie nicht hinunter ins süße tödliche schöne Delir, in dem sie sonst Walters Satz mit *ja man müßte auf der Stelle sterben* zugestimmt hatte. Sie schob ihr Genuß- und Empfindungsversagen auf den Mangel an Konzentration, auf die Küche, auf den hellen Vormittag. Andererseits: Wärs nicht schade drum, diesen Schubert-Schmerzenssog nie mehr zu erfahren? Warum denn gleich sterben? Die Todessehnsucht war wirklich wundervoll, aber eben einfach so, als Gefühl, und wundervoll waren ja schließlich auch ihre sanften stillen Herbstwaldspaziergänge mit Walter, und zum Empfinden all dessen mußte man *leben*.

Laß uns spazierengehen, Walter, oder?

Gut, Kleines.

Rosalind faßte Zutrauen zu ihm, als er über Pflanzen und Vögel freundlich sprach und *was willst du, daß ich dir heut abend Schönes koche* fragte.

Sie ging im Geist die Konservenvorräte durch und wünschte sich eine scharf gewürzte Mischung aus Bohnen mit Corned Beef, und arglos glücklich in ihrer sicheren Geborgenheit, Walters Arm lag über ihren Schultern, sagte sie nach einer kleinen Pause: Noch einen Wunsch frei?

Jeden.

Weißt du, ich hätte es schrecklich gern, wenn wir mal meine Eltern bei uns ... Sie brach ab. Walters Arm lag plötzlich nicht mehr auf ihr. Weil du so toll kochst und so, sagte sie matt, und es hatte doch als Kompliment ein Ansporn sein sollen.

Sie gingen schweigend nebeneinander her. Rosalind wunderte sich über ihre Kraft, überhaupt einen Ton herauszubringen, es war so schwer, Eis zu schmelzen, wenn man überhaupt keine Hilfsmittel dafür hatte, und sie hörte sich selber wie einer Fremden zu, nahm den Faden von vorhin auf, das Loblied auf den Herbstwald.

Da sagte Walter: Zu spät. Es gibt Tote, die sehen noch eine ganze Weile schön aus, aber sie sind tot. Dieser Wald ist gestorben, einer unserer vielen Gründe, es ihm gleichzutun. So, Zeit schon überschritten. Alle Mann zurück.

Links kehrt marsch, dachte Rosalind, und diesmal haßte sie ihn. Später fand sie, es sei vielleicht noch schlimmer, schlimmer für Walter, daß sie sich vor ihm ekelte und ihn nicht ernstnehmen konnte. Ja, er war lächerlich.

16

Eine interessierte Person

Tanja fand sich gemein, und sie wußte genau, wie oberflächlich und außerdem untauglich es war, beinah dumm, trotzdem sagte sie zu ihrer betrunkenen Freundin Wally: Nun nimm dir doch mal die arme Nike vor. Du weißt, daß ich niemals Moral predige, und ich versteh dich ja nur allzu gut, aber denk mal an Nike, meine kleine Schwägerin, ich hab dir von ihr erzählt.

Wally muffelte und brummelte irgendwelche Unwillensbezeugungen. Sie war Quartalstrinkerin. Ihr war so wenig zu helfen wie Nike, und Tanja wußte das, Wally tat ihr leid, und sie hatte sie gern, konnte sie nur allzu gut verstehen, doch heute reizte ihr lebensüberdrüssiges Gequengel sie. War es nicht Luxus? Andererseits war es ebenso großer Unsinn, Krebs mit Alkoholismus zu vergleichen, gar mit dem Ziel, die Sucht als die leichtere Krankheit zu klassifizieren.

Wally, Nike ist ungefähr in unserm Alter, sie ist sogar etwas jünger. Vergleiche doch mal deine Lage mit ihrer.

Ich trinke, weil ich Depressionen habe. Depressionen sind das Allerletzte. Wally konnte diesmal erstaunlich klar artikulieren.

Tanja hätte ihr ebenso gut anbieten können, sich in das Jammerdasein einer verhungernden Liberianerin hineinzuversetzen. Wally thronte im weißen Sessel ihres weißen Salons und erinnerte an ein riesiges Stück Cremetorte in einem Sahnebett, ihr himbeerfarbenes Gesicht sah wie die Marzipanverzierung auf dem kitschigen Gebilde aus. Man hatte sie aus einem mächtigen Hochzeitskuchen herausgeschnitten. Und das Tortenstück wiederholte jetzt, allen seelischen Qualen seien die körperlichen vorzuziehen.

Aber doch vielleicht nicht bei Krebs. Oder denk mal an Aids. Tanja wußte, die Freundin hielt sie für eine Verräterin. Über Depressionen und Suchtkrankheiten waren sie immer einer Meinung gewesen. Wally und Tanja gegen den Rest der Welt. Und nun stahl diese Schwägerin ihr die Show.

Ich weiß, ich weiß, gab Wally brummig zu. Krebs ist schlimm, jeder weiß es. Aber die Angst ist das Allerschlimmste. Du siehst keinen Ausweg mehr. Mir bleibt nur die Flasche. Wally lachte und schwankte inmitten ihrer Schlagrahmpolsterung. Ich bin eine Flaschenpost.

Bisher hatte Tanja immer, wenn Wally wieder einmal ins Glas gefallen war, sanft und verständnisvoll mit ihr geredet, sogar mit einem geheimen neugierigen Genuß, denn Wallys Schwäche bedeutete: Sie läßt mich nicht allein, auch unter meinen Schritten ist die Eisdecke dünn, und ich kann jederzeit einbrechen. Diesmal mußte Tanja an die Empfindungen denken, die sie mitmachte, wenn sie mit Nike telephonierte oder bei den Besuchen in der Krankheitsaura. Sie glichen einander, diese Empfindungen. Offenbar besaß die Anfälligkeit einen Reiz – und Macht über sie. Weil sie das etwas peinlich fand, dachte sie lieber, sie hätte eine gute Ärztin abgegeben. Daran glaubte sie bloß leider selbst keinen Augenblick. Sie ekelte sich vor jeder Schnecke im Salat und vor rosigen Maden, zu denen Kevin sie geführt hatte: Im Vorratskeller spielten die lustigen widerwärtigen winzigen Scheusale in einer Packung Haferflocken, die Tanja nicht fest genug verschlossen hatte.

Tanja ärgerte der pampige Ton, in dem Wally sich beklagte: Gestern waren wir allein. Greg und ich.

Tanja dachte: Sie mopst sich, ich habe zu viel zu tun. Manchmal läßt sie den sonst stillen Vorwurf gegen mich heraus. Wally hält es für ernsthaft schlimm, wie selten wir uns sehen, oft monatelang nicht, obwohl wir in derselben Stadt wohnen.

Was war gestern? Ach ja, Tanja spielte Langeweile, Neujahr, oder? Sie tat so, als sei ihr das gerade eben erst eingefallen und ohne jede Bedeutung für sie. *Gestern waren wir allein:* Eine diskrete Form der Anklage. Tanja hatte Wally nicht besucht. Wallys depressionskranker Mann Greg lag seit ein paar Wochen abgeschottet von der Welt in seinem schmalen Schlafzimmer bei geschlossenen Läden, und Wally bewegte sich ratlos geplagt durch das elegante Haus, ohne Idee, wofür sie sich interessieren könnte. Sich zu betrinken, war das Naheliegendste.

Tanja verglich sich mit Wally, auch mit Nike, und sie fand, sie schnitt am besten ab. Auch sie lief Slalom, sie kannte die Tücken auf ihrer Strecke, die Fallgruben, es war auch bei ihr ein Hindernisrennen, aber entscheidend – und unterscheidend – blieb ihr Resumée aus allen Anstrengungen: Ich finde das Leben überhaupt nicht einfach, aber es interessiert mich. Jetzt im Winter fiel es ihr schwer, morgens aus dem Bett zu kommen, und doch stellte sie den Wecker oft, einer Eingebung folgend, vorm Schlafengehen um noch mehr Minuten vor. Sie wollte leben, und das nicht schlafend, sondern wach. Davon wußte Kevin nichts, er hätte sie für verrückt gehalten. Es gab ihr auch manchmal zu denken, wie gleichsam büßerisch, als wolle sie sich geißeln, sie sich um die köstliche Erfahrung des Ausschlafens brachte, und falls Kevin vor ihr sterben würde, begänne sie das Experiment Ausschlafen, das Nachholen. Was Kevin damit zu tun hatte, verstand sie selbst nicht ganz genau. Doch, brutal wars, aus einem

Zustand der Abgeschiedenheit des Träumens ins Aufwachen gerissen zu werden. Aber dann sagte ihr eine Stimme, die schon richtig wach war: Kaffee! Rausschauen! Es ist interessant! Bei ersten Kaffeeschlucken und fahrigen Kreiselbewegungen mit dem Kopf, Armschwingen und In-den-Hüften-Drehen – Tanja nannte es *Gymnastik* – in der noch dämmrigen Küche, wenn sie beobachtete, wie fahles Licht Farben annahm und es heller wurde, und die aufgehende Sonne hinter den Baumstämmen rot auftauchte und freundlich aussah, bis sie, an Hochdrucktagen, sich in einen gleißenden gelbweißen Scheinwerfer verwandelte, der den Ausblick zum Kriegsschauplatz machte, und die Misteln in den Baumkronen wie ausgediente zerrupfte Perücken hingen, als hätten sie sich nach einem Absturz vom Himmel dort verhakt, dann empfand Tanja eine Mischung aus Vorfreude und Ergriffenheit, und sie nannte das *die Gnade des Aufwachens.* Ich bin morgens ein bißchen übergeschnappt, aber das brauche ich, und leider verfliegt es im Tagesverlauf. Seit sie viel an Nike dachte, dankte sie mit Vergnügen an ihrer Gelenkigkeit bei dieser Kaffeegymnastik aufs Geratewohl in den Himmelsausschnitt hinein. Zwei Kiefernäste schaukelten hin und her, rauf und runter, der Winter war stürmisch, und sie dachte an die Angstseufzer ihrer Freundin Wally, die nie dergleichen empfände, und auch die gesunde Nike hatte bestimmt nicht den leisesten Schimmer davon, wie das ist, plötzlich und für ein paar Minuten high zu sein. Der kranken Nike könnte man nicht zumuten, sich über die ersten Tageseindrücke einfach aus dem Stegreif zu exaltieren. Das wäre unverschämt. Und außerdem fehlte bei Nike der Kaffee. Sie wird high sein, wenn sie am Ende ist, schade ums Morphium, sie wirds verschlafen.

Tanja beantwortete jetzt das Jammern ihrer Freundin Wally: Du Arme, aber tun kann ich ja leider gar nichts für dich.

Da widersprach die sonst duldend Gefügige unerwartet keck-auffordernd: Oh doch. Öfter mal Händchen halten. Das könntest du. Herkommen und Händchen halten.

Ich ersticke in Arbeit und allem möglichen Hin und Her, meine Liebe. Tanja hatte Mühe, nicht aus der Haut zu fahren.

Schon gut. Ich wußte, es würde nichts draus.

Ich muß mich jetzt ja auch manchmal um meine Schwägerin kümmern. Kevin kann ichs nicht zumuten. Er hat erst recht keine Zeit, und dann, sie ist seine Schwester. Wenn *meine* Schwester so krank wäre … ich fürchte, ich würde einen Bogen um sie machen.

Die beleidigte Wally brauste auf: Ich würde diese verdammte Chemotherapie nicht mit mir machen lassen. Auch keine Bestrahlungen. Gar nichts.

Aber eine Therapie hält die Leute wenigstens auf Trab, ich meine, sie lenkt sie ab. Sie ist wie ein Dach überm Kopf.

Wally schimpfte weiter: Ärzte! Ich kann diese Weißkittel nicht mal mehr von hinten sehen. Sie stärkte sich mit einem Schluck, diesmal gleich aus der Flasche. Sie spielte die Arztrolle schlecht, als sie in hohen Tönen piepste: Zuerst mal hören Sie auf mit dem Trinken und dem fetten Essen und dem Rauchen und nehmen Sie ab. Das ist alles, was sie wissen, schloß sie mit ihrer tiefen gewohnten Wally-Stimme, die sich triefend naß anhörte.

Aber Wally, schubweise, suchte Ärzte auf. Kleine Beschwerden jagten ihr große Angst ein. Jedes ihrer Organe wurde mindestens zweimal erforscht, keine Untersuchungsmethode, die bei ihr nicht angewandt worden war. Aber zu helfen gab es bei ihr nichts. Das

Fazit jeder Diagnose lautete *Leben Sie vernünftig, reduzieren Sie Ihr Gewicht*, und Wallys Verachtung kannte keine Grenzen: Sie beglotzen nur irgendein Symptom. Sie denken nicht ganzheitlich. Und dann suchte und fand sie Trost bei ihrem Heilpraktiker. Er piekste an ihr herum, er schüttelte den Wirkstoff aus der Substanz, die sie schlucken sollte, fand sie nicht zu dick und nicht zu oft betrunken, sondern unterhielt sich mit ihr über ihre Darmflora und ihr kompliziertes Seelenleben; das Bauchweh oder der Schmerz im Rücken oder das Herzrasen blieben, aber Wally glaubte es nicht, zumindest war das je fällige Leiden viel viel erträglicher geworden, sie glaubte dem Heilpraktiker, der nett war und von Entziehungskuren, Diätmaßnahmen und ähnlichen Folterungen nichts hielt. Doch bei jeder Extrasystole – das Herz machte einen Ruck, Wally hatte zu viel gegessen – rief sie beim *Internisten* an und erflehte den erstmöglichen Termin.

Wally wiederholte, sie an Nikes Stelle ließe den giftigen Spuk sein. Ich hab oft genug mitgekriegt, wie es zu nichts gut war außer fürs Krankenhaus und fürs Portemonnaie der Weißkittel. Wally schien befriedigt. Ich muß aufs Clo.

Ich auch.

Ladies first. Wally machte eine herrschaftlich einladende Geste und dabei einen stark beschickerten Eindruck.

Wer von uns ist die Lady? fragte Tanja, aber sie war schon auf dem Weg in den kleinen schwarz-weißen Salon mit Schachbrettmuster, Gregs und Wallys Gäste-WC. Vor dem Spiegel betrachtete sie sich gründlich. Sie stellte fest, daß ihr Gesicht fast so himbeerrosa war wie Wallys, obwohl sie nur zwei Whisky getrunken hatte. Sie raufte ihr kurzes braunes Haar auf der Schädeldecke und an den Schläfen, damit es mehr darstellte, und vom Kopf abstand, aber die Manipulation würde die nächste Stunde nicht überdauern. Sie mußte wie schon öfter daran denken, daß Nikes Haare troz Chemotherapie immer noch dichter waren als ihre.

Du bist also gegen jede Therapie, sagte sie zur später vom WC zurückkehrenden Wally, die so vorsichtig wie eine Blinde um die Möbel segelte, ein bißchen schwankte und ein todernstes konzentriertes Gesicht machte. Die Anspannung lockerte sich, als Wally endlich sicher in ihrem Sahnefüllungpolster gelandet war.

Bin ich, sagte sie triumphierend.

Was denkst du, soll Nike sich mit einem guten Buch in den Sessel setzen und in aller Gemütsruhe auf den Tod warten? Das kommt mir absolut nicht menschenmöglich vor. Nicht realisierbar.

Für mich schon. Ich würde es tun.

Du zuallerletzt, dachte Tanja gereizt, aber mitleidig. Wally war lebensmüde, in dem Sinn: Sie wußte nicht, was sie damit anfangen sollte, daß sie lebte. Sie hatte gleichzeitig eine Todesangst vor dem Sterben. Nike kam Tanja viel weniger ängstlich vor als Wally. Tanja hielt Nike nicht für lebensmüde. Der Ärztin in der onkologischen Ambulanz glaubte Nike, als die sagte: Ihr Wille ist wichtig. Ihr Optimismus ist wichtig. Daß andere an Sie denken, hilft.

Beim nächsten Telephonat mit Nike wunderte Tanja sich wieder darüber, daß Nike sie nicht verdächtigte, sie erkundige sich aus Neugier nach ihr, vielleicht dachte sie an einen der Glaubenssätze der Ärztin: *Daß andere an sie denken, hilft.* Geduldig, mit bald kläglicher, bald empörter Stimme, die einmal in ein mitgesprochenes Weinen überkippte, vertraute sie Tanja an: Die bisherige Chemo hat nichts gebracht, haben sie rausgefunden, aber es ist auch wenigstens nicht schlimmer geworden.

Wenige Tage später klang sie viel deprimierter, blieb gleichwohl bei den Fakten, kein Wort über ihre Gefühle: Allerdings habe ich jetzt auch Unterleibskrebs.

Was soll das heißen?

Eben: *alles.* Weil der Brustkrebs zu spät operiert wurde. Bei mir sind nur noch Nieren und Herz gesund. Halt, Moment: Und die Milz.

Tanja mußte tief Luft holen, aber ihre Antwort kam doch rasch: Das Herz ist ja nicht unwichtig.

Und ihr eigenes Herz hämmerte dabei, als wehre es sich gegen Platzmangel. Tanja mußte an ihrer Rehabilitation arbeiten: Das ist *compassion*, ich mache bei Nike diese Reihenfolge mit: Sympathie, Empathie, *compassion.* Ich bin interessiert. Der Verfall *ist* interessant. Es ist kein böses Interesse, es ist *compassion.* In jedem Körper macht jeden Tag der Tod Fortschritte, aber am Beispiel zügig arbeitender Krebszellen kann er regelrecht studiert werden. Neugier ist auch nicht in jedem Fall schlimm, und in diesem Fall ists *compassion.* Zwischendurch sagte sie zu Nike: So lang das Herz gesund ist, könnte doch nicht allzu viel schiefgehen. Etwas derartig Dummes habe sie schon lang nicht mehr verlauten lassen, fand sie. Aber ihr fiel nichts ein, auch nichts mehr zu ihrer großartigen *compassion.* Denn wenn das bei ihr *compassion* war, dann wars nichts von höherem ethischen Wert. Tanja spürte, um wie vieles wohler und frischer und zu vielem aufgelegt sie sich fühlte als *vor* Nikes pechsträhniger Nachricht.

Aber was soll ich mit einem gesunden Herz, wenn alles andere hin ist? sagte Nike.

Mach ruhig erst einmal mit den blöden Behandlungen weiter, sie sind zwar grauenvoll, aber du wirst schon sehen ... Tanja erfand schnell eine zehn Jahre jüngere Beate, die, von allen aufgegeben und aus der Klinik nach Haus geschickt, sich auf einmal erholt und sogar in ihren Beruf zurückmanövriert hatte. Es geschehen diese Wunder, glaubs mir. Als Nike mit aufsteigender Stimme *wirklich?* sagte, bevor sie sich verabschiedeten, gab Tanja sich endlich doch die Note *Gut.*

Wally meinte brummig, sie würde sich, bei Krebs, nicht behandeln lassen, berichtete sie Kevin beim Abendessen. Das hier auf unseren Tellern heißt *Chinatown*, verdammt gut und sogar ausnahmsweise mal richtig scharf.

War sie besoffen?

Sagen wir mal, zweites Stadium.

Wally mit Krebs, sie wäre die erste, die vom Heilpraktiker weg zu den richtigen Ärzten rennen würde.

Aber dann schnell zurück zum Heilpraktiker, wenn ihr die richtigen Ärzte alles verbieten würden, was sie nicht lassen kann.

Und was predigst *du* immer? Soll sie doch wenigstens ihren Kaffee haben und ihre Zigaretten …

Das ist was anderes. Willst du noch einen Teller?

Kevin hatte genug, anscheinend nicht nur von *Chinatown.*

Obwohl Tanja es merkte, fuhr sie fort: Ich selber sähe mich auch nicht mit einem Buch im Sessel sitzen, und in keiner Gemäldegalerie. Oder daliegen und klassische Musik hören. Wally hat nicht recht.

Sie war betrunken. Kevin fing an, den Tisch abzuräumen.

Außerdem hat sie nicht dran gedacht, daß man sich wohlfühlen muß für solche ruhigen beschaulichen Sachen. Tanja stand auch auf, sie und Kevin gingen zwischen Eßzimmer und Küche mit dem Geschirr und einem Tablett hin und her. Daß so ein Bauch wie Nikes übrigens weh tut, hat Wally auch nicht bedacht.

Was willst du, was erwartest du, sie hat gesoffen, und

dann reicht ihr Horizont noch mehr als in nüchternem Zustand nicht weit. Nicht über sie hinaus. Dann kommt nicht mal ihr Greg da oben in seinem Schlafzimmer in ihrem Kugelkopf vor.

Auch Kevin hatte ein bißchen mehr als sonst getankt. Zwei Bier und schon vor dem Bier einen Apéro und nach dem Essen Grappa. Tanja genoß das. Vorsichtige Menschen waren langweilig.

Das Telephon, wer geht dran? Tanjas Frage: reine Routine, so wie es reine Routine war, daß sie dran ging.

Nikes ältere Schwester sagte nach einer Einleitung über den Klempner, der sie versetzt hatte: Plötzlich hat Nike schrecklich gejammert. Wir hatten gerade noch über irgendwas gesprochen, ich weiß nicht mehr, worum es ging, und auf einmal fing sie damit an. Schrecklich zu jammern. Es geht los.

Womit? Was meinst du? Hinter Tanjas Rippen meldete sich wieder das löbliche, das zweifelhafte, verdächtige *compassion*-Herz.

Mit den Schmerzen natürlich, sagte die ältere Schwester streng.

Da tat es Tanja leid, daß sie Nike beim plötzlich einsetzenden Jammern verpaßt hatte. Verpaßt! Eine schlimme Erfahrung mit mir, dachte sie, mit mir, dieser interessierten Person.

17

Und wie war deine letzte Reise?

Wenn sich Nike wirklich für ihre Besucher und was sie jenseits des Krankenzimmers machen, auf der anderen Seite des Sterbens, interessiert, nur von der Müdigkeit beeinträchtigt – sie erweckt den Eindruck, dauernd höre sie eine eintönige traurige Musikuntermalung –, empfindet Tanja Respekt vor ihr. Natürlich müßte sie ihre Krankenzimmergäste beneiden, es braucht nichts Besonderes und nichts Schönes zu sein, worüber sie reden, es kann sogar Ärger sein, aber die Leute, die an den wenigen Kleiderhaken neben der Tür zum Gang ihre Mäntel übereinanderhängen, *erleben* es, alles hat mit dem Alltag für Gesunde zu tun und nichts mit Krebs. Natürlich würde sie lieber so wie Tanja – sie beschwert sich gerade darüber – in Nürnberg mit fast einer Stunde Verspätung ankommen und den Anschlußzug verpassen, *wie unangenehm*, sagt sie, und es interessiert sie wirklich, wie Tanja weiterkam, *völlig entnervt und abgehetzt*, Tanja übertreibt Nike zuliebe ein bißchen, aber Nike käme auch ganz gern *völlig entnervt und abgehetzt* irgendwo an, sie hätte alles lieber, noch das Unangenehmste, als in diesem Krankensessel am Fenster oder in diesem Krankenbett neben der großen Infusionsflasche auszuharren. Unschuldig stellt sie Fragen, hört den Antworten zu. Tanja fühlt sich wieder schäbig anders als Nike. Tanja sah sich selbst, als Patientin mit Krankenbesuch, neidisch, unfreundlich, abweisend. Ich hätte mein Macht-was-ihr-wollt-Gesicht, meine runtergezogenen Aber-laßt-*mich*-damit-in-Ruhe-Mundwinkel, ich müßte es den

Besuchern gar nicht erst sagen, sie würden es mitkriegen, wie lästig sie mir sind und daß sie mich stören. Mein Benehmen wäre die Anweisung: Raus mit euch allen.

Ob sie das überhaupt gern hat, fragte Tanja vor ein paar Tagen Nikes ältere Schwester. Dieses viele Besuchtwerden?

Aber was hat sie sonst? Besuche tun den meisten Kranken gut.

Den meisten. Zu den meisten hat sie nie gehört.

Die Besuche aus dem engeren Familienkreis tun ihr gut, beharrte die ältere Schwester. Bestimmt nicht Besuche von jedermann. Die ältere Schwester dachte jetzt an eine Schwägerin Nikes, die hauptsächlich *ihr* nicht gut tat. Aber man kann sie auf keinen Fall allein rumsitzen oder in einem Klinikzimmer liegen lassen.

Ich würde überhaupt keinen Besuch wollen, sagte Tanja. Schon bei einer kleinen dummen Grippe keinen. Es ist das *Liegen.* Man wird dadurch runtergezwungen. Ich blicke nicht gern zu andern rauf. Puh, ich finds demütigend.

Die ältere Schwester tat das für Tanja absolut Unerwartete: Sie lächelte. Es verschönerte ihr Gesicht. Sie sah fast wieder aus wie als junge Frau, und sie war einmal eine schöne junge Frau gewesen. Sie mache sich auch gar nichts aus Krankenbesuch, bekannte sie. Es geht mir da wie dir, ich will niemanden um mich haben, selbst bei einer lächerlichen kleinen Infektion. Nike ist da glaub ich anders. Das Gesicht der Schwester wurde wieder bitter, als sie hinzufügte: Soweit ich meine eigene Schwester überhaupt kenne. Und das beurteilen kann. Sehr zu meinem Bedauern, du weißts ja, sind wir uns mit den Jahren ziemlich fremd geworden. Ich habe das meine getan, um den Kontakt zu halten, aber ... Sie seufzte. Wenn niemals etwas zurückkommt, gibt man schließlich auf. Du gewinnst den Eindruck, deine Wenigkeit wird nicht allzu dringend benötigt. Sie lachte wieder, aber sie wurde diesmal nicht schöner davon.

»Sehe jeder, wie ers treibe, sehe jeder, wo er bleibe ...«: Goethe, die Toleranz. Fängts nicht so an: »Eines schickt sich nicht für alle ...«, und wohin gehört: »Und wer steht, daß er nicht falle ...«? Mein Vater hat das immer sofort zitiert, wenn jemand angefangen hat, einen andern zu beeinflussen oder so was, sagte Tanja.

Sie lachten gemeinsam. Leise, im Krankenzimmer Nummer 305, denn Nike schien zu schlafen. Und die ältere Schwester sah mit einem gelösten Ausdruck wieder schön und diesmal sogar sehr jung aus.

Meine letzte Reise? Nike hatte sich bei Tanja erkundigt, und die mußte sich, um zu antworten, in die einander immer ähnlichen Bekenntnisse Enzios einschleusen. Es war sowieso Zeit, ihn zu unterbrechen, schon um Nikes willen. Es konnte ihr nicht gefallen, wie unverhohlen und fast devot nach Art der Hunde, sich selber und damit auch Nike niedermachend, er Tanja huldigte. Eifersüchtig im landläufigen Sinn war Nike nicht, aber guttun konnte ihr die Anbetungstapsigkeit Enzios für eine andere Frau nicht. Seit Jahren begann er seine Weitschweifigkeiten mit den Worten: Tanja, ich bin neuerdings dahintergekommen, wie stark mich deine Arbeit beeindruckt und überhaupt dein Wesen, ich bin neuerdings ein glühender Verehrer von ... *Neuerdings*, und das sagst du seit *Jahren*, *neuerdings*, lachte dann Tanja ihn aus, schon damit Nike merkte, wie sie Enzios Komplimente einzuschätzen hatte. Sie waren die reinsten Luftballons. Enzios Einleitungen hatten außerdem den Zweck, in ein Gespräch über Kunst (was soll Kunst, was darf, was kann, für wen ist Kunst und so weiter) einzumünden, um dann als Monolog auf dem breiten Strom seiner Zukunftspläne dahinzuschwimmen. Über Tanja wollte er gar nicht reden.

Tanja berichtete Nike von einer Veranstaltung in einer kleinen Stadt bei Stuttgart. Dreimal Umsteigen. Sie fing mit dem etwas umständlichen Weg in die kleine Stadt an. Zwei IR-Züge, ein Eilzug, an keiner Station genügend Zeit für einen Kaffee, und am Schluß kommst du nur noch per Taxi weiter.

Sie müßte auch mal wieder raus, hier raus, deine Schwägerin. Enzio fuchtelte herum, deutete in Richtung Fenster, er klagte, ohne zu bemerken, wie absurd und daher kränkend sein Wunsch für Nike war: Sie kommt, außer zum Hin und Her zwischen Klinik und zu Haus, überhaupt nicht mehr vor die Tür. Das kann nicht gut für sie sein.

Nike sah aus, als bekomme sie entweder sofort einen Zornausbruch oder würde losheulen, und Tanja dachte an ihren aufgetriebenen Bauch und daß Enzio wahrscheinlich aus Liebe zu ihr blind für ihren Zustand war und den Verstand verloren hatte und daran glaubte, daß Nike bloß unter Blähungen litt, und Tanja wußte, sie müßte schnell weitererzählen. Zum Glück fiel ihr von der Veranstaltung etwas ein, das aus dem gewohnten Rahmen gefallen war und von dem sie dachte: Es paßt genau hierhin, in dieses traurige Zimmer mit Nike in ihrem Sessel und dem hochgewölbten Bauch, der ihr weh tut und so vielversprechend nach Zwillingen nur aussieht.

Bei der Diskussion, die Veranstaltung hieß *Das Podium*, da sind wir, ich weiß nicht mehr wie und warum, auf Religion, Glauben und so weiter gekommen, und plötzlich hat mich ein Mann aus dem Publikum ohne die sonst bei dem Thema üblichen Schnörkel gefragt: Glauben Sie an Gott?

Wie unangenehm. Nike verzog ihr Gesicht: vor Schmerzen? Oder wegen dieser Frage? Tanja tendierte zu: wegen dieser Frage.

Und als ich dem Mann antwortete, prägte ich mir ein: Heute hast du endlich wenigstens *etwas* Richtiges gemacht. Es ist das Beste vom heutigen Tag, das Beste seit langem.

Und was hast du gemacht? wollte Nike wissen, während Enzio Tanja in ungläubiger Begeisterung anstarrte, aufs Geratewohl, ehe er wußte, worum es ging.

Dieser Mann hatte mich natürlich mit seiner Frage überrumpelt. So ohne Umschweife, weißt du. Ich bin ja keine Wanderpredigerin oder eine Bekennerin und ich singe keine Gospels und all das. Und die üblichen Wörterverrenkungen und Erklärungsdekorationen, das gewohnte *Ja schon – aber*, die Wolkenschiebereien, der ganze Nebeldunst, das ganze Getue ist üblich bei Antworten auf die Frage: Glauben Sie an Gott?

Zum Glück wird man selten so direkt gefragt, sagte Nike. Sie war ganz bei der Sache, so als habe sie für den Augenblick vergessen, daß ihr Bauch dick war und es ihr nicht gut ging.

Bei Enzio stand der Start zu einer neuen Tirade bevor, und mit *Ich bin der Auffassung* in vollaufgedrehtem Heulgesangton war er so weit, als Tanja ihn übertönte, um Nike rechtzugeben: Komisch, aber diese Frage wird immer als reichlich indiskret empfunden, als würden sogar die paar, die *ja* sagen könnten, sich vor einer Blamage genieren. Als gehe es bei Gott um eine peinliche, intime Privatsache.

Tut es das nicht?

Wir sollen in Zungen reden.

Du bist doch eine Wanderpredigerin! Nike lachte, und aus Versehen hätte Tanja beinah in die Hände geklatscht: Applaus! Du hast ja gelacht!

Enzio hatte große Lust, mit Judas loszulegen, wußte aber nicht recht wie und blieb stecken.

Als würde man gefragt: Wie oft waschen Sie sich die Füße? Was ist mit Ihrer Verdauung? Wasserlassen okay? Tanja merkte, daß sie für dieses Zimmer etwas zu medizinisch wurde. Wie oft haben Sie Sex? schloß sie und war sich nicht sicher, ob das paßte.

Es paßte Enzio. Ich bin neuerdings ein glühender Anhänger von dir, jubelte er. Tanja triumphierte in Gedanken über die ältere Schwester: Na, wer schaffts denn, wenn nicht ich, diese zwei ganz schön aus ihrem trüben Trott zu bringen?

Kurzum, ich habe eine Achtelsekunde Erschrecken runtergeschluckt und *ja* gesagt. Coming out with Godfather. Mein outing mit dem Glauben war das. Ich dachte: Heute abend brauchtest du nicht mal zu beten, du hasts schon getan, auf eine andere Art. Besser als sonst.

Enzio leuchtete wie ein Lampion und wiegte den Kopf wie vor einer Rätselaufgabe, und Nike fragte zaghaft, ob das denn stimme. Mit dem *ja*. Daß du an ihn glaubst. Sie sah Tanja erwartungsvoll und vorsichtig an, in ihrem glanzlosen Gesicht mit den müden Augen, die sie unter der Brille ein bißchen rieb, als wolle sie versuchen, schärfer zu sehen, stand eine Bitte: Sag ja, Tanja, sag, daß es stimmt. Das Kind will etwas Unerschwingliches. Selbst kann es sich nicht dazu verhelfen. Tanja dachte, manchmal genügt es schon, wenn wenigstens andere an Gott glauben. Enzio platzte in den stummen inhaltsreichen Moment zwischen den beiden Frauen mit der Beschwerde rein, ein Bekehrungsversuch sei in Nikes Lage bestimmt nicht erfolgversprechend. Wie in alten Tagen fuhr Nike ihn an: Sei doch ruhig! Und Tanja sagte, sie werde in ihrem ganzen Leben nie versuchen, jemanden zu bekehren.

Aber wenn du vor all diesen fremden Leuten sagst, ja, du glaubst, ist es was Ähnliches, sagte Nike, was Tanja intelligent fand.

Und stimmt es? Nike wiederholte ihre Frage.

Es stimmt. Säße ich sonst hier? Ich meine jetzt nicht hier bei euch, sondern allgemein, wo auch immer, ich frage mich, ob ich mich für irgend*was* anstrengen würde, alles wäre für nichts und wieder nichts, denn alles Diesseitige ist für nichts und wieder nichts.

Enzio war anderer Meinung und erwähnte eine Serie neuer Mobiles, die er in Angriff genommen hatte. Tanja wies ihn mit einer gelangweilten Handbewegung ab. Alles verdammt vorübergehend. Ich wäre faul, ich würde versuchen, mir mein Leben bequem einzurichten – aber selbst das fände ich trostlos. Wenn *nichts* danach kommt: Mist. Du kriegst einen Haufen Erde auf die Kiste geschaufelt, in der du dann vermoderst. Und alles war umsonst. Tanja hatte ihren inneren Lotsen aus den Augen verloren, der sie um das Todesthema lavierte, und sie sagte schnell: Aber mit dem Jenseits nach dem Jammertal läßt sich alles ertragen. Alles!

Alles war auch Krebs. Tanja riskierte einen Blick auf Nike. Sie hatte den bekannten verwunderten und etwas bestürzten Ausdruck, zweiflerisch, aber wißbegierig.

Ich hab dem Mann mit der unverblümten Frage in sein vorher schadenfrohes und jetzt beleidigtes und enttäuschtes blödes Gesicht gesehen, erzählte Tanja. Vom hoffnungsvollen Blick einer Alten aus der ersten Reihe und einem sanften Lächeln des Mädchens neben der Alten fühlte ich mich unterstützt. Aber vor allem hörte ich seit meinem *ja* dieses *so was Gutes hast du schon lange nicht mehr gemacht.*

Plötzlich, und eben war sie doch noch obenauf und stolz gewesen, genierte sich Tanja vor Nike und dem

Kauz Enzio. Am liebsten hätte sie den Schritt über diese traditionelle sonderbare Schamschwelle zurückgetan. Andererseits wollte sie abends wieder das Beten, diese Einschlafklippe, einsparen mit dem Gedanken: Heute hast du das deine schon erledigt, besser gehts nicht. Sie fing an, die Sache mit Gott und ihrem Draht zu ihm zu relativieren.

Der Glaube ist kein Besitzstand. Du mußt täglich dran schuften. Zweifel ehren die größten Philosophen-Theologen. Manchmal klappts nicht mit dem Beten: sagt sogar Karl Barth, und ich finds gewaltig freundlich von ihm.

Enzio funkte albern dazwischen, bei ihm klappe es nie, und Nike machte *Psst!*, und er lachte und *mußte gestehen* – das mußt du nicht gestehen, keiner wills wissen, dachte Tanja –, er versuche es auch überhaupt nicht erst.

Gadamer, er zum Beispiel ...

Wer ist der schon wieder, unterbrach Enzio, und Tanja sagte, es handle sich bei Gadamer um einen der größten noch lebenden Philosophen, und der habe neulich bekundet, nur verblendete Menschen ließen sich das entgehen, Gott, den Glauben. Verblendete Menschen, wiederholte sie scharf, aber der immer vergnügtere Enzio, als Masochist wahrscheinlich scharf drauf, daß man ihn, indem man ihn angriff, zur Hauptattraktion machte, wollte überaus gern ein verblendeter Mensch ein.

Pascal fand Atheisten dumm.

Karl Marx aber ...

Laß doch endlich *sie* mal reden, kritisierte Nike ihn, wieder ganz die Nike aus früheren, aus gesunden Zeiten.

Mir gehts mit Gott manchmal wie mit einem guten langjährigen Freund, man ist schon so ewig mit ihm befreundet, daß man gar nicht mehr genau weiß, was genau es war, das einem mal so gut an ihm gefallen hat. Fest steht bloß: Garantiert könnte man ihn nicht entbehren. Ohne ihn – ratsch! Tanja strich rasch mit der Handkante über ihre Kehle. Aus. Selbstmord.

Du bist zu beneiden. Enzio schwärmte Tanja an und hatte Lust, mit ihr über sich zu diskutieren, aber Tanja hatte keine Lust und schon zu viel gesagt.

Beneidet mich lieber nicht. Nein, Enzio, mach keinen neuen Rotwein auf, nicht für mich.

Er will trinken, das ist schon alles, sagte Nike, die Tanja lang nicht mehr so weit von ihrer Krankheit entfernt erlebt hatte.

Das Sicherste an meiner Art zu glauben ist, daß ich nicht *nicht* glauben will. Schluß jetzt. Ich mag nicht missionieren.

Das ist aber schade. Enzio meinte es diesmal womöglich wirklich ernst und mit Nike gut.

Laß sie doch, sagte Nike gereizt. Ihr Gereiztsein war der gebräuchlichste Umgang mit Enzio, und deshalb, aus Gewöhnung, fuhr er unbeirrt fort: Es wäre gut für Nike, wenn du sie bekehren könntest.

Recht hat er, fand Tanja, schwieg aber. Man sollte sie über ihre Krankheit weg in die Verheißung der *Frohen Botschaft* katapultieren. Zum Sprung in die Freiheit sagte sie nicht, stattdessen: Daraus wird nichts.

Verdammt schwierig für mich.

Enzio starrte gierig auf Tanja, als wäre sie sein Leibgericht, aber er habe nicht das Geld, dafür zu zahlen. Und Nike fing an, sich in ihre Übelkeit zurücksinken zu lassen. Sie wirkte wie eine Lampe mit Dimmer, langsam nahm die Helligkeit ab.

Es hat ja dann auch gar nicht richtig geklappt, mit dem Nachtfrieden, sagte Tanja in der Absicht, einen frömmlerischen Eindruck nach der Zeugen-Jehova-

Penetranz abzuschütteln. Ich wollte mich in die USA phantasieren, Middle West, in das Howard Johnson's von sagen wir mal Madison/Wisconsin ...

Du kommst viel herum, staunte Enzio sie an, und Tanja war in diesem Moment gar nicht so ungern das siebte Weltwunder, das er aus ihr machte.

Na ja, da war ich mal, stimmt, und diesmal in der schwäbischen Stadt wars ein Holiday Inn, also ein bißchen ähnlich wie die Howard Johnson's, und ich wollte diese Phantasien genießen und mich wohlfühlen, und vor Gott – sie lachte – stand ich mit meinem *ja* glänzend da, alles erledigt, aber da kriegte ich komische Stiche in der Herzgegend und ein wabbliges Gefühl, und unter geschlossenen Lidern sah ich alles ganz klein und weit weit weg, wie ich das oft als Kind hatte, wenn ich einschlafen wollte und es dann nicht konnte ... wahrscheinlich niedriger Blutdruck ...

In Nikes Gesicht bildete sich wieder ein besser beleuchtetes Lächeln heran und so etwas wie Wiedererkennen. Es brachte Tanja auf den Gedanken, daß die Glaubensabtrünnigkeiten, die Nike schon witterte, ihr möglicherweise besser bekamen als ihr religiöses Melodram.

Und der Arzt fiel mir ein, der mir immer Angst macht mit seinen blöden Nieren, das heißt natürlich: mit *meinen* Nieren, immer wenn mein Blutdruck besonders niedrig ist, tut er sich groß mit dieser Nierengeschichte (Tanja mußte mittlerweile wie die Oberstimme zu einem tieferen Musikgebrummel Enzios Arztbeschimpfungen übertönen), die Nieren würden nicht mehr richtig arbeiten, wenn der Druck noch tiefer absackt, und dann gabs wieder ein Stechen oben links, und in so einem Moment ists bei mir aus mit Bibelstellen oder Beten. Tanja hoffte, sie habe den frommen Mantel abgestreift.

Machst du das sonst, beten? fragte Nike mit einer vorsichtig kecken und freundschaftlichen Heiterkeit, als gehe es um irgendein chronisch lästiges Haushaltsproblem, Abstauben, Silberputzen, Aufräumen, und als hätten Tanja und sie damit die gleichen Schwierigkeiten, meistens an ihnen scheiternd.

Unter Enzios hungrigen Blicken antwortete Tanja: Vorm Einschlafen versuche ich nun mal, eine Art Abschluß zu machen. Inspiriert von Enzio, der wie ein Hund drauf wartete, daß sie ihm ein paar Brocken von der köstlichen Speise zuwürfe, die nur sie besaß, fuhr sie fort: Ich kann mich doch nicht hinlegen wie ein Hund, Tag rum, Augen zu, ein Hund kann jederzeit einschlafen ... und ich könnte es auch *ohne* dieses Abschlußmachen nicht, so prompt einschlafen wie der Hund meiner Tante, der kanns zu jeder Tageszeit, sobald er merkt: Jetzt ist für eine Weile sowieso nichts los. Ob es überhaupt Tiere mit Einschlafproblemen gibt? Ich glaubs nicht. Ein Psychologe hat mir mal gesagt, wer einschlafen will, soll an überhaupt nichts denken. Aber mir käms verkehrt vor.

Du ziehst Bilanz ... du machst mich neuerdings ...

Nein, unterbrach Tanja den auf sein *ich persönlich bin ein Mensch, der* überleitenden Enzio. Nicht Bilanz! Ich wollte ja nur sagen, als es mir dort in diesem Pseudo-Amerika-Zimmer körperlich mies ging, merkte ich, etwas stimmt leider eben doch nicht mit mir und dem Glauben. Tanja dachte: Oh doch, es stimmt, aber ich will nicht drüber reden. Die Angst vorm Tod ist Mist, aber er bleibt mein Freund aus der Kindheit, Gott, er kennt mich in- und auswendig.

Und warum stimmts nicht? Nike, die Ärmste, Nike mit dem riesenhaften Bauch, sie schaffte es, sich zu interessieren.

Weil ich doch gerade bei Herzstichen, Todesvorgefühlen mit der größten Vorfreude reagieren müßte! Mit einem: Ah, endlich! Stattdessen wars nichts weiter als Todesangst, feige und kreatürlich. Tanja fand, Nike habe das Recht auf eine nicht so schnoddrige Auskunft. Sie müßte etwas wirklich Hilfreiches sagen: Für Luther war das einzig wichtige Gebet das um einen festeren Glauben. Sie müßte »Freuet euch in dem Herrn allewege« zitieren und »Sorget nichts« und »Der Herr ist nahe ...« Stattdessen dieses armselige *Bloß nicht sterben!* Armer Gott – nein: arme Nike, armer Irrer von einem Schwager: Warum, fragte Tanja sich, während sie aufstand und den letzten Schluck Kaffee trank, warum nur kommts nicht dazu, daß ich so mit euch rede.

18

Nimm etwas von mir mit

Nimm etwas von mir mit. Nimms mit wie ein Stück vom Feriengepäck, weil du früher abfährst als ich. Das kam Tanja plötzlich in den Sinn, als sie am Fußende von Nikes Bett stand und ihren schrecklich ernsten Blick aushielt. Bei diesem Besuch hat sie schon kein einziges Mal mehr gelächelt, würde Tanja zu Haus nicht erzählen. Aber wie stands mit: Nimm etwas von mir mit? Ich habs natürlich gar nicht zu ihr gesagt, selbstverständlich nicht. Aber diese Idee vom Feriengepäck, vom Aufbruch in ein neues Land, und daß man irgendwann ja nachfolge, wäre das was für Kevin? Wohl eher auch nicht. Kevin, ich schimpfte ihr was vor, über das Leben allgemein, über all die Scherereien da draußen im Alltag, und vom Streß, den ich zur Zeit habe, ich übertrieb ganz schön, du weißt schon, das machte ich, damit Nike vielleicht empfände: Ganz gut, in diesem Klinikzimmer 305 bin ich vorläufig mal den ganzen Mist los, vorübergehend. Ich habe meine Ruhe. Daran, daß sie da wieder rauskommt, glaubt sie ja, wenn wiederum ich eurer älteren Schwester glauben soll.

Die ältere Schwester hatte Tanja gewarnt: Nike weiß nicht, wie es um sie steht. Sie verblutet jetzt innerlich, ist das nicht furchtbar, aber sie weiß es nicht, Gott sei gedankt, es geht ihr jetzt sogar ganz gut, seit sie ihr Morphium geben.

Na endlich. Deutsche Ärzte und das Morphium, ein Kapitel für sich. Ein trauriges Kapitel.

Ich vermute, es ist Morphium. Sie werden es schon

richtig machen, wenn es zu schlimm wird mit den Schmerzen, geben sie es.

Sie sollten es viel früher geben.

Wir sind keine Ärzte, du und ich.

Sind Ängste weniger schlimm als Schmerzen?

Sie tun ihre Pflicht.

Es gibt unterschiedliche Pflichtauffassungen. Deutsche Pflichtauffassung ... na, ich weiß nicht, mir graut ein bißchen davor.

Als nächstes rechnen sie mit einer Magenblutung.

Der Magen blutet bis jetzt nicht? Du hast doch vorhin gesagt, sie würde innerlich... Tanja flüsterte beinah im sowieso gedämpften Dialog.

Vorerst bluten die Varizen in ihrer Speiseröhre.

Tanja mußte an ihre wie ein Perlhuhn gesprenkelte Thermoskanne denken. Sie hatte die Kanne aus Versehen auf eine heiße Herdplatte gestellt, der Bakelitsockel, der sich klebrig von der Platte löste, war krumm geschmolzen, und gestern noch konnte die Kanne benutzt werden, es rann nur ein wenig Kaffee, merkwürdigerweise aus dem Boden und erst, wenn man mit dem Einschenken fertig war, aber heute morgen war der Befund schon viel schwerwiegender, und Tanja hatte Kevin noch nichts davon erzählt, denn innerhalb kurzer Zeit war ihr das zum zweiten Mal passiert. Kevin würde Minuspunkte sammeln, Rückschlüsse ziehen. Tanja fand, sie redeten über Nike wie über diese Thermoskanne.

Sieh dir doch diesen Bauch an, und dann weißt du alles, sagte die ältere Schwester. Alles voll Wasser.

Weil diese eine Ärztin sie damals vor Weihnachten mit *Blähungen* abgespeist hat.

Die ältere Schwester achtete auf die Standesehre der Ärzte: Das mit den Blähungen kam damals bestimmt dazu. Daß das Wasser in diesem Bauch auf die umliegenden Organe drückt, kann man sich vorstellen, und es bleibt nicht ohne Folgen, selbstverständlich tuts das nicht.

Warum entwässert man denn nicht, ich meine, längst, als es anfing, hätten sie es tun sollen.

Sie habens ja auch getan, das heißt, versucht, aber es ist zu viel. Nein, das Wasser bringen sie nie mehr weg. Es ist völlig aussichtslos. Die Schwester seufzte. Aber sie weiß es nicht.

Ich bin da nicht so sicher, sagte Tanja. Nike ist nicht dumm, und eine Optimistin war sie nie, also wird sie sich sagen: Wenn die Leber nicht mehr richtig arbeitet, dann ... und so weiter, so viel versteht fast jeder von Medizin.

Nike schlief da drüben, aber sie sah nicht entrückt aus, sie hatte ein Zuhörergesicht.

Sieht sie etwa aus, als könnte sie sich noch irgendwelche Gedanken machen? Mit einem dramatischen kurzen Blick wies die ältere Schwester auf die jüngere Schwester – und Tanja zurecht. Aber die sagte: Nike wäre damals nicht mit Freudentränen Leila auf der Straße um den Hals gefallen, sie war mit ihr verabredet nach der Untersuchung beim Röntgenologen, Freudentränen, weil der Röntgenologe in der Leber keine Metastasen gefunden hatte.

Das war damals, und jeder hätte Freudentränen geweint.

Ich kapiere das bis heute nicht. Die Metastasen müssen doch schon dagewesen sein, oder nur Tage nach der Untersuchung, das war Ende August, ziemlich bald nach der Brustamputation.

Wenn welche dagewesen wären, glaubst du, man hätte sie nicht gesehen? Oder es ihr nicht gesagt? Das ist Unsinn.

Man hätte kurz darauf wieder nachforschen müssen.

Jetzt haben wir Anfang Januar. Aber angeblich hat man es erst im Blutbild erkannt. Und das war Anfang September.

Die ältere Schwester wollte Tanjas Aufsässigkeit loswerden und verglich sie deshalb mit Enzio; so sah es Tanja, und es machte sie noch widerborstiger.

In einem Punkt denke ich allmählich wirklich wie er. Nämlich daß sie schon vor der Brustoperation keine Chance mehr gehabt hat.

Beide empfanden, Streit passe nicht in dieses Zimmer, nicht in Nikes Nähe, und sie versöhnten sich einmütig darüber, sämtliche Therapieanstrengungen seien besser für einen Patienten als ihn laufen zu lassen, denn das offenbare ihm nur das eine: Man gab ihn auf.

Tanja sagte: Es ging ihr ja auch ziemlich gut, nach der Operation. Und Schmerzen hatte sie keine.

Die ältere Schwester sagte: Sie war manchmal ganz munter. Soweit man bei ihr von Munterkeit sprechen kann.

Aber für ihre Verhältnisse doch, wirklich ganz munter.

Und zuversichtlich.

Und sie hat an solche Sprüche wie *denken Sie positiv* geglaubt ... na schön, wenns ihr gut getan hat.

Scheint so.

Aber es ist und bleibt eine zynische Zumutung. In dieser *Denken-Sie-positiv*-Forderung steckt doch der Vorwurf: Wenn Sie den Kopf hängen lassen, sind Sie selber schuld dran, daß nichts aus der Heilung wird.

Nike hat immer dazu geneigt, den Kopf hängen zu lassen.

Aber davon kriegt keiner Krebs.

Bestimmt nicht jeder.

Man dreht den Todeskandidaten auch noch ein schlechtes Gewissen an. Ich finde das absolut verheerend.

Sie schwiegen eine Zeitlang. Wir sind wieder in dem Fahrwasser von vorhin, wollte Tanja sagen, als die ältere Schwester ihr zuvorkam: Kevin war niemals hier, oder? Wenn ja, müßte ich ihn verpaßt haben.

Sie weiß genau, daß sie ihn nicht verpaßt hat, dachte Tanja.

Ich übernehme das für ihn. Er würde es für mich tun, wenn das meine Schwester wäre.

Tanja machte eine Kopfbewegung zu Nike hin. *Wenn das meine Schwester wäre:* Nicht taktvoll. Es klang ganz nach Tanjas vermindertem Leiden mit einer Todkranken, die *bloß* eine Schwägerin war. Aber die ältere Schwester verstand.

Ich halte es ja auch aus. Die ältere Schwester atmete tief durch; ein Das-muß-jeder-mit-sich-selbst-abmachen-Seufzer. Es fängt an zu schneien. Auch das noch.

Ich sollte allmählich aufbrechen, sagte Tanja.

Hoffentlich komme ich in kein Verkehrschaos. Die ältere Schwester mußte in Nr. 305 ausharren, bis Leila oder Nora sie ablösten. Sie sagte, Nike habe nach der Operation an ihre Heilung geglaubt. Und ich eigentlich auch, fügte sie hinzu, bei aller Skepsis, ich habs eine Zeitlang geglaubt.

Tanja erinnerte sich an Nikes Sorgen und Ängste: So viele Lymphdrüsen waren befallen! Und warum hatte sie der Arzt nicht allesamt entfernt? Es war ihr ganz schön mulmig. Ob sie sich ihr Blut mit den Krebszellen drin, und wie es durch ihren Körper zieht, immer wieder vorgestellt hat? Tanja an Nikes Stelle hätte es sich schaudernd vorgestellt.

Ich schimpfte Nike was vom Verkehr vor, würde sie Kevin erzählen und dabei an die mit dem Zuhörergesicht schlafende Nike denken. Unmöglich, einen Parkplatz zu finden, und wir haben über den Winterschlußverkauf gesprochen, und von den Leuten, die den ganzen Tag klagen und jammern, aber einkaufen, und von den heulsusigen Oppositionspolitikern, die noch kräftig auf die Tränendrüsen drücken. Die Deutschen haben angeblich kein Geld mehr, aber sie quellen in die Kaufhäuser rein und schwer bepackt wieder raus, können ihre Beute kaum schleppen. Und dann, Kevin, fiel mir ein, wie gern Nike immer durch die Stadt gebummelt ist, sich in Läden umgesehen hat, sie konnte nicht genug davon kriegen, und wir habens immer komisch gefunden, aber sie hat das anscheinend genossen, falls überhaupt *genießen* zu ihr paßt – oh, schon wieder der falsche Zungenschlag. Tanja konnte sich nicht vormachen, aus reinem Edelmut verschone sie Kevin mit trübseligen Berichten aus dem Krankenzimmer. Sie tat es zu einem Teil Kevin zuliebe, das ganz gewiß, zu einem großen Teil. Aber wollte sie nicht vor allem, zu Haus zwischen Kevin und ihr solle der Alltag möglichst unbeschädigt verlaufen, mit den gewohnten Zerstreuungen, mit dem Vergnügtsein, Lachen erlaubt bei jeder sich nur bietenden Gelegenheit?

Ich hab zu Nike gesagt: Das Leben ist ermüdend. Ist es doch, Kevin? Nimm etwas von mir mit. Das habe ich ja natürlich gar nicht gesagt. Tanja hätte viel lieber auf diese Weise mit Nike geredet, als das Reden noch möglich war. Nach kleinen Botschaften, kleinen Kassibern, einem Auftrag wie diesem *Nimm etwas von mir mit* stand ihr der Sinn, ihr und Nike zuliebe. Endlich ernsthaft, endlich nicht nur Banales. Sie würde sehr ungern Kevin oder ihrer Schwägerin eingestehen: Eigentlich weiß ich überhaupt nicht, wie man sich in Krankenzimmern benimmt. Über Morphium hätte sie sich gern mit jemandem unterhalten. Sie schien irgendwas mißzuverstehen in Bezug auf Morphium. Nikes älterer Schwester gestand sie Qualitäten zu: Sie war gut in

Pflichterfüllung, in Zuverlässigkeit, in sämtlichen Abfallproduktionen der Ordnungsliebe. Freundlicher ausgedrückt: Sie verfügte über einen gefestigten Charakter. Tanjas Euphorie beim Stichwort Morphium, ihr *endlich geben sie es ihr* behagte der Schwester so wenig wie das Schimpfen auf die mit dem Morphium geizenden deutschen Ärzte. Sie war nicht die richtige Adresse für Tanjas Neugier, herauszufinden, warum das Morphium überhaupt keinen Rausch bei Nike verursachte. Es hat auf ihre Stimmung nicht den mindesten Einfluß. Warum nicht? Ist sie jetzt schon zu schwach für eine angenehme Reaktion? Hat man sie um das Beste gebracht? Zu lang gewartet? An einem Nachmittag, an dem Nike nicht schlief, sondern mit ihren Besuchern redete, ganz normal wach war, aber auch schon Morphium bekam, machte sie keinen abgehobenen, besänftigten Eindruck, schon gar keinen illuminierten und berauschten. Sie war stocknüchtern und todernst. Wofür sie sich an diesem Nachmittag einzig und allein interessierte, das war das Thema Milch. Vorzugsmilch. Es muß unter allen Umständen Vorzugsmilch sein. Die andere taugt nichts. Denk bitte dran, Leila, bring Vorzugsmilch mit. Enzio kann seine Milchtüte wieder mitnehmen. Sie hatte Morphium intus, und dann: Vorzugsmilch!

An diesem Nachmittag schimpfte Tanja wieder auf das Leben, sie fühlte Nikes Blick geduldig und ernst, und sich selber einerseits hilfreich, andererseits verlogen und außerdem bei vergeblicher Liebesmühe von Nike durchschaut, und schon sagte Nike den für Tanja weißderhimmel heiklen Satz: Aber mit mir tauschen, das möchtest du nicht.

Nikes Blick war plötzlich so klug und klarsichtig, als durchstöbere er Tanjas Hirnkammern.

So wie es im Moment bei mir aussieht, viel Streß,

doch, schon. Ich würde tauschen, sagte Tanja, und Nike wußte, daß es gelogen war.

Ich habe zur Zeit einen Haufen Probleme, weißt du. Als mache sie das glaubwürdiger, beugte Tanja sich vor, schnitt eine Grimasse. Und nicht nur mit Arbeit, Beruf und so was. Wie sie es auch anstellte, es klang lahm, und Nike wußte, Tanja wollte nicht mit ihr tauschen, jedes Wort gelogen. Gewiß bekam sie mit, wie angestrengt Tanja um der Patientin willen ihre *Probleme* übereinanderhäufte, doch Tanjas Bemühungen machten nichts besser, im Gegenteil, sie machten es eher schlechter. Dann empfing Tanja eine Idee, es klickte irgendwo im Kopf, eine winzige Stimme rief *Morphium!*, und jetzt fühlte sie sich überzeugend: Auf einen Morphiumrausch wäre ich neugierig. Du müßtest eigentlich einen haben. Darauf wäre ich wirklich neidisch.

Ich habe aber keinen, sagte Nike. Immerhin artikulierte sie nicht besonders gut, wenigstens *ein* Signal der Betäubung, und Tanja erwähnte das, dann erkundigte sie sich neugierig: Merkst du wirklich gar keine Wirkung? Was Wohltätiges? Ein bißchen Euphorie wenigstens? Wenns Morphium ist, müßtest du was merken.

Ich werde müde und ich habe keine Schmerzen: Nike, staubtrocken, deprimiert und gleichzeitig kalt. Nicht einmal enttäuscht. Auch der immer leicht vorwurfsvolle Ausdruck war ihrem Gesicht abhandengekommen. Ihr Gesicht war jetzt sehr oft maskenhaft erstarrt. Tanja mußte an den Politiker denken, den sie vor ein paar Tagen nach der kurzen Rekonvaleszenzpause nach einer schweren Krebsoperation im Fernsehen studiert hatte. Das Gesicht des Politikers war nicht nur abgemagert, auf dem geschrumpften Kopf schien es nicht das Gesicht dieses Politikers zu sein, ein anderer Mensch gab dort auf dem Bildschirm sein Interview.

Die Leute kriegen andere Gesichter, die Schwerkranken, hatte Tanja zu Kevin gesagt und an Nike gedacht, die immer weniger wie die frühere Nike aussah. Sie sind nicht einfach nur viel magerer und elend im Gesicht, nicht einfach hohläugig und diese *Schatten ihrer selbst*, nein, sie bekommen andere Gesichter. Tanja hatte den ganzen Abend und bis in die Nacht hinein überlegt, an wen die jetzige Nike sie erinnerte. Es war vielleicht eine Schauspielerin, die sie vom Fernsehen kannte, oder jemand von ganz früher, eine ältere Frau, als sie selber ein Kind war. Sie kam nicht drauf.

Nein, dachte sie, ich bin nicht mal aufs Morphium neidisch, selbst wenns bei mir damit funktionieren würde, du hast recht, Nike, ich lüge und lüge, und in Wahrheit fehlt es mir an Sehnsucht nach dem Tod. Sie hätte gern gesagt: Nichts beschämt mich mehr als das: der Mangel an Sehnsucht nach dem Tod. Weil das doch der Mangel an Glauben ist. Wenn ich beim Abendgebet, falls ichs schaffe zu beten, an »Dein Reich komme« gelangt bin und mir sage, ja, das ist die wichtigste Stelle, und dort wird alles gut sein und so weiter, hoffe ich doch gleichzeitig *aber noch nicht sofort, nicht jetzt gleich*. Verdammt erbärmlich. Wir sind nichts als Kreaturen. Wenn sie gejagt werden, nehmen sie Reißaus. Und es ist trotzdem keine Heuchelei, wenn ich denen, die über Jammertal und Jenseits gleichermaßen hohnlachen, heimleuchte. Heimleuchten: Wie gut das paßt.

Es stimmt aber, der Tod ist die Freiheit. Tanja fügte hastig hinzu: Ich denke das manchmal bei meiner Mutter, es geht ihr wirklich nicht gut, sie kann so gut wie gar nicht mehr laufen, das Sehen wird schlechter, sie ist jetzt auf Hilfe angewiesen …

Wie alt ist sie denn? fragte Nike, der nun das Sprechen mehr Mühe machte.

Na gut, sie ist sehr alt. Also, was ist gegen das Sterben zu sagen? Für den, meine ich, bei dem das Leben wirklich kaum noch attraktiv ist? Tanja fand sich gemein. Da verriet sie ihre Mutter. Ihre Mutter, die sich niemals beklagte (natürlich erwähnte sie beinah bei jedem der täglichen Telephonate ihre Schwäche und ihre Müdigkeit), aber sie freute sich über die Briefe ihrer Kinder, und die Telephonate mit ihnen waren ihr wichtig, und sie genoß es, gut zu schlafen, und trotz der Mühe las sie stundenlang, sah fern, und gegen fünf am Nachmittag gabs Kaffee oder Tee und immer irgendwas Süßes mit ihren Schwestern, und sie hörten sich durch die Schallplattensammlung, jetzt waren wieder die Beethovenquartette dran. War es hundsgemein oder liebevoll, ihr den Tod zu wünschen? Wegen der schwachen Beine und der Müdigkeit und der für die Ewigkeit versprochenen Kraft und Herrlichkeit in Seinem Reich? Aber gab es dort denn auch diese englischen Lieblingsromane ihrer Mutter und Fernsehnachrichten und vor allem: Süßigkeiten?

Nike, vergiß nicht, du bist die Göttin des Sieges, he?

Ich bin ja nur nach ihr benannt, piepste Nike undeutlich. Sie hörte sich nach krankem Baby an. Es war kein Druck mehr hinter ihrer Stimme, und Tanja vermutete, das komme vielleicht von den Metastasen, die man in ihrer Lunge gefunden hatte. Sie sprach mit schwerer Zunge, betäubt, und litt unter Mundtrockenheit, von ihrer hochgeschätzten Vorzugsmilch kriegte sie nichts runter, aber außer Benommensein und häufigem Abdriften in Schlaf, Halbschlaf, Dämmerungen, schien sie vom unter Süchtigen so begehrten Morphium nach wie vor gar nichts zu haben.

Krebs dauert oft länger: Tanja dachte an die Leute, die sich jahrelang mit Krebs und seinen Therapien, mit den Pausen für die Hoffnung und den neuen Niederlagen wie mit einer Berufsumschulung herumgeschlagen hatten. Nike glaubte ihr, als sie von solchen Leuten erzählte, und bis zu dem Punkt *es hat immer sehr lang gedauert* stimmte auch alles, nur die Heilungen, die erfand Tanja für Nike. Immer weiter, von Anbeginn an, erfand sie Geheilte.

Als an dem Tag, an dem man eine Zeitlang mit Nike sprechen konnte, ihre Schwester mit dem *Da-bin-ich-Ausdruck* pünktlich wie immer eintrat – sie sagte nicht einmal *Guten Tag*, so exakt paßte sie ins Zimmer wie ein Puzzlestück, das vorher fehlte, und ihr Gesicht war bitter, als sie ihren Stammplatz einnahm –, plante Tanja, bald aufzubrechen. Sie konnte es schon längst kaum noch aushalten vor Lust nach Kaffee und Rauchen. Weil aber Nike etwas wacher wurde und sich sogar von ihrer Schwester – Tanja assistierte erschrocken vorsichtig, das hieß so gut wie gar nicht – auf den Bettrand setzen ließ, fand sie es zu interessant, um wegzugehen. Nike brachte die Frage heraus: Hast du mir Vorzugsmilch mitgebracht?

Natürlich hatte die gründliche Schwester Vorzugsmilch mitgebracht. Aufträge dieser Art nahm sie ernst und würde sie nie vergessen. Nike war zu Tanjas Verwunderung wieder einmal zu einem Gespräch über die Milch imstande. Es kostete sie Mühe, aber man verstand, was sie herausbrachte: Vorzugsmilch haben die hier natürlich nicht. Dann könnte ich doch ebensogut Wasser trinken.

Um den Mund herum hatte Nike sich am meisten verändert. Ihre Lippen waren schmal geworden. Das beeinflußte ihr ganzes Gesicht. Kinnpartie und Oberkiefer wirkten angespannt wie nach einem Lifting, und wieder kam Tanja nicht drauf, wem sie jetzt ähnlich sah. Beim Einschlafen, wenn Nikes hohes Krankenbett vor ihr erschien, ihr gewölbter Bauch, der die Decke hob, ihr neues Gesicht, ihr vorletztes Gesicht, suchte

Tanja nach der kleinen dünnen früheren Nike aus der Zeit, in der sie mit Kevin in sein Elternhaus gegangen war, wo er als Student noch wohnte. Sie überlegte: Woher kenne ich diese Frau, der sie jetzt ähnlich sieht? Ihr fiel Nikes Satz ein, den sie am Anfang ihrer Krankheit gesagt hatte: Oft denke ich, daß ich das gar nicht bin. Das bin nicht ich, die Krebs hat. Tanja versuchte herauszufinden, inwiefern sie recht haben könnte, doch das wäre wohl Mystik oder so was, und daran glaubte sie überhaupt nicht. Und die Frau, an die Nike sie jetzt erinnerte, war eine gesunde Frau gewesen.

Ich gehe mal mit Leila für ein halbes Stündchen in die Cafeteria, sagte Tanja zu Nike, die in winzigen Schlucken aus der Schnabeltasse Vorzugsmilch trank, aber man sah sie nicht *schlucken*, nicht *trinken*, vielleicht labte sie nur ihre Lippen und sich selber im Gefühl: Es ist Vorzugsmilch, die einzige Milch, die zählt. Und sie fragte Leilas Schwester: Willst du mit?

Es war eine dumme Frage, dachte Tanja, denn Nora blieb am liebsten bei ihrer Mutter, und sie schüttelte den Kopf.

Leila war gerade einundzwanzig und sehr hübsch mit dunklem Haar wie ihre ebenfalls sehr hübsche, drei Jahre jüngere Schwester Nora. Die beiden Mädchen sahen einander nicht ähnlich, und schon gar nicht Nike, die niemals eine gängige Schönheit war, Enzio, ihrem Vater, auch nicht. Enzio verbarg seit langem sein breites Gesicht in einem krausen, mit Braun und Grau und Weiß melierten Bart. Das Braun changierte, und Tanja wußte nie, ob es sich bei den verschiedenen Farbtönen um Reste seines Kaffees oder irgendwelcher Suppen handelte. Sie fand, der Bart mache Enzio älter und merkwürdig bedauernswert, er verlieh ihm einen bettlerhaften Anstrich, und in den Augen bohrte die Frage: Hätten Sie ein Obdach für mich? Leilas Augen waren groß und samtig dunkelblau wie Veilchen. Nora sah ein wenig mongolisch aus, ihre hohen Backenknochen schoben die Wangen bis zu den dadurch kleinen, beinah geschlitzten braunen Augen, und das gab ihr etwas reizvoll Exotisches. Nora, obwohl die Jüngere, war etwas größer als Leila, und dünner. Leila sah älter aus, ein bißchen älter als sie war, Nora jünger. Leila besaß all die Attribute, die zum Urteil *attraktiv* zusammentreffen müssen, und Tanja wunderte sich darüber, daß sie, die verschmitzt herausfordernd blickte, anscheinend noch keinen Freund hatte. Sie sah nach Einladungen aus, nach angenommenen übrigens, doch schien das zu täuschen. Noras Scheu müßte erst recht verlocken. Aber die beiden hatten eng zurückgezogen mit ihrer Mutter gelebt, von der Männerwelt abgekapselt, sogar von ihrem Vater.

Leila hatte einen Botengang hinter sich und natürlich eine neue Tüte Vorzugsmilch mitgebracht. *Nikes* Morphium, wunderte sich Tanja. Leila wußte nach einem Gespräch mit dem Oberarzt Bescheid. Sie wußte nun sogar mehr als ihre gewissenhaft aufpassende Tante, Nikes ältere Schwester, die nur darin, daß das zweite Bett mit der noch nicht ganz so schwerkranken Patientin am Vortag aus Nr. 305 geschoben wurde, einen deutlich warnenden Hinweis erkannte, und deshalb abends am Telephon sagte: Damit das klar ist, unsere Schwester liegt im Sterben.

Meine Schwester ist sie nicht, sie meint Kevin und ist ihm böse, blitzte es durch Tanjas Kopf, als sie trotzig sagte: Im-Sterben-Liegen stelle ich mir doch anders vor. Ich habe sie ja heute gesehen. Sie *wird* sterben, dachte sie. Hör zu, sie hat sich sogar wieder mit ihrer Vorzugsmilch beschäftigt.

Lustig klang es nicht, aber ein kurzes Lachen wars doch, was daraufhin die ältere Schwester fertigbrachte.

Und was hat dir der Arzt gesagt? fragte Tanja die über ihren heißen Kaffee pustende Leila.

Auf jedem von den ungefähr zwölf kleinen runden Tischen der Cafeteria prangte wie zum Schmuck in der Mitte eine auf die Marmorplatte aufgemalte Zigarette, schräg rot durchgestrichen im weißen, rot umrandeten Kreis. Tanja stellte ihre Kaffeetasse drauf und rauchte. Mit ihrem mutigen kleinen Frevel brachte sie auf Leilas blassem Gesicht ein verständnisvolles Grinsen hervor.

Noch zwei, drei Tage, genau kann er es nicht sagen. Bei Leila kamen die Tränen rasch, aber sie machten nur die Augen naß und blank, sie rollten nicht runter, und Leila wischte an den Augen herum, schniefte ein bißchen, lächelte sogar, verzog das Gesicht, als wolle sie sagen: Alles unausstehlich, widerlich. Leila war überhaupt nicht sentimental.

Tanja ärgerte sich über eine Blockade im Kopf, sie meinte fast zu spüren, wie da ein Hindernis vor ihrer Phantasie aufgebaut war, sie wußte nichts zu antworten außer: So schnell schon!

Hmhm, machte Leila. Sie drehte sich einmal nach rechts und dann nach links und flüsterte komplizenhaft: Der eine dicke Mann da drüben riecht schon deine Zigarette.

Geschieht ihm recht, dem alten Gesundheitsapostel. Weißt du, die Ärzte irren sich oft ganz gewaltig mit diesen Prognosen.

Glaub ich auch. Aber er hats nun mal gesagt.

Als wären nicht drei Tage in diesem Endstadium besser als sechs Tage oder eine Woche oder gar noch mehr. Tanja glaubte, mit Leila könne man so sprechen. Und sie hatte sich nicht geirrt. Leila stimmte zu. Allerdings nicht ohne zu ergänzen: Aber jeder Tag länger, und sie ist doch noch da. Ich meine, man kann sie noch sehen.

Kevin, so viel Liebe! Oder Opfermut! Es hat mich wirklich überwältigt. Nein, auch wieder keine von Kevins Lieblingsnachrichten.

Du findest also nicht, für alle Beteiligten und nicht nur für Nike selber wärs viel besser, wenn es noch rascher ginge?

Einerseits, vielleicht, gab Leila zögernd zu, aber sie schien nicht überzeugt, gab auf. Du, Tanja, ich weiß nicht, ob das so gut ist, daß man es ihr nicht sagt.

Was sagt?

Das mit den circa zwei, drei Tagen.

Ich würde es nicht wissen wollen, ich glaub nicht, daß ichs wissen wollte.

Aber vielleicht will sie uns doch noch was mitteilen. Leila sah Tanja einen Augenblick lang eindringlich fragend an, genierte sich, sah weg. Sie tat so, als interessiere sie sich wieder dafür, ob jemand Tanjas Zigarettenrauchen bemerkte. Vielleicht interessierte sie das wirklich. Zumindest lenkte es sie ab. Sogar Rauchen kann therapeutisch sein; Tanja wollte sich diesen Einfall merken.

Leila, wenn Nike eine fromme Katholikin wäre, könnte man es ihr sagen. Man müßte es sogar, weil sie sich ja auf das Gelobte Land, auf Gott und so weiter freuen würde. Na ja, aufs Jenseits, sagte Tanja.

Hm, machte Leila.

Ist sie fromm? fragte Tanja und antwortete selbst: Eher wohl nicht. Nicht wirklich.

Ein bißchen schon, ich bins auch, ein bißchen, sagte Leila. Und sie fing wieder damit an, daß sie nicht wisse, ob es richtig sei, ihr nichts zu sagen.

Man würde ihr die Vorfreude verderben, wenn sie gläubig wäre und nicht nur ein bißchen. Aber so, ich weiß nicht. Möchtest du noch einen Kaffee?

Wär nicht schlecht.

Tanja besorgte für sie beide Kaffee. Sie brüteten vor sich hin. Sie redeten vom Gedränge in der Stadt und dem Winterschlußverkauf. Tanja rauchte die zweite Zigarette. Mit dem durchtrieben vergnügten Gesichtsausdruck eines zum Unsinnmachen aufgelegten Mädchens, das an seine kerngesunde Mutter keinen Gedanken verschwenden muß, beugte Leila sich vor und tuschelte: Paß auf! Mach sie besser aus!

Ein dicker Mann, der sich mit seiner dicken Frau bei Kaffee und Kuchen grimmig von einem Krankenbesuch erholte, der Ausdruck selbstgerecht, weil *er* nicht so blöd war, krank zu sein, trat an den Tisch, von dem Unrecht gegen ihn und alle Anständigen ausging: Können Sie nicht sehen? Und nicht lesen? Kennen Sie dieses Zeichen nicht? Er glotzte Tanja mit seinem fanatischen Nichtraucherblick an. Das heißt doch, und Sie werdens wissen: Striktes Rauchverbot.

Auch seine dicke Frau sah böse bei langsamem Kopfschütteln zu Tanja herüber.

Oh wie unangenehm! Entschuldigen Sie bitte! Tut mir wirklich gräßlich leid! Tanjas ironische Höflichkeit und der Gleichmut, mit dem sie geradezu erheitert von ihrer Zigarette das glimmende oberste Stück abtrennte und auf dem Kaffeetassenrand liegen ließ, entrüstete den Mann noch mehr als die Mißachtung des Verbots.

Tanja sagte: Stellen Sie sich vor, wir zwei machen hier eine kurze Pause, dort auf Station 12 liegt jemand, der uns nahsteht, und zwar: im Sterben liegt da jemand.

Das werden Sie auch bald tun, knurrte der Mann und zog ab.

Leila kicherte. Hast du gut gemacht, der ärgert sich jetzt was zusammen!

Tanja erklärte ihr, das übertretene Verbot müsse

furchtbar für ihn gewesen sein. Um die Zigarette gings ihm gar nicht mal so sehr, denk ich wenigstens.

Denk ich auch. Und dann, daß du nicht auch so bitterböse warst wie er. Daß es dir gar nichts ausgemacht hat, sagte Leila. Einfach Klasse.

Gleichgültigkeit ist immer die schlimmste Bestrafung, sagte Tanja. Ich gehe auch bei Rot über die Straße.

Ich auch. Besonders, wenn Leute zugucken.

Wenns frei ist nach allen Seiten, warum nicht?

Und die andern stehen wie die Ölgötzen da, wie eine Schafsherde. Ach, Quatsch, Schafe sind nicht mal so lahm wie diese Deppen. Schafe brauchen Schäferhunde zum Aufpassen.

Die Leute sind, wie der Nichtrauchermann, persönlich gekränkt, wenn sie merken, daß sich jemand einfach über irgendwas Verordnetes hinwegsetzt. Das würden sie niemals wagen.

Und sie rufen dir nach: Denken Sie doch gefälligst an die Kinder! Schämen Sie sich!

Ja, kenn ich. Und: Sie sollten ein Vorbild sein! Ich glaub wirklich, daß sie merken, wie unfrei sie sind.

Beim Abschied von Leila oben in Nr. 305 war aber die Stimmung wieder trübe, von Nikes Schlaf mit offenem Mund, vom Anblick ihrer dünnen Arme, dem Infusionsgerät und dem Aufsichtsratshabitus der älteren Schwester niedergezwungen. Tanja sagte zu Leila in einer kurzen Umarmung: Ich würde gern endlich etwas nicht so doof Diesseitiges zu ihr sagen, mal nichts über Vorzugsmilch.

Das wäre sicher besser, sagte Leila.

Vielleicht hast du doch recht, und sie sollte Bescheid wissen. Sonst wird wirklich noch ihr letztes Wort *Vorzugsmilch* sein, sagte Tanja und hielt es für etwas gewagt, aber Leila bewies Sinn für Humor, lachte ein bißchen, und außerdem wußte sie, wie ernst Tanja es meinte.

Das Telephon weckte Nike, gerade als Tanja schon die Türklinke hinunterdrückte, sie blieb stehen, ließ die Klinke los. Nike schaffte es, den Hörer abzunehmen und ihn an ihr Ohr zu bugsieren. Es war vermutlich Enzio, ihr Mann, zu dem sie lustlos und schwerzüngig sagte: *Du* kommst? Bring mir Vorzugsmilch mit.

19

Hallo, lieber Professor

Diese Paragraphensprache ist so furchtbar ernüchternd, finden Sie nicht? Du, hast du diesen komischen roten Hosenanzug gesehen? Es ist mehr ein Overall, ganz schick, aber wie macht sie das auf dem WC? Wie jeder Tankwart, nehm ich an. Aber hör mal, sie ist kein *Mann*, wenn du verstehst, was ich meine.

Und dann: Leichensachen! Das ist weißderhimmel kein schönes Wort in einer so wunderwunderschönen Nacht wie dieser hier im Park, es *ist* ein Park, nachts, der Garten.

Mit meiner kranken Schwägerin würde ich ganz gern nochmal über die zwei reden, dann aber ungefähr so: Ich stelle mir vor, sie hatte eine unheilbare Krankheit. Das wäre für mich das einzige stichhaltige Motiv, meinen Mann oder wers nun ist, Geliebten und so weiter zu bitten: Bring mich um. Erschieß mich in der Nacht. Wenn ich im Tiefschlaf bin. In einem durch eine Menge Schlafmittel abgesicherten Tiefschlaf. Natürlich, es geht nicht, ich kann so nicht mit ihr reden. Mit ihr zuallerletzt. Obwohl ... es bietet sich an.

Das tut es, wirklich. Ich kapier auch diese bejammernswürdigen Aids-Menschen nicht, die Engelsgeduld, mit der sie von einem tiefen Stadium ins nächste tiefere runtersacken, ich kapiers nicht, wie man so zäh auf diesen verdammten sogenannten natürlichen Tod warten kann.

Wenn es wirklich so war, daß sie beide es wollten, wenn nicht er sie ermordet hat, wenn es ein Pakt war zwischen beiden, dann können sie nichts mehr als schön, als eines Genießens wert empfunden haben, *gar nichts mehr.* Man muß sich das nur mal vorstellen. Bei jedem kurzen Aufblitzen von irgendeiner Freude – Licht fällt in den herbstverfärbten Ahorn, der erste Bissen vom butter short bread, habt ihrs versucht?, er schmeckt – kappt sofort der Gedanke an diese fürchterliche Verabredung dieses winzig aufkeimende kleine Glücksgefühl ab, die Schnur zum Leben wird wieder durchschnitten, man muß sich das nur mal vorstellen.

Meine kranke Schwägerin findet es ebenfalls sehr schwierig, sich an irgendwas zu freuen. Das hängt aber in ihrem Fall auch mit den Therapien zusammen. Die Therapien machen sie vollkommen lustlos, und ihr ists ständig mehr oder weniger leicht schlecht, diese leise Übelkeit säuselt so in ihr herum, denk ich mir, und sie ist außerdem müde, immer müde. Aber im Unterschied zu diesen beiden, nehmen wir mal an, bei denen habe nicht eine unheilbare Krankheit oder eine möglicherweise heilbare, aber nicht mit Sicherheit heilbare Krankheit eine Rolle gespielt, im Unterschied zu diesen beiden, falls sie gesund waren, würde meine kranke Schwägerin auf der Stelle, sofort, von einer Minute auf die andere, von jetzt auf eben und von eben auf jetzt, ihr wißt, sie würde alles, auch das Unscheinbarste genießen, vorausgesetzt, man garantiere ihr die völlige Genesung, den Abschied für immer von ihrer Krankheit, und versetzte sie damit in den zuversichtlich-gedankenlosen Zustand von uns allen hier, nämlich: Es wird weitergelebt, nichts deutet darauf hin, daß wir sterben. Bis man eine von diesen Krankheiten bekommt, die noch nicht unter Kontrolle sind, hält man sich für ziemlich unsterblich, stimmts? Ich weiß, daß es verkehrt ist, so zu leben, kaum anders als ein Tier, ich weiß, man müßte dauernd dieses *Herr, lehre mich bedenken, daß ich davon muß* beten …

Immerhin, *muß*, so empfindet es auch er, dein Evangelist oder Jünger oder Apostel oder wer immer es war. Er sagt nicht *will*.

Außerdem, meine Beste, was wären wir ohne die Verdrängung? Mein Analytiker tut zwar, was er kann, aber jeden Gefallen tu ich ihm nun wieder nicht, also verdränge ich, wenn auch längst nicht mehr so viel wie vor drei Jahren. In den drei Jahren meiner Behandlung habe ich so manche Verdrängung an den Nagel gehängt. Schmerzlich wars, aber ich hoffe, es hat mich weitergebracht. Immerhin, ich bin jetzt reif für die Gruppe.

Gruppe! Sei mir nicht böse, aber mich ekelt schon vor dem Wort. Ich bin Individualistin.

Damit tust du dir nichts Gutes. Und paß nur auf, denk an unsere beiden Sorgenkinder, wie sie sich mehr und mehr von den andern absentiert haben …

Und drunter litten, weil sie eben *keine* Individualisten waren. *Sie* brauchten so was Gräßliches wie die *Gruppe*.

Daß dieser Journalist nicht aufhören kann mit Schuldzuweisungen und mit der Isolation der beiden. Haben Sie jetzt wieder gehört? Er kommt nicht davon los. Zwei Verlassene, ohne Hoffnung, der Kampf für ihre Ideale werde jemals noch zum Erfolg führen. Wer sich deswegen tötet, ist unter anderm blasiert. Und weltfremd, wenn ich das ergänzen darf. Gewiß, sie haben sich abgerackert, waren Fanatiker, Besessene, vor allem sicherlich sie – ihn habe ich nie so ganz durchschaut, schon etwas heikel diese Wandlung vom Militaristen zum Pazifisten, es war so ein Pfadfindergeruch um ihn, so ein Jugendherbergsvaterdunst – ja, ich fand ihn auch irgendwie jugendbewegt, altmodisch … er war mir eigentlich überhaupt nicht sympathisch. Er hat sich an sie rangemacht, oder? Schließlich war sie auf der ganzen Welt gefragt, mit ihr konnte er den Globus kennenlernen, ziemlich spannend, jeden Erdteil. Aber sie, sie muß ihn gewollt haben, da bin ich todsicher. Ältere Männer, ziemlich viel ältere Männer tun ihre Wirkung bei ziemlich viel jüngeren Frauen, eine große Wirkung, das weiß man.

Aber Passionen nutzen sich ab. Na gut, meinetwegen, nicht die Passionen für ihren globalen Rettungsauftrag in Sachen Natur und Pazifismus, für ihre *Sendung*, dritte Welt und AKWs und wasweißich sonst noch alles Gutes und Wichtiges ... aber die Passionen für die ... ich möchte nicht vulgär werden, aber er scheint ihr nun mal keinen guten Sex mehr geboten zu haben. Jede Frau findet bei jedem Liebhaber eines schönen ernüchternden Tages heraus, daß der auch nur mit Wasser kocht. That's life. Und ich finde, die Spur führt mitten in diese Paarbeziehung hinein. Verlust der Leidenschaft, garantiert hatten sie keinen anständigen Sex mehr.

Ich bin enttäuscht von ihm. Sie auch? Und du? Du auch? Noch ein Glas und ein Canapé dazu? Diese Canapés hier mit dem Kaviar auf dem Lachs: sehr zu empfehlen. Ist das nun zunehmender oder abnehmender Mond? Zunehmend ergibt er ein *z*, wenn man den unteren Bogen nachzieht. Im andern Fall ist es ein *a*. Ah ja, hab ich auch mal gewußt. In Snowbird, hoch oben in den Rocky Mountains, hats mir mal irgendein Germanist beigebracht.

Ja, ein enttäuschender alter Knacker. Was höre ich da? Er und ein alter Knacker? Wissen Sie nicht, daß die Frauen bei ihm Schlange standen? Seine Ehefrau soll fabelhaft tolerant gewesen sein. Oh, ich mag solche Ehefrauen ganz und gar nicht. Für mich sind das Puffmütter. Beten ihren großen Herrn an, gönnen ihm jede dreckige Inspiration, diese Kupplerinnen. Er war ein alter Knacker, insofern, als er doch die Verantwortung für sie trug, etwa nicht? Sie hatte schließlich eine Menge mehr Lebenszeit vor sich als er, und vielleicht paßte genau das ihm viel weniger als dieser Rivale, wußtet ihr, es soll einen Rivalen gegeben haben, ich kriegte das eben bei den Weyers drüben mit, also falls es diesen Rivalen gab, und das scheint gesichert, so wars was Tibetanisches. Wie bitte? Ein Tibetaner, oder wie nennt man die Leute, die aus Tibet stammen? Tibeter, okay. Demnach war auch sie keine Heilige. Über den Ehebruch hat sie sich auch bestens hinweggesetzt. Aber du hast doch gehört, wie himmlisch tolerant sie war, ha ha, da muß ich mal total künstlich lachen. Wie es in ihr drin aussah, weiß keiner. Was soll das, sie hätte ihn über Bord werfen sollen, gleich nach dem ersten Ehebruch. Sagt mir nicht, daß ich reaktionär eingestellt bin. Es handelt sich um eine Angelegenheit der Selbstachtung. Bei dieser Frau lag die Stolzschwelle sehr niedrig, aber schon sehr. Ogottogott! Lizzy? Seht euch das an! Lizzy, nun benutze diesmal deine rechte Gerade! Tanzen? Wenn ich ehrlich sein soll, ich weiß nicht, ob Tanzen mir gut bekommt. Ich habs ewig nicht gemacht und außerdem ein bißchen viel getankt. Lieber Himmel, dieses Parfum! Wer hat sich bloß mit diesem grauenvollen Parfum übergossen, es ist derartig penetrant! Das halt ich nicht aus, mein Lachs schmeckt schon nach dem Zeug. Gehen wir dort hinüber. Dorthin! Da habe ich eben diese psychiatrische Koryphäe entdeckt! Sicher hört man was Neues über diese verheerende Geschichte. Hallo, lieber Professor! Wie gut, Sie aufgetrieben zu haben! Sie werden Licht ins Dunkel bringen. Noch Wein? Warum nicht?

20

Wir brauchen kein Brot mehr

Manchmal war es noch richtig schön. Walter und Rosalind machten ihren Waldspaziergang, sie kamen immer bis zum Teich, umrundeten den Teich, kehrten um und freuten sich auf dem Heimweg auf Tee mit Rum oder Grog oder Kaffee und Kuchen. Sie redeten nicht viel miteinander, der Gesprächsstoff war alltäglich wie bei Leuten, die zusammenleben, sonst nichts, die sich aus Gewohnheit und Treue gern haben. Es fing an zu regnen, und Walter spannte seinen großen Regenschirm auf, Rosalind hängte sich bei ihm ein. Sie dachte sich nicht einmal etwas dabei, anders als in ebenfalls friedlichen Abschnitten innerhalb eines Tags, aber im Reihenhaus verbrachten Abschnitten, wo sie immer auf der Hut blieb, und sie glaubte, es liege am Wald und am gemeinsamen Gehen, daß sie hier ruhig und zutraulich und ohne Hintergedanken mit Walter zusammensein konnte. Sie dachte nicht einmal: Wie ist das möglich, ich bin ja heiter? Ich freue mich über jeden Baum und sogar auf die Rückkehr, wir werden es behaglich haben, ich krieg jetzt schon Appetit, der Gute, er hat wieder meinen Lieblingskuchen besorgt. Der für die Verzweiflungstat aus Leidenschaft – hinter die sie längst sehr oft endlos viele Fragezeichen setzte – festgelegte Termin, eine Nacht vom Samstag auf den Sonntag im Oktober, lag ja auch noch fünfeinhalb Wochen entfernt vor Rosalind – wer wußte schon, was bis dahin noch alles passieren konnte.

Waren überhaupt bessere Zeiten angebrochen? Woran es lag, daß Walter einen sanfteren Eindruck machte, wagte Rosalind nicht zu erkunden, nicht mit Fragen an ihn. Dachte er an eine Umkehr? Oder stimmte im Gegenteil der nahe Todesfrieden ihn weich? Gefühlvoll? Er nahm sie öfter wieder einfach so en passant in die Arme, ohne dabei wie ein Erzieher zu wirken, und wenn er mit ihr redete, hörte sie kein *links kehrt marsch* und *stillgestanden* und *rührt euch* mit. Er las ihr auch nichts mehr über die Vorbilder aus den Zeitungen vor, was allerdings auch mit Mangel an Nachrichten zu diesem Thema zu tun hatte. Rosalind forschte selber und meistens vergeblich nach Neuigkeiten bei der Ermittlung. Über die Trauerfeier, die ihre Partei den Vorbildern ausgerichtet hatte und die sehr stimmungs- und weihevoll gewesen sein sollte, las sie gierig jeden Satz dreimal, aber zu Walter: kein Wort darüber. Sie wünschte, das Schweigen über die Vorbilder halte an. Sie nahm es als gutes Zeichen.

Gegen Walters Verbot schrieb sie Briefe an Freundinnen, er schien es nicht mitzubekommen, und sie konnte nicht widerstehen, die Sache war zu aufregend, die Lage im Augenblick friedlich, aber dann zerriß sie die Briefe wieder, weil sie ja auch gar nicht wußte, wie sie ihre Post, von Walter unbemerkt, hätte wegbefördern sollen. *Ich möchte meiner Oma schreiben*, ihr Satz beim schon lang nicht mehr gespielten Imitationsstück, kam ihr in den Sinn, und sie dachte: nur gut, daß in meiner *erfundenen* Familie niemand mehr lebt, wenigstens niemand, mit dem ich nah verwandt bin. Als uneheliches Kind war sie bei Adoptiveltern aufgewachsen. Sie hatte ihre Mutter nicht kennengelernt, die Adoptiveltern, Leute mit starken Nerven, könnten eine Katastrophe wie die bevorstehende als Lehre ganz gut gebrauchen. Sie waren nie besonders nett gewesen.

An einem von diesen friedlicheren Tagen, nun dauerte es nur noch zwei Wochen bis zum Vollstrekkungstermin, aber es fiel kein Wort darüber, hatte Rosalind sich, was sie jetzt regelmäßig tat, mit ein paar Gin wohltun müssen. Erfolgreich gelungen, sie trank bereits aus Gewohnheit, merkte sie, denn zur Zeit liefen die Dinge mit Walter harmonisch. Darum klang sie unbefangen und lebenslustig, als sie ihm vorschlug: Gehen wir rüber in den Supermarkt, mit Hinwegumweg durchs kleine Wäldchen, Rückwegumweg über den Spielplatz? Wir haben nicht mehr viele Zitronen. Auch sonst fehlt dies und jenes, Brot etceterapepe.

Walter sah finster aus und antwortete: Es muß auch ohne Zitronen gehen. Knäckebrot und Zwieback sind da, wir brauchen kein Brot mehr. Nach einer Pause fügte er hinzu: Du hast wohl vergessen, daß ich alles genaustens berechnet habe. Der Vorrat reicht. Wir brauchen nichts mehr.

Nichts mehr. Kein Brot *mehr*. Wir brauchen kein Brot, ohne das *mehr* hintendran hätte sich besser angehört. Keins mehr. Nichts mehr. Nur der Gin und die anderen alkoholischen Getränke werden nicht reichen, dachte Rosalind. So was nennt man einem den Boden unter den Füßen wegziehen. Der Grund für die besseren letzten Tage war also nicht, daß Walter sich es anders überlegt hatte und bald damit herauskäme.

Von da an hörten sie auf, Lebensmittel und Getränke zu besorgen. Das gemeinsame Einkaufen hatte Rosalind gern gehabt. Aus und vorbei. Auf Walter, Pedant der er war, konnte man sich wahrhaftig verlassen. Er hatte die Proviantreserven bis zum letzten Abendimbiß samt feierlich-festlichem Umtrunk vor der Tatnacht durchgezählt.

Falls je in ihm selber Angst aufkam, anmerken ließ er sich keine. Falls er je selber gern das Todesprojekt – ihrer beider *Leichensache* gemäß dem Vorbildpaar – in Frage gestellt hätte, er tat es nicht Rosalind gegenüber.

In seine Gedanken weihte er sie nicht ein, er besaß wahrscheinlich kein Vertrauen zu ihr. Zweifel, wenn er welche hätte, er würde sie niemals äußern. Erkundigt nach dem, was wohl in seiner Geliebten, der angebeteten (pedantisch-fanatisch *einst* angebeteten) Rosalind vorging, hatte er sich kein einziges Mal. Er genoß mit bitterer Miene und ungesprächig seinen Erfolg: Zusammen mit sich selber hatte er die kleine Rosalind abgekapselt, von der Welt ausgeschlossen, jetzt schon im Reihenhaus während der verbleibenden dahinschrumpfenden Tage vor dem definitiven Ausschluß, dem Ende von allem.

21

Tote schlafen fest

Könnte es so gewesen sein? Zuerst war sie, vermutlich mit einem Schwips und plötzlich wieder in der alten Liebesglut ihrer ersten Gemeinsamkeit, mutig und rief ihm zu: Oh ja, laß es uns tun. Wir tuns! Unser gemeinsamer Tod wird mehr bewirken als all die Hunderttausende von beschwörenden Sätzen, mit denen wir unsere politischen Absichten verkündet haben. Er wird das große Ausrufezeichen hinter unserer Mission sein. Sie haben es ernst gemeint, werden sie dann alle wissen, und zwar *tod*ernst. Wir tuns. Unser Tod, er wird ein Symbol sein und die Menschheit aufrütteln. *Wir* werden ein weltberühmtes Symbol sein, du und ich.

So ungefähr muß er ja vorher auf sie eingeredet haben. Nun ja, er hatte was von einem tyrannischen Hypnotiseur, vermute ich. War er nicht aber nebenbei auch ein Schürzenjäger? Kann sein, doch als er sich in sie verliebt hatte, blieb er an sie gefesselt. Sie soll auch eine kleine Tyrannin gewesen sein. In der Öffentlichkeit unerschrocken, und geredet hat sie wie ein Feuerwerk, kam etwa jemand von euch je mit, wenn sie so richtig mit dem Reden, immer auf einer Tonhöhe, loslegte? Das war ihr Bild nach draußen. Zarte kleine kühne Frau. Aber privat, und erst recht dann zusammen mit ihm, war sie schwach und anlehnungsbedürftig, schließlich von ihm geradezu abhängig, sie hing am Tropf, so siehts für mich aus. Eine Liebe zum Ersticken. Man kennt diese Beziehungen, bald macht sie das Weibchen und klammert sich an ihn, und er ist der große Vater und Held, und bald ist er ihr Knecht, er schleppt ihre Tasche, sie beherrscht ihn, und vergeßt nicht: Schlußendlich war sie die berühmte Frau, er lief neben ihr her, typischer Prinzgemahl, eigentlich ein Schnorrer von ihrem Ruhm. Ein ewiges Hin und Her. Aber das gibt immer noch kein Motiv für ihre Tat. Für *seine*, wenn ihr mich fragt. Was willst du, das wird für immer unaufgeklärt bleiben. Tote schlafen fest, du kannst diese *Leichensachen* ... ihhh! ... zumal verweste, nicht mehr aufwecken, auch kein Gerichtsmediziner kanns rausfinden, über was sie in den Wochen vorher gesprochen haben. Darüber wirds noch massenhaft Spekulationen geben. Sofern man die zwei nicht ziemlich schnell vergißt. *Nachdem* sehr schnelle Schreiber sich flugs an die Arbeit für entsprechende Magazine und rasch gedruckte Bücher gemacht haben. Na schön, das weckt das eingeschlafene Interesse vielleicht nochmal kurz auf.

Doch, so könnte es gewesen sein. Mit ihrem Mut durch Alkohol, beschickert und euphorisiert, wiederholte sie seine lebensverachtenden Worte zum Thema Doppelmordplan. Der fanatische alte Knacker, er hatte vielleicht seit langem schon Angst, sie zu verlieren. Andersrum wird ein Schuh draus, umgekehrt, wir haben doch gerade gehört, daß sie ... jemand hat mir erzählt, sie wollte ihn nicht mal mehr allein auf die Straße lassen ... Also gut, wars wechselseitig. Aber für mich bleibt er der Oberkommandant in dieser Schlacht. In diesem kleinen schauerlichen Schlachthof, ihrem Reihenhäuschen. Vorher wars die Einzelhaft zu zweit, dann die Todeszelle.

Sie erblickte sich schon in einer Nachwelt, die nun endlich endlich sie als die Erwählte, Messianische begriffe und erschüttert anerkannte. Gut, ihn auch, ihn mit ihr, ihn an ihrer Seite. Beduselt war sie größenwahnsinnig. Ohne Größenwahn ist solch eine Tat gar nicht vorstellbar. Vorausgesetzt, sie hat sich freiwillig erschießen lassen. Er soll ja, außer seiner Derringer 38, noch eine Menge Schießeisen um sich rum gehabt haben, der alte Militarist, der er bei seinem ganzen pazifistischen Brimborium offenbar geblieben ist. *Vier* weitere Schießeisen, wenn du es genau wissen willst.

Aber nach dem Rausch? Sie hat doch diese Hochstimmung nicht durchhalten können.

Du tust mir leid, kennst Hochstimmungen nur, wenn du dir einen angetrunken hast. Ich kenn sie auch bei klarem Kopf. Was nichts damit zu tun hat, daß ich jetzt schleunigst meine Masse mal Kraft ist gleich Bewegung in die Richtung Bar transportiere.

Mit einem Kater kannst du nicht hochgestimmt sein.

Aber nicht mehr leben wollen, das schon. Ich war einmal in meinem Leben dermaßen alkoholvergiftet, und ein bißchen Kokain plus Barbituraten spielten auch mit, puh gings mir schlecht, kurzum, ich hätte keinen abgewiesen, der mir mit seiner Schußwaffe zu nah gekommen wäre.

Mach das nie mit mir!

Das war Lizzy, sie muß schwer einen sitzen haben, ich meine, besonders leise und diskret ist sie nie, aber dieses Gekreisch jetzt …

Lizzy, schau nur, sie setzt ihre Linke mit einem Stoß über die Magengrube ihres derzeitigen Liebhabers und muß quieken, kichern, erschauern, und die ganze Nummer nicht viel weiter als sieben Meter oder so von ihrem Mann entfernt.

Wenn eine Straftat nicht sicher auszuschließen ist, eskaliert die Leichensache über die amtliche Leichenbesichtigung hinaus zur Leichenöffnung beziehungsweise Autopsie beziehungsweise Obduktion. Unserem Gastgeber, dem Gerichtsmediziner, assistiert ein zweiter Arzt. Anwesend sind außerdem Staatsanwalt und, auf dessen Antrag, ein Richter. Die Befunde werden in einem Protokoll niedergelegt – erste Ermittlungsergebnisse, oft Anregungen zu weiterführenden Untersuchungen, feingewebliche, toxikologische Untersuchungen und so weiter. Im Fall der beiden wird es hier zu großen Schwierigkeiten kommen. Wegen des so weit fortgeschrittenen Verwesungszustands, ist es das? Das ist es. Wer immer sich jetzt gleich die Finger wund schreibt, um über die zwei einen Knüller bei der Sensationspresse oder als Buch zu landen, er wird seine Theorie als leere Behauptung verkaufen müssen. Aufklärung kann es hier nicht geben. Daraus, daß man sie so lange nicht vermißte, demnach nicht suchte, demzufolge nicht fand, wird nun ihre Verlassenheit von allen Freunden gefolgert.

Als wäre das ein Grund, sich umzubringen. Überzeugt mich so wenig wie die Aufrüstung und die Atomkraftwerke und daß es keine Maikäfer mehr gibt. Oh, Maikäfer, die sind im Kommen! Haben Sie nicht gelesen? Im nächsten Jahr werden sie unsern Wäldern den Rest geben. Maikäfer, flieg! Wie romantisch. Nein, ich glaub nicht dran, Sie auch nicht, oder? Und du? Fällt schwer, zugegeben. Ich habe auch schon Freunde verloren und bin deswegen nicht lebensmüde geworden. Sie hatten doch, selbst wenn Freunde fehlten, einander. Also hatten sie nicht mehr genug *an*einander. Sie hatten genug *von*einander. Es gibt auch das Gerücht, mit dem Sex, ihr wißt schon, es hätte nicht mehr so richtig hingehauen ... von wegen: richtig! Er war nicht mal mehr halbwegs und so weiter, man munkelt was von Impotenz, andererseits, bei aller Leidenschaft für ihre politischen Ziele, körperlich konnte ich sie nie für leidenschaftlich halten, ich denke, sie war eher frigide. Unsinn, am Anfang hatten sie beide bestimmt verdammt viel Sex. Anders ist eine Bindung wie ihre überhaupt nicht zu kapieren. Da! Lizzy! Sie betätigt sich wieder als Boxerin und strahlt den Liebhaber drohend an. Ein Polizeiphotograph photographiert die Obduktion zum Zweck der Inaugenscheinnahme vor Gericht, falls es zu einem Verfahren kommen sollte. Reden Sie von diesen beiden oder einfach so? Ich rede von den Paragraphen 87 bis 91 der Strafprozeßordnung, Thema Leichensache.

22

Aber jetzt putze ich Schuhe

Es wurde nicht leichter, nach einem Besuch bei Nike zu Haus unbeschwert aufzukreuzen und einfach so dahinzupalavern.

Ich erzähl ihm, wer alles da war und solche Dinge, und Kevin fragt nie nach *ihr*, wir lassen die Hauptdarstellerin einfach weg. Tanja telephonierte mit ihrer Freundin Beryl und war jetzt dran, nachdem Beryl vom neusten Stand der Liebesdinge das Wichtigste gesagt hatte, es war der alte Stand.

Wenn Tanja aus der Klinik zurückkam, verhielt Kevin sich wie jemand, der darauf wartet, was kommt, mit der Hoffnung, es komme nichts Besonderes, vor allem nichts Drastisches und gar zu Genaues.

Meine Berichte hat er vertrauensvoll über sich ergehen lassen, er braucht sie nicht zu fürchten, weißt du. Weil er ja drauf setzen kann, unangenehme Einzelheiten und gräßliche Beobachtungen würde ich ihm ersparen und es käme schon nichts richtig Schlimmes drin vor.

Tanja ließ sich von Beryl loben und hatte es nicht wirklich verdient. Sie schonte Kevin, gewiß, indem sie den häuslichen Frieden und damit ihr eigenes gutes Fortkommen schonte.

Ich glaube allmählich, ich habe Talent für schreckliche Klinikbesuche. Und speziell für die Rückkehr, fürs Erzählen. Zum Beispiel picke ich groteske Sachen raus, und über die muß Kevin dann grimmig lachen.

Beryl lachte nicht grimmig, bei ihr wars schon ein kleiner Lachanfall. Beryl, zuständig fürs Lustige, im

Lachen eine Sachverständige. Tanja gefiel es, daß die Freundin sich trotz ihrer Dreiecksliebestragödie für die Probleme anderer jederzeit engagieren konnte.

Grotesk war wirklich die Unterhaltung mit einer angeheirateten Verwandten, der Frau des Schwagers, glaube ich, über Depression und Krebs, und welche Krankheit die schwerere sei. Und das in drei Meter Entfernung vom Lager einer, die an Krebs stirbt. So habe ich das Kevin gegenüber natürlich nicht ausgedrückt.

Natürlich nicht. Beryl gab sich Mühe, diesmal nicht zu lachen.

Ich habe die Sterbende weggelassen. Und ich hatte das Thema mit einer Freundin neulich schon mal, und auch die sagte doch allen Ernstes: Lieber jede körperliche Krankheit als das. Als eine Depression. Ihr Mann hatte gerade eine.

Beryl wußte nicht genau, ob sie jetzt lachen konnte, und tat es, aber nur ein bißchen, lachen.

Schon die dritte in vier Jahren, schon wieder fünf Monate lang. Und sie selber hat Erfahrung damit, sie war mal fast ein Jahr lang endogen depressiv. Beryl, es ist nicht komisch.

Beryl verteidigte sich: Irgendwie muß es an deiner Stimme liegen oder so was, wie du so was rausbringst.

Okay, und ich weiß ja, Depressionen sind das Letzte. Aber Krebs auch. Das Allerletzte.

Und Aids. Beryl wollte etwas Seriöses beisteuern.

Bring nicht noch mehr Krankheiten rein. Ich fragte die Frau des Schwagers also, ob nicht, an Krebs gemessen, die Depression doch vielleicht das Vorletzte sei. Man stirbt nicht dran.

Aber es ist auch kein richtiges Leben. Beryl war stolz auf sich. Sie konnte sogar einen depressiven Onkel aufstöbern, eine Jammergestalt aus ihrer Kindheit.

Natürlich ists kein *Leben*, ich weiß, und die Frau des Schwagers sagte was Ähnliches und: So lang Sie das nicht erlebt haben, können Sie da nicht mitreden, tut mir leid. Ich bestand aber darauf, man könne die zwei Krankheiten nicht miteinander vergleichen. Bei der Depression, so abscheulich sie ist, und ich gehöre wahrhaftig nicht zu diesem Idiotenclub der Ignoranten, die einen Depressiven enervieren mit solchen Phrasen wie *alles Willenssache* und *fahr mal raus ins Grüne* und *hör dir klassische Musik an*, in dem Stil – also bei allem Verständnis, aber es geht nicht um höllische Schmerzen und, na ja, wie gesagt: um Tod und Leben. Davon hab ich Kevin in kleiner Dosierung erzählt, aber vielleicht wars doch zu viel.

Was hat er gesagt?

Bloß was gebrummt, *Hm-hm*-Zustimmung, konnte auch bedeuten: Hör auf.

Warum wollen bloß die meisten Männer nicht reden? Beryl seufzte und dachte vermutlich an ihren Mann, den Schweigsamen, und an ihren Liebhaber, den idealen Gesprächspartner. Und deshalb, etwas verärgert, sagte Tanja schnell wieder auf, die weniger redefreudigen Männer seien ihr lieber als die *Schwätzer*. Sie hoffte, ihre arme Blondie hätte begriffen.

Es heißt doch nichts anderes, als daß die meisten Männer mit einer Sache nicht umgehen können, sagte Beryl. Dies jetzt war sehr stark ihr Thema.

Umgehen! Erstens ist das schreckliches Neudeutsch und zweitens: *Geh* du mal mit Krebs *um*.

Eine Tante von mir kanns, und daß es neudeutsch war, weiß ich, sagte Beryl trotzig, aber nicht beleidigt. Diese Tante...

Ich hätte das Wort *Tod* nicht in den Mund nehmen dürfen, dachte Tanja, und Beryl verglich die Tante, die mit ihrer Krebserkrankung *umgehen* konnte, mit einer

Freundin der Tante, die überhaupt nicht mit ihrer Krebserkrankung *umgehen* konnte. Stell dir vor, Tanja, stell dir nur mal etwas so Grausiges vor, diese Frau hat doch tatsächlich zwölf Jahre lang ihrer Familie und dem gesamten Bekanntenkreis und den besten Freunden verheimlicht, daß sie Krebs hat. Nur ihr Mann war eingeweiht, aber auch er mußte den Mund halten.

Kann man doch verstehen, zum Beispiel als Diskretion, urteilte Tanja.

Das wars nicht, rief Beryl, sie hatte Angst davor, daß jeder, den sie traf, sie irgendwie mitleidig oder sorgenvoll betrachtete, du weißt schon, diese heimlichen Blicke, vor denen hat sie sich gefürchtet.

Tanja unterbrach sie mit der Bemerkung, *sie* könne diese Frau von A bis Z verstehen.

Aber das ists doch, was ich meine: Jemand kann mit etwas nicht umgehen! Beryl war aufgeregt. Und wars etwa fair gegenüber meiner Tante, mit der sie schließlich befreundet ist, und die ihr ungeniert immer gesagt hat, wie es jeweils mit *ihrem* Krebsleiden stand?

Na gut, sagte Tanja. Und wie ists schließlich doch rausgekommen?

Weil der Arzt ihr geraten hat, nun aber endlich ihre Kinder zu informieren. Es sind erwachsene Kinder. Die fallen ja vom Stuhl, wenn sie hören, eure Mutter stirbt, und sie hatte zwölf Jahre lang heimlich Krebs.

Tanja ließ sich nicht bekehren: Ich wäre meiner Mutter dankbar für diese zwölf Jahre der Sorgenfreiheit. Sie seufzte und lachte. Aber du, meine kleine Blondie, du hältst ja nichts von Verschonungen. Genießt in aller Seelenruhe und fast vor den Augen des Ehemanns den Liebhaber.

Beryl lachte auch. Ich halte nichts vom Verheimlichen. Ich bin eben mutig.

Du kannst damit *umgehen*.

Die Freundinnen lachten gemeinsam, und Tanja kam auf die Frau von Nikes Schwager und den Streit über das Thema *welche Krankheit ist schlimmer* zurück.

Ist das nicht Äpfel mit Birnen vergleichen? fragte Beryl.

Den Spruch hab ich nie verstanden. Warum kann man die nicht miteinander vergleichen?

Weil das eine ein Apfel ist und das andere eine Birne. Du kannst einen Apfel nur mit einem andern Apfel vergleichen. Also ungefähr so: Darmkrebs mit Lungenkrebs.

Ich kann vergleichen, welcher Geschmack mir lieber ist, der vom Apfel oder der von der Birne. Egal, die Frau vom Schwager sagte schließlich: Übrigens bringen sich viele um. Schwerdepressive.

Das tun Krebskranke auch. Beryl überlegte. War da nicht kürzlich so ein Fall, irgend jemand Berühmtes hat mit Hilfe von *Exit* ... ich komm nicht drauf. Was hast du zu dieser Frau gesagt?

Ich habe eine Bewegung mit dem Kopf zum Krankenbett hin gemacht und gesagt: Es ist nicht der Tod, den sie selbst gewollt hat. Aber Kevin habe ich nichts weiter erzählt, ich hätte nicht mehr weiterdiskutieren wollen, hab ich ihm vorgeschwindelt, und da hat er *ist auch besser so* gebrummelt.

Haach! Also Männer, *manche* Männer! Und Beryl dachte wieder an ihre beiden Männer und die dreieckige Konstellation, die sie mit ihnen bildete.

Erzählstoff für Kevin, dachte Tanja am Nachmittag im Krankenzimmer 305, sind die schöpferischen Produktionen der Frau des Schwagers, ihr abstruser Bastelkram, den die Frau aus der Tasche holte, um sich von Tanja beraten zu lassen, von welchem der guten Stücke sie sich trennen solle, um es zwischen Vorzugsmilchtüten, die ungeöffnet herumstanden, und an Saftflaschen gelehnt jemandem zu schenken, der im Sterben lag. Sie war stolz auf sich und ihre Werke. Sie sagte: Jedesmal, wenn Nike die Augen aufmacht, darf sie in dieses Stück nature morte schauen. Es handelte sich um ein krauses Durcheinandergewirr von zerrupften getrockneten Blüten aller möglichen Pflanzensorten und von Ähren und Gräsern, ziemlich eng zusammengepappt auf ein Stück Rauhfasertapete oder besonders dicke ruppige Pappe, Tanja kante sich damit nicht aus, und in dem krautigen Chaos klebten Kiesel und Muscheltrümmer und kleine Steine, und vielleicht sogar Erde, falls das Erde war, Tanja hoffte, es sei Erde und nicht Pferdemist, was sie eher vermutete, es sah nach irgendwelchem Mist aus. Zum Fixieren war das Gebilde mit einem farblosen Lack überschmiert. Die Frau des Schwagers schwärmte: Immer wenn mich die Muse küßt, bringe ich diese Dinge zustande, es glückt mir wie in einem Rausch. Unter dem Rauschresultat und Anblicks-Segen stand in einer fade schulmädchenhaften Schrift ein Spruch.

So was bringt sie bei einem Krankenbesuch mit, Kevin. Wie findest du das.

Unpassend.

Und der Spruch! Ich hab ihn leider vergessen, es war eine von diesen anmaßenden Banalitäten über das Leben, du weißt schon, wie man leben sollte, und über *Sinn*, natürlich über *Sinn*, von wem das war, weiß ich nicht, ich dachte zuerst, von ihr selber, aber es stand ein anderer Name drunter, er kam mir ziemlich indisch vor, und sie faselte auch was von *Fernost* und daß sie total auf Fernost eingeschworen sei, seit sie bei einer TUI-Charterflugreise dort war und drauf gekommen ist, daß dort und nur dort das Wahre gefunden werden kann. Sie macht seit dem ersten Flug regelmäßig diese ungeheuerlich lehrreichen Reisen, ich glaube, sie nennen sich *Akademischer Tourismus*, nein, nicht ganz so, ähnlich.

Daß die Frau des Schwagers Kevin nicht interessierte, merkte Tanja. Er schätzte sicher ab, daß sie bestimmt über fünfzig und nicht attraktiv wäre, worin er sich nicht irrte, und außerdem konnte er kreativen Spinnerinnen sowieso nichts abgewinnen.

Aber eins mußte Tanja noch loswerden: Bedenke, wir saßen da nicht weit weg vom Bett deiner Schwester, ein Glück für sie, daß sie das Morphium ganz woanders hin getragen hat, in vielleicht schöne Fernen, und sie hat den Nonsens nicht mitgekriegt, also, da sitzen wir, und sie erzählt mir doch wahrhaftig, sie hätte Nike gleich nach der ersten Diagnose und noch vor der Operation geraten, es zu machen wie viele Krebskranke, sie sagte: wie die *besten* unter ihnen. Nämlich: sich einer Gruppe anzuschließen. In der Gruppe bringen sie sich gemeinsam bei, um wie viel intensiver als die Gesunden sie von nun an leben werden. Aber Nike hat es offenbar nicht gepackt, hat sie gemäkelt und dazu den Kopf geschüttelt als dächte sie: Armes dummes Ding. Da bin ich dann aber doch ganz schön garstig geworden.

Warum überanstrengst du dich mit dieser Ziege. Daß du nie merkst, wann solche Diskussionen sinnlos werden. Kevin mißbilligte nicht nur Tanjas Unterhaltung mit der Frau an Nikes Krankenlager, sein Unmut dehnte sich auf alle ihre Klinikbesuche aus.

Aber wir hatten doch gerade noch über Depressionen geredet, und daß bei denen auch weder guter Wille noch Aufmuntern hilft, daß es im Gegenteil schadet. Ich *mußte* diese Musenkußbasteltante auf ihre Unlogik stoßen. Ich hab gesagt, ich hätte es besser gefunden, wenn Nike von Anfang an ordentliche Tranquilizer gekriegt hätte.

Bekannt, sagte Kevin.

Das wärs gewesen. Und nicht dieser Gruppenquatsch und das Geschwafel von *jeder Minute als Geschenk!* Darauf sie: Oh je oh je, bloß keine Pillen und diese bitterböse Chemie! Das ruiniert ihren Körper. Das besorgt schon der Krebs, habe ich geantwortet. Gib zu, das war gut. Das war unschlagbar, gibs zu.

Kevin gab es zu und fand es trotzdem sinnlos.

Öffentlich zu Wort melden sich immer nur diese Elite-Patienten, die von sich behaupten, sie hätten besser gelebt, seit sie wußten, daß sie sterben würden. Tanja stöhnte. Keine Ahnung nebenbei, ob man denen glauben darf. Wenn ja, dann haben sie Glück gehabt, diese Fabelwesen, aber sie sollten den Mund halten.

Auch ich sollte den Mund halten. Tanja tat es Kevin zuliebe, aber sie bedauerte es, es war schade um das viele, das sie sonst noch wußte. Sie hätte gern von den bedauernswerten anderen Patienten geredet, die schlechter leben, seit sie wissen, daß sie Krebs haben, und in keiner Minute ein Geschenk erleben, sondern Verzweiflung und Angst. Sie war noch wütend auf den Quatsch vom *intensiven Leben* und von dem plötzlich einsetzenden *Glück* über *das Winzigste im Alltag*, da fiel ihr Blick auf ihre vom Schneematsch dreckigen Schuhe, und sie dachte an die übrigen ungeputzten Schuhe und die riesig hohe Schwelle zwischen ihrer Unlust und dem Schuhputzen. Ach! Wie unendlich gern würde Nike, in einem Tauschhandel, durch den sie ihr ganz normales früheres Leben zurückbekäme, das Leben von vor dem August letzten Jahres, wie unendlich gern würde sie Schuhe putzen! Und dabei sinnieren: Krebs? Ich? Das habe ich nur geträumt. Aber es hätte ja sein können, könnte immer sein, also putze ich Schuhe, chronisch verhaßt, jetzt hochgeschätzt, hurra: Ich bin gesund. Ich sterbe irgendwann, jeder tut das, aber jetzt putze ich Schuhe.

23
Das ist noch nicht das Schlimmste

Ich will ja nicht gemein sein, aber wenn sie wüßte, was genießen ist, dann wäre es genau das.

Der Ober brachte für Kevin Seezunge und Rigatoni mexicana für Tanja. Sie fingen sofort an zu essen. Ein schlechtes Gewissen hatten sie beide nicht, zwar dachten sie an Nikes Lage, weil Tanja wieder davon anfing, über die ältere Schwester zu reden, aber für Nike selbst spielte es überhaupt keine Rolle, ob Kevin und Tanja nun in einem ihrer Lieblingsrestaurants aßen oder zu Haus aßen oder gar nicht aßen, selbst ihr Verhungern hätte für Nike nicht das mindeste mehr bedeutet.

Weil Kevin – Tanja fand: nach Männerart, und für die hatte sie viel übrig – nicht fragte, worauf Tanja anspielte, gab sie die Antwort unaufgefordert: So weit gehe ich nicht zu behaupten, sie genieße die Lage als solche, sie grämt sich wirklich, daran gibts keinen Zweifel. Wenn sie es auch auf eine besondere Art tut, ich meine, sie grämt sich in aller Ordnung. Verstehst du, was ich meine?

Kevin verstand es nicht und sah so aus, als müsse er es nicht unbedingt verstehen. Schon gar nicht beim Essen. Er trank Verdicchio und legte Broccoli von seinem Beilagenteller auf Tanjas Rigatoni. Er ist nicht sentimental, nicht mit seinen Schwestern, er ist es überhaupt nicht. Nur manchmal mit mir, ein bißchen. Tanja dachte es gerührt.

Sie grämt sich wie nach einem Strickmuster. Und es macht ihr schon zu schaffen, daß die Jüngere zuerst dran ist. Das ist gegen die Ordnung.

Ach ja, sagte Kevin. Aber gerade eben erst auf die Welt gekommen, das ist sie ja nun auch wieder nicht. Sie weiß, wie es zugeht.

Vielleicht kommt sie nicht drüber weg, daß Nike zu spät zum Arzt ging. Sie wäre rechtzeitig gegangen.

Eine Zeitlang gönnte Tanja dann endlich Kevin und auch sich die volle Konzentration auf das Essen. Dann packte sie eine neue Idee, weil ihr das bei aller Bitterkeit doch auch mit dem Ausdruck einer gewissen Befriedigung dekorierte Gesicht ihrer Schwägerin, wie sie dort in Nr. 305 Wache hielt, in den Sinn kam. Die Arme verschränkt, im Holzstuhl aufrecht sitzend, mit zusammengepreßten Lippen, hinter denen ungesagt blieb: Ich tue meine Pflicht. Ich verhalte mich richtig. Ärzte und Schwestern der Station respektieren mich und schätzen meine Haltung hoch ein. Kleine Hilfsdienste werden anerkannt. So wie ich anerkenne, was auf dieser Station für meine arme Schwester getan wird. Allen anderen Besuchern am Krankenbett, in erster Linie dem überaus sonderlichen Ehemann, zieht man mich als Diensthabende vor. Ich bekomme einen Becher Tee, ich bekäme einen zweiten Becher Tee, danke aber. Ja, ich bin hier an meinem Platz, manchmal lächle ich sogar mit einer der Schwestern und wir wagen einen kleinen Scherz, aber das Lächeln entringt sich meinem sehr ernsten Gesichtsausdruck.

Weißt du was? fing Tanja an und wartete nicht auf Kevins *nein, was denn.* Eure Schwester genießt ihre *Gewissenhaftigkeit.* Jetzt kann sie endlich einmal genießen, daß sie so ist wie sie ist. Sie kann ihren Charakter von Grund auf gutheißen, sie genießt ihn, sie genießt so was wie die Wertschätzung ihrer selbst. Siehst du das auch so?

Na ja, hm, machte Kevin. Wie du meinst.

Der Kellner räumte ihre Teller weg, wollte wissen,

ob es geschmeckt hatte, und es hatte geschmeckt, alles wie immer, auch die Bestellung des Espresso.

Ich will wirklich nicht gemein sein, sagte Tanja. Zuverlässige Menschen sollte man wahrhaftig nicht verspotten.

Schon gut, tut ja keiner, sagte Kevin.

Ich *liebe* Zuverlässigkeit, sagte Tanja. Leute, auf die man sich verlassen kann. Wirklich.

Aber wie sie das *aushält*, dachte sie. Ich könnte es nicht, bei meiner Schwester, sagte sie. Ich würde verrückt.

Das ist Theorie, sagte Kevin. Kein Mensch weiß, was er alles kann, bis dann so eine, na ja, Prüfung oder so was kommt. Wir könnten das Thema wechseln.

Ich würde werweißwas alles andere machen, draußen rumrennen, am besten in einem Wald, aber ich könnte nicht bei meinem Schwesterchen sein, wenn es ... Tanja wollte Kevin zuliebe nicht sagen: wenn es *stirbt*. Etwas matt vollendete sie ihren Satz: Wenn es so schlecht dran ist.

Auf dem Rückweg vom Restaurant sagte sie: Übrigens hätte ich selber, wenn ich die Patientin wäre, nicht gern dauernd Verwandte um mich herum. Ich habe schon nicht gern Krankenbesuch, wenn ich bloß mit einer Grippe im Bett liege. Bei mir genügt schon *liegen*. Ich mag es nicht, wenn ich liege und die andern sitzen oder stehen. Und mitleidige Gesichter, puh.

Die Geschmäcker der Gestecker sind verschieden, sagte Kevin, was gar nicht zu ihm paßte.

Zwei Schwestern, die sich nie besonders nah standen, dachte Tanja. Sie konnte sich zu Haus nicht aufs Zeitunglesen konzentrieren. Am liebsten wäre sie wieder in ihrem Raubvogeltempo in die Klinik geflogen. Aber Kevin hätte etwas dagegen. Sie waren übereingekommen, Tanja solle heute dort nicht aufkreuzen. Nun, dann konnte sie ihm nicht helfen, dann mußte sie eben wieder etwas von all dem, das ihr durch den Kopf ging, loswerden, und sie seufzte, während sie mit einer Tasse für jeden von ihnen aus der Küche kam – und sie wußte: weder schon wieder Kaffee noch schon wieder dieses Reden war nach Kevins Geschmack – und sagte: Durch den sehr großen Altersunterschied haben deine Schwestern nie viel miteinander zu tun gehabt, sie haben keine gemeinsamen Kindheitserlebnisse und so was alles, sie waren nicht gleichzeitig junge Mädchen, verstehst du. Und dann: ihr grundverschiedenes Wesen. Und deshalb frage ich mich, wie angenehm das eigentlich für Nike ist, daß die Ältere nun unentwegt um sie herum ist.

Nicht unentwegt. Sie lösen sich doch ab. Die Töchter, Enzio ... *Der Dollar stürzt in den Keller.* Diese Journalisten können sich ihre Katastrophenüberschriften nicht verkneifen.

Kaum macht Nike die Augen auf, was selten genug geschieht, da sieht sie auch schon die ältere Schwester. Und ich weiß wirklich nicht, ob sie das genießt. Die eine genießt, die andere nicht. Ob sie sich dadurch beschützt fühlt? Keine Ahnung.

Weil Kevin seine Tasse nicht austrank, übernahm Tanja den Kaffeerest; daß er ihr prophezeite, sie werde sich schon in der nächsten halben Stunde über Magendrücken beklagen, wie immer bei zu viel Koffein, hörte sie wie aus der Ferne, denn da meldete sie sich wieder, plötzlich und nach langer Zeit, diese Zeile des Gedichts von Raymond Carver: »Aber das war noch nicht das Schlimmste.« Und Tanja sah auf einmal Kevin statt Nike im Zimmer 305 auf der Station 12.

Oder wenn mit dir was wäre.

Kevin las ihr eine Meldung aus der Zeitung vor, und Tanja bekam sie nicht mit.

Ich würde überschnappen. Tanja schüttelte sich.

Das fände ich nicht besonders nützlich, sagte Kevin.

Erinnerst du dich an diesen komischen Zustand, den du hattest, in Rom, beim Abendessen, in Timos Atelier? Ich hab nichts für dich tun können, ich war total blockiert, die Panik hat mich paralysiert.

Von wegen! Du hast mir ins Ohr gebrüllt, du hast so fürchterlich geschrien, daß mir wie durch ein Wunder das Trommelfell nicht geplatzt ist.

Weil du plötzlich nicht mehr ansprechbar warst. Du warst da und doch nicht da, es war gespenstisch.

Es war irgendwas mit dem Kreislauf, und du hättest mir besser ein Glas Wasser ins Gesicht kippen sollen. Das Geschrei war völlig wertlos.

Genau, was ich die ganze Zeit aufklären will, genau das, seit ich mit *ihrer* Gewissenhaftigkeit anfing. Menschen wie eure ältere Schwester sind es, die sich in Notfällen bewähren. Tanja, nach einer Denkpause, redete ohne ihren Feuereifer von vorher weiter: Und doch glaube ich nicht, daß Nike ihren Daueranblick genießt, sie sitzt so pomadig da, und ich bleibe dabei: sie *genießt* sich selber, bei allem Kummer.

Am nächsten Tag erzählte sie ihrer Freundin Bärbel Ketterer: Da ist Kevin richtig aufgewacht, zum ersten Mal, ich kanns ja verstehen, daß er lieber nicht so richtig zuhört, wenn ich von Nike und dem Drum und Dran rede, so ist er nun mal, wenn ihm was nahe geht, er bevorzugt Stillschweigen, denk ich mir, aber auf einmal hat er sogar gelacht und fand die Konstellation trotz der traurigen Lage und dem schlimmen Anlaß sogar komisch, vielleicht wegen der ungerechten Verteilung des Genießens. Und recht hat er mir gegeben, Nike wäre vielleicht lieber nicht derartig dauerbewacht von der älteren Schwester. Vielleicht klingt das ziemlich gemein gegen die ältere Schwester, aber die zwei, sie und die Kleine, sie sind solche Gegensätze, immer gewesen, und die Ältere hat nie den Lebensstil der Kleineren begreifen können, sie fand ihn schrecklich, sie hat ihn verachtet. Weißt du, wenn dann auch noch eine verschmutzte Wohnung im Spiel ist, außer dem Chaos in Papieren und dem Vernachlässigen von Geburtstagen, dann ists aus bei ihr. Sie hat mir berichtet: Kürzlich war ich mal dort, bei ihnen, ich habe ihnen einiges eingekauft. Ich kann dir sagen, es sah aus! Der Staub und der Dreck, ja der richtige Dreck, ich kanns nicht anders nennen, er kam mir förmlich entgegengewallt. Die Schuhe könnten sie ja wenigstens abstreifen, ehe sie in die Wohnung gehen, wenn sie schon nicht den Staub wegmachen. Aber ich habe nicht vor, mich da einzumischen. Das hat sie sehr hoheitsvoll geäußert. Sie hat gesagt, sie hätte ihre Einkäufe nur schnell auf dem Küchentisch abgestellt und sich dann auf und davon gemacht. Tanja kicherte. Was ich ihr nicht ganz abnehme. Ich bin sicher, sie hat doch mal mindestens einen Blick in den Kühlschrank geworfen. Als ich Kevin davon erzählte, hat er bloß *so ist sie nun einmal* gesagt. Ich vermute, sie würde sich gern bitten lassen, nein: anflehen lassen und umschmeicheln und loben, daß sie ein bißchen hilft. Könnte sie auch bestens einrichten. Sie mopst sich doch sowieso wahrscheinlich, was soll sie den ganzen Tag tun, ich meine, den halben Tag, denn die eine Tageshälfte sitzt sie ja bei Nike ab. Witwen ohne Beruf haben Zeit. Die erwachsenen Kinder sind alle weg, in alle Himmelsrichtungen, aus allen ist was geworden, keine Blumenkinder drunter, keine Leilas und Noras, und sie thront allein in ihrer Sesselgruppe und mopst sich, sie überlegt: Was könnte ich tun? Sie wäscht zum fünften Mal ihre Küchenschränke von außen ab und zum sechsten Mal wäscht sie die Küchenschränke innen aus, ich klinge wirklich gemein, tut mir leid, und es sind ja auch nur so meine Vermutungen.

Natürlich hatte Tanja ihrer Freundin nicht so viel Zusammenhängendes erzählt, Bärbel Ketterer war jemand, der lieber selbst redete als zuhörte, aber trotz mancher Abschweifungen hatte sich doch einiges Material über die kranke und über die gesunde Schwester angesammelt und war bei der Freundin gelandet – wozu? Was ging denn die Freundin diese private Familiensache an? Und bei allen Beteuerungen – ich will ja nicht gemein sein, klingt bißchen gemein, aber ich sage nur, was ich beobachte, es sind die Schlüsse, die ich draus ziehe – sie *fand* sich gemein. Halt in Zukunft die Klappe, warnte sie sich, und vor allem, verschone deinen Kevin mit dem allermeisten, was du aus dem Zimmer Nr. 305 zu berichten hättest. »Aber das war noch nicht das Schlimmste!« Das *ist* noch nicht das Schlimmste, korrigierte Tanja Carvers Gedichtzeile.

24

Sachen, die man nicht mehr tun mußte

Was ist mit deinem Haar los? fragte Walter.

Was soll damit los sein?

Es ist klebrig, das ist keine Frisur, da auf deinem Kopf.

Ich habs nicht mehr gewaschen. Ich habs seit Tagen nicht mehr gewaschen.

Walter und Rosalind standen sich in der kleinen Küche gegenüber.

Walter nahm Rosalind, und er tat es *sanft!*, den Dosenöffner aus der rechten Hand, links hielt sie noch eine Corned-Beef-Konserve fest.

Ich wollte mit dir ins *Angelo* rüber, sagte Walter. Sanft, auch seine Stimme. Und er lächelte. Was war los? Rosalind verbot sich eine erwartungsvolle Stimmung.

Komm komm, beeil dich, wasch dir schnell die Haare, dafür ist noch Zeit.

Dem Vorbild ähnlich trug Rosalind ihr neuerdings dunkles Haar kurz. Für Walter hatte sie sich von ihren lang und wellig über die Schultern fallenden Haaren getrennt und dran gewöhnt, nach kleinem Abschiedsschmerz, aber was hätte sie vor sechs Jahren nicht aus Liebe zu ihm sonst noch getan?

Wirklich, besser wars, nicht sofort wieder die glückliche Kleine zu sein, weil es ja wie in letzter Zeit oft möglich war, daß er sie nur reinlegen wollte, sie um so mehr enttäuscht würde, absichtlich oder unabsichtlich, sie kam nicht dahinter. So hielt sie an ihrer düsteren Gemütsverfassung fest. Aber was sie nutzte, das war die Gelegenheit, ihr Sinnieren in Worte zu fassen.

Es gibt doch Sachen, die man eigentlich nicht mehr tun muß, sagte sie. Zum Beispiel Haarewaschen.

Hast du vergessen, du sollst schön aussehen, wenn sie uns finden, sagte Walter. Dann merkte er anscheinend, daß er sie einschüchterte, lachte und sagte: Und wenn ich dich ausführen will, was dann?

Aber die Vorräte?

Ich denke, das kommt hin. Aus mir unbekanntem Grund fehlt eine Dose Rindfleisch aus der Bundesvorratsstelle. Entweder hab ich mich verzählt oder die Heinzelmännchen sind drüber hergefallen.

Wie ungewöhnlich das alles auf Rosalind wirkte, vom Vorschlag, bei *Angelo* zu essen über Walters allerdings etwas starres Lächeln und sein Funkeln in den Augen – es war ihr unheimlich, hatte er ein Versteck, aus dem er sich mit Drogen bedienen konnte? – bis zu diesen unsinnigen albernen *Heinzelmännchen!* Nichts davon riß Rosalind aus ihrer trüben Stimmung. Der ganze Walter paßte ihr nicht. Sie kam vom Satz *Sachen, die man eigentlich nicht mehr tun mußte* nicht los. Haarewaschen. (Aber sie tat es, aus Angst vor Walter, wobei sie merkte: Jetzt habe ich schon in den kleinsten blöden Alltagsdingen Angst, ihm nicht zu gehorchen.) Den Kamm reinigen. Zähneputzen. Einen Knopf annähen. Staubwischen (Walters Mahnung: Vergiß nicht, daß um uns zwei herum, wenn sie uns finden, alles blitzblank sein soll!) (*Wenn sie uns finden* war in Rosalinds immer wieder ins Bewußtsein drängender Vorstellung die Unterschrift zu einem Gemälde in düsteren Farben, der Schimmer der Bettwäsche brachte ein bißchen Licht hinein, aber die Toten auf dem Bild, die Frau mit dem blutverkrusteten Gesicht und der lang am Boden hingestreckte schwere Mann mit einem schwarzen Rinnsal aus dem Mundwinkel, blieben und blieben die Vorbilder, schwacher Trost, aber immerhin Trost: Sie sah nicht Walter und sich als *Leichensachen*.)

Zeitunglesen gehörte auch zu den Sachen, die man eigentlich nicht mehr tun mußte, und doch hielt Rosalind sich immer noch gern auf dem Laufenden. Das verschwieg sie, als sie zu Walter sagte, sie fände es idiotisch, ihre zwei Abonnements nicht zu kündigen. Sie dachte anders drüber – Geld zum Beispiel, das konnten sie ja auch in ihrer Endzeitlage ausgeben, so viel sie nur wollten, und nach Rosalinds Meinung gaben sie viel zu wenig aus, Walter war, wie absurd, knauserig und buchhalterisch wie irgendein Frührentner mit guter Lebenserwartung und Bausparvertrag – doch es interessierte sie, was ihm einfallen könnte, um sie bei der Stange zu halten. Merkwürdigerweise bot er ihr ausnahmsweise eine Hypothese an, die ihr vorübergehend, wenn sie sich in eine müde Trance bringen konnte, wirklich nützte. Stell dir vor, du seist unheilbar krank. Dich erwartete das schreckliche Endstadium mit Schmerzen, mit dem hoffnungslosen Warten auf den Tod. Nun, Kleines, was würdest du tun? Was würdest du dem Warten vorziehen? Das Warten zu beenden, das würdest du vorziehen. Selbst die Sache in die Hand zu nehmen, ganz genau das zu tun, was wir tun werden. Komisch, das half. Bis Rosalind wieder einen schockhaft klaren Kopf bekam und es in ihr rebellierte: Aber verdammt, ich *bin* nicht unheilbar krank! Ich bin überhaupt nicht krank, nicht im mindesten!

Diese Rechnung zu bezahlen, wenn das kein Quatsch ist! sagte sie. Es war schon Quatsch, den neuen Kamin setzen zu lassen. Diese Rechnung bezahlen wir nicht.

Du hast Krebs, stell dirs vor, säuselte Walter, das diesmal unwirksame Sedativum.

Na eben? Um so sinnloser: ein Kamin, eine Rechnung, die Post vom Hausverwalter. Hämisch setzte sie *ich hab nämlich Krebs ätsch* hinzu. Manchmal war sie auf Walter so gründlich wütend, daß sie sich überhaupt nicht mehr vor ihm fürchtete. Kontoauszüge abholen! Wozu? Rosalind kam in Fahrt, weil sie zum ersten Mal im Verlauf ihrer zur versklavenden Tragödie gewucherten Liebesgeschichte sich selber als die Stärkere empfand. Walter sah überrumpelt aus und alt. Steinalt. Alter Sportler, der sich nochmal auf die Aschenbahn gewagt hatte, um es, ach wie vergeblich, mit den Jungen aufzunehmen. Alter Seniorenstudiumstudent, im Begriff, schon bei der ersten Prüfungsfrage zu versagen, während *sie*, die Junge, die Starke, das Examen mit der Bestnote und den Weltrekord beim Hürdenlauf längst in der Tasche hatte.

Was machst du für ein Gesicht? Rosalind fuchtelte mit den Armen herum, und dann probierte sie ein paar Tanzschritte, fühlte Schadenfreude und Rachsucht, aber ganz so ausgelassen, wie sie es Walter vorspielte, war sie nun auch wieder nicht. Diese Laune jetzt ist ein Kunstwerk, dachte sie, ein Geschenk, ein bißchen Gnade Gottes. He, Walter! Keine Ahnung, warum du nicht mit mir zufrieden bist! Jetzt bin ich nicht mehr dein armes geducktes Kleines – ha, das gefällt dir wohl besser? Nun, ich sehs jetzt mal so: als Freiheit vom Alltag! Endlich Schluß mit dem Schwachsinn, mit dem man sich rumschindet, sofern man vorhat, zu leben bis daß der Tod … und so weiter … Siehst du, ich kann der Sache eine gute Seite abgewinnen.

Mir ist das alles viel zu leichtfertig. Wir hatten und wir haben einen sehr ernsten Plan, Walter versuchte, in seinen gewohnten Stil zurückzufinden.

Rosalind legte sich auf die Couch, um ihn von da aus ein bißchen weiter zu ärgern und auszulachen und ihre nun erlaubte Freiheit vom Alltag zu genießen, aber sofort klopfte ihr Herz wie wild und sie fühlte sich klumpig, als hätte sie zu viel gegessen. Als hockte in ihr ein ekliges dickes pumpendes Tier. Sie schloß die Augen und sah diese schauerlichen Schwammpilze aus der gestrigen Fernsehsendung *Unsere unsichtbaren Mitbewohner.* Sie ekelte sich, die leichte Stimmung war hin.

25

Aber lang bleiben kann ich nicht

Das war, als es ihr zwar auch nicht besonders gut ging, aber bevor ihr Bauch so dick wurde, antwortete Tanja. Sie war an der Reihe, nachdem Beryls neuster Stand der Dinge wirklich neu war: Beryls Mann versuchte, sich in eine andere Frau zu verlieben. Als Rache? Auge um Auge? hatte Tanja gefragt. Blondie, du kannst nichts dagegen vorbringen, das weißt du wohl. Beryl bezeichnete die Anstrengungen ihres Mannes als *Flirt*. Ich habe ihm bloß gesagt, als er zu seinem date wegmarschierte: Mann, du hast dich zu stark parfumiert. Sie lachte, es war aber nicht ihr einwandfreies Lachen. Beryl war grundsätzlich eifersüchtig.

Also, willst du die Geschichte weiter hören? fragte Tanja.

Beryl wollte.

Gut, sie glaubte damals noch an die Zuverlässigkeit einer Röntgenuntersuchung ihrer Leber, warum auch nicht, wozu sonst hätte man sie zu dieser Untersuchung geschickt, doch bestimmt nicht, wenn sie überflüssig wäre. Ich dachte trotzdem, ein bißchen Abwechslung könnte nicht schaden. Zu der Zeit ging sie so gut wie nirgendwohin. Sie war nie gesellig, aber nie so wenig wie seit dem Du-weißt-schon-Befund. Außer zur Heilgymnastik zum Training für ihren linken Arm, dem Arm neben der wegoperierten Brust. Sie kam ja auch beruflich nicht mehr unter Leute, sie hatte noch Urlaub, den wollte sie gar nicht, sie mußte ihn über sich ergehen lassen, brütete vor sich hin.

Und da bist du mit ihr zu diesen Leuten gegangen,

ausgerechnet. Typische Tanja-Therapie. Beryl mußte lachen.

Ich halte meine Idee bis heute noch für gut, sag was du willst. Und jetzt muß ich aufhören, ich glaube, mein Espresso fängt an hochzubrodeln. Ciao, Blondie. Geh nicht unter in eurer Virecksgeschichte, jetzt ists wie in einem Stück von Marivaux oder wie in der Zauberflöte, oder Minna von Barnhelm. Was bloß fehlt, ist ein sehr gescheiter Autor, der euch die Texte schreibt, und Mozart sowieso.

Tanja hätte nichts davon gehalten, Nike zu fröhlichen aktiven Leuten mitzunehmen. Weil sie noch von einem Besuch bei den eigenbrödlerischen, ins Leben mit gesenktem Blick schauenden Seiferts beeindruckt war, kündigte sie Nike und sich bei diesen Exponaten trostlos-grotesker Kuriosa an. Dazu erklärte sie ihr, daß diese Seiferts am liebsten jeden Tag von ihr besucht würden. Komm wirklich mal dorthin mit, du wirst sehen, andere Leute lassen auch den Kopf hängen, redete sie auf Nike ein und dachte: Aber die haben keine Krebsoperation hinter sich, noch nicht, noch sind sie gesund.

Du wirst sehen, es gibt die verschiedensten Varianten des Pechs und Schwefels – Tanja lachte, wurde wieder ernsthaft – also ich meine, sich auf der Welt schlecht zu fühlen. Varianten des Elends, des Unglücks, die Seiferts können ihrem Unglück gar keinen Namen geben, sie kriegen selbst nicht raus, was genau ihnen zusetzt, man könnte meinen: beinah alles. Auch kein Honigschlecken. Angst und Zähneklappern.

Hab ich auch, hätte Nike natürlich dagegenhalten können. Sie tat es nicht. Sie war eine verdammt disziplinierte Frau, im Emotionalen diszipliniert, und ihre Zurückhaltung wurde von dem geringen Aufsehen, das sie mit sich trieb, gesteuert, von der Bescheidenheit. So diszipliniert war sie vor ihrer Krankheit nie, bescheiden schon, doch nicht stabil in ihren Stimmungen. Sie hatte sich nicht unter Kontrolle im Umgang mit Menschen – dem Familienkreis – und verfügte über keine Selbstbeherrschung, keine seelischen Reserven, und wenn es um Gefühle ging beim Streiten mit Enzio, verlor sie nach dem ersten Hin- und Hergezeter die Nerven. Lieber Himmel, Tanja erinnerte sich, wie nah sie ans Wasser gebaut hatte, schon als kleines Mädchen am Abendessenstisch mit dem Vater, der aufbrauste, wenn jemand *kann ich mal die Butter haben* mitten in einen seiner Sätze plazierte! Tränen noch und noch und oft wegen nichts, aber Tanja verstand sie. Ein Vater durfte seine Tochter nicht anbrüllen, unter gar keinen Umständen, nicht wenn er allein mit ihr war und erst recht nicht vor anderen, er durfte nicht einmal die Stimme erheben. Keiner darf einen andern Menschen anschreien, schimpfen, das war für Tanja ein elftes Gebot, gleichwertig mit allen anderen zehn Geboten. Oft hatte sie vor Kevin großartig zu zitieren angefangen: »Ist Schimpfen eine Schande, so ist Geschimpftwerden ...« – sie hörte dann immer vielsagend auf, aber nur, weil sie nicht wußte, wie es bei Schopenhauer weiterging, und jedesmal nahm sie sich vor, endlich die Stelle zu suchen. Aber cholerisch wie ihr Vater war Nike andererseits auch und auch oft wegen nichts. Rumgeschrien mit ihrer Mutter hatte sie – und dann wieder, diese zwei, Mutter und Tochter: ein enges Bündnis. Sie machten Unsinn miteinander, Tanja lachte mit, aber stets in der unbehaglichen Erwartung: Gleich werden sie sich wieder in die Wolle kriegen. Später ging das Auf und Ab, Gealber und Gezeter, mit Enzio weiter. Von einer auf die andere Minute fing Nike zu kreischen an, etwas später, mitten in Zank und Streit und gegenseitigen Anschuldigungen, heulte sie, oder es verlief in der umgekehrten Reihenfolge, nach dem heulenden Schloßhund kam der schreiende Kampfhahn dran. Schloß*hündin* und Kampf*henne*. Tanja, die sich an die früheren Szenen erinnerte, während sie die Abendessenshinterlassenschaft in der Küche aufräumte, schüttelte den Kopf, als wäre jemand da, mit dem sie redete. Gut, Enzio *ist* eine Geduldsprobe, würde sie jedem erklären, er ist eine lebenslängliche Examensaufgabe für die Nerven. Daran hat Nike sich nie gewöhnen können, sie hat keine Methode gewußt, oft genug selbst angefangen, ihn zu reizen, Beryl-Blondie würde feststellen: Sie konnte nicht *damit umgehen*. Merkwürdig, seit sie krank ist, besitzt sie diese Fassung, mir unverständlich, denn jetzt wäre ich es, die sie verlöre, Nerven und Fassung und Methoden und alles, und zwar total.

Nun komm schon, Nike, raff dich auf. Du wirst sehen, dieses Seifert-Ehepaar ist tierisch komisch. Natürlich, man muß sie bedauern, schrecklich muß man sie bedauern. So lang ich nur *sie* kannte, dachte ich, oh Schreck, der arme Ehemann! Ich hatte mir ihren Mann immer stinknormal vorgestellt, schon etwas krankenpflegerhaft, notgedrungen, und geplagt von der Sorge um sie, und daß er ungern abends nach Haus in ihr Katastrophengebiet zurückkäme, ich dachte, er ist Anwalt und Notar in einer größeren Sozietät, also wird er ein normal vernünftiger nüchterner Typ sein. Und sie kannte ich als hoffnungslosen Fall, Fall von Angst und Traurigkeit, entschuldige: und Tränensusigkeit, ich finds ja bei dir fast beneidenswert, wie gut du immer weinen konntest, eine meiner Freundinnen, sie ist eine lustige Frau, Beryl, sie kanns auch, weinen, jederzeit.

Man weint ja nicht zum Vergnügen, sagte Nike.

Na klar. Aber jeder hat mal irgendeinen Grund und

ist betrübt, und dann ist Weinen eine große Entlastung. Findest du nicht?

Nike hatte nie darüber nachgedacht, und für Tanja stand fest: Sie hatte das Weinen noch niemals genossen. Tanja hingegen genoß jede einzelne winzigste abgepreßte Krokodilsträne.

Manchmal bin ich so blöd wie die meisten und denk dann: Reiß dich zusammen, du Trauerkloß Frau Seifert, und so weiter. Und weiß gleichzeitig, daß das der letzte Quatsch ist.

Frau Seifert übrigens riß sich zusammen, aber zu all den Beschäftigungen, die sämtliche Klischees über Frauen wie sie bestätigten. Sie schrieb Aphorismen, sie fabrizierte Batiktücher und suchte nach ihrem Talent beim Zeichnen. Lauter *Kunst*, informierte Tanja ihre Schwägerin. Aber losschlagen kann sie nichts, und ich vermute, die paar Broschüren, die ich von ihr habe, leider mit Widmungen, ich kann sie also nicht weiterverschenken, die finanziert ihr Mann, er zahlt für den ganzen Ausfluß, ohne den sie noch viel schlimmer dran wäre, damit tut er demnach auch sich selber einen Gefallen. Und sich was Gutes tun, das braucht er dringend. Weiß ich, seit ich ihn kennenlernte. War ich überrascht! Er wirkte, auf seine Art, so gottsjämmerlich wie sie. Oft hat er ausgesehen, als würde er weinen oder wäre kurz davor, ich war völlig von den Socken. Die Seiferts wissen unaufhörlich, wie unheilbar sensibel sie sind, sie sagt *dünnhäutig* von ihm, er sagt nichts von ihr, als stocke ihm die Stimme im Hals, sie sind zwei rohe Eier, *vielen ist lebend nicht wohl*, zitierte ich für sie, und da haben sie beinah glücklich ausgesehen und gelächelt, regelrecht dankbar. Sie glauben fest daran, daß ich sie verstehe. Ich allein. Das gibt ihnen Halt, und mich setzts unter Leistungsdruck.

Endlich sagte Nike: Na schön, fahren wir mal hin. Aber lang bleiben kann ich nicht.

In diesem Moment klang für Tanja Nikes *aber lang bleiben kann ich nicht*, als rede sie über ihr restliches Leben. Lang bleiben bei euch auf der Erde. Der Satz schrieb sich in Tanjas Kopf wie der Titel auf ein Buch namens *Nike. Aber lang bleiben kann ich nicht.* Es klang so zaghaft wie bestimmt.

Warum willst du mit ihr ausgerechnet zu den Seiferts? fragte Kevin, dem Tanjas Vorhaben nicht zu gefallen schien.

Ist das nach allem, was ich dir von den beiden berichtet habe, so schwer zu begreifen? Für angeschlagene Menschen ist ein Besuch dort nicht übel. Wenn du selbst keinen Grund zum Jubeln hast, tut es doch gut, wenn dir jemand vorschlägt: Ich nehme dich zu zwei Unglückswürmern mit.

Kevin sah überhaupt nicht überzeugt aus.

Es zeigt doch aber: Da siehst dus, du bist nicht allein. Tanja beteuerte, so deutlich habe sie es Nike nicht gesagt. Aber ists nicht x-mal besser, als sie etwa zu den Ringsfelds zu schleifen, die strotzen ja vor Wintersport und Bürgerinitiativen und Surfen im Sommer, und wenn sie nicht gerade in der Welt rumkurven, sie waren schon überall, fliegen und fahren aber weiter nach überall, dann besuchen sie Kurse vom Islam bis zur Kalligraphie oder leiten selber welche, Brotbacken aus Biosuperwollweizen und Hobbygärtnern, und alle Kinder haben nicht wie Leila und Nora vor dem Abitur aufgegeben und sind was *Richtiges* geworden oder werdens noch, irgendwas Tolles. Also dahin mit Nike loszuziehen, ich hielte das für geschmacklos. Für das Gegenteil von feinfühlig.

Na, reg dich ab. Machs, wenn du es gut findest. *Feinfühlig.*

Tanja vermutete, Kevin hielte es für das Feinfühligste, wenn sie überhaupt nichts mit Nike unternähme, und sie erschrak ein bißchen, weil er vermutlich recht hatte – aber auch nur *ein bißchen*.

Unterwegs zum ersten Besuch bei den Seiferts hätte Tanja darauf geschworen, die zwei würden düster und ungünstig wohnen. Sie war nicht schlecht erstaunt, als dann Sieglinde Seifert ihr in klagendem Singsang ein ästhetisch einwandfrei eingerichtetes, geräumiges Haus erklärte, in dem alles hell war, weiße Möbel, weiße Wände, eine weiße Treppe, ringsum der schöne Schutz der verschiedenen Möglichkeiten der Farbe Grün: Waldrandbäume, Büsche, Hecken, Wiesen.

Ausgerechnet Sieglinde hieß Frau Seifert, die Trübsalspatientin. Tanja schlug ihr kurz nach dem Du-Sagen, um das die Frau sie nach längerem Schüchternheitswürgen angefleht hatte, mehr beiläufig vor, um sie nicht mit dem schweren Taufmißgriff zu kränken, den *Sieg* wegzulassen: Linde geht nicht gut wegen dem Baum und glaub ich einer Kühlschrankmarke, ists nicht auch irgendein Malzkaffee, der Linde heißt? Ein *a* am Ende von Frauennamen ist immer gut. Nenn dich also Linda, Linda wäre wirklich schön.

Aber nicht einmal das packte diese Frau, die kleine Namensabänderung. Tanja ist schön, sagte sie traurig schwärmerisch. Aber Linda, ich weiß nicht, ob die Familie da mitmacht.

Sieglinde zeigte Tanja damals nervös, aber ungeniert eine kleine Kultnische, die Tanja schon von einem grünstichigen Photo her kannte, eine heiligenschreinartige Liebesecke, vollgepflastert mit ausgeschnittenen Gedichten, Zeitungsausschnitten, in denen es um ihre Lieblingskünstler aller Sparten ging, herausgerissenen Notenalbumsseiten und mit den paar Karten, die Tanja ihr geschickt hatte und einer Momentaufnahme, die

Kevin von Tanja an ihrem Gartentor gemacht hatte, und alle diese Reliquien waren gerahmt, jedes einzelne wertlose Stück, und hinter Glas. Auch die Altarecke war nicht huldigungsdämmrig, sondern hell wie die übrige Wohnung – ein Luxusschuppen, erzählte Tanja dem nicht sonderlich wißbegierigen Kevin. Ich verstehs nicht, warum sie es so hell hat. Sie mag den Sommer nicht, hat Angst vor Licht. Ich dachte wirklich, sie würde düster wohnen.

Vielleicht fällst du auf sie rein, und sie spielt nur Theater, gab Kevin zu bedenken.

Aber Tanja war sicher, das komme nicht in Frage.

Der erste Anblick von Sieglindes Mann versetzte Tanja einen Schrecken. Er hatte was Schweinchenartiges und setzte das vergnügte Gesicht als Therapie für seine Frau eher vergeblich auf. Sein Grinsen sollte seine – von Sieglinde übernommene, von ihr auf ihn übertragene? – Lebensschwäche tarnen. Manchmal wußte Tanja nicht: Lachte der Mann eigentlich oder war das eine Grimasse kurz vorm Weinen?

Gut vorbereitet, Nike? Gleich siehst du diese zwei und ihr Ambiente mit eigenen Augen. Tanja war noch nie zuvor mit der schüchternen und deshalb einsilbigen Nike bei Leuten, die diese nicht kannte. Ziemlich hohes Risiko. Wie erwartet begnügte Nike sich damit, Tanjas Kommentare, die den Seiferts bekannt waren und doch wieder Freude machten – sie rühmte die Einrichtung, den Ausblick und wie schnell man rüber in den Wald komme, um darin seine kleine Runde zu machen – mit einigen *ja wirklich* und *stimmt* zu bestätigen, und einmal schwang sie sich sogar zu einem ganzen und selbständigen und zudem noch bekennenden Satz auf. Tanja lobte gerade die übermäßige Gepflegtheit vom Keller bis zum Dachboden und sagte: Ich wünschte, bei mir wärs so sauber und so ordentlich.

Und da gab Nike sich nicht nur mit einem *ich auch* zufrieden, nein, da sagte sie ihren kompletten Satz, Thema Haushalt, Unordnung, Veranlagung. Sie lachte ihr etwas schußliges charmantes Lachen mit dem fatalistischen Nebengeräusch. Die kranke Nike wirkte auf Tanja vitaler als die Seifert-Sonderlinge mit ihrem nicht diagnostizierten Lebensleiden. Ihr Unglück kam nicht nur von außen, *außen* war zwar prinzipiell und überwiegend Unglück, unglückmachend; ihr Unglück nistete *in* ihnen. Eine Sitzung pro Woche bei einem Psychiater würde es nicht schaffen, ihre Qual zu amputieren.

Sieglinde wäre damit zu helfen, daß sie mich täglich sähe, halte mich nicht für eingebildet, oder wenn ich wenigstens anriefe, mehr Kontakt, verstehst du?

Tanja mußte Scheu überwinden. In allen gemeinsamen früheren Lebensjahren hatte sie nie so viel und auch nicht so privat mit Nike geredet wie jetzt, seit sie krank war. Nur wenn sie dummerweise zufällig in einen akuten Ehezank zwischen Nike und Enzio platzte, verloren sie beide ihre Hemmungen. Ungeniert Nike, phantasievoll ungeniert Tanja beim guten Zureden. So lang, bis es, wie bei einer Stellprobe auf der Schauspielbühne (Tanja sah in Nike und Enzio ihre Schauspieler, und sich als Regisseur) in einer Umarmung endete, das Gezänk der beiden und Tanjas Schlichten: Sie schob die zwei in diese Umarmung.

Nicht nur Enzio bastelte an Hypothesen über Nikes Krankheit: Magnetfelder? Elektrische Wellen? Vitaminmangel? Auch Nike dachte darüber nach, warum sie krank geworden war. Sie fand, die Seiferts müßten auf ihre Immunabwehr aufpassen. Anscheinend hatte sie etwas über den Zusammenhang zwischen seelischen und körperlichen Erkrankungen gelesen. Auf der Rückfahrt, nachdem den beiden zu den Seiferts nichts mehr einfiel, erzählte sie: Ich hab gestern abend mal wieder mit Enzio Krach gehabt. Sie lachte ein bißchen verlegen. Und zwar gings über meine Krankheit, er hat mich derartig enerviert mit schon wieder neuen Theorien, nämlich zum Beispiel der: Ich würde nichts aus mir machen, ich hätte mich immer hängenlassen und so was alles, und da habe ich nicht mehr anders gekonnt und ihn angebrüllt ... Nike mußte bei der Erinnerung wieder ein bißchen lachen. Ich war ganz erstaunt drüber, daß ich noch so viel Kraft hatte, angebrüllt hab ich ihn ...

Wie in den besten alten Zeiten, ergänzte Tanja und fand sich nicht taktvoll, aber diesmal machte es ihr nichts aus, schon weil Nike bei der Erinnerung wieder etwas lachte.

Wirklich, ich hab ihn angeschrien: Von dir hab ichs, Krebs, deinetwegen. Du hast mich krebskrank gemacht, allein du, sonst gar nichts, nicht deine blöden Magnetfelder und der elektrische Krimskrams, und Vitamine hatte ich immer genug, nur durch dich hats mich erwischt. In diesem Augenblick blickte Nike auf Tanja, als sähe sie nicht Tanja, sondern Enzio: empört und vorwurfsvoll, und Tanja begriff, wie ernsthaft sie daran glaubte: Die schwierige Ehe machte sie kaputt. Vielleicht war doch was dran. Ewiger Ärger und Kummer schwächen die Immunabwehr. Es schien plausibel.

Und Nike sprach Tanjas Gedanken aus: Wenn man immer gefaßt drauf sein muß, daß wieder so ein Murks gemacht wird und dein Mann an dir rummeckert, und daß er unser knappes Geld irgendeinem Idioten, der behauptet, er verstehe was von Börsengeschäften, blindlings anvertraut. Und Enzio natürlich begeistert ist und in irgendwelche komischen kalifornischen Software- oder Chips-Firmen im Silicon Valley wasweißich investiert ... so was macht Krebs.

Während Tanja sich darüber wunderte, daß Nike die Töchter, die den Kampfhahnsport der Eltern miterlebten, gar nicht erwähnte, und daß der doch für die zwei am schlimmsten sein müßte, ermüdete Nike und sagte, halb gähnend: Hoffentlich werden diese Leute, diese Seiferts, oder? Also hoffentlich werden die nicht demnächst krank.

Aber sie haben Frieden miteinander, immerhin das, viel Ruhe in diesem trauerklößigen Unglück, aber es ist *gemeinsam*, kein Streit, gab Tanja zu bedenken.

Trotzdem. Es soll wirklich sehr schlecht fürs Immunsystem sein, dauernd zu leiden. Auch das geht an die Nerven.

Sprach sie jetzt doch wieder von sich? Verwundert war Tanja über Nikes Offenheit und weil sie überhaupt so viel mehr aus sich herausging, als bei ihr üblich war; und doppelt verwundert, als sie Tanja Widerstand bot (Tanja hatte *das sind alles nur immer wieder diese Kaffeesatzlesereien* gesagt, und man kenne die Ursachen für Krebs noch immer nicht, nur die Risikofaktoren) und als sie trotzig betonte: Schlechte Ehen oder sonstwie schwierige Ehen, und deine Bekannte da, die hat bestimmt den falschen Mann geheiratet, und er die falsche Frau, doch, diese Ehen können krank machen. Sie machens. Sie zermürben dich, bis du einknickst. Und manche kriegen dann Krebs. Nike probte jetzt nur ihre Möglichkeit zu lachen, sie schwächte ab: Ich hab das halt jetzt ziemlich oft gelesen, stimmt, es sind Vermutungen. Aber mir leuchten sie ziemlich stark ein. Tut mir auch leid, fast hätten die ja losgeheult, weil ich so früh schon wieder wegwollte. Hatten sie nicht Tränen in den Augen, oder nur sie, sie hatte welche in den Augen, und er hat so komisch geblinzelt. Als wir aufbrachen, oder? Aber mir wars dauernd so komisch, ich meine, ich bin ganz gut dran gewöhnt, daß mirs immer etwas schlecht ist, aber zu Haus ist mir das lieber oder … ich weiß auch nicht.

Ist alles vollkommen in Ordnung so. Tanja beruhigte Nike.

Mehr als nötig war. Nike sagte plötzlich ganz ruhig, und es klang wieder wie die Überschrift über ihre kurze Zukunft: Ich hab es außerdem vorher gesagt: Aber lang bleiben kann ich nicht.

26

Na schön, dann komme ich mit

Es war halb neun am Morgen, Rosalind wartete in der Küche auf das erste kleine Gurgeln in der italienischen Kaffeemaschine, ihr Signal, die Herdplatte von drei auf Null zu stellen, und während sie aus dem Fenster in mattgelbes und rötlich verfärbtes Herbstlaub schaute, schüttelte sie ihren Kopf, um wacher zu werden. Walters Motiv-Splitter fielen ihr ein, *wir sind enttäuscht vom Leben* – ja, Walter, der vielleicht, aber wie kann denn *ich* das jetzt schon beurteilen? – und die üblichen Katastrophen, ökologische, politische – aber was geht mich das eigentlich an, und was retten wir mit unserer Tat, was ändern wir, gar nichts, Walter, wach auf! Wir sind nicht berühmt wie die Vorbilder, es wird keinen Wind machen, wenn wirs tun, noch viel weniger als bei den Vorbildern – aha, ja ja, und die Ausländerfeindlichkeit, die verbrannten Asylanten … und was nicht alles. Rosalind hatte sie im Großen und Ganzen wieder beisammen, ihre diversen Gründe, dem Leben auf dieser Erde ein Ende zu setzen. Aber sie machten allesamt einen verblichenen, armseligen Eindruck auf sie. Sie entfachten in ihr kein Feuer mehr.

Der Kaffee war fertig, und Rosalind goß ihn in die Thermoskanne um, wobei sie sich beim gewohnten Blankpolieren im verchromten Deckel beobachtete, auch über die schwarze Lackierung der Kanne wischte sie wie immer, und *bis zuletzt* und *schöner Quatsch* und *ich liebe diese Kanne* summte ihr durch den Kopf. Was für ein Durcheinander von Aufrechterhalten, Konservieren und Abschiednehmen. Gleich beim Frühstück riskiere ich mal wieder einen kleinen Vorstoß, plante sie.

Kühn biß sie in ihr Brot, wenig Honig drauf *(der Honig muß reichen, und ein neues Glas würde nicht mehr leer)*, kühn sagte sie: In einem Artikel, der Korrespondent war von der *New York Times*, da hab ich gelesen, *alle* Leute in *allen* Staaten hätten für Ausländer nicht viel übrig.

Aber sie zünden ihre Ausländer nicht an, sagte Walter.

Kurz und bündig, er wünschte kein Gespräch.

Das passiert da und dort auch. Denk an die Touristen in Ägypten. Denk an …

Walter blieb stumm.

Rosalind wärmte ihre Erinnerung an ein paar Monate auf, die sie in London zuerst als Austauschschülerin und später noch einmal als au pair-Mädchen verbracht hatte: Es war in Fulham, damals keine gute Gegend, aber ein paar bessere Leute kauften sich schon kleine dunkelrote Backsteinhäuser in der Wandsworth Bridge Road, und die Leute, bei denen ich war, konnten die Farbigen in ihrer Straße und ringsum im Quartier nicht leiden. Immer wenn irgendwas nicht in Ordnung war, sind die Ausländer dran schuld gewesen. Also, der Korrespondent hat recht, den Rassismus, den gibts überall. Sogar bei den aufgeschlossenen Engländern. Englisch ist die Weltsprache.

Was faselst du mir da von der *Weltsprache* vor, was soll das Ganze. Walter ließ ein verärgertes Gesicht über der abgekippten Tageszeitung sehen. Geht das denn nicht in deinen kleinen Kopf rein, es war doch schon mal drin! Wir hier, wir Deutschen, wir stehen für unsere hiesigen Verhältnisse ein. Für die Verbrechen *unserer* Landsleute sühnen wir, setzen das Zeichen. Nicht für irgendwelche Dummköpfe in deiner Wandsworth

Bridge Road. Die Geschichte hat uns Deutschen eine besondere Sensibilität gerade in dieser Frage zugewiesen.

Walter kehrte in seinen Schützengraben zurück.

Rosalind hatte keine Lust, für die Untaten irgendwelcher gräßlichen anderen Leute zu sühnen.

Sühne ich auch für diese Bankräuber von gestern abend in den Nachrichten? In Dingsdabumsda? Sie lachte, Lachen: ein Kunststück. Es mußte sein, um Walter zu ärgern. Übers Ärgern käme er vielleicht endlich zu einem klaren Kopf. Und mit dem würde er anfangen, neu nachzudenken. *Wach auf, Walter!* dachte sie wie vorhin in der Küche.

Red keinen Unsinn. Walter nahm einen Schluck Kaffee, diesmal blickte er Rosalind an, wie sie fand, suchte er den Einlaß in ihre Augen, mit dem altbewährten fixierenden Blick, der früher einmal ziemlich hypnotisch gewesen war. Bankräuber, von denen reden wir nicht. Bankräuber gibts auf der ganzen Welt.

Wie die Ausländerfeinde.

Aber nur die, und zwar nur die deutschen unter ihnen, sinds, denen unser Opfer gilt.

Ich bin zur Hälfte irisch, sagte Rosalind. Auf ihr zweites Brot krümelte sie Salz. Daß sie überhaupt Appetit hatte, war ihr peinlich.

Du bist deutsche Staatsbürgerin. Was ist, bekomme ich vielleicht auch noch ein Stück Brot?

Rosalind stand vom Tisch auf und tat so, als habe sie nichts gehört.

An die vor ihr liegenden Stunden zu denken, lähmte Rosalind. Sie war in dieses kleine Haus gesperrt, und wohin sie sich auch zurückzog, Walters Anwesenheit, schlimmer noch: ihre Überwachung durch ihn spürte sie überall. Sie legte sich auf ihr Bett, hielt es nicht aus, sie ging umher, setzte sich hin, stand wieder auf, dann stellte sie sich auf den bescheidenen Balkon und wollte frieren, einen kalten Kopf kriegen, denn der Kopf glühte. Es wäre gut, sich zu erkälten, wärs das, Rosalindchen? Sie merkte, daß sie mit sich selber flüsterte. Fieber wäre gut. Würde, bei hohem Fieber, Walter einen Arzt holen? Wenn er das Haus verließe und sie darin einsperrte, könnte sie aus einem Fenster im Parterre steigen, über das Gartentor zu klettern war auch nicht schwierig, nicht besonders. Wenn Walter den Arzt anriefe, käme der Arzt und würde, so ging das ja wohl, Walter für die Dauer einer gründlichen Untersuchung – sie müßte Unterleibsschmerzen erfinden, wirklich das Einfachste von der Welt – aus dem Zimmer bitten. Und dann könnte sie dem Arzt alles, was sich in diesem Haus anbahnte und auf den Tötungstermin zulief, berichten.

Es hatte schon manche Idee dieser Art gegeben, doch noch immer war Walter rechtzeitig erschienen, um die Sache zu kippen. So auch diesmal. Er fand sie auf dem Balkon und holte sie ins Zimmer zurück. Und irgendwie, gräßlich auf alle Fälle, wurde es auch an diesem langen Tag schließlich Abend.

Walter zog Rosalind das kleine Küchenmesser aus der Hand, er schob sie mit seiner linken Körperseite vor der Arbeitsplatte zwischen Herd und Spülbecken zur Seite und machte sich daran, ihre Arbeit zu übernehmen: Kartoffelschälen. Die übliche Bemerkung verkniff er sich nicht: Kleine Verschwenderin. Bei den Kartoffeln wie bei den Äpfeln. Unter der Schale sitzt das Beste. Und zwar ganz dicht unter der Schale.

So viel Absurdes trug sich in ihrem Haushalt zu, seit sein Ende terminiert war, eigentlich nur noch Absurdes trug sich hier zu. Aber Walter schien das nicht aufzufallen, er hielt es immer noch für höchst bedeutsam, Kartoffeln so sparsam wie möglich zu schälen.

Also hab ich Dienstschluß, sagte Rosalind.

Es gibt noch reichlich anderes zu tun, sagte Walter.

Sie redeten wie Fremde miteinander.

Aber später. Rosalind gratulierte sich zum Gefrierschrankton ihrer Stimme. Ich bin mitten in einer Lektüre. Sie wartete, hoffte Walters Neugier herauszufordern. Aber erwartungsgemäß schwieg er dazu. Ausnahmsweise wäre ihr sogar seine kalte höhnische Ironie mit irgendeinem *was das wohl wieder für ein hochphilosophischer Kauderwelsch sein wird* lieber gewesen. Interessiere dich für mich, tu das gefälligst, wenigstens *das*: so drohte sie seinem leicht über die sorgfältig hauchdünn geschälten Kartoffeln gebeugten Oberkörper. Aber weil nichts kam, antwortete sie ungefragt: Kierkegaard wünschte sich einen langsamen Tod. Um alles zu bedenken oder so, sein Leben. *(Bei mir gibts noch nicht allzu viel zu bedenken, aber bei dir, mein lieber Alter!)*

Schweigen. Klima der geringschätzigen Verachtung. Sie war für Walter die dumme feige kleine Person, eine zuletzt doch ungeeignete Komplizin. Gut, sollte er sie doch rauswerfen und sich eine bessere Gefährtin für sein Erschießungskommando suchen.

Ganz langsam sterben, um sich auf Gott vorzubereiten.

Gott! Damit mußte sie ihn doch reizen. Aber wieder nichts. Dann allerdings, nach einem Seufzer und während Walter die geschälten Kartoffeln wusch und anschließend in den Topf kippte, sagte er: Langsamer als wir stirbt doch so bald keiner. Nenn mir einen, der sich so viel Zeit läßt. Vorbereitet *sind* wir.

In der Mittagszeit am nächsten Tag verfolgte Rosalind ein anderes Ziel. Noch zögerte sie ein bißchen, bis sie genug schauspielerische Potenz in sich gesammelt hatte: Ich müßte dringend zum Friseur. (Auch absurd, verdammt absurd, aber ich weiß, warum es *das* ist und gleichzeitig sehr sinnsoll!)

Muß das sein? Walter goß Topfpflanzen (absurd) und erneuerte in zwei Vasen das Wasser für ihre beiden Herbststräuße (wieder absurd). Du willst doch, daß ich schön aussehe, wenn sie mich ... Rosalind konnte nicht weiterreden. Na und so weiter. (*Wenn sie dich finden*, Kleines!)

Wie ein Engel, hast du damals gesagt, du wirst wie ein Engel aussehen.

Das wirst du.

Also muß ich zum Friseur.

Aber heute wäre es noch ein paar Tage zu früh.

Mindestens drei Tage nach dem Friseur sehe ich nicht gut aus, erst ungefähr nach dem vierten Tag wirds natürlich.

Na schön, dann komme ich mit.

Aber du bist doch beschäftigt.

Diesmal strich Walter an einem Fensterrahmen herum (sehr absurd) und plante danach, die Küchentür zu bepinseln oder etwas Ähnliches (ähnlich absurd, geradezu verrückt).

Du wartest, bis ich fertig mit diesem Fenster bin, nichts einfacher als das. Walter strahlte sie an, wobei er wahrhaftig aussehen konnte wie vor sechs Jahren. Aber vor sechs Jahren hatte er nicht gestrahlt, weil er sie reinlegen und nicht allein aus dem Haus gehen lassen wollte, und weswegen auch immer er gestrahlt hatte, es war immer Liebesleidenschaft im Spiel, und einer hatte dem andern gesagt, was er dachte. Wann hatte sich dieser Wandel eingeschlichen? In die Zeiten ohne Hintergedanken? Jetzt sagten sie Rollentexte auf, im besten Fall.

Na schön, dann komm ich mit. Adé, Apotheke. Was die Apotheke betraf, war Rosalind gar nicht einmal sonderlich enttäuscht, der vereitelte Apothekenversuch, bei dem sie mit der Bitte um eine größere Menge stark wirkender Schlafmittel doch scheitern würde, warf sie nicht aus der Bahn, denn mit dem rezeptfreien Zeug, das sie ihr stattdessen andrehen wollten, wäre doch nichts auszurichten; was sie entsetzte, war die Gewißheit: Ich bin seine Gefangene.

Den Friseur habe ich mir abgeschminkt, erklärte sie später, als Walter in der Rolle des Gutaufgelegten scheinbar vergnügt die Hände gegeneinanderrieb, wie in Unternehmungslust und *ich bin so weit, ab, marsch* verkündete.

Links kehrt marsch, gab Rosalind böse zurück. Kommando abgeblasen, falls das so heißt.

Was ist los? Und es heißt nicht so. Mach dich nicht drüber lustig.

Du bist doch jetzt Pazifist, oder?

Statt einer Antwort fragte Walter: Was ist denn mit dem Friseur? Kein Termin mehr frei?

Hab mich nicht erkundigt. Ich geh einfach lieber mal wieder um den kleinen Teich, weißt du? Aus Gründen der Diplomatie und mittlerweile sogar begabt fürs Schauspielern hatte Rosalind wahrhaftig einen freundlich-unverfänglichen Ton und sogar zusätzlich ein Lächeln hingezaubert.

Na schön, sagte Walter und blickte ihr fest und steinern ins Gesicht. Na schön, dann komme ich eben *dahin* mit.

27
Das Grün paßt

Hallo, lieber Professor! Ich flehe Sie an: Geben Sie mir bitte recht, wenn ich mit voller Überzeugung drauf beharre, nur Geisteskranke bringen sich um. Unheilbar Kranke tun das in ganz seltenen Fällen zwar auch, aber die meisten von ihnen halten zäh bis zu ihrem letzten Atemzug durch, sie greifen nicht ins Geschehen ein.

Aber es gibt unheilbar Kranke, die es tun. Und das macht es so schwierig, mit meiner kranken Schwägerin darüber zu reden, ich kann doch nicht gut zum Beispiel über dieses sonderbare Pärchen reden mit ihrem Doppelselbstmord, wenns einer war. Sie könnte es als suggestiv gemeint auffassen, als Aufforderung. Als Anregung, so von der Art: Na, wie wärs mit dir? Als Tip eben.

Waren die zwei süchtig? Im Drogenrausch ist Selbsttötung denkbar. Erst recht aber, wenn sie an ihren Stoff nicht mehr rankamen. Ach nein nein und nochmal nein: Wie ich diese beiden einschätze, nein, das waren sie gewiß nicht. Trotzdem, Süchtige könnten sich umbringen, wenn sie erkennen müssen, daß es aus ist, und wenn was aufgedeckt ist und sie geschnappt würden. Es sind die Geisteskranken und einige von den Unheilbaren, habe ich recht, Professor?

Der Suizid ist der Abschluß einer krankhaften seelischen Entwicklung. Er ist eine Krankheit, beziehungsweise das Symptom einer Krankheit.

Aber hören Sie, so dachte man 1953 noch, und heute differenziert man, spricht von situativer Einengung, in der eine Lebenssituation als ausweglos erscheint – ja, sie *erscheint* so, aber wem? Wem denn? Da sind wir doch wieder bei den Kranken.

Gibt es die Selbstmorde aus Sehnsucht nach Gott? Selten vermutlich oder nie oder auch von Gestörten, um Sie nicht zu verletzen, sage ich nicht von Geistes*kranken.* Und sogar der Gottes- und Jesus-Christus-süchtige Paulus hat ja dem Sterbeverlangen widerstanden. *Es wäre besser, dahinzuscheiden* ... oder so ähnlich, wundervolle Stelle, aber er wußte, er wurde noch gebraucht und blieb am Leben.

Nach Gott haben die zwei sich überhaupt nicht gesehnt, wie ich das sehe. Nein danke, vorerst fühle ich mich ganz schön abgefüllt, also nichts mehr für mich, tausend Dank. Ach wie vieles, ja, das Hauptsächliche lassen diese Atheisten sich entgehen, wie töricht, Pascal findet Atheisten übrigens dumm. Und Sie? Ich weiß nicht, glauben ist ziemlich schwierig, etwa nicht? Ist es, aber ein bedeutender Philosoph hat neulich gesagt, nur verblendete Menschen hätten keinen Glauben. Und wenn ichs nicht schaffe, über meinen Schatten zu springen? Ha, gut gesagt, einen Schatten, mehr nicht, wirft er, Ihr Verstand oder was immer es ist, das Sie am Glauben hindert, einen kleinen schwachen Schatten.

Da drüben, sehen Sie, die Frau mit dem wie festgefrorenen Grinsen über dem fetten Hals, ihr fetter Hals hat so was Zweigeteiltes, aber Frau Dingsda, ich komme so schlecht auf Namen, sie kriegt was Schlappriges an den Hals wie bestimmte Vögel, und ausgerechnet sie hat ein Buch geschrieben, sehr originell, worin sie nachweist, daß es Gott nicht gibt, ja gar nicht geben kann.

Und was hat das mit ihrem Hals zu tun?

Sie ist zu jung für einen derartigen Hals. Sie sieht in den Spiegel, sie ist nicht blöd, also merkt sie, sie ist häßlich geworden und sie kriegt diesen fürchterlichen

Hals, und das macht sie böse, und Gott muß dran glauben, mindestens Gott muß es sein.

Aber sie sitzt täglich in Kirchen rum, sie hats neulich in einer Talkshow erzählt, sie mag auch Kirchenlieder, sie mag das sehr. Mag mag mag, sie *mag* das ja *mögen*, aber ich mag ihr stereotypes Lächeln nicht und daß sie in Kirchen sitzt auch nicht, was hat sie da zu suchen? In den Kirchen, ein melancholisches hoffnungsvolles Glück empfinden, das kann sie nicht. Nicht als eine, die behauptet, sie hätte den Nachweis gegen die Existenz Gottes erbracht. Ihr Ei des Kolumbus, ich vermute mal, sie hat ein gutes Jahr dran gekocht, in einem Jahr muß man ein solches Machwerkchen verfassen können, und nun ists ungenießbar.

Es gibt Bilanzselbstmorde, Kurzschlußselbstmorde, Wirklichkeitsfluchtselbstmorde.

Ist der Professor nicht göttlich?

Probleme werden unlösbar, man demonstriert das, indem man sich entzieht.

Ich bleibe dabei: Nur der Geisteskranke *entzieht* sich per Selbstmord.

Falls sie gehofft haben, ihr Doppeltod setze ein alles andere übertreffendes Signal: schwere Täuschung. Die TV-Programme laufen wie gewohnt. Unterhaltungsprogramme, der ganze Schwachsinn, alles geht weiter, und in den Nachrichten kommen sie längst nicht mehr vor. Alles geht seinen Gang, genau so wie vorher.

Du kannst nicht wissen, wie viele Journalisten schon in ihren Schreibkabuffs hocken und in die Maschine allerlei Spekulatives über die hämmern.

Ein Politiker wurde gefragt, ob er sich nicht an ihrem Tod schuldig fühle, nicht ein bißchen wenigstens, und der arme Kerl gab schließlich dem penetranten Drängen nach und gabs zu, eher als Zugeben wars Nachgeben, der Interviewer brauchte seine Beute.

Was machen die da mit der Beleuchtung? Huh! Sie tauchen alles in Grün! Haben wir Sylvester oder Fastnacht oder was? Aber schau nur, die Gegenstände sehen wie Tiefseefunde aus, nur: die Leute! Lauter Leichensachen, plötzlich sind wir alle miteinander lauter Leichensachen. Komische Idee mit der Grünbeleuchtung.

Bei einem gemeinsamen Plan und Einverständnis hätten sie, so wie sie ja nun einmal waren, idealfanatisiert, bestimmt eine Botschaft an die *Menschheit* hinterlassen. Sie haben bei weitem nicht ihr Pensum erledigt. Gut, zu Lebzeiten war das nicht möglich, realpolitische Widerstände und was sich ihnen nicht alles in den Weg gelegt hat, klar, sie sträubten sich vergeblich, aber bitteschön, einen Abschiedsbrief, irgendsowas wie eine Sendschrift, das hätten sie hinterlassen können. Und eben deshalb kann ich nicht gut glauben, daß es was wirklich Gemeinsames war.

Ich denke lieber, sie hatten es zusammen vor, ich denks deshalb lieber, weil es mehr hergibt.

Das sehe ich total anders. Man stelle sich doch nur vor: Einer von ihnen, der unter des andern Fuchtel stand, den Tod vor Augen, wie absolut brutal!

Nein, ich stelle mir lieber diese Wochen zwischen Vorsatz und Ausführung vor, und ihr gemeinsames Todestrachten. Worüber haben sie gesprochen?

Römer 7, ab Vers 15 so viel ich weiß, ich kann nur sagen, es versetzt mich in einen Rausch an Sprachvergnügen, das dialektische Hin und Her des Paulus. Wie bitte? Gewiß, darüber haben sie nicht gesprochen. Für religiös halte ich sie nicht gerade, nicht im Sinn des christlichen Glaubens. Sie hatten ihren grünen Ersatz.

Mir hat jemand ziemlich gut in die politischen Kreise Eingeweihtes, jemand vom Bundespresseamt, also so jemand muß es wissen, ein paar unerwartete Interna über die zwei erzählt, so zum Beispiel, daß man die beiden durch die Stadt ziehen sah, er einen Schritt hinter ihr mit ihrer schweren Aktentasche beladen, und sie voraus, aber nicht selten mit einem angeschwollenen blauen Auge. Was man davon halten soll? Sagte ich nicht vorhin, daß er mir nie ganz geheuer war? Vom Panzergeneral zum Panzerblockadestreikposten, Sitzstreiker, Pubertätsnachzügler, und seiner Art zu lächeln habe ich immer mißtraut, jetzt hört man nicht nur von deinem Informanten aus dem Bundespresseamt, daß er ziemlich cholerisch war, es spricht sich rasch rum. Wutausbrüche: keine Seltenheit bei ihm. In der Fraktion, in der Partei: Er fuhr aus der Haut. Und nicht nur da, bestimmt auch im Reihenhäuschen. Wen wundert da ihr blaues verschwollenes Auge.

»Denn ich weiß nicht, was ich tue. Denn ich tue nicht, was ich will, sondern was ich hasse, das tue ich.« Aber ich gebs gern zu, an ihn ist Römer 7.15 verschwendet. Oder 7.14? *Er* kannte die Stelle nicht, und sie, sie wird Paulus verachtet haben, sie war ja feministisch, wenn auch inkonsequent, oder werden etwa Feministinnen Männern hörig? Kann passieren. Mit Verlaub, es war Vers *7.15*.

Kommen Sie mir nicht so nah, schauen Sie mich nicht so genau an, es ist mir hier zu grünstichig, zu leichensachenmäßig, also lassen Sie uns lieber ins Schummrige des kleinen Salons mit den dunkelbraunen Ledersesseln überwechseln: Meine Nase ist rot, mein Schnupfen, gestern weg, hat sich heute zurückgemeldet, und so geht das seit Wochen. Was macht dieses Grün aus meiner roten Nase? Welche Farbe? Violett?

Zwei Wochen lang mindestens müssen Sie verwesend in ihrem Reihenhäuschen gelegen haben. Das soll ich Ihnen glauben. Zwei Meter aus dem Stand? Sie konnten, untrainiert wie Sie in Ihren Sportkurs eintraten, zwei Meter aus dem Stand springen? Nie und nimmer. Zwei Meter zehn, doch, ich schwörs. Ich glaubs trotzdem nie und nimmer. Aber wie unappetitlich, diese zwei Verwesenden, igitt!

Für den mir immer wahrscheinlicheren Fall der Ermordung durch ihn: um offiziell sie zur Jeanne d'Arc zu machen, in Wahrheit aber aus Eifersucht auf ihre Jugend – doch, mit ihm verglichen war sie jung – und auf ihre Prominenz, für diesen Ermordungsfall muß ich sagen, was immer ihr wollt, widersprecht mir ruhig, aber es war leichter für sie. Sie hat dann nämlich nicht diese schauerlich beängstigenden Wochen zwischen Vorsatz und Tatverwirklichung mitmachen müssen.

In genau diese Wochen fühle ich mich ein, sie sind für mich das wahrhaft Aufregende, das Schlimmste, diese Wochen ... wegen meiner Phantasie, sie regen meine Phantasie an, was eine spontane Tat natürlich niemals vermöchte. Ich stelle mir vor, sie wollte zuerst mit ihm sterben, meine ich. Aber dann, schleichend, immer weniger, schließlich gar nicht mehr.

Stimmt, das Gewand – Kleid wäre nicht das Wort für so was –, es ist ein Mißgriff, unsere liebe Gastgeberin irrt sich in dem, was sie für passend hält. Na gut, es mag eine Art Mutprobe sein, nur müßte sie bedenken ... für solch ein Dekolleté fehlt es ihr an Jugend, die Haut ist körnig, wie Hühnerhaut, bevor du sie anbrätst. Auch ist Zinnober nicht ihre Glücksfarbe.

Kann ja alles sein, nur erstens sehen die meisten Frauen nicht sich selber im Spiegel, sie sehen ihr Ideal, und jetzt, in dieser grünen Tiefsee, könnte sie ein interessanter grüner Fisch sein, das Grün macht aus dem Zinnober etwas Dunkles, mit einem Blauschimmer, ach, wir *Leichensachen*, es wäre komisch, wenns mich nicht so widerlich aufregen würde. Aber das Grün paßt.

28

Wir kriegen Besuch

Als Rosalind dachte, *noch sieben Tage*, mußte sie an einen Kriminalfilm denken, in dem eine Frau bei jedem ihrer Handgriffe, die zu erledigen waren, um ihrer Ermordung zuvorzukommen, sich vorsagte: Du hast noch acht Minuten, fünfundvierzig Sekunden. Du hast noch fünf Minuten, zweiunddreißig Sekunden. Du hast noch zwei Minuten, siebenundzwanzig Sekunden ... Schnell lenkte sie ihre Gedanken aus dieser Erinnerung heraus und gab sich Mühe beim Notieren, sie wollte schön und deutlich schreiben.

Was machst du denn da?

Rosalind hatte Walter nicht gehört, obwohl er schon hinter dem Schreibtisch stand, dicht beim Stuhl, auf dem sie saß. Er lief jetzt oft, immer nachlässiger wurde er (oder war das eine Strategie?), in seinen Wollsocken durchs Haus. Er hörte sich eifersüchtig und mißtrauisch an, wie stets, wenn sich Rosalind selbständig mit etwas beschäftigte, mit etwas, das nicht er in Auftrag gegeben hatte.

Ich habe gerade eine Stelle aus dem Neuen Testament weitergeschrieben, meine eigene Fortsetzung. Rosalind hoffte auf Walters Desinteresse. Sie wollte ihm keinen Einblick gewähren.

Nutze meine Geduld und meine Nachsicht nicht aus. (Im Neuen Testament überhaupt zu *lesen*, hieß Walters Mahnung in der Übersetzung.)

Rosalind verdeckte ihre Schrift mit dem linken Unterarm. Walter zog ihn weg. Ironisch las er vor: In der Welt habt ihr Angst, aber seid getrost ... Nun, das kennt man ja. Wie gehts denn bei dir weiter? Laß mal deine Fortsetzung sehen. Wieder zerrte er an ihrem Arm.

Laß nur, ich kanns dir selbst vorlesen, rief Rosalind. Sie fand, das wäre immerhin besser als Walters Hohn in der kalt überlegenen Stimme. Denn ich habe die Welt überwunden, das sagt noch Jesus Christus. Rosalind regte sich auf, plötzlich ging es ihr fast gut, sie empfand einen ermutigenden Stolz. Und jetzt habe ich geschrieben: Und ich bin zu meinem Vater in den Himmel gegangen.

Bravo. Sehr bedeutend. Wirklich, Kleines, Kompliment. Walter seufzte theatralisch, klatschte zweimal in die Hände, und Rosalind verabscheute ihn, aber diesmal genoß sie es, es war ihr recht, sie war jetzt schrecklich gern mit sich und Gott und Seinem Sohn allein, weit weg von Walter. Hier konnte er sie nicht erreichen, sein Spott tat überhaupt keine Wirkung.

Viel hast du nicht geschrieben. Für eine Fortsetzung ists bescheiden. Tut mir leid, ich habe dich beim großen Geistesflug gestört. Tut mir aufrichtig leid.

Okay, machte Rosalind. Er störte sie, aber nicht so, wie er meinte. Mehr hatte sie gar nicht schreiben wollen. Auf das *Gehen* kam es ihr an. Daß man einfach zu Gott, zum *Vater*, *gehen* konnte. »... überwunden« und *gehe* zum Vater in den Himmel: Im Präsens wars ebenso schön, vielleicht noch beruhigender. In den Himmel genau so zu gehen wie sonst irgendwohin: Rosalind empfand ihre kleine Fortsetzung, die das Überwinden von Gottes Sohn ihr veranschaulichte, für einen Menschen in ihrer Lage als begütigend hilfreich, es war unentbehrlich.

Du machst auf religiös, seit wann denn das? Walter gähnte künstlich. Er war jetzt sicher auch auf Gott und Jesus Christus eifersüchtig, Rosalind wußte es.

Wir kommen der Sache näher, und ich muß mir klarmachen, was wird, sagte sie. Sie saß immer noch mit dem Rücken zu Walter am Schreibtisch, drehte sich nicht nach ihm um. Sie hoffte, er würde verschwinden. Heute war nicht der Tag, an dem sie Wunder erwartete (durch ihn), etwa eine Bemerkung Walters, einen Tonfall, eine Geste, irgend etwas, worin *sie* vorkam. Sie als der Mensch, der ihn interessierte.

Gerade als sie glaubte, er könne sie mit nichts mehr verblüffen, da tat er es. Wenn auch nicht mit der Güte, nach der sie sich sehnte, aber er klang ungewöhnlich aufgeräumt bei der ganz besonders verblüffenden Ankündigung: Wir kriegen Besuch.

Rosalind hatte kaum Zeit für die Wahl zwischen äußerster Verwunderung und dem Verdacht, Walter wolle sie reinlegen. Wenn es kein Scherz war, dann war es vielleicht eine Erziehungsmaßnahme, methodisches Verwirrspiel. Täuschte er sie – ah, Besuch! würde sie ungläubig strahlen – um sie dann zu *ent*täuschen? Aber solch ein Test war ja vollkommen überflüssig. Und Rosalind nahm sich vor, ihm nicht den Gefallen zu tun, auch nur die Miene zu verziehen. Besuch in ihrer Abkapselung! Schneefall in der Sahara oder Sonnenlicht und Mondglanz im Unterseeboot wären nicht weniger abwegig.

Eine Frauenstimme jenseits der Fenster zum Garten, untermalt vom Geklirr kleiner Kieselsteine, die gegen das Fensterglas flogen, ließ Rosalind keine Zeit mehr, über Walters Trick nachzudenken. Ich bins! kam es von der auf eine bloß pädagogische, etwas penetrante Weise fröhlichen Frauenstimme matt ins Zimmer, und schon eilte, diesmal mit dem Hackhack Klackklack seiner genagelten Sohlen und nicht auf Wollsocken, Walter zur Haustür.

Kurz darauf schüttelte Rosalind einer ziemlich kurzgewachsenen Frau von unbestimmbarem Alter (zwischen irgendwas in den Dreißig bis zu sonstwas in den Vierzig) die Hände, vielmehr: ließ schütteln.

Ich bin Wuttka Oberleitner-Balmann. Ich bin Thanatologin.

Aha. Ach so. Rosalind hatte keine Ahnung, weder davon, was diese Frau in ihren roggenmehlfarbenen Wollsachen hier wollte – halb heruntergerollte dicke Strümpfe mit einem Muster über dem verrutschten Gummistrupp fielen ihr auf – noch was eine Thanatologin war.

Das ahnte die Frau und sagte, ohne dabei besonders nett zu sein, es umgab sie etwas gewissenhaft Sendungsbeauftragtes: Zu deutsch: Sterbehelferin. Ich habe viel von Kübler-Ross, Lily Pincus und und und gelernt. Außerdem Kurse. Publikationen, darunter auch Gedanken, Gedichte. Ein Diplom.

Die Frau war mittlerweile im Wohnzimmer. Rosalind folgte ihr wie ein Gast. Walter machte den früheren Gentleman und Herzensbrecher, er rückte der Frau einen Sessel hinter den rundlichen Körper. Der gesamte Körper sah selbstgestrickt aus, in all der knubbligen braunen Wolle, in die er eingepackt war, erinnerte sie an ein Vollwertgebäckstück, die Frau schien jederzeit dazu in der Lage, sich ein paar Körner, Schrot und Kleie aus der Bekleidung ihrer Wahl puhlen zu können.

Je voller wir leben, um so breiter werden wir sein für den Tod. So sagt es …

Breiter? fragte Rosalind. Das ist ja ein bißchen komisch.

Die Frau wirkte etwas beleidigt. Ich habe nicht *breiter* gesagt, ich habe *bereiter* gesagt, und das sind die Worte von Lily Pincus. Die Frau gewann ihre Selbstachtung zurück, Lily Pincus' bloße Erwähnung verschaffte ihr diese Überlegenheit, und nun fixierte sie Rosalind lächelnd ernst und nicht sehr gutmütig.

Je bereiter ... Rosalind wiederholte langsam: bereiter. Die Grammatik stimmt nicht. Da hat mir breit schon besser gefallen. Sie lachte und empfing einen strafenden Blick Walters. Nimm dich zusammen, sei bitte ernst, sagte der Blick.

Lily Pincus wird wohl wissen, was sie sagt. Die kleine Frau richtete sich in ihrem Sessel auf, aber sie kam nicht viel höher bei diesem Tun, dem Streben nach mehr Würde und damit Respekt für sie und ihre berühmten Damen, die sie zu zitieren plante.

Rosalind setzte sich auch. Bereit, bereiter, am bereitesten. Sie lachte nochmals. Sie hielt es für das Beste, die Lage aufzulockern, das hieß auch, gleichmütig zu sein und so zu tun, als sei die Herrin des Geschehens sie und nicht die andere und Walter so gut wie gar nicht vorhanden, bloß ein Statist, ein Eckensteher – er stand ja auch noch immer, und eigentlich erinnerte er an einen Rausschmeißer, wachsam bei der Tür, und die Rauszuschmeißende wäre sie, Rosalind – ha, um so besser! Sehr geschickt also zu fragen: Was möchten Sie trinken? Wir hier, wir trinken ziemliche Mengen, und ich rede jetzt nicht von Wasser oder Säften oder so was, Sie wissen schon.

Hmhm, machte Walter, seine Unmutsbekundung, gleichzeitig Warnzeichen, und gleichzeitig, schon während Rosalind leichthin dahergeredet hatte, schüttelte die kleine Frau unschlüssig wie über eine besonders schwierige Patientin (was käme da auf sie zu?) den Kopf. Ihr Kopf: wieder ein Bestandteil ihrer nicht gerade geglückten schmucklosen menschlichen Inkarnation. Diese Frau war kein Meisterwerk der Schöpfung, entschied Rosalind schadenfroh. Ihre Haare sind eine Katastrophe. Bis sie überhaupt erstmal anfangen. Ein

Kindheitsspiel huschte ihr ins Gedächtnis zurück, und da wanderten die Fingerspitzen ihrer Mutter an ihrem Hals herauf, manchmal bis zum Ohrläppchen, manchmal aber auch, um das Spiel zu verlängern, bis zu ihren Stirnfransen: Geht ein Mann den Berg hinauf / Bleibt ein bißchen hocken / Geht ein Stückchen weiter rauf: / Klingeln oder zoppeln? Sie hörte Walter ins schmerzend schöne Erinnerungsglück scharf und mitleidslos erklären: Die arme junge Frau hier vor Ihnen, meine Rosalind, sie hat sich, bevor wir uns trafen, mit Sprachen befaßt. Dies nur zum Verständnis wegen ihrer zugegebenermaßen etwas törichten Anmerkungen zur Grammatik.

Danke, ich verstehe. Lily Pincus sagt das so einmalig schön. Und es ist die Wahrheit. Je voller wir leben ...

Aber ich lebe nicht voll, nicht zur Zeit, wenn man den Alkohol wegläßt. Rosalind lachte wieder, allein. Die beiden anderen beachteten sie nicht.

Die Frau wiederholte Lily Pincus' Satz mit dem Grammatikfehler. Dabei juckte sie sich am linken Bein, der Wollstrumpf rutschte tiefer, das Bein war rund, eine ausladende Wade, und weiß, und da, wo es juckte, wurde es nun rosig gekratzt.

Aber erstens kann man nicht bereiter sein ...

Schschschscht! machte Walter. Es geht wirklich um Wichtigeres. Pampig, wortlos, wie ergeben auf einen besseren Moment für den Einsatz all ihrer Weisheiten wartend, gab die kleine Frau diesem Paar Zensuren: Walter bekam eine Eins Plus, eine Eins hoch zehn – wie viele Potenzen gab es? – nun, eine Supereins, und eine Supersechs gabs für Rosalind.

Nur: Jetzt eher bereit sein als vorher, nur das ginge, einigermaßen. Rosalind genoß den kleinen Kampf. Wenn sie schon die sonderbare Situation nicht durchschaute, wohl aber begriff, daß sie ihr schaden sollte, so wollte sie für sich an Spaß rausholen, was drin war, und Spaß hieß zuallererst unter diesen hundsgemeinen Umständen Trotz, Widerstand und gutgespielter Gleichmut. Du mußt die Vergnügte darstellen, gemahnte sie sich. Die zwei anderen rechneten mit einer Verängstigten – oh furchtbare Wahrheit! – und genau die mußte sie verleugnen. Sie staunte. Es ging ja wirklich richtig gut. Die wollten sie einschüchtern. *Aber denen zeig ichs.* Und nochmal: Ich lebe nicht *voll.* Rosalind sah Walter ins Gesicht. Er versteinerte es, nach altem Training ging das schnell bei ihm, jedesmal, wenn ihm nichts einfiel. Wie aus Stein gemeißelt konnte er immer noch so aussehen, als gehe so Hochphilosophisches in ihm vor, daß es schade drum sei, es an Rosalind zu vergeuden, und wenns nur durch eine minimale Regung eines seiner Gesichtsmuskeln gewesen wäre, der ihr zu verstehen gäbe: Ja, ich erkenne dich.

Saft, ich möchte Saft, wenn Sie schon gefragt haben. Oder Wasser. Kein Wasser mit Kohlensäure. Stilles Wasser, wenn Sie haben. Die Frau hatte eine ungewöhnlich hohe Stirn, bis über die Grenze hinaus Stirn, wo bei den meisten anderen Menschen ohne Haarwuchsprobleme die Frisur anfängt. Rosalind mußte immer wieder dorthin schauen.

Ah, Stilles Wasser, Walters Wasser, sagte Rosalind vergnügt.

Ich will Sie nicht berauben, sagte die Frau zu Walter, der sich nicht rührte, finster blickte, offensichtlich die Gentleman-Attitüde vergaß.

Saft ist mir genau so lieb, sagte die Frau.

Alte Safttante. Rosalind pfiff in der Küche leise vor sich hin, es war ein gestrafftes, punktiertes Konterfei des Adventslieds *Die Tage sind so dunkel.* So doof und idiotisch sie auch ist, ganz nett, mal ein bißchen Besuch, ganz komisch. Sie goß ein großes Glas mit Stillem Wasser voll. Sie war froh, daß sie nichts vom schrumpfenden Vorrat ihres kohlensäurehaltigen Mineralwassers opfern mußte. Sie brauchte es morgens, wenn sie einen Kater hatte. Zurück im Zimmer bei den beiden, die leise miteinander geredet hatten und mittendrin abbrachen, setzte sie sich geradezu neugierig wieder auf den Sessel der Frau gegenüber. Was bei der Frau mit der hohen und breiten und erst an ihrem Zenit gewölbten Stirn als Bepflanzung einsetzte, machte auch den wolligen Eindruck von Selbstgestricktem, Handgewebtem, nein, mehr den einer Häkelarbeit, weil der Bewuchs nicht eng zuammenhing, er war kräuselig durchlässig. Die Haare, wenn es Haare waren, knäuelten sich klein und kurz, wie ein Pelztierbalg, der sich von der Räude erholte, oder wie eine ausgezupfte Mütze, erst ziemlich weit hinten auf der Schädeldeckenmitte zusammen.Gewaschen war das Ganze seit längerem nicht. Es sah klebrig aus.

Was war das nochmal für ein Vorname? Ihr Vorname? Hoffentlich stört es Sie nicht, daß ich das Wasser in einem Coca-Cola-Glas serviere.

So lang es mit Coca-Cola nicht in Berührung gekommen ist ... Ich heiße Wuttka.

Vielleicht hatte die kleine Frau mit dem grausigen Vornamen und den schleppnetzartigen beiden Nachnamen eine Chemotherapie hinter sich. Rosalind fragte weiter: Kann man Ihren Beruf studieren? Ich meine, sie haben von Ihren Kursen geredet, aber müßte man nicht auch Psychologie und ein bißchen Medizin und sonstnochwas studiert haben?

Nach ihrer Beschäftigung mit Sprachen war unsere junge Patientin eine Zeitlang in der Krankenpflege tätig, warf Walter frostig ein. Rosalind! Mein Herz, ich bitte dich, laß unseren Gast nun endlich zur Sache kommen. Frau Oberleitner-Balmann ist eine beschäftigte, stark beanspruchte Thanatologin, und du bist nicht die einzige, die ihrer bedarf.

Aber vielleicht bedarf ich ihrer nicht. Was hieß überhaupt eben *Patientin*?

Nun, lassen wir das. Walter blinzelte der Frau zu. Die Frau nickte ergeben und so, als erlebe sie Szenen wie diese nicht zum ersten Mal, in die Geheimbündelei mit Walter hinein.

Lassen wir das besser nicht, protestierte Rosalind. Ich darf doch wissen, wenns schon um mich zu gehen scheint …

Du willst nicht sterben, sagte Walter scharf.

Ich habe meine Kurse gemacht, sagte die Frau so rasch, daß Rosalind keine Zeit für eine Antwort auf Walters Bemerkung blieb. Und seien Sie sicher, in diesen Kursen habe ich alles gelernt, was ich für meine Berufspraxis brauche. Die Frau blickte beim Sprechen zu Walter hin. Rosalind beobachtete zwischen den beiden einen Verständigungskontakt, ein wahres Komplott, vor diesem Besuch geschmiedet, und als Opfer war sie vorgesehen. Die Frau sandte einen unfrohen, nachsichtigen Na-ich-sags-ja-Blick aus, und Walter erwiderte mit dem Ich-hab-Ihnen-nicht-zu-viel-versprochen-Blick.

Na klar, ich will nicht sterben, wer will das schon, rief Rosalind. Auf einmal dachte sie, die kleine blöde Frau könne in ihre Retterin umgemodelt werden.

Du weißt, wie es um dich steht, sagte Walter, und ausnahmsweise schaute er diesmal sie an. Rosalind gelobte sich: kratz die Kurve. Laß dich von den beiden nicht einwickeln. Sei auf der Hut. Sie pfiff wieder *Die Tage sind so dunkel* auf die straffe, synkopeneinschmuggelnde Art, lachte: Man könnte einen Foxtrott drauf tanzen.

Aber am meisten für die Thanatologie qualifiziert hat mich mein eigenes Leben. Die Wollfrau mit der hohen Stirn begann, in leiernder Sprechweise ihre von der Kinderzeit an durch schwerste Krankheiten geprägte Biographie zu erzählen. Ich habe immer mit dem Sterben gelebt. *Voller* gelebt demzufolge.

Schwer zu verstehen, fand Rosalind, aber sie wollte es auch nicht unbedingt verstehen, deshalb frage sie: Unhöflich soll das nicht klingen, ich meine, ich hab gern mal einen Gast, aber trotzdem: Warum besuchen Sie *uns*? Doch nicht beruflich? Aber warum sonst?

Eben eben. Walter meckerte: Sein Versuch, zu lachen. Sonst so, nein, wegen irgendwelchem *sonst* und um unser Gast zu sein, nein nein, deshalb ist Frau Wuttka Oberleitner-Balmann nicht zu uns gekommen. Genauer gesagt: zu *dir*, Kleines.

Ihr Lebenspartner hat mich um einen Termin gebeten, erläuterte die mittlerweile zufriedene Wuttka und nahm einen Schluck vom Stillen Wasser. Ihr Bein juckte schon wieder, und sie mußte das Glas schnell absetzen, um sich zu kratzen.

Damit du deine Angst, oder nennen wirs deine Schwierigkeiten mit dem Sterben loswirst. Sie – Walter nickte in Wuttkas Richtung, und Wuttka hörte sofort mit dem Kratzen auf – sie wird dir helfen.

Und nun mußte Rosalind, gepackt vom kalten Grausen, erfahren, daß Walter dieser Frau vorgelogen hatte, an einem Krebsleiden, zu spät erkannt und nicht mehr heilbar, eine böse vertrackte Symbiose von streuendem Pankreastumor mit Leukämie, litte seine kleine – *Tochter*. Seine Tochter! Und die Frau entschuldigte sich. Sie habe das am Telephon mit Lebensgefährtin verwechselt … Walter unterbrach sie freundlich: Das ist sie ja auch. Ein Töchterchen kann die beste und wichtigste aller Lebensgefährtinnen sein, nicht wahr?

Und gut möglich, daß er sie bei jenem Telephonat so genannt habe.

Warum sprach man von *kaltem* Grausen? Rosalind schwitzte, ihr Kopf glühte, und ihr Körper war wacklig, sie hatte heiße Füße. Das ist wie ein Fieberanfall, aber paß auf, überlege eine Taktik! Ihre erste Idee, auf diesen Wahnsinn mit Rebellion zu reagieren, alles richtigzustellen, sie mußte unterdrückt werden. Das fiel zwar höllisch schwer, aber ein Einfall von rettender Qualität schlug wie durch die Gnade Gottes selber als Blitzschlag in ihr Bewußtsein. Sie mußte nur darauf hoffen, irgendwann für ein paar Minuten eilig-eindringlich mit der Frau sprechen zu können, was aber bloß ginge, beziehungsweise die gewünschte Wirkung hätte, wenn Walter das Zimmer verließe. Nun brauchte sie nur noch einen zwingenden, jedoch unverfänglichen Anlaß für Walter, dies zu tun. Gib dich sanft, hieß demnach die Devise. Mit weicher Stimme – kostete äußerste Disziplin, denn Rosalind war schrecklich aufgeregt und aufs schlimmste angespannt – bat sie Walter: Sag, Paps, wärst du so lieb und würdest mir meine Jacke von oben runter holen? Rosalind war stolz auf sich und besonders auf *Paps*. Ein bißchen gemein sah sie ja leider doch zu ihm hinüber, das konnte sie sich wirklich nicht verkneifen. Sehr viel mehr zu genießen gab es für sie in dieser Falle nicht.

Warum holst du sie dir nicht selber? Walter schien die Gefahr zu wittern.

Ha, aber diesmal fällst du rein, du hast vergessen, wie leidend ich angeblich bin, frohlockte es in Rosalind, und sie sagte: Du weißt doch, wie schwach ich bin.

Eilig redete Walter mehr zu Wuttka hin, die das kleine Hin und Her, diese Miniatur von einer Auseinandersetzung, mit einem etwas dümmlichen Ausdruck verfolgte, er sporne die kleine Patientin manchmal an, um ihr Mut zu machen, dann vergesse sie, wie schlecht es um sie bestellt sei, schon eine Platitüde wie *du hast die jüngeren Beine* wirke oft wahre Wunder.

Aber wir wollten sie ja bereiter zum Sterben machen, sagte die Frau mit mißbilligendem Unterton.

Bereiter hatte sich wieder wie *breiter* angehört, aber Rosalind hatte jetzt keine Zeit für Kleinigkeiten wie diese. Sie stöhnte und tat so, als versuche sie unter Anstrengung, bald das linke, bald das rechte Bein anzuheben, hin und her zu bewegen. Ah ah …

Ist aber plötzlich gekommen. Walters Generalsblick. Streng, aber hilflos.

Vorhin war sie noch richtig fit, bestätigte die Frau.

Es kommt meistens sehr plötzlich. Ich denke, das sind irgendwelche Schübe. Es machte Rosalind keinen Spaß, vor der Stirn- und Wolle- und Sterbefrau die Kranke zu spielen. Aber sie tat es mit einer bitteren Genugtuung und dachte an Walter dabei. Paps, ich bin wirklich furchtbar schwach, und die Treppenstufen, na du weißt schon.

Ob er wollte oder nicht, Walter *mußte* diesen Botengang machen. Er verließ das Zimmer, aber die Tür schloß er nicht hinter sich. Rosalind beugte sich zur kleinen Frau im Sessel gegenüber vor und fragte schnell, fast flüsternd: Durch Ihren Beruf, Sterbenhelfen, haben Sie da nicht Zugang zu irgendwelchen Giften, ich meine Strychnin und so was, was es da so gibt?

Wir Thanatologen sind nicht mit den Sterbehelfern zu verwechseln, von denen man durch die Presse hört, oft ziemlich Übles hört …

Rosalind merkte nervös, daß die Frau ausführlich werden wollte.

Ja ja, aber …

Wir töten nicht.

Trotzdem, sie kommen mit Ärzten zusammen ... Rosalind hörte schon Walters Schritte auf der Treppe, vielleicht bildete sie sich das auch nur ein, denn nach der Jacke müßte er suchen, oben, wie sie behauptet hatte, lag sie nicht. Aber ebensowenig konnte sie es sich leisten, Zeit zu verlieren. Diese kleine pummelige Wuttka war gräßlich gemächlich, sie hatte die Ruhe weg.

Ich arbeite nicht mit Medikamenten, ich *spreche* mit den Sterbenden. Wuttka sprach beleidigt und hochnäsig zugleich, und vor allem zu langsam und zu laut. Rosalind mußte auf ihre sich anbahnende Enttäuschung hin eine Zigarette haben. Die Anhängerin volleren Lebens im Verein mit der Bereitschaft zu sterben stellte ein wenig gerissen fest, Rosalind könne sich jetzt wieder ziemlich flink bewegen. War sie nicht ganz so töricht wie das, was sie von sich gab? Durchschaute sie ihre neue Kundin? Die billigte ihr zu, der Schwächeschub sei vorüber, das komme und gehe,und sie nahm eine *Parisienne* aus der zerknitterten gelben Packung.

Bitte, blasen Sie mir den Qualm nicht ins Gesicht. Bitte in die andere Richtung! Die thanatologische Frau wedelte vor ihrem rosigen flächigen Gesicht herum, ehe noch Rosalinds Zigarette überhaupt angezündet war.

Aber wenn Sie selber ganz gern sterben – was schadet dann der Qualm? Obwohl die Zeit so knapp war: Rosalind konnte auf die kleine Bosheit nicht verzichten.

Kopfschmerzen. Wuttka seufzte gereizt, versuchte aber, tapfer zu lächeln. Problematisch fand Rosalind ihren unverwandt auf sie gerichteten Blick. Wäre er doch ein Forscherblick gewesen. Aber diese Person mit den halbruntergerutschten Wollstrümpfen – plumpe Treter an den Füßen – schaute sie so an wie die

Nebenfigur in einem langweiligen, ja unerfreulichen Film. Ohne das Feuer einer Bekehrerin, eher lahm gewohnheitsmäßig überreichte sie Rosalind ein vierseitiges photokopiertes Typoskript, auf dessen erster Seite sie sich auswies als diejenige, die sie gewesen war, dann wurde und nun war, so zu bleiben entschlossen. Rosalind schaute flüchtig auf das selbstgerechte, nur dem Anschein nach sanftmütige Geschreibsel. Werdegang: die schweren Krankheiten – welche denn? –, Webkurse, Subjektive Malerei – was immer das sein mochte –, Lehrgänge bei vermutlich selbsternannten Professoren für Subjektives Malen (in diesem Moment spähte Walter ins Zimmer, übrigens ohne die Jacke, und er ließ die Frauen allein, weil er sich von der Ungefährlichkeit des Zusammenseins überzeugt hatte); dann folgten die Lehrmeister im Subjektiven Erleben – was war das nun schon wieder? – und Rosalind blätterte weiter, las Sätze wie diesen: *Laßt uns sterben im Leben und im Leben sterben.* Sie brauchte eine tiefe beschwichtigende Inhalation aus ihrer *Parisienne* und vergaß, daß die so oder so ständig zugleich sterbende und lebende Wuttka Furcht vorm passiven Mitrauchen hatte. Deshalb wedelte sie höflich selber in ihren Qualmschwaden herum, und die Frau, die gerade angefangen hatte zu reden – *den Tod habe ich immer als freundlich erlebt* – brauchte durch Passivrauch diesem Freund kaum näherzurücken. Sie wirkte in der Tat runtergebrannter als Rosalinds Zigarette. Gar keinen Spaß schien nach ihrem mißmutigen Gesicht zu urteilen die durch zu viel Nikotin in Reichweite geratene Bekanntschaft mit dem freundlichen Tod zu machen. Rosalind stellte fest: Aha, auch diese Thanatologentypen mit ihrem scheinheiligen Getue fürchten sich vor dem Sterben, wie alle andern, wie ich und … stop! Wie grauenhafterweise Walter nicht. Während die rosige breitgesichtige Frau mit dem zurückverlegten Haaransatz und nun übereinandergeschlagenen Beinen in den runtergerollten Wollstrümpfen erzählte, was Halbtote ihr nach der Wiederkehr ins Leben berichtet – wahrscheinlicher: vorgeschwindelt – hatten: Der Sterbende kann durch die Materie gehen und sehen und die Gedanken der Anwesenden lesen. Er tritt durch eine tunnelartige Übergangszone in eine lichte Landschaft, paradiesisch, ein, sie kann aber auch höllisch sein. Während die Frau beruflich und endlich in Fahrt war, und Rosalind nicht mehr genau zuhörte, weil die Wuttka im Dienst ihren Text herunterleierte wie für Leute, die sterben, die in Schlaf gelullt werden sollen, kam ihr, beim Gedanken an Walters erschreckenden Todesmut, plötzlich ein furchtbarer Verdacht: Er wollte sich nur vor ihr aufspielen. Die Abmachung lautete, es wird genau so sein wie bei den erlauchten Vorbildern. Walter erschießt zuerst Rosalind, dann sich selber. Wie konnte sie wissen, wenn sie dann erschossen war, daß er es bei sich auch wirklich tat? Aber dann kam ihr dieser Verdacht für ihr eigenes Los vollkommen bedeutungslos vor. Ob er ein Verräter war und Überlebender bliebe oder ein Verrückter oder das alles auch nicht, alles egal. Totalstens egal. Mega-egal. Sie wäre ja weg. Tot.

Wieder spähte Walter ins Zimmer und beruhigte sich, zog sich zurück mit einem verschmitzten Zwinkern an Rosalinds Adresse: Beim gebetsmühlenartigen monotonen Aufsagen ihres Lehrstoffs, bei dieser Sterbe-Nudel, wußte er sie bestens untergebracht.

Es gibt eine Menge unterschiedlicher NDE-Zeugenberichte, die wir bei LANDS sammeln und auf die sich unsere Arbeit bei den Todgeweihten gründet.

LANDS? NDE? Wie vergnügt Walter sich anhörte, als er diese angeblich wißbegierigen Fragebrocken vom Flur aus ins Wohnzimmer rief.

Wuttka seufzte ein bißchen, lächelte aber freundlich und nicht ohne Stolz und übersetzte gewissenhaft: Association for New Death Studies, das ist LANDS. Das andere, NDE, das sind die New Death Experiences. Es ist so ungeheuer aufschlußreich, was diejenigen, die man bereits für tot hielt, von ihren Erfahrungen berichten.

Wie irgendwelche Rückkehrer, alte Veteranen, Kriegsberichterstatter, aus der Gefangenschaft Entlassene, sagte Rosalind.

Oh, das ist kein schöner Vergleich, rief die kleine Frau.

Wie wärs mit Tee? Walters Stimme war so fröhlich wie schon lang nicht mehr. Deine Jacke ist übrigens unauffindbar, Schätzchen. Ich wüßte keinen Platz mehr, an dem ich sie suchen könnte.

Schon gut, mir ist nicht mehr kalt. Rosalind fragte sich, wie lang sie diese Sache noch aushielte. Es war muffig im Zimmer, aus den Polstermöbeln kam der Geruch von altem Staub, obwohl doch Walter sie jeden zweiten Tag absaugte.

Ja, danke, Tee wäre wunderbar, aber bitte etwas mit Kräutern. Keinen Schwarztee.

Walter pfiff in der Küche vor sich hin, forsch marschmusikmäßig, doch vermutlich wars wieder Wagner. Mich weiß er ja in Sicherheit. In den besten Händen, oh ich arme Irre, ich hab meine winzige Chance nicht richtig wahrgenommen. Ich hätte ja, statt nach Pillenkram zu fragen, die Wahrheit über uns zwei hier rauslassen können. Aber was ist mit meinem Kopf los? Rosalind hörte sich wieder schnell und zischelnd fragen: Mit Kaliumchlorid ists also auch nichts? K.i.V., das bringt den sofortigen Herzstillstand. Verstehen Sie, ich kann das Warten nicht mehr gut aushalten.

Dabei helfe ich Ihnen ja. Wir machen *Hilfe*, nicht

Euthanasie. Die Frau mit der Stirn kratzte sich diesmal am konturlosen Oberkörper, alles Busen, dachte Rosalind, und sah beleidigt aus. Busen bis zum Bauch. Oder es ist alles Bauch, oder einfach gar nichts Gegliedertes. Liegt vielleicht an ihren Wollsachen oder an all ihren Krankheiten von Kind an.

Könnten Sie mich nachher unter irgendeinem Vorwand hier rausschleusen? Rosalind, zur Frau vorgebeugt, stand unter Zeitdruck. Für den Kräutertee brauchte Walter nur die Menge einer Tasse Wasser zu kochen und sie dann über einen Beutel in der Tasse zu gießen. Rosalind hatte ihm oft dabei zugesehen. Waren die Säckchen mit dem ausgebeuteten Tee-Inhalt naß und verbraucht, wenn Walter sie aus der Tasse hob und noch abtropfen ließ, erinnerten sie Rosalind an das Gebaumel zwischen Walters Beinen, nach dem Sex sah sie ihm hinterher, wie er ins Bad tappte, kein Generalsschritt. Früher einmal, ach wie weit entlegen, hatte dieser Anblick sie ergriffen und mit einem Hochgefühl versorgt. Heute nähme er sich nicht die Zeit, die Teebeutel abtropfen zu lassen, das könnte Wuttka selber besorgen, nachdem sie in der Tasse ihren Dienst getan hatten.

Hastig sagte Rosalind in das stumpfe Gesicht, das einen widerspenstigen Ausdruck angenommen hatte: Sie könnten ihm sagen, Sie würden am erfolgreichsten bei einem kleinen Spaziergang therapieren, oder irgendsowas, irgendwas, das mit draußen zu tun hat.

Liebe Rosalind, begann die Frau, dienstlich-vertraulich suchte sie Rosalinds Augen, sie lächelte sogar, nachsichtig wie mit einem schwererziehbaren Kind, aber ein hoffnungsloser Fall war dieses Kind nicht, mehr bedauernswert, zu störrisch: Liebe Rosalind, ich weiß von Ihrem Partner alles über Sie.

Er ist ja nicht mein Partner, wie Sie gehört haben.

Erstaunlich: Die kleine biedere Frau konnte ein süffisantes Lächeln in ihr braves Gesicht schummeln. Sie sagte: Vater und Tochter, nun ja, ich weiß nicht, aber es ist nicht an mir, mich über Ehe oder freie Partnerschaften oder diese und jene Geheimhaltung zu äußern. Ich weiß, Sie sind unheilbar krank und …

Eben nicht! Rosalind klappte die Hand vor den Mund. Wie unvorsichtig! Sie hatte ja beinah geschrien! Walter käme sicher sofort, um nach dem Rechten zu sehen. Nach dem Unrechten: Rosalind empörte wieder das Lügenmärchen, das er dieser komischen Todesfachfrau aufzutischen gewagt hatte. Es ist nicht zu fassen! Ich bin gesund. So ruhig und gedämpft, wie sie nur konnte, wiederholte sie: Ich bin kerngesund.

Der Mensch muß sich mit seinem Sterben auseinandersetzen, um eine gewisse Reife zu erfahren, um *sich selbst* zu erfahren, sagte die Frau auf, und da erschien freudestrahlend Walter mit dem Tee.

29

Das kann ich erst sagen, wenn ich angekommen bin

Haben Sie die einstmals so kultbildend berühmte Folksängerin gestern im Frühstücksfernsehen gesehen? Die mit dem politischen Engagement in den Sechzigern? Nein? Wouw, die ist schwer in die Jahre gekommen, na schön, das steht ihr zu, aber *schwer* im Sinn von schwergewichtig, da frag ich mich doch, ob sie noch auftreten sollte.

Wie kann man bloß morgens früh schon diesen Apparat anschalten. Wir sehen so gut wie überhaupt nicht mehr fern, und das liegt am Überangebot, abgesehen vom allgemeinen Niedergang der Programme, wohin wir uns zappen, nichts als Schwachsinn. Oh ja, und oft nah an der Grenze zum guten Geschmack ... An der Grenze? Du meinst wohl, jenseits.

Doch, ich hab sie auch gesehen, diese Folksängerin. Sie macht jetzt einen dermaßen gesunden bäuerlichen, irgendwie vollkornmäßigen Eindruck, so biologisch wertvoll und fröhlich, obwohl sie behauptet, wie schrecklich sie immer noch unter der Welt, ihr wißt schon, Waffen, Vergewaltigung, all das, leidet.

Ja, pummelig geworden ist sie, und hausbacken, dick um die Hüften. Graue Jeans, Jeans kann sie nicht mehr tragen. Und obenherum handgewebt. Mich hat ihr Lächeln an diese tüchtige alte FDP-Politikerin erinnert, beim Lächeln sah sie der auch früher schon ähnlich, aber die Politikerin ist die verfeinerte Ausgabe von ihnen beiden. Die Politikerin ist eine Dame.

Die Gitarre und ihre putzmuntere Art zu singen und irgendsowas bodenständig Vitales zu verströmen, ich weiß nicht, paßt das zum Engament und überhaupt, ins Show Biz? Nein, tut es nicht. Mit Absicht hat sie ein *kleines* Café für ihren Auftritt aussuchen lassen, für den kleinen Kreis mit ihr gealterter Ex-Idealisten. Ich weiß nicht, ob mir Kaffee so unmittelbar auf ziemlich viele drinks bekommt. Danke, besser nicht, vorerst. Kaffee ist jetzt ziemlich tückisch. Du denkst, er macht dich nüchtern, aber das täuscht.

Ich stelle mir lieber wieder vor, wie ihre letzten Wochen waren, es könnte sich ja auch um ein anderes Paar handeln, also um eins, das es *bestimmt* mit Vorsatz tat. Denn über diese zwei *Wirklichen* wird man nie mehr herausbringen, wie es dazu kam und wie sie es gemacht haben. Da kann mir unser hochverehrter Gerichtsmediziner noch so viel erzählen. Man wird vermuten müssen. Ab wann haben sie nicht mehr eingekauft?

Interessante Frage. Überhaupt interessant, sich in solche banalen Einzelheiten zu vertiefen. Es regnet nicht mehr. Ja hat es denn geregnet? Das hat es, nicht sehr stark, aber Regen wars. Nehmen wir ein bißchen auf der oberen Terrasse Platz, die Sachen vom Grill sind nicht zu verachten. Es ist merkwürdig, wie oft man demnach eigentlich Hunger hat, in der Nacht, wenn man schläft und es nicht weiß. Schon probiert, diese kleinen runden Dinger? Höllisch scharf, deshalb kriegst du nicht leicht raus, was es ist.

Am miserabelsten muß es am Vortag gewesen sein. Aber meine Gute, nicht eher am Tag selber? Für den sie es vorgesehen hatten? Für eine Abendstunde, vermute ich mal. Nein, es passierte nachts, denn warum sonst hätte sie im Bett liegen und offenbar schlafen sollen? Am Tag selber waren sie wenigstens aktiv, aber der Vortag! Man weiß ja gar nicht, ob sie schon geschlafen hat, als er es tat. Sowieso wirst du garantiert davon wach, von einem Todesschuß wird man doch wach, sollte man denken, oder? Nun, wir werdens nie und nimmer erfahren, ich jedenfalls habs nicht vor. Uijeh, der Moment, in dem abgefeuert wird, lieber Himmel, wer läßt sich auf so etwas ein! Vielleicht waren sie die meiste Zeit betrunken. Hatten Tranquilizer haufenweise geschluckt, und sie nahm dann Schlafmittel dazu ... aber ich bitte Sie, welches Schlafmittel wirkt so stark, daß jemand, der sogar *weiß*, er soll gekillt werden, die Nähe des Todesschützen nicht spürt, da hilft kein Anschleichen, kein Atemanhalten des Killers, das Unterbewußtsein signalisiert: Es ist soweit.

Und wenn die Dosis doch ausgereicht hat, ich meine, fast tödlich war? Fragen wir den Gastgeber. Oder den Verehrer seiner Frau, auch ein Arzt. Na na: Verehrer, du drückst dich sehr zurückhaltend aus. Pssst! Nun lassen Sie sie doch ... da ist er ja! Lieber Doktor, verraten Sie uns, kennen Sie ein Medikament, das eine zuverlässige Angstbetäubung auch bei einem im Innersten aufgewühlten Menschen bewirkt? Wirklich? Das gibts wirklich? Sie könnte also seine Schritte nicht gehört, seine Nähe an ihrem Bett verschlafen haben? Oder sogar: sanft hingenommen? Auch als er sich am Kopfende des Betts über ihr Gesicht beugte, die Waffe in der Hand, und obwohl sie wußte, was nun käme? Das gibts? Eigentlich absolut wundervoll, die Pharma-Forschung!

Es war eine Derringer Kaliber 38, sie lag in der Nähe seiner Leiche. Nun, das wissen wir mittlerweile, mein Bester. Für sich selber hat er die Stirnmitte als Einschußstelle gewählt, bei ihr wars die linke Schläfe – was ist angenehmer? Nichts von beiden. Da kann *nichts* angenehm sein, und ich hoffe wahrhaftig, du willst nicht versuchen, bei einer Thematik wie dieser witzig zu werden. Er kannte sich offenbar aus, der alte General. Schöner Pazifist. Zwei Patronenhülsen fand man und sonst keine Spuren, keinen Hinweis auf Fremdeinwirkung, Beteiligung anderer, demnach ging es zügig zu und war nicht die Tat eines Dritten, es war seine Tat.

Ich finds zwar schaurig, es so zu sehen, also so mit ihr als dem Opfer, ihm als dem Mörder, sofern sie ihn nicht, der jetzt zum letzten Mal unterstellten unheilbaren Krankheit wegen, um den Erlösungsschuß bat. Aber ergiebiger für meine Phantasie ist und bleibt: Es gab den gemeinsamen Plan. Und die Frage dazu: Wie waren die Wochen bis zur Ausführung.

Ich bleibe dabei – oh, seht euch das an, was Kirky da vorführt, da unten im Garten, das soll wohl seinen Zweimeter-Sprung aus dem Stand vorstellen! Daß ich nicht lache! Er hat Glück mit der Dunkelheit! Ich halte das für höchstens knappe einszwanzig, wenn nicht für weniger – Männer! Immer in Beweisnot.

Sie bleiben wobei? Dabei, daß noch so hohe Dosierungen eines Betäubungsmittels kaum derartig effektiv sein können. Doch. Wenn sie eine Überdosis geschluckt hätte, und vielleicht *hat* sie sich ja bereits damit umgebracht, war schon tot, dann wärs kein Heldentod gewesen, mehr typisch Frau, Frauen bringen sich mit Pillen um.

Sie *war* nun mal nicht vergiftet, so was läßt sich bei der Autopsie feststellen.

Nicht in ihrem Fall, so viel ich mitgekriegt habe: nicht, wegen der Verwesung. Ich bin jetzt ziemlich vernarrt in meine These, sie sei bereits per Schlafmittel tot gewesen, aber um dem Doppelsuizid – falls es das war im strengen Sinn – etwas Heroisches anzudrehen, hat der Ex-Militär geschossen.

Sie kämpften für Gewaltfreiheit und dann das. Na ja, sie *kämpften*. Kämpferische Leute geben mir immer zu denken.

Ich glaube immer weniger an ein Komplott. *Er* hats getan, er nahm sich die Zeit, nach unten zu gehen. Woher ich das weiß? Irgendwo gelesen. Er war unten im Flur.

Haben Sie die mit Maracujas gefüllten Parmaschinkenröllchen gekostet? Und was sind denn diese gelblichen Dinger, die in Lachs eingewickelten? Andalusische Mirabellen. Haben Sie jetzt Lust zu tanzen? Waren Sie schon mal am Teich drüben? Die Wasserlilien und die Seerosen unter dem Halbmond – ein Anblick wie aus einem Traum der Spitzenklasse. Den Halbmond kriegen sie nicht grünlich. Der Halbmond wird keine Leichensache. So was wie diese Nacht erlebt man nicht wirklich, es stimmt, so was träumt man. Seit mir die zwei nicht aus dem Kopf gehen, erinnern mich leider diese bleichen wundervollen Wasserpflanzen an Leichensachen, aber es liegt gottlob nur an der Beleuchtung. Paß mal auf, der Champagner bringt dich gleich auf bessere Gedanken. Welch schöne Nacht. Nur, ich weiß nicht, ob ich nicht eine Mineralwasserphase einlegen sollte. Ach Unsinn – wenns ein Traum ist, sollte man viel riskieren.

Er hat sie doch einmal geliebt und sie ihn, geliebt, und nun, nach der Tat, mußte er vor ihrem Bett fliehen, vor ihrem überanstrengten jungen erwartungsvollen Gesicht, nun blutüberströmt, stell ich mir vor, vor ihrem – peng! – plötzlich toten Körper und ihrem opferwütigen aufsässigen Geist, alles dahin, erloschen, *ermordet* – er hat sie doch geliebt, oder was war davon überhaupt noch übrig? Wenn man sie immer öfter mit diesem geschwollenen blauen Auge rumlaufen sah? Für brutal hielt ich ihn immer, immer für zwielichtig. Typisch Konvertit. Worüber ging ihr Streit? Mein in politische Interna eingeweihter Informant schließt Eifersucht auf diesen tibetanischen Arzt aus. Andere sagen, sie hatte was mit diesem Tibetaner, zumindest platonisch.

Es wird ja nun ein gräßlicher Edelkitsch über die zwei publiziert. Und was für heuchlerische Versagenskonfessionen ehemaliger *Weggefährten*, und die Nachrufe – lieber Himmel! Apropos Himmel: Kommen sie hin? Ich meine: rein? Jeder, oder? Gott ist gnädig. Verzeihung, aber ich muß nun mal bei diesem Thema kichern, tut mir leid, ich weiß, Sie meinen es ernst damit. Hat jemand diese herzzerreißende Todesanzeige gelesen? Oh nein, nicht eine von denen aus ihrer Partei und anderen Gruppierungen und Gemeinden um sie rum, für die sie Vorbilder waren. Nein, die Todesanzeige von zwei Kindern. Unten in der Anzeige stehen drei Geschwister, und in der Mitte, fett gedruckt, die zwei toten Kinder – ah: Gaetone! Wie kommts, daß ich dich seither übersehen habe! Und ich bin schon Stunden hier! Verflucht schade um die verlorene Zeit! Also, der kleine Vers der Geschwister geht ungefähr so; vielleicht ist es ein Lied, hört sich ziemlich nach Lied an, folgendermaßen: »Vögelchen Vögelchen …« Halt: Hieß es nicht *Vöglein?* Ich glaube nicht. Oder: *Kleiner Vogel?* Gefiele mir persönlich besser. Also weiter: »… Vögelchen, oder Kleiner Vogel, wo kommst du her? / Ich kann es nicht sagen, ich weiß es nicht mehr. / Vögelchen, Vögelchen, wo gehst du hin? / Das kann ich erst sagen, wenn ich nicht mehr hier bin.« Oder: »Wenn ich angekommen bin …«? Fände ich noch schöner, außerdem: besser. Angekommen: das ist klarer. Und gleichzeitig bleibt es ganz offen, angekommen wo? Es ist verheißungsvoll und irgendwie, lacht mich ruhig wieder aus: tröstlich.

Komm komm, falls Trost gebraucht wird, ich biete mich an: a) Begleitung zur Bar. b) Tanzpartner. c) Der schummrige Garten und was sich draus ergibt.

Tausend Dank, sehr verlockend.

Glück muß man haben! Eine Trauermiene ziehen, und schon leuchtet der herrliche einmalige Gaetano vor dir auf, *ich* entschiede mich für alle drei Offerten, von Nummer eins bis drei, in dieser Reihenfolge, und als Nummer vier die Schmuse-Ecke im kleinen Salon. Also, was ist?

Ich weiß nicht. Ich fürchte, ich möchte nicht. Ich fürchte, ich möchte eine Zeitlang ganz allein sein.

30

Sie hat heute eine bessere Gesichtsfarbe

Als Tanja nach zwei Tagen Pause in Nr. 305 auf Station 12 eintrat, saß, mit einer Zeitschrift in den Händen, Enzio am Fußende des Bettes. Er blickte bedeutungsvoll zu Tanja auf, zugleich wie in einer Heilserwartung. Diesen Blick hatte er von jeher für Tanja reserviert. Speziell sie fixierte er vielsagend und vorwarnend, als halte er vorsichtshalber einen Bekenntnisschwall noch eine Zeitlang zurück, aber nicht mehr lang. Tanja fragte sich, ob er so naiv war, immer noch zu hoffen, sie auf seine Offenbarungen neugierig zu machen. Hier am Bett seiner sterbenskranken Frau glühte dieser inhaltsschwere Blick in seinen kleinen, tiefliegenden blauen Augen, und er war diesmal starr, ratlos und fragend, und doch auch anzüglich.

Enzio wollte aufstehen, um Tanja zu begrüßen. Sie gab ihm ein Zeichen, sitzenzubleiben, flüsterte: Ich machs lieber selbst. Sie zog Mantel, Schal, Handschuhe aus, hängte ihre Sachen über seine, mit schlechtem Gewissen und Mitleid für Enzio tat sie das nicht gern, sein Mantel war ihr ein bißchen unappetitlich. Sie setzte sich in die Nähe des großen Fensters, das nach Süden aufs Klinikterrain ging.

Nike schlief, wie jetzt beinah immer, und Tanja ertappte sich bei ihrer Enttäuschung: Wenn Nike ausschließlich schlief, war es in Nr. 305 ziemlich langweilig. Eine Geduldsprobe. Nike war mit dem rechten Arm über Sonden an einen dunkelgrünen kleinen Kasten angeschlossen. Sie wurde mittlerweile künstlich ernährt. Tanja schaute zu ihr hin und wieder aus dem

Fenster, aber sie spürte dauernd Enzios hilfesuchendes, im graubraunweißen Bart verstecktes Gesicht, dessen unbehaarte Hautflächen fiebrig brannten; doch vielleicht wars kein Fieber, Zimmer Nr. 305 kam Tanja überheizt vor. Sie erwartete, daß Enzio bald anfangen würde, mit ihr zu flirten, auf seine Weise, indem er bei ihr seine Kunst- und Philosophietheorien ablud, seine Gegenansichten zur etablierten Naturwissenschaft, seine eigene Auffassung von der Medizin und Gott und der Anthroposophie und dem Koran und so weiter in verwegenen Vermischungslehren, und deshalb sagte sie mit einer Kopfbewegung zu Nike hin, auf die, wie sie fand, sie beide sich konzentrieren sollten: Für mich ist das Schönheit. Wie sie da liegt. Sie sieht schön aus. Ernst. Entrückt. »Alles, was ernst ist, ist schön.«

Tanja übertrieb ein wenig. Aber Nike sah wirklich besser aus. Nicht gesünder, selbstverständlich nicht. Aber besser. Diesmal stand ihr Mund fast nicht offen, und sie hatte ihre Brille nicht auf.

Enzio versuchte, Tanjas Eindruck nachzuempfinden, und sie zu entdecken: Nikes Schönheit. In über zwanzig Ehejahren – genau wußte Tanja nicht, wie lang sie verheiratet waren – hatte er viel über Nike gelästert. Ihre Macken hat sie übrigens beibehalten, sagte er kürzlich noch und lachte fast stolz, denn er brauchte diese Macken. Er fühlte sich wundervoll, wenn er sich als einen fürs Familienleben Gekaperten wortreich bemitleidete, auf Tanjas Beifall aus. In seiner Lebensplanung seien eigentlich niemals Familie und Ehe vorgekommen, dozierte er früher fast jedesmal, wenn Kevin und Tanja mit ihm und Nike zusammen waren. Und er und Nike lebten ja auch im chronischen Clinch, aber Tanja sah ihm an diesem Nachmittag beim Studium Nikes seine Erschütterung an, und sie wußte, er liebte sie, und er hätte sie auch ohne ihre Anleitung schön gefunden.

Nikes Gesichtsfarbe war nicht so grau diesmal, nur etwas gelblich. Entrückt sah sie auch nicht aus, eher wie jemand, der vom langen Aushalten der Verzweiflung erschöpft ist. Der sich mit Fragen überanstrengt hat, und dann, enttäuscht von durchschauten Beschwichtigungen, von den Ausreden und dem Ausweichen, endlich eingeschlafen ist. Schönheit? Tanja hätte nicht genau erklären können, worin sie die sah. Aber es war nicht bloß für Enzio zurechtgemachte pathetische Schmeichelei, als sie *für mich ist das Schönheit* gesagt hatte. Wodurch es zu Nikes nicht augenfälliger Schönheit kam, ahnte sie: Nike fängt an, sich von uns zu entfernen.

Zum Glück kriegt sie jetzt Morphium, sagte Tanja.

Weil Enzio schockiert auf sie starrte, entsetzt und fassungslos, auch so, als sei das eine schlechte Nachricht, begriff Tanja: Er hatte vermutet, Nike schlafe sich in einem ganz natürlichen Schlaf aus, sie könne ohne Hilfsmittel ihr Schlafdefizit der letzten Wochen wettmachen. Zu Haus, in der therapielosen Weihnachtszeit, war sie ja wegen ihres mit Wasser vollgelaufenen Bauchs nicht zur Ruhe gekommen, trotz großer Müdigkeit konnte sie nicht schlafen, der Bauch hatte gestört und wehgetan. Enzio schöpfte nicht einmal Verdacht aus dem Einstellen aller therapeutischen Maßnahmen. Hielt er es auch für einen Glücksfall, daß aus Nr. 305, von der Kategorie her ein Vierbettzimmer, schließlich auch das vorletzte Bett geschoben worden war, und Nike allein im Zimmer lag? Wie konnte er bloß, Enzio, der Mißtrauische gegen die gesamte moderne Welt und gegen die moderne Medizin und die verhaßte *Schulmedizin* ganz besonders, so ahnungslos und naiv sein? Er ist ein großes altes bedauernswertes Baby, dachte Tanja.

Morphium? Meinst du wirklich?

Ach, oder so was Ähnliches. Tanja grinste ihm zu, um Enzio von seinem Schrecken auf die Flirtschiene zu bugsieren, und diesmal empfand sie sich wirklich als großherzig, mildtätig: Irgendwas Wunderschönes, Verbotenes kriegt sie. Das unters Betäubungsmittelgesetz fällt. Die Jugendlichen am Ludwigsplatz würden sich drum reißen. Tanja grinste gewissermaßen abschließend. Jetzt hatte sie ihm die harte Nuß weich geknackt.

Aber braucht sie denn so was?

Es muß was Starkes sein. Tanja verlor die Lust, Enzio wie ein Kind zu behandeln. Sie tun endlich etwas gegen ihre Schmerzen.

Das ist ja ... Enzios wuscheliges breites Gesicht nahm einen verwunderten Ausdruck an.

Sie hat Schlaf nachzuholen. Sie leidet nicht, sagte Tanja.

An das Nachholen des Schlafs hielt sich Enzio, ein leicht zu tröstender Mensch. Mit seiner belegten Stimme klagend, berichtete er wieder einmal von den schlimmen Tagen über Weihnachten mit Nike zu Haus. Sie sei sehr schwierig gewesen, überempfindlich, dauernd gekränkt. Mir gehts ja auch gesundheitlich alles andere als rosig, aber sie wurde wütend, wenn ich nur davon anfing, jammerte er.

Kein Wunder, sagte Tanja. Sofort tat Enzio ihr wieder leid. Jetzt leidet sie nicht, wiederholte sie.

Aber plötzlich sah Nike aus, als litte sie, sogar im Schlaf. Ihr Gesicht war jetzt ein Greisinnengesicht und zugleich das Gesicht eines Kindes, das die Erwachsenen im Stich gelassen haben.

Zum zweiten Mal beruhigte Enzio sich schnell. Es bestehe noch immer Hoffnung, meinte er.

Vergaß er denn Nikes Wasserbauch? Deutete er nicht ihr abgemagertes Gesicht? Ihre dünnen Arme! Tanja mußte immerzu beim Anblick des glatthäutigen, weißen Unterarms mit dem kleinen sauberen Verband ums Handgelenk denken: Er wird verbrannt werden. Das alles wird Asche sein.

Du hast nicht mit dem Arzt gesprochen, Enzio? Oder?

Enzio lachte vor sich hin. Tanja witterte, wie es sich seinen Weg bahnte, das dumme Zeug, das er gleich sagen würde.

Weißt du, Tanja, ich halte von den Ärzten immer weniger. Ich habe nie viel von ihnen gehalten. Aber jetzt bin ich fertig mit ihnen. Ich bin stocksauer. Ich muß dir gestehen, meine Wut ist größer als meine Traurigkeit.

Gut so, lobte Tanja. Gut für dich. Bleib dabei.

Die Ärzte wissen nichts.

Wir wissen erst recht nichts.

Die Ärzte haben keine Ahnung.

Die Ärzte haben Medizin studiert. Du nicht. Ich auch nicht.

Sie haben Nikes Wesen nicht erfaßt, sie haben sich gar nicht erst drum bemüht.

Dazu hatten sie keine Zeit. Sie mußten ja ziemlich schnell handeln. Und *nicht* als Psychologen. Nike brauchte den Chirurgen, den Internisten.

Hör zu, ich habe mich ausgiebig mit einer Alternative zur gängigen Medizin befaßt. Paß auf, ich schicke dir meinen Entwurf dazu. Ich bin fast fertig damit.

Nur *das* nicht! Tanja dachte an die einzige Lustausbeute, die für Kevin und sie bei Enzios thematisch wechselnden Manifestations-Exposés für sie abfiel: das war ihr Vergnügen an seinen Tippfehlern.

Enzio, tut mir wirklich schrecklich leid, sagte sie, aber ich habe extrem wenig Zeit augenblicklich.

Tanja fiel die krebskranke Frau ein, die bis vor – ach, nun doch auch schon sechs oder sieben Tagen – Nikes

Zimmergenossin gewesen war, ihre letzte Zimmergenossin, im besseren Bett näher am Fenster. Von neuem schwerkrank landete sie eines Tags, von einer harmloseren Station zurückkehrend, doch wieder auf Station 12, Endstation für die meisten, aber die Frau war guter Dinge nach dem Versuch, sich von einem Erfinder der Killerzellentherapie für 3500 Mark heilen zu lassen. Auf den Chefarzt der Killerzellentherapie-Klinik schwor sie noch immer. Er war auf dem richtigen Weg, erzählte sie. Nur haben sich bei mir die Killer irrtümlich über meine gesunden Zellen hergemacht. Das sei aber nicht weiter tragisch, nicht wirklich Krebs, sie habe es nicht ganz kapiert, nur so viel wisse sie genau: Jetzt leide ich bloß noch unter Eiweißmangel. Die Frau lächelte in sich hinein, dahin, wo sie der Kokon ihrer Selbsttäuschung schützte. Eine Zeitlang hatten ihre törichten Geschichten in Nike Hoffnungen und Zweifel durcheinandergemischt, dann ging ihr die Frau nur noch auf die Nerven.

Enzio sagte: Ich weiß, wovon sie krank wurde. Nike.

Du allein, klar, spottete Tanja.

Scheint leider so. Der Spott war Enzio entgangen.

Vielleicht an Eiweißmangel. Tanja brachte den blöden Eiweißmangel als Erinnerung an die Mitpatientin vor.

Wäre mir neu, aber man müßte dem nachgehen. Eiweißmangel, hm. Ich muß es überprüfen. Aber Enzio folgte dem Krebs vorerst auf einer ganz anderen Fährte. Diesmal war nicht die von Nike verschmähte Gesundheitswirkung durch Sex schuld. Sie hats vom Computer, sagte er und sah fanatisch bald auf seine schlafende Frau, bald auf Tanja, aber beide erkannte er nicht, er erblickte seine Feinde. Täglich sechs Stunden Computer! Ich habe mich eingehend damit beschäftigt, und für mich steht fest: Computer sind krebserregend.

Man hat Nike dazu gezwungen, sich drauf umzustellen. Die sollen mich kennenlernen.

Tanja redete Enzio die Computerparanoia verhältnismäßig schnell aus. Millionen hocken vor diesen Dingern und viele Jahre länger schon als Nike, und Kinder fangen früh damit an, also Enzio, sei vernünftig. Kann sein, daß sie für die Augen nicht das Beste sind und sonstwas, die Wirbelsäule ... Tanja lachte, Enzio lachte, schon wieder in Flirtlaune, wieder vom Wunsch gepackt, mit Tanja ganz andere Töne anzuschlagen. Noch blieb sein Ausdruck ungläubig, dann wurde er zutraulich. Enzio war ein gutmütiger, ein im Grunde lieber Kerl. Man konnte ihn überhaupt nicht beleidigen. So oft man ihn auch wegen seiner Abstrusitäten auslachte, er lachte mit, nicht sofort, aber recht bald.

Er kam Tanja mit der nächsten Erklärung für Nikes Krankheit: Vitaminmangel.

Das hatten wir schon. Sie hat doch verdammt gesund gelebt, immer Schrot und Korn aus der Reformhausmühle und so naturtrübe Säfte und ungespritztes Obst mit Würmern.

Sie hatte nicht genug Vitamine, beharrte Enzio.

Komm komm, dämpfte Tanja, gib das auf, machs mit den Vitaminen wie mit den Computern.

Enzio seufzte und wußte nicht weiter.

Sanft sagte Tanja: Wenn das alles so einfach wäre, gäbs längst keine Krebszellen mehr, oder? Ich glaube, ich brauche einen Kaffee.

In diesem Moment kam Enzios ledige Schwester, eine wuselige Plaudertasche, ins Zimmer, sie streckte den Kopf vor und lugte umher, als gäbe es Ostereier zu suchen, nickte Tanja und Enzio zu, packte einen kleinen Tulpenstrauß aus. Sie kramte in ihrer Beuteltasche, fischte nach einer strohfarbenen Keramikvase in Rhombenform, stopfte die kurzstieligen Tulpen hinein und versorgte sie mit viel wichtigtuerischem Hin und Her am Waschbecken mit Wasser. Nike sähe diesen Strauß nicht.

Nun erst machte die Besucherin ihr Klinikgesicht. Ist das nicht alles schrecklich? Wie gehts ihr?

Jetzt wars bereits ein Begräbnisgesicht, und Enzio sagte: Tanja meint, sie bekommt Morphium.

Selbstverständlich ist das Morphium. Enzios Schwester beugte sich über Nikes Schlaf. Sie gab sich einen sachverständigen Anstrich: Das *ist* Morphium. Mein Freund hatte eine Bekannte, die hats auch nicht geschafft, Krebs. Sie wandte sich an Tanja. Mein Freund lebt meistens auf Ischia, wir schreiben uns jede Woche, und ich besuche ihn in jedem Urlaub, und vom Strand habe ich eine herrliche Muschelsammlung, wissen Sie, ich behalte eine Menge davon für mich, einfach weil ich sie von meinem Freund habe. Sie kicherte, wurde wieder zur Krankenbesucherin. Aber viel gebe ich ab, und zwar an Kati, sie ist die Frau von Nikes Schwager, arme Nike! Ja, und Kati macht daraus so etwas Ähnliches wie Mosaiken, zusammen mit anderen getrockneten Dingen aus der Natur, und mit Steinchen, also sehr interessante Collagen, oder wie man das Kind beim Namen nennen will.

Da drüben steht so ein *Kind*, sagte Tanja.

Das krautige flache Ungeheuer lehnte immer noch zwischen den Vorzugsmilchtüten.

Oh ja! rief die Schwester Enzios. Kati ist talentiert, stimmts Enzio, wenn sie die Muse küßt, so sagt sie immer, und jetzt gerade hat sie für Nike eine große Wand gemacht. Mein Gott, die Ärmste. Hoffentlich kriegt sie diese Wand noch zu sehen. Entschuldige Enzio, aber du mußt den Tatsachen ins Auge blicken.Sie lachte verzagt und keck. Ins Auge des Hurrikans. Er ist manchmal etwas weltfremd, sagte sie zu Tanja.

Während Enzio diesen Beginn seiner Demontage zu genießen anfing, weil er sich den Orden *Outsider* voller Stolz umhängen ließ, spürte Tanja: Noch eine Minute länger in dieser Groteske und mir wird speiübel oder ich werde entweder unverschämt oder zur Heuchlerin.

Ich brauche endlich den Kaffee, sagte sie. Enzio, wenn uns hier ja nun jemand ablöst: Willst du mit in die Cafeteria?

Natürlich kam er mit. Seine Schwester war beleidigt, Tanja wäre lieber allein gegangen, Enzio schaute nicht mehr auf seine schlafende Frau. Nicht aus Gleichgültigkeit, sondern weil Tanjas Vorschlag ihn glücklich befeuerte und er vielleicht fürchtete, es werde nichts draus, sofern er nicht sofort zupackte.

Sein geradezu ergriffener, dankbar hündischer Gesichtsausdruck störte Tanja. Er schlurfte mit seinen Parkinson'schen Schritten hinter ihr her, und in der Pfötchenhaltung seiner Unterarme und Hände erinnerte er wieder an ein Eichhörnchen. Die Leute, denen sie begegneten, betrachteten Tanja und ihn mit dem Krankenhauserbarmensblick, verhohlen neugierig und betreten, und hielten Enzio für Tanjas Kranken.

Enzio hatte genau so viel Spaß wie Leila an Tanjas Verbotsübertretung, dem Rauchen in der Cafeteria, doch seine anbetungsgierigen Augen ärgerten sie. Sie versuchte, mit ihm über das bessere Leben im Jenseits zu reden, und ausnahmsweise benutzte er die Gelegenheit nicht, Tanja über seine synkretistischen und überwiegend selbstgemachten Religionsauffassungen (von allem, worüber er *forschte*, verfügte er stets über drei oder vier Auffassungen) in eine Diskussion zu ziehen. Er war unentwegt gerührt und begeistert, Tanja fühlte sich in einer entsetzlich unfairen Konkurrenz mit Nike. Aber sie selber zettelte dieses gemeine Vergleichen bei Enzio an. Schlimm, beschämend, daß sie es trotzdem genoß. Enzio befand Nike für mitschuldig, unterlegen, die Verliererin wie sie im Buche stand, die schlief und schlief und schlief, und er himmelte Tanja dafür an, daß sie mit ihm in dieser dummen kleinen Cafeteria saß, gesund, und gegen das Rauchverbot verstieß und einen Draht zum Jenseits heiß hielt.

Verabschieden wollte er sich nicht von ihr: Als sie ihn zu Nike zurückschickte, bestand er darauf, sie bis zu ihrer Bushaltestelle zu begleiten. Plötzlich konnte er sogar rascher gehen, holzpuppenhaft, aber von einem geschickteren Spieler hinter den Kulissen geführt.

Am Bushalteplatz trafen sie Nora. Sie war erstaunt, ihren Vater und Tanja zu sehen. Tanja umarmte sie schnell und sagte: Sie hat heute eine viel bessere Gesichtsfarbe.

Nora lächelte schüchtern, sie sah Tanja so hoffnungsvoll gläubig an, als habe die es in der Hand, Nikes Zustand zu moderieren, ihr beispielsweise wie jetzt gerade die bessere Gesichtsfarbe zu verordnen, und dann huschte sie schnell weg, Richtung Klinik.

Du brauchst nicht zu warten, bis mein Bus kommt, sagte Tanja zu Enzio und wußte, er würde warten.

Du magst es pervers finden, kann sein, daß es das auch ist, und meine Töchter schimpfen mich deswegen, aber ich hab in meinem Zimmer Nikes schmutzige Unterwäsche aufgehängt.

Oh Enzio! Es ist wirklich grotesk. Und pervers. Aber auch rührend. Tanja mußte lachen.

Enzio lachte mit, stolz war er wieder der spöttisch Geächtete des Familienbetriebs, schön obskur und die Normen sprengend.

Durch ihre getragene Wäsche ist sie mir nah, das ist das eine. Das Metaphysische daran ist die Wäsche als Metapher für den Schmutz des Lebens. Tanja, ich möchte mich gern mal intensiver mit dir unterhalten. Enzio blickte sie hungrig an.

Das wäre schön, schwindelte Tanja. Aber die Zeit, die Zeit! Ich jage ihr hinterher. Sie litt darunter, Enzios Wünsche von sich zu schieben, es war schlimmer als das angeblich völlig geistesabwesende Vorübergehen an einem Bettler, der breitbeinig auf dem Trottoir saß, neben seiner umgestülpten Mütze für die Münzen und dem Pappkarton mit der draufgeschriebenen Information über sich.

Endlich kam Tanjas Bus, gerade als Enzio versicherte, er werde die schmutzige Wäsche Nikes hängen lassen bis über ihren Tod hinaus, wenn es ihn nicht vorher erwische – er lachte –, und Tanja rief ihm beim Einsteigen zu: Das ist ganz und gar nicht in Nikes Sinn! Ciao, Enzio!

Und dann fuhr und fuhr der Bus nicht ab, stand wartend da. Ebenso Enzio, der sich unterhalb von Tanjas Sitzplatz aufgebaut hatte und wie festgezurrt zu ihr hinaufschaute, fanatisch und flehentlich und anzüglich, Enzios Mischblick, der zwischen ihm und Tanja ein Geheimbündnis unterstellte. Tanja wurde ärgerlich und ungeduldig und blieb mitleidig. Sie mußte, wie sie ihn da so stehen sah und sich von ihm in eine Vereinnahmung erbettelt fühlte, an einen großen ungeschickten verwaisten Hund denken, bereit zur Treue, aber von Tierasylen schon angeknackst und nicht ganz zuverlässig, an einen Hund, der unbedingt eine neue Heimstatt finden wollte.

Machen Sie mir bitte nochmal auf?

Der Busfahrer tat es.

Wirklich, Enzio, sie hat heute eine bessere Gesichtsfarbe, sagte Tanja.

Die Bustür faltete sich zusammen, der Bus fuhr ab.

31

Ein Mann, der aus dem Mund riecht

Eines Abends wagte Rosalind, die Zeit schritt schließlich voran, die radikale Frage: Warum lassen wir es nicht einfach! Whisky aus der Flasche machte sie kaltblütig, obwohl er ihren Blutkreislauf erwärmte, und ihrer Stimme nützte er auch. Sie klang fest, wie sie da auf den über irgendwelchen Plänen tüftelnden Walter einredete: Hör zu: Wir hatten es vor, und das ehrt uns schon überreichlich.

Walter war aufgestanden und sah mit feindseligem Ausdruck in seinem scharfen kantigen Gesicht an ihr vorbei. Er machte von ihrem ersten Satz an eine Handbewegung, gelangweilt drehend, als kurbele er an einer Maschine. Nur immer weiter so, sagte ihr seine Geste, uninteressiert, doch drohend.

Er war nicht mehr der fürsorgliche ältere Mann, dessen gesamtes Trachten seiner jungen Freundin galt, kein väterlicher Liebhaberfreund. Keiner, der es gut mit ihr meinte. War er alles das überhaupt jemals gewesen?

Er sah sie so finster an, er sah einfach bitterböse aus, mit ihm stimmte was nicht. Wahrscheinlich war er verrückt.

Er beugte sich zu ihr hinunter – verdammt: Er hatte ja einen Mundgeruch.

Es läuft alles nach Plan, dozierte er. Wir haben leuchtende Vorbilder und folgen ihnen nach. Märtyrer gibts allerdings nicht erst seit vorgestern.

Er richtete sich auf, Rosalind wagte wieder einzuatmen, denn sein Mund war jetzt wieder weit genug entfernt, vermutlich stand er stramm, und sie roch nichts säuerlich Muffiges mehr. Walter schwieg. Er nagte an seiner Pfeife und starrte ins Leere.

Rosalind machte weiter: Schießen, weißt du, Schießen ist ziemlich, na ja, nicht so schön. Es ist auch laut.

Ich habe Schalldämpfer, wie dir bekannt sein sollte, knurrte Walter.

Aber dann weiß man auch nicht todsicher … *todsicher*! Rosalind lachte etwas künstlich. Ich meine, obs todsicher trifft.

Das weiß man sehr genau, wenn jemand wie ich die Waffe benutzt.

Nun war Walter dummerweise wieder auf der Haben-Seite. Ganz erfahrener Experte im Gebrauch von Schußwaffen, zuverlässig, die erste Kugel trifft. Rosalind aß zwar vom Lieblingskuchen, hatte aber Mühe, ihren Bissen runterzubringen, von Genuß gar nicht erst zu reden.

Medikamente? Medikamente wären sanfter. Rosalind dachte: Verdammt, warum weiß ich nicht mehr genau, was eine Ader und was eine Vene ist. Sie hatte gelesen, Kaliumchlorid i. v., und i. v. hieß intravenös, dieses intravenöse Kaliumchlorid führe sofort zum Herzstillstand, und in Holland machten das Ärzte bei Todkranken. Aber an Kaliumchlorid käme sie ja auch gar nicht heran, also wars egal, ob sie Adern von Venen unterscheiden könnte. Außerdem schlief Walter nur oberflächlich; seit er mißtrauisch war, schien er immer nur wie einer von der Wach- und Schließgesellschaft leicht zu dösen, er schloß die Augen zwar, aber Rosalind fühlte sich trotzdem kontrolliert. Sie versuchte, nicht richtig tief einzuschlafen, ihrerseits ihn zu beobachten … es war furchtbar anstrengend.

Und hast du schon mal drüber nachgedacht, wie wir

eine ausreichende Menge Medikamente beschaffen könnten? Walter lachte böse.

Du hast unsere Medikamentenschubladen verklebt, vielleicht wäre doch alles mögliche drin, alles zusammengenommen.

Unsinn.

Aber warum hast du dann …

Nein Kind, gibs auf, gib dir keine Mühe. Wir wollen doch beide nicht, daß du dir irgendwelches Sammelsurium aus Aspirin und meinen Herzmedikamenten in den Mund stopfst, mit dem einzigen Erfolg, dir wirds speiübel und ich habe meine Pillen nicht mehr. Walter änderte seine eben noch spöttisch-gönnerhafte Sprechweise und klang nun stolz: Vor allem aber ist das nicht *meine* Art, Schluß zu machen. Jemand wie ich beendet sein Leben nicht feige, nicht nach Art der Mutlosen, nicht wie eine Frau. Jemand wie ich stirbt durch die Waffe. Walter marschierte im Zimmer hin und her.

Sollte vielleicht ich zuerst dich … begann Rosalind immer noch so undramatisch, als gehe es um ein paar Besorgungen.

Haha, machte Walter und *kehrt um* marschierte er auf sie los. Na so was Geniales! Kluges Kind, ein wahrer Schlaukopf. *Ich zuerst dich*: Er hatte versucht, ihre Stimme nachzuahmen. Damit dann du trotz all der heiligen Gelübde dich darauf berufen kannst, du hättest zwar gewollt, aber leider leider ach wie unerwartet den Mut verloren … Oh nein, mein kleines Mädchen, oh nein. Nicht mit mir. Genau bedacht war dein Vorschlag alles andere als intelligent. Außerordentlich leicht zu durchschauen.

Vergiß nicht, daß sie mich dafür einlochen würden, sagte Rosalind, jetzt selber streng und sarkastisch, in diesem Augenblick war sie Walter gewachsen. Aha, er hat Angst, und was für welche. Sie sah die Angst in seinen Augen. So sehr war sie ihm nun ebenbürtig, daß ihm nichts mehr einfiel, er wirkte beeinträchtigt, sein Marsch wurde lasch, und er verließ das Zimmer.

Ich hasse ihn, murmelte Rosalind, aber obwohl sie kaum die Lippen bewegte, hörte sie es in ihrem Kopf dröhnen: Ich hasse ihn.

Später räumte sie in der Küche hin und her, jeder Handgriff sinnlos, sie wollte sich bloß beschäftigen und durchs schnelle Bewegen einen langsameren Pulsschlag hinkriegen, manchmal redete sie leise vor sich hin: Und außerdem, er riecht ja aus dem Mund! Seit wann denn das? Leute mit Magenkrebs rochen aus dem Mund, Rosalind hatte diese Erfahrung schon bei zwei Menschen gemacht. Oh verdammt, wann schläft er endlich mal richtig? Irgendwann muß doch auch er nicht mehr können, hundemüde sein und seinen Schlaf haben? Lieber Gott, laß ihn schlafen, dann wird mir schon was einfallen. Vielleicht ists auch bloß was mit den Zähnen, es könnten auch die Mandeln sein, oh herrje, ein Mann, der aus dem Mund riecht! Wie kommt er eigentlich an seine verfluchten Herzpillen dran, wenn er alles verklebt hat? Seine Gesundheit muß verflixt stabil sein. Sie fluchte und fluchte und hatte gar nicht bemerkt, daß sie den restlichen Kuchen in sich reingestopft hatte, und plötzlich war ihr schlecht.

Abends kam Walter ein bißchen torkelnd auf Rosalind zu, entweder hatte er aus einem Geheimreservoir etwas eingenommen oder zu viel getrunken, und seine Stimme hörte sich an wie in den guten alten benebelnden Zeiten: Hab doch keine Angst, Kleines. Wie mutig warst du, als wirs beschlossen haben.

Er roch wieder aus dem Mund, eigentlich nicht nach Alkohol, und Rosalind hörte sich widerwillig an, was sie auswendig kannte: Daß sie keine Zukunft mehr für sie beide sähen und all das Zeug im Schlepptau dieser schrecklichen Vorbilder, die Rosalind mittlerweile auch haßte. Die ganze grausige Imitation.

Ich schon, ich sehe genug Zukunft für mich.

Ihr fiel die Tasse Kaffee ein, die sie früher, als Walter noch nicht als erster aufgestanden war – ach in den lockeren illegalen heimlichen, aber auch geistig inspirierten ersten Zeiten mit ihm! – diese wundervolle Tasse Kaffee, die sie allein getrunken hatte, noch im Bademantel, mit dem Blick aus dem Küchenfenster über die Straße weg auf die paar niedrigen Coniferen der Vorgärten und in den einzigen stattlichen Baum ein paar Häuser weiter, und auf die Briefkästen, aus denen die Zeitungen hingen – alles lohnend, Walters Schlaf da oben ergreifend, sie hatte lächeln müssen, sie freute sich auf ihn, sie freute sich über den nächsten Schluck Kaffee und über den kleinbürgerlichen Ausblick, dem der große alte Baum mit seinen bizarren Ästen die Ehre seiner Anwesenheit gönnte, er verfuhr gnädig mit dieser Gegenwart unscheinbarer Kleinigkeiten. Und nun fand Rosalind, ohne dieses morgendlichen Küchenausblicks zu bedürfen, sie schaue in eine Zukunft solcher unscheinbarer, liebenswerter Kleinigkeiten.

Aber nach diesem Zwischenfall am Nachmittag und Walters unerbittlicher Sperre gegen jede Diskussion fürchtete sie um ihr nacktes Leben. Was sie brauchte, war ein Plan. Zuerst einmal mußte sie wieder die Einverstandene spielen, das vor allen Dingen. Walter durfte sie unter keinen Umständen mehr verdächtigen, sie sinne weiter auf Auswege. Andererseits würde er ihr nicht trauen, wenn sie so mir nichts dir nichts wieder zur gemeinsamen Todeslust zurückfände – nur nichts übertreiben! Walter war nicht dumm, und er kannte sie ziemlich gut. An der gemeinsamen Todeslust war ja nie irgendwas lustig gewesen, die hatte immer im Schatten der beleidigten Ermahnung, des Appells an die übrige Menschheit gebrütet.

Trotzdem, Walter, und wenn ich hundertmal weiß, daß du da irgendso was wie einen Ehrenkodex hast, trotzdem, wie wärs mit einer anderen Methode? Statt Schießen? Rosalind hörte sich – diesmal beim Tee, und vorher hatte sie Walter vor sich hinpfeifen gehört – so an, als rede sie übers Umräumen in der Wohnung. Aber schon bevor er ihr antwortete, noch stumm, mit einem Kopfschütteln, im Blick Verachtung wie für einen rückfällig gewordenen Kriminellen, der in seinen kurzen Hafturlaub eine Straftat gestopft hat, schon bei ihrer kunstfertig beiläufigen, beinah vergnügten Frage hatte sie gedacht: Verdammt, wo hat er nochmal seine verdammten Venen. Ein Mann, der aus dem Mund riecht, wird mich erschießen.

32
Das unscheinbare Glück

Ja, diesen früheren Mitstreiter für ihre politischen Ziele, diesen dicklich gewordenen Politiker in mittleren Jahren, der in ihre Partei übergewechselt ist und Seidenhemden trägt, ja, den habe ich auch im Fernsehen beobachtet.

Mir scheint, sagte er und machte dazu ein dem schrecklichen Ereignis angemessenes und doch auch mißmutiges Gesicht, mir scheint sicher, daß die zwei sich ausgegrenzt und völlig verlassen gefühlt haben. Dann wieder der Moderator: Fragen Sie sich nicht, ob nicht Sie gegen dieses Verlassensein etwas hätten tun können? Fühlen Sie sich nicht ein wenig mitschuldig? Wie kann nun der Politiker anders als einräumen: Ja, eine gewisse Schuld, das schon.

Und er ist doch an überhaupt nichts schuld. Selbst wenn er ihnen den Rücken gekehrt hätte, auf Post nicht mehr geantwortet hätte und so weiter, keiner weiß, wie sie miteinander standen, also wenn er sich nicht weiter um sie gekümmert hätte: kein Grund für den Doppeltod und für *sein* Schuldgefühl. Ist doch idiotisch. Ach, laß mich in Ruhe mit Journalisten, die sentimental werden. So ist das heutige Leben nun einmal. Ein Kommen und Gehen, flüchtige Passagen, lose Freundschaften. Und sogar beim Bruch einer engen Freundschaft bringt kein vernünftiger Mensch sich um. Lächerlich. Sie hatten keinen guten Draht mehr zueinander, diese beiden, Ende der Passion, Ende der Vorstellung. Was auch immer für die nicht Geisteskranken unter uns kein Grund wäre, dran zu sterben.

Warum hat weder der Politiker noch der Moderator gemerkt, daß sie ja – isoliert oder nicht – zu zweit waren. Zwei, die sich gern haben, sind ganz gern verlassen im Fall von Leidenschaft.

Meine kranke Schwägerin ist viel schlimmer dran als diese zwei es jemals waren, immer vorausgesetzt, sie waren wirklich noch ein Paar mit allem Drum und Dran.

Waren sie nicht, nach meiner Theorie.

Sie waren es vielleicht, aber bereits als Nerven- und Geisteskranke.

Sie hatten nichts banal Angenehmes mehr im Kopf, wenn sie morgens aufwachten, nichts, das ihnen eine banale, aber lebensrettende Vorfreude wert war. Ich zum Beispiel, ich denke an meine erste Zigarette, ich halte mich lang hin damit. Das Leben ist von sich aus nicht umwerfend, gewiß nicht, aber wenn man genügend Tricks einbaut, ist es die Sache wert.

Sie haben sich weder auf *ihre* erste Tasse Kaffee gefreut noch auf *ihren* Sargnagelglimmstengel – ah, *darf* ich eine von Ihnen schnorren, ich mag diese Schwarzen, tausend Dank, klar, man könnte die Dinger kaufen, aber ich versuche mich da zu bremsen … Sie hatten vermutlich Kräutertee oder so was und überhaupt keine Zigaretten, zwei Gesundheitsfanatiker. Was immer sie waren: Vor allem haben sie sich nicht mehr *aufeinander* gefreut. Ich kanns nun mal nicht anders sehen.

Nähme man meiner todkranken Schwägerin diese gemeine Krankheit, sofort wäre sie wieder zu einem Gewusel von kleinen Freuden bereit. Sie würde sie jetzt erst richtig wahrnehmen. Sie kennen das Wort von Lichtenberg übers unscheinbare Glück? Man erkennt es erst, und dann ists gar nicht mehr unscheinbar, wenn es verlorenging. Ich bestehe drauf, meine

Schwägerin ist schlechter dran als die zwei. Meine arme Freundin, darin ganz und gar nicht geübt und vielleicht nicht mal willens, sie müßte nun dringend anfangen mit der Sehnsucht nach Gott, Frieden, Ruhe, Ewigkeit, nach all dem. Aber sagt mir ehrlich: Soll ich es ihr empfehlen? Müßte sie nicht fürchten, ich wittere womöglich ihre Todesnähe, und sie sei, was sie der Statistik zufolge ist, bei den zehn Prozent Unheilbaren?

Ich gehe ja immer sofort zum Arzt, bei jedem kleinen Alarm. Ihre Schwägerin war leichtsinnig, das heiße ich nur dann gut, wenn ein Strahl des Gaetano auf mich fällt. Gern, mein Held, wir spazieren im Tanzschritt in den Garten, eng umschlungen. Der angestrahlte Ahorn sieht wie ein Feuer aus, es brennt!

33
Wie lang dauert das denn noch?

Jetzt aber mal was ganz anderes, sagte plötzlich Nikes Schwester, mit der sich Tanja an diesem Nachmittag richtig gut verstand. Das wunderte sie vom ersten Wortwechsel an. Sie beide waren sehr gegensätzliche Menschen. Nikes Schwester korrekt bis ins Mark, was Tanja anerkennen wollte, aber ging damit nicht auch ein Humordefizit einher? Durch das es ihr so schwer fiel, Enzio zu bedauern? Von ihm sagte sie neulich: Kaum hat er den Mund aufgemacht, da kommt auch schon etwas völlig Verrücktes heraus. (Von der schmutzigen Wäsche Nikes, die in Enzios Zimmer hing, hatte Tanja ihr nichts erzählt; nur Kevin wurde eingeweiht.) Oder sie bekannte: Jedesmal, wenn dieser Mann ins Zimmer tritt, kriege ich einen Schrecken, tut mir leid, aber er sieht nun mal etwas furchterregend aus. So war sie eben, Nikes ältere Schwester, die vor ein paar Jahren Witwe geworden war und, mit einem Blick auf die mühselig schlafende Nike, seufzte: Da hatte ich mir gerade mein Leben ohne meinen lieben Mann ganz gut wieder eingerichtet, und nun *das*. Und auf der anderen Seite Tanja, die gründlich Andere, Unähnliche.

Als sie Kevin bis zu dieser Stelle berichtete, unterbrach sie sich und fragte ihn: Weißt du eigentlich, wie ich bin? Soll ichs analysieren?

Kevin hielt das für überflüssig.

Du kennst mich?

Gut genug, fand Kevin.

Es war fast gemütlich in Nr. 305. Nike schlief, heute mit gequältem Gesicht. Tanja bedauerte es, keinen zu wissen, dem sie ihren fast mystischen Eindruck schildern konnte: Die Entfernung zwischen Nike und den beiden Besucherinnen auf ihren harten Holzstühlen schien unüberbrückbar, diese kurze Entfernung von vielleicht zweieinhalb Metern nur, ein paar Schritte zwischen den Gesunden und der Kranken, aber zu ihr, der längst nicht mehr vertrauten Nike, könnten sie nicht vordringen.

Tanja und die ältere Schwester hatten über Belangloses geredet (jetzt brauchte man, wenn Nike schlief, nicht mehr zu flüstern, kaum sogar die Stimme zu senken), übers Falschparken von Nikes Schwester, und das brachte sie Tanja näher: Jemand wie sie stellte ihr Auto im Halteverbot ab! Und ihre Lust auf Schokolade! Geradezu liebenswert! Erst recht ihre Tricks, nicht allzu leicht an die Schokolade heranzukommen: Sie versteckte sie im Keller, damit es sie wenigstens Mühe kostete, ihrem Verlangen nachzugeben. Und Tanja hatte gestanden, wie viel lieber sie hier säße, wenn sie wenigstens einen Kaffee trinken und rauchen könnte, und sie redeten auch über Kevin, die ältere Schwester nahm ihm seine Klinikabstinenz nicht übel, heute nicht, aber sie fragte: Was denkt *er* denn so über das alles? Darüber, daß seine jüngere Schwester stirbt?

Tanja antwortete ihr, Männer seien nun einmal nicht so gesprächig wie Frauen. Und wie sehr es ihr imponiere, wenn jemand einen großen Schmerz geheimhalte.

Damit brachte sie Nikes und Kevins ältere Schwester zum Nachdenken und vor allem dazu, in Kevins Abwesenheit nicht weiter herumzubohren.

Ich habs dir ja schon mal gesagt, fügte Tanja hinzu, erinnerst du dich? Ich sagte: Bei *meiner* Schwester ginge *er*. Und nun tu ichs für ihn.

An diesem Nachmittag schien die ältere Schwester mit dieser Arbeitsteilung einverstanden zu sein.

Ich muß dir noch was erzählen, von Enzio, begann sie nach einer kleinen Schweigepause. Ich hab tatsächlich kürzlich dem Enzio einen Zeichenblock aus der Hand gerissen. Ich kam ins Zimmer und traute meinen Augen nicht. Er saß da und hatte was Weißes auf den Knien und strichelte drauf rum, und ich erkannte, es war ein Zeichenblock, stell dir vor, er hat tatsächlich Nike *gezeichnet.*

Tz tz, machte Tanja der Schwester zuliebe, aber dann sagte sie: Große Künstler haben das auch gemacht. Wars nicht Munch, der sämtliche Stadien und den ganzen Niedergang seiner Geliebten, oder wars seine Frau, gemalt hat?

Nun ist Enzio kein großer Künstler, und Nike ist meine Schwester. Es hat mich gekränkt. Erbost, wirklich fürchterlich fand ichs, und ich sagte zu ihm: Das ist geschmacklos, du kannst das nicht machen, du *darfst* einfach nicht. Sie ist schließlich nicht irgendwer, unter anderm ist sie deine *Frau.*

Diese Anekdote war ein für Kevin bestens geeigneter Erzählstoff, sogar bei einem schönen scharfen dampfenden Teller *Chinatown*: Ich kannte die Szene schon ein bißchen, Leila hat mir davon berichtet. Enzio soll sich gewehrt haben, aber dann gab er nach, er liebt es ja, wenn die andern ihn fertigmachen, und er der ewig Unverstandene sein kann. Leila und Nora hats auch nicht gefallen, daß er Nike zu zeichnen versuchte, aber Leila hat fast so reagiert wie ich: Wenn er ein großer Künstler wäre, hätte ich nichts dagegen gehabt.

Anscheinend wars doch keine ideale Anekdote für Kevin, der zwar lachte, aber nicht beim Thema blieb: Es kommt sehr ans *Bami Goreng* aus der Dose heran. Nur ist in dem hier mehr Fleisch drin.

Ich finds auch besser, es ist feuchter.

Gibts auch mit Reis.

Ich habs mit diesen dicken Spaghetti lieber.

Spaghetti sind das nicht.

Na ja, irgendwas zwischen Nudeln und Spaghetti. Weißt du, jeder würde denken, der arme Enzio, es muß doch schwer zu ertragen sein, immerzu von allen geschmäht zu werden. Aber er brauchts. Denk an die Sache mit der schmutzigen Unterwäsche.

Er ist ein Spinner.

Vielleicht meint er es zum größten Teil ernst damit, aber bestimmt will er auch die Töchter provozieren. Die Streitigkeiten mit Nike fehlen ihm sicher fast so sehr wie sie selber. Und wie das Auto.

Das Auto, das nur Nike fahren konnte, stand als Mahnmal vor dem Reihenhaus. Nike als Autofahrerin fehlte der ganzen Familie.

Leila und Nora sind dann auch noch im Klinikzimmer erschienen, als Ablösung für eure ältere Schwester. Sie machen richtigen Schichtdienst.

Tanja glaubte fest, obwohl die ältere Schwester oft grämlich tat, ihre Pflicht absolvierend, sie halte ihren Wachdienst gern, sei stolz auf ihr Amt, auf die Ausdauer und Zuverlässigkeit, mit denen sie es ausübte, besser und pünktlicher als alle andern aus der Abteilung.

Die ältere Schwester ging zu Nikes Bett, stand da ein bis zwei Minuten, kehrte zu ihrem Stuhl zurück und setzte sich wieder. Sie hätte jetzt gehen können. Sie klang abschließend: Nike erkennt keinen mehr von uns.

Doch, widersprach Nora sanft, auch aus Gewissenhaftigkeit, und wie um den Beweis des Gegenteils zu liefern, beugte sie sich über das Gesicht ihrer Mutter.

An diesem Nachmittag lag Nike öfter mit offenen Augen da. Wovor erschrickt ihr Blick? fragte sich Tanja. Warum hatten die Augen einen entsetzten Ausdruck?

Tanja fürchtete sich ein bißchen vor ihrer Neugier. Sollte sie sich Vorwürfe machen? Es interessierte sie einfach viel mehr, in Nr. 305 zu sitzen, wenn Nike etwas zu *bieten* hatte. Der Tod ist die erste Information in unserem Leben, hatte neulich ein Philosoph gesagt. Tanja wollte Kevin fragen, wie der interessante Gedanke weitergeführt wurde. Kevin war der mit dem exakter arbeitenden Gedächtnis. Aber zuletzt kam, woran Tanja, der die Idee vom Tod als Information über die Maßen gut gefiel (der Vorhang zerreißt endlich, Karl Barths *Vorhang*, der dann erst richtig aufging), weniger gern dachte, es verdarb die Vorfreude: Es kann natürlich auch eine schreckliche Wahrheit sein. Quatsch, sagte sie sich, Nike erblickt jetzt nicht Vorboten von der schrecklichen Wahrheit, sie hat jetzt einfach Morphium-Augen.

Mama, sagte Nora leise, über ihre Mutter dicht gebeugt. Mama. Willst du was trinken? Mama? Was zu trinken?

Nike starrte mit aufgerissenen Augen in Noras Gesicht, als sei sie dringend auf eine Belehrung angewiesen.

Tanja hoffte, Nora behalte recht und Nike erkenne sie, doch sie fürchtete, ihre strenge Schwester – die zum Glück manchmal im Parkverbot stand und gierig auf Schokolade war – mache das Rennen. Aber da kam aus Nikes Hals oder sonstwoher, die Lippen bewegte sie nicht, der Mund stand reglos offen, ihre beinah nicht mehr benutzbare Stimme: Nora. Nora. Und die ältere Schwester gab ein kurzes Lachen vermischt mit der Bemerkung *Aha* von sich. Sie war überhaupt nicht gekränkt, weil sie sich geirrt hatte. Im Gegenteil, ihr *Aha* klang befreit, befriedigt. Während Nora weiter dicht über dem Gesicht ihrer Mutter aushielt und sich in den kleinen Dialog einnistete: Nora, Nora – Ja,

Mama, was ist denn, Mama – und auf sonst nichts hörte, sagte die ältere Schwester zu Tanja: Gestern hat sie plötzlich was gesagt. Einen richtigen Satz, und sie war ganz klar.

Und was wars?

Sie hat mich gefragt: Wie lang dauert das denn noch? Nikes Schwester sah streng und ergriffen aus. Und ich fragte zurück: Nike, was denn? Wie lang dauert *was denn* noch? Was meinst du damit? Eigentlich eine dumme Frage, aber ich wußte nichts anderes. Und da hat sie gesagt: Alles.

Tanja holte tief Luft.

Nicht mehr und nicht weniger. *Alles.*

Die ältere Schwester stand auf: wortloser Abschied.

Beim nächsten Mal lobte sie die Station 12. Nike könnte nicht besser untergebracht sein als hier. Wenn ich an der Reihe bin, sie hob die Stimme, klang beherzt und sachlich, und ich werde ja wohl die Nächste sein, dann möchte ich genau auf dieser onkologischen Station sterben.

Tanja wandte ein, die Statistik sei ja schon durch Nike, die Jüngste der drei Geschwister, widerlegt, und zweitens müsse es ja doch wohl nicht unbedingt Krebs sein, woran eines Tages *sie* sterbe.

Sie versorgen ihre Sterbenden bestens. Nike bekommt das Morphium dauernd per Infusion. Idealer geht es nicht.

Und mir kann immer noch keiner verraten, wo bei Nike die euphorisierende Wirkung bleibt.

Hauptsache, sie hat keine Schmerzen und es ist ihr nicht schlecht. Was soll sie noch groß mit Euphorien.

Findest du nicht, daß ihr Schlafen furchtbar streng aussieht?

Ich weiß nicht, wie *ich* aussehe, wenn ich schlafe.

Tanja dachte: Streng bestimmt auch. Nikes Schlafen sah genußlos aus, todernst sah es aus, auch zürnend, hochmütig, dann wieder ergeben. Wenn sie aufwachte, hatte sie den Blick einer Norne, strafend und entgeistert schaute sie.

Die Vorzugsmilchpackungen standen nutzlos herum. Ebenso Saft, viele Flaschen. Tanja glaubte nicht, daß Nike jemals noch Saft oder Milch wollte. Ihre Brille, die wollte sie manchmal. Ziemlich kurz darauf wollte sie die Brille nicht mehr. Aufsetzen, Abnehmen: durch Leila oder Nora, die unendlich Geduldigen. Wenn eine der Töchter ihr zuredete, *nimm einen Schluck Saft*, wollte Nike Saft, oder ihr Ausdruck wurde so interpretiert, aber dann trank sie nicht. Sie hielt den Plastikbecher erstaunlich fest und ohne zu zittern. Unbeachtet standen die weißen Papiertüten mit der Vorzugsmilch auf dem weggeschobenen Krankentisch, Tanja sah immer wieder hin, weil der Anblick sie an jenen Nachmittag erinnerte, an dem Nike nichts wichtiger war als Vorzugsmilch. Dieser Nachmittag mit dem Interesse immerhin an irgend etwas lag noch nicht lang zurück. Auch noch nicht lang her, daß Nike manchmal noch ab und zu ein schwaches unglückliches *aua aua* von sich gab, und, von den Schmerzenslauten gerufen, stellten sich die Töchter links und rechts von ihrem Bett neben sie, beugten sich in die Nähe ihres Gesichts und erinnerten Tanja an zwei Schutzengel, die beiden liebevollen, betrübten Blumenmädchen. Aber die Schutzengel konnten auf Nikes Schmerzen nicht einwirken, und Tanja ging aus dem Zimmer. Auf dem Gang hielt sie eine junge Frau mit dunklem Haar an: Sind Sie eine Schwester? Seit die Krankenschwestern Hauben anscheinend verachteten, konnte man sie vom übrigen Personal nicht mehr unterscheiden.

Ja, bin ich.

Die Patientin in Nr. 305 hat starke Schmerzen. Könnten Sie ihr eine Spritze geben?

Die junge Frau versprach, sofort zu kommen. Es war nicht *sofort*, aber es waren noch bessere Zeiten. Schreckliche Zeiten und doch bessere Zeiten. In denen Nora zum Beispiel Leila zuflüsterte: Sie hat das Essen nicht angerührt. Damals wurde Nike noch nicht künstlich ernährt, und Tanja fand, das hätten sie sich doch denken müssen, daß Nike längst nicht mehr irgendwelchen Kartoffelbrei mit einer Bratensauce anrühren würde. Großartige Station 12!

Sie beobachtete Nikes Daliegen und dachte: Minute für Minute läßt sie das Nichtige hinter sich. *Erlöse uns von dem Bösen!* Damit ist das Nichtige gemeint. Sie nähert sich der *ersten Information*, die der Tod ist, sie entfernt sich vom Nichtigen. Das ist das Essenstablett und die Vorzugsmilch und es sind die Blumen im Zimmer, das sind wir alle. Wir flüstern, aber nicht, weil lautes Sprechen sie noch stören könnte.

34
Nr. 305 wird mir fehlen

Bequem gesessen hat man ja wahrhaftig nicht. Für Besucher der Patienten haben sie nur diese Holzstühle ohne Sitzpolster und Armlehnen und dann noch den Klostuhl. Der ist bequemer, wenn man Klostühle mag.

Tanja telephonierte mit Beryl, und die konnte endlich lachen. In ihrer Vierecksliebesgeschichte à la Marivaux litt sie, trotz unverminderter Passion für den Liebhaber, unter den Ausgleichsaktionen ihres Ehemanns, und als Tanja gefragt hatte, was der denn unter *kleinem Flirt* verstehe, sagte sie düster und gewichtig: Ich fürchte, er baut eine Beziehung auf. Ich hab jetzt dauernd Magenschmerzen.

Tanja begann warnend: Blondie, du weißt, du kannst nichts sagen. Wer im Glashaus sitzt … und wer angefangen hat …

Ich *weiß* das ja, jammerte Beryl, aber *er* weiß doch auch, wie furchtbar ich mit der Eifersucht geschlagen bin, das war ich schon immer, so bin ich nun mal. Erzähl besser du weiter. Sie konnte wieder lachen: Von deinen Klostühlen.

Also gut, es war nie bequem im Zimmer 305, es *ist* nicht bequem, verbesserte Tanja sich erschrocken. Und trotzdem, Nr. 305 und die Station 12 drumherum mit ihrem Gang voller Infusionsgeräte und fahrbarer Liegen und den in ihren Morgenmänteln dahinwandelnden Kranken, das alles ist eine Art Heimat geworden. *Heimat*, ich sag das sonst nie. Die Frauen auf den Gängen, ich rede jetzt nicht von den Schwestern und Laborantinnen und was sie alle sind, alle sehen sie gleich aus in ihren blauen Kitteln, die kranken Frauen tragen abgewetzt flauschige oder wattierte Mäntel, und die Männer haben Bademäntel aus Frottierstoff an, und manche laufen mit Kanülen in der Nase und mit grauen Gesichtern rum, oder sie gehen wie im Geschirr, nämlich in kleinen Gestellen, einige mit diesen kleinen grünen Kästen, vielleicht latschen sie rum, während sie künstlich ernährt werden, wirklich nicht aufmunternd, diese Endstation, und trotzdem, eines Tages wird sie mir fehlen.

Die Töchter, eingeschüchtert von täglich verringerter Hoffnung, traten wie auf der Flucht vor allem, was außerhalb von Nr. 305 seinen gewohnten Gang ging, ins Zimmer ein. Der *gewohnte Gang*: Er wirkte gemein auf sie. Am Bett ihrer Mutter beherbergten sie sich. In ihrer Nähe kamen sie zur Ruhe. Obwohl Nike jetzt vollends elend aussah, sie hatte kaum Fleisch mehr in ihrem immer schon schmalen Gesicht, dessen Farbe gelblich war: Für ihre Töchter blieb sie die Zuflucht, und Tanja fand es schwierig, das zu begreifen. Sie rätselte wieder am veränderten Gesicht Nikes herum, war immer noch nicht drauf gekommen, welcher anderen Frau sie ähnelte. Die Leute kriegen andere Gesichter, bei Krebs, hatte sie neulich wieder einmal zu Kevin bei den Fernsehnachrichten gesagt, während der NATO-Generalsekretär auf dem Bildschirm mit dem alten Eifer und dem neuen Gesicht auf die Fragen eines Reporters ohne Einbußen an Geistesgegenwärtigkeit antwortete, und Kevin hielt Tanja für reichlich merkwürdig, als er das aus der Zeitung ausgeschnittene Photo des Generalsekretärs bei ihr herumliegen sah; aber Tanja wollte immer darüber nachdenken, wie anders Nike aussah, wie anders der Politiker aussah, vielleicht waren sie schon ein wenig *verändert*, hatten in Schmerzen und unter Morphium etwas *erblickt*, vielleicht war der Vorhang vor der *Information Tod* schon rissig geworden? *Auch das war nicht das Schlimmste*; Tanja fiel Carvers Gedicht ein.

Einmal fand eine der Krankenschwestern Nora, wie sie neben ihrer Mutter am Bettrand zusammengekauert lag, tief eingeschlafen, kopfüber. Es war der Platz, an dem die Mutter noch war, nach dem die Mädchen sich sehnten: Wie auch immer sie war, oft nicht ansprechbar, aber sie *war* es. Und deshalb war das Zimmer mit ihrem Bett der einzige und einzigartige Ort der beiden, durch keinen besseren zu ersetzen. Auch dann noch, als ihre Mutter längst beinah nur noch schlief, vom Morphium weit weg in ein für niemanden erreichbares Gebiet abgeholt. Wenn sie ausnahmsweise wach war, starrte sie nur unergründlich geradeaus, was sie sah, wußte keiner. Alle ihre Besucher verstanden Nike nur noch, wenn sie wimmerte, babyartig, ohne Worte. In der globalen Sprache für Schmerzen und Unglück teilte sie mit: Ich halte es nicht mehr aus, helft mir. Entweder stimmte etwas mit der Morphiumzufuhr nicht oder: von jetzt an brauchte diese Patientin noch mehr.

Nikes ältere Schwester war in ihrem ganzen Leben noch nie so viel mit ihr zusammengewesen wie in diesen Wochen, und sie sprach es mit Bitterkeit und einem an sich selbst und ihre Schwester gerichteten Vorwurf aus. Sie kam frühmorgens und hielt nicht mehr nur bis zur Ablösung durch Leila, Nora oder Enzio durch, sie blieb, ohne auf die Uhr zu schauen. Die Frau des Schwagers erschien als Gelegenheitsbesuch, dann floh die ältere Schwester. Zu Enzio aber und seiner ebenfalls für sie schwer erträglichen Schwester überwand sie sich.

Tanja galt als Zugabe in Nr. 305, nicht als Ablösung, das rührte sie, sie fand es nett von den anderen, aber sogar in dieser Lage, beim definitiv schlimmen Stand der Dinge, genoß sie ihre Extra-Position, Tanja als das Praliné nach einem öden Hauptgericht, eine Perle, die mitten im Schlamm und Modder aufschien.

Pflichtbewußt machte die ältere Schwester Überstunden noch und noch und kündigte Nachtdienste an. In Tanja regte sich schon früh Kritik am Wachablösungssystem, und in der derzeitigen Phase kamen ihr Zweifel, ob die Daueraufenthalte anderer Menschen in Nr. 305 noch sinnvoll oder gar von Nutzen wären. Einmal sagte sie zu Nikes Schwester: Sie kriegt es ja längst nicht mehr mit, unser ganzes Hin und Her. Kleiner Schwenk zum Bett mit der wie in entgeisterter Ergriffenheit schlafenden Nike hin.

Das können wir nicht wissen, antwortete die Schwester. Es klang wie ein Verweis.

Und wenn sie es mitbekäme, ich weiß nicht, ob sie es gern hätte, daß man sie so unaufhörlich im Auge behält. *So* sieht. Weil darauf die ältere Schwester nicht einging, fuhr Tanja etwas hochmütig fort: Wie ich Nike kenne, wäre sie dagegen.

Sie ist meine Schwester, sagte die ältere Schwester lapidar.

Wenn dieses Tageskorsett kracht, demnächst, wird sie nicht nur Nike vermissen, mehr betrauern wird sie Nike als vermissen, sie wirds scheußlich finden, daß sie sterben mußte a) nach ihrem Verständnis zu jung, b) verkehrte Reihenfolge und gegen die Statistik als die Jüngste, und c) so erbärmlich – trotz wundervoller onkologischer Station 12. Aber konkret fehlen wird ihr das Tageskorsett, all dem Verzicht auf ihre eigene Bequemlichkeit zum Trotz, fehlen werden ihr die Pflichterfüllung, die Überstunden, die stumme Anerkennung ihrer Zuverlässigkeit, ihr Ansehen beim Pflegepersonal, ihre Becher Tee. Ihr Glück im Unglück: Sie konnte mit sich zufrieden sein, und die andern waren es mit ihr, zufrieden. Glück ist, wenn man sich selbst applaudieren kann. Tanja dachte, darüber könne sie mit Kevin sprechen. Oder doch lieber nicht? Ihre vorauseilenden Gedanken nahmen ja das *Aus* für Zimmer 305 vorweg. Also besser nicht. Kevin war kein Träumer, kein Phantast, ihm, der nur von geschönter Berichterstattung aus Nr. 305 über Nike informiert wurde, war dennoch klar: Sie würde sterben. Aber warum darüber reden?

Auch die Töchter werden etwas vermissen. Tanja verbesserte sich: Nicht etwas, *alles* werden sie vermissen. Sie bewunderte die beiden Blumenmädchen dafür. Sie machten ihr vor, daß es möglich war, lieber eine todkranke Mutter zu behalten, die für nichts mehr zu gebrauchen war und deren Anblick sie erschrecken mußte, als ihre Erlösung von der Krankheit herbeizusehnen. So bald wie möglich! Mach schneller, Mutter! Machs kurz! Aber nein: Die unheimliche Sterbende zu behalten so lang es ging, das wünschten sie viel mehr als gar keine Mutter. Auf ihre mutige Liebe wurde Tanja beinah neidisch. So weit könnte sie nicht gehen. Sie würde ein schnelles Ende bevorzugen. So opfermütig irdisch treu ergeben wie Leila und Nora hielte sie dem Lieben nicht stand, würde es nicht einmal wollen. Sie an Stelle der jungen Töchter würde in einem Stoßseufzer beten: Laß es jetzt endlich gut sein, Mutter, hört auf, Mutter, lieber Gott, macht ein Ende. Es reicht, ist übergenug, zieht es nicht noch länger hinaus, es wird langweilig, man verliert die Geduld, schon wird man ja fast auf sie böse. Erlöse sie, erbarme dich ihrer, würde Tanja bitten und dabei mitdenken: Und mich auch, mich ganz genauso, mich erst recht, ich kann nämlich auch nicht mehr und hab nicht mal Morphium wie sie.

Anscheinend hofften die Töchter immer noch auf ein Wunder, sogar Leila, die doch mit dem Arzt gesprochen hatte und sich seitdem keine Wunder mehr vorgaukeln konnte. Enzio war von allen der Wundergläubigste. Wundern vertraute er lieber als Ärzten. Ärzten mißtraute er nicht nur, er hatte angefangen, sie zu hassen. Ruckartig geführt wie von einem Puppenspieler, vom Parkinsonismus mechanisiert kaum in Nr. 305 eingetreten, blickte er erstaunt umher, nur kurz auf seine Frau und dann lang auf Tanja, als könne die das Wunder beschleunigen. Er sparte sich die Begrüßung und räsonnierte sofort gegen die Verschwörung der Ärzte, schwadronierte mit Pausen (er konnte nur noch abgehackt sprechen) und Fistelstimme heiser über sein Lieblingsthema in diesen Wochen: Sie hat Krebs, weil man sie zwang, am Computer zu arbeiten. Enzio wollte die Stadt, bei der Nike gearbeitet hatte, verklagen. Er plante außerdem eine Studie über seine verschiedenen Erkenntnisse zur Entstehung der Krebskrankheiten. Schließlich hatte *er* ja entdeckt, er ganz allein, wo die Ursachen lagen. Sämtliche Krebsforscher drückten sich vor der Wahrheit. Sie ließen sie nicht heraus. Es handelte sich um eine Verschwörung, einerseits. Zum andern erwiesen sie sich als unfähig, die Wahrheit zu finden. Enzio aber hatte sie. Das Bundesgesundheitsamt würde er auch verklagen. Sie rückten keine Daten raus. Den Datenschutzbeauftragten müßte er unter allen Umständen verklagen. In diesem Sammelsurium der Aktivitäten erkannte Enzio die einzige Möglichkeit, Nike seine Liebeserklärung zu machen, sein Riesenkompliment. Ich räche dich, ich liebe dich. Sie bekam es nicht mehr mit, aber er schien das nicht zu wissen. Tanja vermutete, Enzio glaube, Nike höre seiner Kampfansage zu. Er mußte vergessen haben, daß sie, wenn sie ihn hätte hören können, wütend auf ihn geworden wäre.

Wo ist denn das zweite Bett?

Aber Enzio! Man hat es doch schon vor Tagen rausgeschoben.

Diese Frau mit der nicht erfolgreichen Killerzellenbehandlung, an die sie gleichwohl schwärmerisch glaubte, ließ sich damals, ihr ständig lächelndes Gesicht rechthaberisch, von Pflegern wegkutschieren, und strahlte, als feiere sie einen Triumphzug und würde gleich anfangen, nach rechts und links huldvoll einer ihren Weg säumenden Zuschauermenge zuzuwinken.

Tanja erzählte damals der Frau des Schwagers von diesem Auszug der Zimmergenossin: Nike hat ihn noch mitbekommen. Die Frau benahm sich wie die Queen bei der Kutschfahrt ins Parlament.

Und Nike fiel nichts auf? Daß man sie nun allein liegen ließ?

Sie hat sich gefreut, die Frau loszusein.

Wenn man die Leute allein liegen läßt, ists immer ein schlechtes Zeichen. Die Frau des Schwagers sprach nicht von *Sterbezimmer.*

Nikes ältere Schwester sagte: Gibt man ihr also nur noch eine so kurze Zeit. In Bitterkeit senkten sich ihre Mundwinkel.

Manchmal konnte Tanja sie dazu bringen, daß sie lachte, und dann erkannte sie die schöne stattliche Frau wieder, die Nikes ältere Schwester einmal gewesen war. Tanja sagte zu ihr: Nike hat diese Zimmergenossin gern abziehen sehen. Sie hat sogar gegrinst und ein bißchen geschimpft und *die Frau hat immer zu mir rübergeglotzt* gesagt, sie war ganz typisch die frühere Nike plötzlich. Aus Gesellschaft hat sie sich nie viel gemacht. Und am Abtransport der Mitpatientin nicht ruminterpretiert. Hier werden doch dauernd Betten verschoben, Patienten umgruppiert.

Oft verstand Tanja sich mit der älteren Schwester

gut. Besser als vorm Zusammensein in Nr. 305. Die beiden waren vorher selten zu zweit allein gewesen – schon empfand man *allein*, rechnete die Dritte und Hauptperson im Zimmer nicht mehr mit. Tanja dachte an ihre Unterhaltungen über alles mögliche jenseits der Klinik etwas wehmütig zurück. Sie sah voraus, so viel Einmütigkeit käme zwischen ihnen beiden nie mehr zustande. Reden mit gedämpften Stimmen, über nichts Besonderes, sogar Lachen, auch gedämpft. Die ältere Schwester überraschte Tanja mit Sinn für Situationskomik, sogar Selbstironie.

Tanja deutete Nikes Schlaf, die Stille, die von ihrer Morphiumabwesenheit ausging, als Schutzmacht. Dort auf ihrem Bett (*auf* dem Bett, es hatte etwas von einem Thron, und Nike war nicht wie ein gesunder Mensch in dieses Bett hineingekuschelt, sie lag immer auf dem Rücken) so nah und gleichzeitig unerreichbar so fern, und trotz ihres heruntergewirtschafteten Körperzustands und ihrer Zeit- und Geistvergessenheit hoheitsvoll, nahm sie den beiden gesunden Frauen etwas ab. Sie hatte ihnen etwas voraus. Als erledige sie eine lästige Arbeit für uns: Tanja übersetzte das Bild *Nike auf dem Krankenbett.* Sie tut sie ungern, die lästige Arbeit, aber pflichtschuldig, gewissenhaft und gründlich erfüllt sie ihr Amt als unsere Stellvertreterin. Und sie zeigt uns, wie man es macht. Seht ihr, so gehts. Es ist nicht schön, aber es geht.

Die ältere Schwester saß, wenn Tanja eintrat, mit verschränkten Armen aufrecht in ihrem Stuhl, ohne Strickzeug, ohne in ihr Buch zu schauen, die Zeitung hatte sie ausgelesen. Mir wird Nr. 305 auch fehlen, hatte Tanja gedacht, als es Nike noch gut genug ging, um sich für Vorzugsmilch zu interessieren. Es war ein Ziel. Ich eilte mich auf meinen Hinwegen, alle Leute auf den Trottoirs waren mir im Weg, und ich haßte es, vor den auf Rot geschalteten Ampeln stillzuhalten, rannte auf grüne Ampeln zu. Tanja ging strategisch durch die Stadt, auf dem am ehesten der Luftlinie entsprechenden Weg schräg rüber vom Südosten in Richtung Nordwesten, so gut die Straßenführung dabei mitmachte, und je näher sie der Klinik kam, um so wohler wurde ihr. Was bei anderen Beklemmungen auslöste, tat ihr gut. Wieder einmal fragte sie sich, was da bei ihr nicht stimmte. Was von der Norm abwich. Ihre Hetzjagd zur Klinik belebte die Erinnerung an ihre Raubvogelschwingen, auf denen sie zur ersten, schöneren, frommen Klinik Nikes geflogen war, zum Hospital mit den paar verbliebenen Nonnen und den hohen alten Bäumen in einem parkartigen Garten am Stadtrand, wo Nikes Leidensgeschichte anfing und Tanja das im Frühherbst lichtdurchflutete farbige Laub und die runden freundlichen Nonnen zwischen den Frauen und Mädchen in ihren Kitteln, den *weltlichen* Krankenschwestern, fast zu einer Hochstimmung gesteigert hatten. »Näher, mein Gott, zu dir …« – davon war im Hospital noch ein tröstlicher Rest zu spüren. Leider aber war es dann die Städtische Klinik und nicht mehr das Hospital, worin Nike Gott näher und näher rückte.

Nr. 305 wird mir fehlen, Tanja wußte und wollte es so, und gar nicht gern setzte sie *eine Zeitlang* dahinter. Meine Geschwindigkeitsübertretungen dorthin, die Mißachtung, wenn sichs machen ließ, der roten Ampeln. Ich freute mich auf den Augenblick, den ich beim Start auf meiner Haustürschwelle vorwegnahm, ansteuerte: Nr. 305. Ich war auf der Zielgeraden in meinem Rennsportprogramm, für diese Strecke qualifizierte ich mich mehr und mehr, holte meine eigenen Rekorde ein, und das Band zerriß ich beim Eintritt in Nr. 305. Tanja setzten zwei Fragen zu: Würde ihr hauptsächlich das Anschauungsmaterial fehlen? Aus

Jagdtrieb gierig auf Erfahrungen – und es waren die schlimmen Erfahrungen eines anderen Menschen und seiner engsten Angehörigen. Und warum nahm sie sich doch immer die Zeit, zwischen Eintritt ins Klinik-Parterre und den drei Treppen und auf dem Gang von Station 12 an sich herumzuzupfen, die Haare aufzubauschen, warum wollte sie denn auch an diesem Ort, wo es auf nichts mehr als Anwesenheit ankam, so aussehen, wie sie sich selber gefiel und deshalb hoffentlich auch den übrigen Besuchern?

Tanja wußte nicht genau, warum sie sich bei Nike, mit der man nicht mehr sprechen konnte, wohlfühlte und am richtigen Platz. Es war nichts von dem, was Leila und Nora dort brauchten. Tanja hatte Nike nie *gebraucht*, nicht dinglich, praktisch, nicht handgreiflich und für dies und jenes. Aber Nike war nun einmal da und in gedankenloser Vereinnahmung ein Familienmitglied. Tanja rätselte daran herum, wodurch von einem Menschen, der sie alle in seinem Todesvorbotenschlaf schon beinah ganz verlassen hatte, ein Geborgenheitsfrieden vermittelt wurde.

Nike lag unbeweglich da und schien sich doch zu eilen. Sie hatte alle ihre Zimmergäste überholt. Ehe Tanja romantisch wurde, zwang sie sich: Sei ehrlich, Nike beneiden, das tust du unter Garantie nicht. Tanja fiel Nikes Frage ein, die sie ihr stellte, als sie noch zu Haus war und man mit ihr telephonieren konnte, deprimiert aus ihrem Sessel am Küchenfenster und zu müde, um in ihren Fibeln *Wie ernähre ich mich nach Krebs* und *Positives Denken* zu lesen, und als Tanja ihr zuliebe das Leben mal wieder schlecht machte, einfallsreich im Aufzählen von Ärger und Plagen: Aber mit mir tauschen, das würdest du nicht wollen, hatte Nike damals gesagt.

Tanja fiel immer einmal wieder etwas ein, das Nike

los würde, wenn sie stirbt. So direkt sagte sie es nicht. Schon allgemein vom Tod zu reden, war prekär genug. Nike, du würdest nie mehr wegen deines ganzen Lebens deprimiert sein müssen: auch ziemlich gewagt. Tanja schwächte ab: So ein Deprimiertsein befällt jeden empfindsamen Menschen von Zeit zu Zeit, und es wird meistens durch völlig alberne, nichtige Störungen ausgelöst, die Leute kriegen Depressionen wegen Lappalien, werden nicht *feierlich* schwermütig, Schwermut ist was anderes, aber Depressionsursachen sind überwiegend Banalitäten. Und dann, nimm Streit. Streit, der genau so gut unterbleiben könnte. Du würdest keine Angst mehr haben. Keine Angst? Tanja überlegte: Kannte denn Nike Angst? Wahrscheinlich nicht, sie war nüchtern, von der Realität in Beschlag genommen. Und mußte sie sich vor einem anderen Menschen fürchten? Auch nicht, nicht einmal vor Enzio, nicht einmal vor Streit mit ihm, denn oft genug fing ja sie damit an, ihn zu provozieren, oder sie legte mit dem Schimpfen los. Sie war nicht sein Opfer. Gewiß, oft genug litt sie unter ihm, aber sie ängstigte sich überhaupt nicht vor ihm. Und sie brauchte kein Schuldgefühl zu haben, kein schlechtes Gewissen, Empfindungen, mit denen Tanja, die, schon immer weniger unverführt ehrbar und unangefochten wie Nike, auf dem *Pfad der Tugend* gestolpert, und nicht wie Nike nach allen Verkehrsregeln redlich geradeaus *gewandelt* war, sich reichlich versorgt und deshalb in Verheimlichungstricks geschult hatte. Schlechten Tricks, es kam doch immer alles heraus. Sie dachte an Beryl-Blondie, die es zur Zeit ganz anders machte: Alles offen, Ehebruch, *du betrügst ihn*, konnte man ihr nicht vorwerfen; aber trotzdem hieß Tanja diese Liebesöffentlichkeitsarbeit nicht gut, sie fand Beryls Mut brutaler als *ihre* Feigheit.

Nike, niemand verdächtigt dich mehr, wenn du

stirbst: betrifft sie nicht. Sie gab nie Anlaß zu Verdächtigungen. »Liebe Nike, von der zweiten Station meiner Reise schicke ich Dir mal wieder einen Gruß, weil ich, als ich am Henry-van-de-Velde-Plakat vorbeiging, an Dich denken mußte. Anscheinend kommt die Ausstellung jetzt auch hierher nach Göttingen. Du interessiertest Dich für die damals in Hagen, als ich hinfuhr, Du mußtest sie versäumen, und ich hatte leider keine Minute freie Zeit, um für Dich das Plakat zu besorgen, das Du Dir gewünscht hast. Aber sicher kannst Du diese Ausstellung eines Tages noch irgendwo anders erwischen.« Tanja hatte damals absichtlich so harmlos angefangen, damit Nike nicht auf belastende Gedanken käme: Warum schreibt sie mir überhaupt? Bedeutet diese Überfürsorglichkeit, daß es mir viel schlechter geht, als ich selber weiß? Ist das Abschiedsstimmung, Vertröstung? »Ich ging bei Sturm, den die Alleebäume für mich ein bißchen bremsten, über den Wall, das ist Göttinger Tradition für mich, mein Lieblingsprogramm. Zwischenstationsziel: St. Albani. Obwohl evangelisch-lutherisch, diese schöne kleine alte Kirche ist immer freundlich geöffnet. Ich wurde dort etwas gefühlvoll und ein bißchen high. Ich weiß eigentlich überhaupt nichts über Dich in puncto Kirchen und Religion. Es wunderte mich, daß es hier bei den Lutheranern Kerzen gab, als wäre St. Albani eine katholische Kirche – egal. Ich machte eine Kerze für Dich an!« Das entsprach den Tatsachen nicht ganz. Tanja zündete zwar eine Kerze an, aber sie brannte nicht einzig für Nike, es handelte sich mehr um eine Allround-Familienkerze – und da, als sie beim Schreiben an der Stelle mit der Kerze war, wußte sie, daß sie ihren Brief nicht abschicken könnte. Sie schrieb eine Karte: »Liebe Nike, in Eile: Die van-de-Velde-Ausstellung gibts demnächst in G., also nichts wie hin. Ich bin gerade in einem iranischen Laden gewesen und habe watschliges Fladenbrot und ein paar Ansichtskarten gekauft, diese hier ist mit tausend Grüßen für Dich. Machs gut! T.«

Nachdem Tanja die Karte eingeworfen hatte, fand sie schon die *Karte* zu viel. Nike hatte damals, mit Metastasen beinah überall, aber ebenso viel Hoffnung auf Therapieerfolge, Krebs, und bis zum *demnächst* der van-de-Velde-Ausstellung wäre sie tot.

35
Isn't it romantic?

Und wenn sie nicht gefunden wurden, dann verwesen sie noch heute. Ach, was soll das, hör doch auf. Man hat sie ja gefunden. Bei einem Befehlsempfängertyp wie ihm, und später war er selber der mit den Kommandos, bei so einem konnte man damit rechnen, daß er die Sache zum geplanten Ende bringen würde.

Mein Mann winkt, dieses Winken kenne ich, er will, daß ich mich von euch losreiße. Schon die Morgendämmerung – ah, ich glaube nicht, daß wir in diesem Jahr nochmals so herrlich, Garten und Terrasse inbegriffen, feiern können, wie erstaunlich mild es war. Für die Jahreszeit, stimmt. Das Wetter hat mitgespielt. Lizzy und ihr Liebhaber, im rötlich heraufscheinenden Tageslicht sehen sie verändert aus – oder haben sie sich gestritten? Ach so, das war vorhin ein anderer, aber welcher ists jetzt? Bei Lizzy kann man mit gar nicht genügend vielen Liebhabern rechnen, na schön, was gehts *mich* an.

Es geht dich *nichts* an.

Der beginnende Tag macht uns alle ein bißchen grantig.

Nun, Lizzy weiß, wie mans macht. Der über Nacht Abgewählte, ha – verzeiht mir den Vergleich, aber nun sieht auch er wie eine Leichensache aus.

Sehr drollig bei allem Ernst. Und das da, die im roten Hosenanzug – also die da ist Edda Steinker-Busch, sie hat mal zum engsten Zirkel der beiden politischen Leichen gehört.

Weiß ich weiß ich, und sie verbreitet … ich stand ja

lang genug mit ihr und dem Pullovertypen zusammen ... also Norwegerpullover bei einem Fest wie diesem, ich weiß wirklich nicht.

Was verbreitet sie denn, diese Doppelnamen-Öko-Friedensengel-Frauen-Frau, was denn nun?

Sie war klar im Kopf, klingt also glaubwürdig, sie trinkt nur Rübensäfte und so was, Selleriesäfte, und sie sagte, *er* habe unter *ihr* gelitten.

Entschuldige mal, aber diesen Aspekt haben wir ebenfalls berücksichtigt.

Nur theoretisch. Diese Engste-Zirkel-Eingeweihte weiß es authentisch. *Er* unter *ihr*.

Dieser Kasernenhof-Pazifist? Dieser wahrscheinlich impotente Ex-Vater und Ex-Ehemann und Ex-Liebhaberheld?

Doch, so muß es gewesen sein. Sie: ein Nervenbündel, er hat sie dauernd vorm Umfallen geschützt. Schwächeanfälle, neurotische Zusammenbrüche, all das, und er hat sie offenbar retten wollen, zumal, sie soll gesagt haben, ohne ihn wolle sie auch nicht mehr sein.

Ohne ihn? Aber er war doch da, er war doch noch immer bei ihr? Kerngesund sah er auch aus, bißchen angenagt.

Irrtum. Er war ziemlich schwer herzkrank.

Sagt mir nicht, daß nicht so einer mit all seinen Bypässen, aber mit Militärdrill großgezogen, daß nicht so einer steinalt werden kann. Mein Schwiegervater überlebt mittlerweile zwei Infarkte und eine Embolie und ich weiß nicht wie viele Thrombosen seit mehr als sieben Jahren.

Was es immer war, ein verknotetes Geflecht aus vielen Problemkonstellationen, Eifersucht oder nicht, Depression bestimmt und Ende der Leidenschaft und garantiert mieser Sex, was immer es war, das, was er gemacht hat, war Mord.

Selbst, wenn sie das gewünscht hat? Nennt man das dann auch Mord? Ists dann nicht so was wie aktive Sterbehilfe?

Danke, nicht ein einziges Tänzchen, mir ist schon ohne Tanz schwindlig genug. Ja, lieber Gaetano, im Morgenlicht schmilzt die Romantik wie Butter auf der Pfanne. Wie bitte? Dann ist die Pfanne immerhin heiß? Gut, mein Vergleich hat nichts getaugt. Die Romantik hat die Schwindsucht gekriegt.

Ist doch völlig schnuppe, wie mans nennt, Mord oder Sterbehilfe. Irgendwas duftet hier betäubend, vielleicht wieder dieses grausige Parfum von vorhin.

Wenn sie es gewünscht hat, dann hätte es sanftere Methoden gegeben. Aber so ein Waffenheini wie er hat Tabletten vermutlich verachtet, weibisches verweichlichtes Zeug, wird er entschieden haben, doch eine Derringer Kaliber 38, die ist seiner kleinen Heiligen angemessen. Knall, peng, bumm – und aus. Oh, psst! Ich bitte Sie! Hören Sie bloß, jetzt erst, wenn hier alles endet, in den letzten Minuten erst spielt die Band meinen uralten Lieblingsschlager, aus einem ganz alten William-Holden-Film ist er, den William Holden, ich habe ihn wirklich und wahrhaftig verehrt, mehr als das, ich liebte ihn, ich hätte damals schon Video haben müssen und das Band anhalten, wenn sein Profil dran war, sein linkes, glaub ich, das besonders, und er *fing an* mit einem Lächeln, er kriegte das hin, Anfänge von Lächeln … hören Sie, psssst! Isn't it romantic … Oh oh! … Dancing in a summer night with you … nein, mein Bester, *you* ist nicht mal Gaetano, nichts mit *Dancing*, ich will nicht unhöflich sein, aber Sie sind nicht William Holden und dies ist an autumn early morning hour. Die Girlanden glühen längst nicht mehr im Laub, das Morgenlicht stiehlt ihnen die Schau. Uns allen, fürchte ich. Ist sie nicht aber auch auf ihre Weise herrlich, die Morgenröte? Mir war das Grünliche irgendwie nicht mehr sehr sympathisch, seit jemand diese Anspielung auf ihr wißt schon, Leichensachen, gemacht hat. Mit Röte beschreiben Sie den Schimmer zu ungenau, einfach klischeehaft. Es heißt nun mal Morgenröte, fertig. Aber darin schweben Aprikosenfarbtöne, auch Altgold, und doch auch wieder sogar was Grünliches, Fahles, ich kann mir nicht helfen. Und es ist sogar für Nüchterne oder Verkaterte wie uns ganz und gar verzaubernd, wie soll ich sagen, ergreifend, ists das? Wie kann man auf so etwas verzichten wollen, auf Naturschauspiele, wie kann man bloß lieber tot sein ... Lieber tot, als morgenrot. Lieber eine Leichensache ... igitt, mir ist schlecht, ich bin halbwegs eine. Ciao, ihr Lieben! Bis bald! Aber gehen denn alle schon? Doch nicht alle auf einmal! Es soll noch Frühstück geben.

Na dann! Wenn das so ist.

36
Nebel

Aber der Nebel, aber der Nebel. Rosalind konnte in ihrer Nebeltrance die drei Wörter nicht loswerden. Aber der Nebel, so hoffte sie und wußte nicht genau, worauf. Aber der Nebel, so fürchtete sie, er würde sich auflösen. Es half nichts, der Aber-der-Nebel-Singsang blieb im Kopf; da hab ich eine Schallplatte drin, und der Saphir ist auf dieser Rille steckengeblieben. Aber der Nebel. War das Einspruch? Ratlosigkeit, Stillstand, ein Widerschein von Hoffnung?

Aber der Nebel. Als nämlich Rosalind gegen acht Uhr morgens den Küchenrolladen mit einem Druck auf den Schalter dazu brachte, sich zu heben (sie hatten kürzlich zwei Elektriker im Haus, Walter ließ für sämtliche Fenster und Läden eine zentral zu steuernde Sicherheitsverriegelung einbauen: all das in seiner alleinigen Verfügungsgewalt; nur der Rolladen in der Küche spielte verrückt, was Rosalind nicht verriet, weil sie darin eine Fluchtchance sah – ach, was für eine erbärmliche, denn sie müßte die dicke Fensterscheibe zertrümmern), und als sie den gewohnten Blick in den kahl gewordenen Garten erwartete, sah sie stattdessen auf wattiges, undurchlässiges Grauweiß da draußen, den Nebel. Den Aber-der-Nebel-Nebel. Darin verschwanden die kleinen Anpflanzungen im Garten, der Nebel schmiegte sich dicht ans Haus, einfach nichts war von der Außenwelt übriggeblieben. Das da draußen war ein todsicheres, ein vor dem Tod sicheres Versteck. Sie brauchte bloß einen Schritt hinaus zu tun, und schon wäre sie unauffindbar. Aber der Nebel ... oh gewiß, er war der Tarnkappenunterschlupf, der Durchschlupf in die Zukunft, ins Überleben, er machte sie so, wie es nur in Märchen vorkam, unsichtbar. Doch die erste leichte Hoffnungsverlockung, Walters Todesschuß zu entkommen, die hatte der einerseits gnädige Nebel, dieses Rettungsangebot der Wetterlage – oder des Himmels selber: ... zum Vater in den Himmel *gehen* – vorhin, andererseits, wieder getilgt. Der Nebel war Hoffnung und Vernichtung der Hoffnung in einem. Denn der Arzt konnte vorerst nicht kommen.

Man sieht seine Hand nicht vor den Augen. Mit diesem Satz war der Arzt bis zu Walters Bett im ersten Stock durch den Telephonlautsprecher heraufgedrungen. Unmöglich im Moment zu fahren. Tut mir leid. Er soll noch eine zweite Nitro-Kapsel nehmen und still liegen und ...

Walter hatte ein neues Telephon angeschafft, eins mit Lautsprechertaste, die immer eingeschaltet blieb und die Stimmen der seltenen Telephondialogpartner verstärkte, wodurch Rosalind wieder erlaubt bekam zu telephonieren, und Walter nicht nur ihre Worte, die Code-Worte sein konnten, sondern auch zu hören vermochte, was die Leute am andern Ende der Leitung sagten. Rosalind telephonierte also nicht.

Nur vorhin mit dem Arzt. Sie hatte vom Plan gezehrt, am Arzt vorbei durch die Haustür zu schlüpfen, wenn sie ihn einließ. Sie sähe mal schnell nach der Post, wollte sie ihm sagen. Er konnte ja nicht wissen, daß für Walter und sie keine Post mehr kam. Das wäre ihre Flucht. Sie käme nie mehr zurück. Eine andere Idee hatte sie rasch verworfen: den Arzt einzuweihen. Sie glaubte, er würde sie für übergeschnappt halten. Auch die runde kleine pingelige Wollfrau, Wuttka, die Thanatologin, hatte das getan.

Walter konnte jetzt wieder besser sprechen und er richtete sich sogar ein wenig im Bett auf, als Rosalind eintrat und sagte: Du hasts ja gehört, der Arzt wagt sich bei dem Nebel nicht raus … Sie dachte: Vielleicht klappts ja auch so, ohne Arzt und Flucht und all das Theater. Walter kriegt noch so einen Anfall wie heute nacht, und diesmal stirbt er dran. Allerdings: Die kritische Zeit für Herzpatienten war der frühe Morgen, und Walter hatte seinen Herzanfall gegen fünf absolviert. Es wäre nicht der erste Infarkt, falls es einer gewesen war, den Walter überstände. Bis vor ein paar Jahren noch, als Rosalind Walter mit allem, was dazu gehört, liebte, hatten zu ihrem Respekt vor ihm und sogar zum Sexkribbeln im Körper ganz erheblich seine Operation am offenen Herzen und seine drei dilatierten Herzkranzgefäße beigetragen. Ein älterer Mann allein war schon wundervoll. Ein älterer Mann mit Herzkrankheit aber war auf eine noch viel großartigere Weise wundervoll und überaus beachtlich. Seine vertikal die Brust dekorierende Bypaß-Operationsnarbe imponierte und erschütterte Rosalind, sie fand Walter waghalsig, wenn er seinen und ihren Körper anstrengte, seinen mit ihrem für sich, ihren mit seinem für sie, und die Narbe erregte sie in eine Mischempfindung von Zärtlichkeit und neugierigem Begehren hinein. Seine sportlichen Leistungen auf ihr und seltener unter ihr – für Extras war Rosalind nicht geschaffen, zu verlegen, sie fand sich tapsig, wenn sie aktiv sein sollte – und seine befremdlichen Befreiungsjapser, die er ihrer unbedeutenden Körperöffnung verdankte, sie gewannen etwas Kostbares und Gefährdetes – und besonders in der letzten Panik, in der er sich abschaffte, um anscheinend beinah auch unerträgliche Empfindungen zu ergattern, mehr mehr, jetzt, gleich gleich, da hatte sein zielstrebiger Kampf, bei dem er sich nicht schonte, weil er diese einmalige und allerwichtigste Empfindung haben *mußte*, wieder doch etwas extrem Mutiges. Ein stark angeknackster Mann liebte drauflos unter Lebensgefahr! Schon dieser Gedanke, der Rosalind beim eher strapaziösen Hin und Her im Bett mehr interessierte als die Nutzanwendung auch für *ihren* Körper, überwog qualitativ und quantitativ sämtliche Lustwunder, die man ihr für einen am eigenen Leib erlebten Orgasmus anpreisen würde. Gut, den kann ich, wie es aussieht, nicht kennenlernen, hatte sie gedacht, aber gleich darauf sich selber zurückgepfiffen: Ich erlebe ihn ja nämlich genau so, im Kopf, gebannt von Walters riskantem einschüchternden Tun, ich mache seine kämpferische Versessenheit mit, sein Ziel ist meins. Sein Gewinn war ihrer, nur manchmal war sie doch ein bißchen neidisch. Aber nie währenddessen. Da war sie bei der Sache, seine Sache war ihre Sache, und es machte ihr nichts aus, daß ihre Freuden womöglich ganz schön spannerhaft waren, ja vielleicht ziemlich pervers.

Heute nacht gegen Morgen, zur Zeit der Herzinfarkte mit letalem Ausgang, hatte Walters Keuchen und Stöhnen Rosalind geweckt, und ihre ersten Empfindungen waren Ekel, Abscheu, beinah Haß. War er dazu übergegangen, es allein zu machen? Wie absolut total widerwärtig. Sie schlüpfte aus dem Bett, um ihm nicht nah zu sein, aber auch aus Scham, auf der Flucht vor dem Gefühl im Körper, der ihr schwer vor Neugier und Interesse an Sex vorkam, dazu total gräßlich und niederträchtig. Dann rief sie, im dünnen Nachthemd frierend und auch sonst abgekühlt an der Tür postiert: Hej! Was soll das! Was machst denn du da!

Was das sollte, begriff sie im selben Moment. Walter quälte stoßweise Wörter wie *Arzt*, *anrufen*, *mein Herz* aus seiner Kehle. Sein Wimmern hörte sich richtig schäbig an, und Rosalind, noch nicht ganz weg vom Schock, sagte kühl: Einen Arzt? Warum denn?

Mach schon, sollte das heißen, was Walter sich abpreßte.

Wir wollten ja sterben, denk ich. Rosalind sah zum ersten Mal Angst in Walters Gesicht, das eisige Quellwasserblau in seinen Augen wirkte wie von einer Schmutzpfütze getrübt, und das war zwar ein bißchen so was wie ein Triumph, aber kein Genuß. Sterben, nicht wahr? Nun gehts eben so. Wie es passiert, ist doch egal. Hauptsache tot.

Das Stöhnen, das Walter diesmal aus seiner Brust herausschuftete, klang ganz nach ihm, nach zornigem befehlshaberischem Walter. Doch seine Sprechkünste waren vorerst dahin, erinnerte sich Rosalind, in deren Kopf *der-Nebel-aber-der-Nebel* summte, die Saphirnadel in der Plattenrille saß auf dem Nebel fest, auch jetzt, als sie da am Fußende des Bettes stand und wiederholte – mit diesmal schadenfroher Wut auf das verhaßte Lautsprechertastentelephon: Du hasts ja gehört, der Arzt kann nicht kommen.

Walter, dem es besser und besser ging, sagte, Notdienste *müßten* kommen, und wenn alles nichts helfe, solle Rosalind die Polizei alarmieren. Er griff sich nach der Anstrengung, die der Satz ihn gekostet hatte, an die Stelle unterm verrutschten gestreiften Schlafanzug, wo Rosalind sein Herz vermutete.

Die Polizei! Rosalind sah die Beamten bereits leibhaftig vor sich, sie sah zwei. Wie in einem Kriminalfilm. Freundlich, aber auf der Hut. Zwei junge uniformierte starke geradlinige Männer. Würden die Beamten aber ihrem hastigen Getuschel über das tödliche Geheimnis in diesem stinknormalen Reihenhäuschen glauben? Ihm auch nur irgendwelche Bedeutung beimessen?

Geh hin, keuchte Walter in ihre Überlegungen hinein.

Vielleicht würden sie Rosalind freundlich beruhigen. Sie käme ihnen überdreht vor, sie fänden das nicht erstaunlich, bei der Aufregung um den Kranken, und sie hatten nur den Auftrag, sich seiner anzunehmen. Sie würden sie nicht ernstnehmen, so wenig, wie der Arzt das getan hätte, so wenig wie Wuttka, eine Frau fürs Sterben und ohne Phantasie. Was Rosalind jedoch bliebe, wenn die Polizisten kämen, wäre das Rausschlüpfen aus der Haustür, wenn sie den Männern zuriefe: Ich komme gleich nach, gehen Sie bitte schon in den ersten Stock, die Schlafzimmertür ist offen.

Rosalind telephonierte mit dem Diensthabenden. Der Lautsprecher tönte seine Antwort durchs Haus: Ich werds weiterleiten, mehr kann ich zur Zeit nicht sagen. Hier ist zur Zeit der Teufel los. Mehrere Einsätze. Das Vinzenz-Spital ist zuständig. Rufen Sie dort an und fragen Sie, was Sie tun sollen, bis jemand einen Rettungswagen schicken kann.

Bis sie kommen, lese ich dir was Schönes vor. Rosalind trat mit Zwieback und Mineralwasser an Walters Bett.

Er hatte wieder mehr Farbe im Gesicht und zielte mit seinem mißtrauischen Forscherblick auf Rosalind, die an das dunkle Auge, das Mündungsloch in der Derringer Kaliber 38 denken mußte. Angst hatte sie jetzt aber keine. Dem Mineralwasser sah man gar nichts an. Du sollst viel trinken, hat der Arzt vorhin gesagt. Sie hielt Walter das Wasserglas hin, er nahm es nicht, vielleicht aus Mattigkeit? Und ihr fiel ein, daß er ja wegen des verdammten Lautsprechers gehört hatte, was der Arzt an wenigem zu raten bereit bewesen war, von viel trinken war nicht die Rede gewesen. Walter knurrte und gurgelte, er wollte wissen, was vorhin im Badezimmer so laut gequietscht hatte.

Rosalind schüttelte stumm den Kopf, sie lachte sogar ein bißchen, obwohl sie nervös war, denn der Nebel kam ihr längst nicht mehr so dicht vor wie noch gegen acht beim Hochgehen des Rolladens in der Küche, dieses heimlichen Verbündeten, der Walters Schaltung nicht gehorchte, und demnächst müßte es an der Haustür klingeln und sie sehr konzentriert sein, jede Bewegung und auch ihre Mimik und die Art zu sprechen unter Kontrolle haben, damit sie ins Freie streben könnte, an Polizisten oder an Sanitätern vorbei, sehr schnell und unauffällig. Es müßte den Eindruck vom Normalsten auf der Welt machen.

Was hat gequietscht?

Du liebe Zeit, Walter redete ja fast wie einer, dem nicht gerade noch die prekärsten Herzstörungen zugesetzt hatten und vielleicht der neuen Katastrophe ausgeliefert war.

Du sollst doch nicht sprechen. Auch das hatte der Arzt nicht gesagt. Du sollst dich ruhig verhalten, still liegen. Das *hatte* der Arzt gesagt.

Was wars?

Mir war Pflaster auf den Boden gefallen und da hab ich die kleine Kommode abgerückt, hinter die es gefallen war, log Rosalind, und sie war froh über eine neue Schwäche Walters, offenbar wars eine neue Schwäche, denn er drückte den Kopf ins zerknautschte Kissen und gab es sogar auf, sie zu fixieren. Er schloß doch tatsächlich die Augen. Sein Gesicht hatte eine rosige Farbe, eine bessere Farbe als oft, wenn er gesund war und auf seinen Socken durchs Häuschen die Observierungstouren unternahm. Ratsch ratsch! Rosalind wußte ganz genau, was Walters Ohren nicht entgangen war: Ratsch ratsch – hatte sie das Klebeband, das seit neustem der

Medikamentenkommode das Aussehen eines Verwundeten im Lazarett verlieh, über den Schubladen abgerissen und zittrig vor Eile und Aufgeregtheit ein paar Schlaftabletten und eine Handvoll Tranquilizer aus ihrer Plastikversiegelung gepflückt und sie ins Glas mit dem Mineralwasser geworfen. Übrigens hatte sie drei von den Tranquilizern auch sich selber in den Mund gestopft. Sie hoffte, sie würden sie nicht zu sehr dämpfen. Nur, ein bißchen ruhiger werden für die Ausführung ihres Plans, das mußte sie.

Und auch Walter mußte ruhiger werden, und das nicht nur ein bißchen. Sie hatte ihm nicht allzu viel gegeben. Vielleicht in medizinischer Hinsicht doch ziemlich zu viel, aber, falls es überhaupt zu einer Untersuchung käme, Magenauspumpen oder so was, so fiele ihr unvernünftiges Tun unter die Amnestie Sorge, Angst, Aufregung. Doch, diese Maßnahme, ihn ruhiger zu machen, ließe sich vor der Öffentlichkeit als gerechtfertigt vertreten.

Hörst du mir denn zu? Das war schön eben: adagiosanft. Rosalind, von ihren Überlegungen kaum abgelenkt, eben *adagiosanft*, unterbrach das Vorlesen. Sie war immer noch nicht angezogen, und daß das zu geschehen hätte, belastete sie doch: Wer weiß, wie bald der Rettungswagen einträfe. Dann müßte sie gerüstet sein.

Ich mach mal eine kleine Pause, besser, ich ziehe mich mal an.

Bleib da. Walters Kommandos, wenn sie auch mit schwacher Stimme erteilt wurden, übten ihre alte Gewalt auf Rosalind aus, und sie dachte: Wie verrückt. Laß ihn doch befehlen, er kann ja nicht aus dem Bett, du aber könntest in größter Ruhe, in Sicherheit vor ihm, aufstehen, dich anziehen. Doch sie blieb sitzen, las vor: »... adagiosanft langsam sinkt Musik in die Tiefe, hält ein, versucht ein neues magisches Fis-Dur …« Walter war plötzlich gut zu verstehen: Du wartest auf mich, japste er. Du auf mich … wir machen es wie … er blieb stecken. Vom Mineralwasser hatte er immer noch nicht getrunken.

Ja ja, wie geplant, ergänzte Rosalind seine Anweisung. Du solltest endlich einen Schluck trinken. Dein Körper braucht Flüssigkeit. Er weiß es, dachte sie, als Walter mit einem *so so* und *aha* herauskam und es fertigbrachte, auf eine schiefe schreckliche Weise zu grinsen. »… und es klingt, als wäre auf dem Grunde des Kerkers das Meer erreicht …« Darüber müßte man nachdenken, fand Rosalind, aber sie hatte keine Zeit dazu. Draußen war der Nebel immer noch dicht und reichte bis ans Schlafzimmerfenster. »… wir sind *in* Musik, ähnlich, wie wir im Traum sind … werden vom Strom der Musik weggerissen, Gott weiß wohin (beim Tod ist es vielleicht ähnlich, vielleicht hier die Affinität von Musik und Tod)«. Auf eine unwillige Geste Walters hin hörte Rosalind auf zu lesen, und im selben Moment klingelte es an der Haustür. Wie merkwürdig, Rosalind hatte vorher kein Motorgeräusch, Reifenquietschen, das Zuwerfen der Autotüren gehört. Wirkten die Tranquilizer? Gib den Hausschlüssel heraus, sagte sie, ich muß ja öffnen können.

Mein Herzklopfen war leider so grauenhaft, als ich davonlief, ziemlich rasch, wirklich, aber der Nebel stoppte mich doch manchmal, so grausiges Herzklopfen, daß ichs nicht richtig genießen konnte, ich denke, das Genießen kommt später, ich war frei, ich war rausgekommen, aber … Während Rosalind nur mit dem Nötigsten ausgestattet, und an Stelle einer Bluse (keine Zeit!) hatte sie ihr Nachthemd in die Jeans gestopft, Pullover und Winterjacke drüber, durch die Straßen hastete, nicht genau wußte, wo, und wie weit schon gekommen, sie war, hörte sie sich irgendwelchen Leuten Bericht erstatten.

Beim Friseur ließ sie sich in den ersten besten Drehstuhl plumpsen. In den dichter bewohnten Straßen war der Nebel längst nicht so undurchdringlich wie in der Reihenhaus-Vorstadt mit ihren Gärten. Und schon kam Katja, die Rosalind, komischerweise, fand sie, nichts anmerkte, sondern fragte: Alles wie immer? Lang nicht gesehen. Katja schien gleichmütig, beinah gelangweilt, was Rosalind befremdlich und etwas kränkend fand. Waren sie nicht fast so etwas wie befreundet? Mit Katja stand Rosalind auf *du*, eine richtige Freundschaft wars aber nicht, das stellte sich ja jetzt ganz klar heraus, na schön. Katja unterdrückte ein Gähnen, obwohl doch die darüber sehr verwunderte Rosalind soeben verkündet hatte, sie wolle überhaupt keine Behandlung. Sie sei bloß hier, weil ... Als Notfall! Rosalind lachte. Sie fühlte sich furchtbar erschöpft. Frei, das ja, aber noch nicht für immer, die Sache war noch nicht ausgestanden. Wenn sie Walter womöglich sofort mit verdammt hochkarätigen Injektionen verwendungsfähig machten, so daß er gar nicht erst ins Vinzenz-Spital transportiert werden müßte, dann würde er unverzüglich aufstehen. Er würde sie bestimmt suchen und ebenso bestimmt finden. Jemand wie Walter fand immer, was er suchte.

Sag mal, Katja, kann ich zu dir? Bloß für kurz, ich versprechs. Aber ich hab Krach zu Haus, ziemlich schlimm, mein Typ und ich, du weißt schon, du kennst das doch ...

Katja lüftete das Geheimnis, warum sie so hundemüde war: Tut mir wahnsinnig leid, aber ein Freund ist da, so einen Herzensbrecher wie den hab ich noch nicht erlebt, ich habs schon aufgegeben, mit so einem zu rechnen.

Ich störe euch nicht. Ich brauche bloß einen winzigen Platz für mich, nur kurz.

Ich möchte, daß er sich ausschläft ... Katja lachte und sah neben Rosalind in den großen Spiegel gegenüber, sie zupfte an ihrer Frisur, aber statt auf Rosalind, die ihr Blick streifte, schaute sie sicher ins Erinnerungsbild der Nacht, und in dem erschien ihr neuer, ihr erster wahrer Herzensbrecher.

Ich würde ihn nicht aufwecken.

Das ists nicht allein. Katja klang jetzt etwas hölzern. Ich möchte nicht, daß er gleich so ein unordentliches Leben mitkriegt, weißt du. Wenn irgendwelche verstörten Freundinnen aus- und eingehen, das sieht nicht nach gutem Lebenswandel aus. Er kommt aus einer besseren Familie. Katja drückte Rosalinds widerstrebenden Kopf auf die Porzellanrampe der fahrbaren Waschschüssel.

Nun wehr dich doch nicht. Deine Haare habens nötig.

Rosalind gab nach. Trotz des Herzklopfens wurde sie fast schläfrig. Die Kühle des Porzellans tat gut, gut taten auch die zarten Rinnsale des Wassers, das stirnabwärts über Rosalinds Haare ins Becken rann, und Katjas kundige Hände halfen dem warmen Wasser mit sanften und doch kräftigen abwärts streifenden Bewegungen nach. Alles das tat gut, es beruhigte. Oben drüber erzählte Katja vom neuen Freund, das war ein bißchen lästig, aber man brauchte ja nicht genau zuzuhören, und alles andere war wirklich – ja was? Schön, es war wirklich schön. Könnte nur nicht jederzeit die Tür aufgehen und Walter ... oder einer von den freundlichen Polizeibeamten aus ihren Phantasien, oder ein ebenso freundlicher junger Sanitäterbursche mit gerötetem fröhlichem Gesicht ... Sind Sie Rosalind, eh, ich meine, die junge Frau, die uns zu ihrem kranken Mann gerufen hat? Ach was, so schnell doch nicht. Bin ich das? Wäre ich dann jemand, der sich die Haare machen läßt? Und sowieso, der Todestermin ist erst übermorgen. Rosalind lächelte. Der Sanitäterbursche mit dem jungen fröhlichen geröteten Gesicht versuchte, ernst auszusehen. Der Polizeibeamte war ziemlich blaß, der Polizeibeamte sah bereits ernst aus, aber höflich. Tut uns leid, aber mit dem Todestermin haben Sie sich leider geirrt, denn Ihr Mann … tut uns aufrichtig leid … Etwas rüttelte plötzlich an Rosalinds nassem, nach hinten gebogenen Kopf. Hey! Ach ja, Katja, die Friseuse und Beinah-Freundin.

Sag mal, schläfst du oder bist du gestorben? Ich wasch dir nicht ewig die Haare. Hoch den Kopf! Ein Frottiertuch stand, zum Turban gewunden, Rosalind gut.

Gestorben wird erst übermorgen, sagte sie. Wenn überhaupt.

Mein Freund denkt von mir … Katja redete weiter.

Meiner auch, sagte Rosalind. Falls das noch *Rosalind* war. Die Frau im Spiegel, diese *erwachsene* Frau mit dem grünlichen Turban, sie kannte Walter nicht. Sie würde ihn nicht einmal kennenlernen.

Man könnte meinen, du hättest zu viel Nebel geschluckt. Du hast Nebelwatte im Kopf, oder? Das war Katjas Stimme.

Kann sein, sagte die Frau mit dem Turban. Den hielt sie jetzt mit beiden Händen rechts und links am Kopf fest. So eine blöde Friseuse, will sie mir doch wirklich ins Handwerk pfuschen.

Laß schon los, wir müssen weitermachen.

Aber bei dem Nebel kommt ja keiner. Keinerlei Kundschaft.

Rosalind merkte, daß Katjas Chefin ihr auf die Schulter klopfte. Wachen Sie auf. Hier gibts keinen Nebel mehr. Es ist eine Kundin für Katja da, und für Sie, glaub ich, der Herr da hinten.

Rosalind drehte sich nicht um. Das half nichts. Sie sah in den Spiegeln des Frisiersalons eine ganze Menge Männer. Aber der Nebel ... er war doch noch da, denn Rosalind erkannte keinen.

37

Aber auch das war noch nicht das Schlimmste

Sehr drollig, bei allem Ernst. Ciao, ihr Lieben alle. Dank und nochmals Dank. Aber sagen Sie, wird heutzutage nicht mehr und mehr übertrieben. Ich meine, die Gastgeber haben mächtig aufgedreht – etwas mehr Bescheidenheit hätte ich persönlich für vornehmer gehalten. Für diskreter.

Sie scheinen es drauf anzulegen, daß man es wettmacht, als Gast bei so viel Spektakel und Aufwand.

Ich habe sofort erklärt: Ich sags euch gleich, damit werde ich nie und nimmer Schritt halten. Ihr wißt, wenn man wie ich berufstätig ist … und in was für einem Beruf!

Aber die Schmiedings habens geschafft, im Vergleich mit der Party damals beim Gerichtsmediziner, ihr erinnert euch alle an diese Supernacht, sie habens geschafft, sie hielten dem Vergleich stand. Obwohl – der Garten mit seinen Beleuchtungseffekten hat gefehlt. Andererseits, wenn du deine Zimmer für so viele Gäste opfern mußt … Wie lang das Ganze her ist, ich müßte raten, lang, ziemlich lang. Alles passé, daß wir hier Gäste waren und dieser Doppelmord oder wie sagt man heutzutage dazu? Hat uns damals enorm beschäftigt. Doch, mittlerweile solls definitiv Mord gewesen sein. Aber nur, wenn du diesen Interpretationen glaubst, die in dem Buch von dieser Feministin stehen.

Nun, er wars, wie ich es damals schon ahnte, ich kann so was spüren. Die Ermittlungen sind abgeschlossen. Und wer von euch prophezeit hat, sie versänken sehr bald im Orkus des Vergessens, hat sich getäuscht. Sie hatten Glück, diese Oberfeministin hat sich ihrer Tragödie angenommen.

Keine Ahnung, ob das ein Glück ist.

Es wird aber vielleicht verfilmt, das Ganze, ihr Buch. Und sie kommt zu dem Schluß: Er war ein Filou.

Sie hält nun mal zu den Frauen.

Nicht ganz. Ihm gewährt sie auch einige Gnade. Daß sie ihn mit ihrer Abhängigkeit geplagt hat. Sie hat sich in die Kindchen-Weibchen-Rolle zurückentwickelt.

Das konnte der Oberfeministin ja wirklich nicht gefallen. Heute sind eher Süßigkeiten im Angebot. Mit dem Kaffee stimmt irgendwas nicht, ich weiß nicht, ob Mia ihre Kaffeemaschine oft genug reinigt.

Die Feministin tut so, als wäre alles geklärt. Die Staatsanwaltschaft hätte alles geklärt, und das kann ich nicht glauben. Sie waren dermaßen verwest, wer könnte da alles klären? Keiner.

Aber daß sie im Schlaf erschossen wurde, steht das nicht fest?

Mir kann doch niemand erzählen, das wäre mit Sicherheit nachzuweisen. Doch diese Feministin tut so, als wärs das. Die sieht das so: Alle Soldaten, und er war ja mal einer, sind Mörder. Und Mörder sind bekanntlich Männer.

Du meinst: Soldaten.

Kommt auf eins raus, ja klar meine ich das. Dieses Gebäck ist zu zuckrig.

Ich finde eher, das an allem, was ich bisher probiert habe, Zucker fehlt. Wenn schon Süßes, dann aber auch bitteschön süß.

Ein Soldat ist ein Mann ist ein Mörder.

Er soll sich bis zu seinem Tod neben der Tatwaffe, dieser Derringer Kaliber 38, noch vier weitere Schießeisen gehalten haben. Wirklich nicht sehr anheimelnd.

Seine Angehörigen glauben, daß er unmittelbar vor der Tat, die er nach ihrer Ansicht nicht geplant hatte, einen Infarkt hatte oder sonst was Schlimmes, Lungenembolie, und aus Fürsorglichkeit habe er die von ihm total abhängige Frau mit in den Tod genommen.

Andere Leute lassen da einen Arzt kommen.

Was redet ihr da? Doppelsuizid hat die Staatsanwaltschaft abschließend festgestellt.

Aber weil sie nicht recht weiterwußte.

Ich sags ja, bei dem Verwesungszustand.

Es wird nicht rauskommen. Tödliche Liebe, also verfilmt wird das mit Sicherheit.

Und was machen die Familien der zwei Unglücksraben? Habt ihr das gehört? Es ist zum Lachen, zum Kichern sagen wir mal, wenns nicht zum Heulen wäre.

Na was denn?

Sie streiten um ein Sparbuch. Sie hatte es einst für ihn angelegt. Wem gehört es nun.

Wie gehts überhaupt in der Zwischenzeit ihrer kranken Freundin? Oder wars ihre Schwester? Die Schwägerin, irgend jemand, der ihnen nahsteht?

Stand. Der Fall ist ebenfalls abgeschlossen. Es war ziemlich leicht, das Ermittlungsergebnis. Es ging ohne Staatsanwaltschaft. Die Ärzte und das Pflegepersonal haben genügt.

Werden Sie nicht makaber. Probieren Sie den Kaffee aus der Kanne mit dem roten Punkt. Der ist beinah wirklich genießbar, fast sogar gut. Tut mir leid, das mit ihrer kranken Tante – oder ist sie tot?

Um Sparbücher und so was streiten sie auch, in der kleinen Familie. Sie können nämlich nichts finden. Meine Schwägerin war auch nicht ordentlich, aber sie hat ihr Chaos einigermaßen verstanden.

Zu komisch, daß es nach Todesfällen immer doch

auch diese Banalitäten gibt, vielleicht ganz nützlich ... Sparbücher. Als wäre der Tod nicht das Schlimmste.

Ist er nicht. Das Schlimmere sind die Scherereien für die Hinterbliebenen.

Ich hab keine Ahnung. Ich weiß nur, daß ich dringend was zu trinken brauche – ah, Gaetano, der schöne Gaetano, den haben also auch die Schmiedings gemietet. Bis dann, meine Lieben.

Sie weiß nicht, wann sie sich lächerlich macht. Diese Kostümierung, und wo Türkis kombiniert mit Pink ihr nun wirklich nicht steht, und in ihrem Alter sollte keine Frau die Haare so lang runterhängend tragen.

Aber auch das war noch nicht das Schlimmste.

Wie bitte? Isoldas Aufmachung?

Ich hab nur mit mir selbst gesprochen.

38

Denn wir haben hier keine bleibende Stadt

Da war er wieder, der Feuereifer vom warmen Nachmittag Ende August auf der Vogelflugstrecke zwischen Hospital und Wohnung, und es war die Beteuerungsberedsamkeit, das inwendige Tempo: Höchstgeschwindigkeit aller Sinne, der Wahrnehmungen, der Gefühle.

Was versteckte sich hinter Kevins Schweigen? Tanja lief immer wieder zwischen ihm und dem Telephon hin und her. Sie kam nicht zur Ruhe. Die Strecke Kevin – Telephon – Kevin war ihr zu kurz. Dummerweise konnte sie diesmal nicht aus dem Haus strömen wie damals am Spätsommernachmittag mit der gleichen Innentemperatur, quecksilbrig und gesteigert und wie auf Raubvogelschwingen zu ihr hinjagen, dann wieder zurück zu Kevin. Diese kleinen Entfernungen zwischen Kevin, zu dem sie ab und zu etwas freundlich Banales sagte, denn er sollte ihre Aufgeregtheit nicht mitbekommen, und den Telephonpartnern, die machten sie nervös. Was sie den Anrufern erzählte – manchmal war auch Tanja es, die anrief – kam vielleicht nicht überall gut an, ein paar Leute hielten sie wahrscheinlich für ein bißchen übergeschnappt. Kevin, bei dem, was er mitbekam, dächte ganz sicher so. Aber er hielt sich raus, wie es seine Art war, wenigstens meistens war es seine Art.

Und ich bin richtig froh, wirklich froh drüber, daß ihre Töchter mich gebeten haben, ihnen zu helfen. Ich meine, bei der Anzeige und weil sie eine Bibelstelle drin haben wollen. Das gefällt mir. Es gefällt mir wirklich sehr. *Gefallen* ist vielleicht nicht das passende Wort dafür. Ich bin froh, weil Leila und Nora es von selbst so gewollt haben, ich hatte kein Wort drüber gesagt. Diese öden, rein weltlichen Todesanzeigen sind doch furchtbar. Es ist wie bei einem Geschäft, das zumacht. Und vor allem finde ich es wichtig für Nike. Ich hätte sie nicht gern einfach so ohne was ziehen lassen. Natürlich spielts vor Gott vermutlich keine Rolle, trotzdem.

Zu wieder jemand anderem sagte Tanja: Es klingt ja komisch, aber ich bin, wenn ich an unseren alten Nachbarn denke, richtig stolz auf sie. Weißt du, der alte Nachbar stirbt und stirbt, er kriegts nicht hin, es ist fast so wie bei jemandem, der sich nicht kurz fassen kann. Er hat dieselbe Krebsart wie Nike zuletzt, die Leber arbeitet so gut wie gar nicht mehr, aber er liegt da und kann nicht endgültig sterben, er lebt nicht und er ist nicht tot, wenn du verstehst, was ich meine. Und er machts zu Haus. Er klammert sich wahrscheinlich dran, an das, was er jetzt immer noch Leben nennt und anscheinend dem Tod vorzieht. Das habe ich vorhin gemeint, als ich sagte, ich sei geradezu stolz auf Nike. Sie hat es rascher erledigt. Sie hat es sozusagen eleganter gemacht. Ist ja Unsinn, ich weiß, ich weiß, und dennoch ... Vom alten Nachbarn hört man, daß er sich gelegentlich aufbäumt und Wutanfälle kriegt, dann will er aus dem Bett, überhaupt ist mir nicht klar, wie seine Familie das aushält. Nike war in der Klinik bestens versorgt. Tanja sagte jetzt sehr deutlich und laut, weil sie wollte, daß Kevin das hörte: Sie hatte dann wirklich überhaupt nicht mehr zu leiden. Und überhaupt keine Todesängste. Es ging ihr gut. Sie sah friedlich und besänftigt aus. Wie nie zuvor als Gesunde. Schön sah sie aus.

Hier mogelte Tanja für Kevin ein paar Aufbesserungen dazu, aber was spielte das jetzt noch für eine Rolle? Außer für Kevin. Sich seine Schwester mit einem friedlichen und besänftigten und sogar schönen Gesicht vorzustellen, müßte ihm einiges wert sein.

Nein, das nicht, sagte Tanja bei einem anderen Telephonat. Nein, am Schluß war ich nicht dort in Nr. 305, Station 12, 305, das war ihr Zimmer, nein nicht *ganz* am Schluß, aber doch ziemlich gegen Ende. Ja, Station 12 ist die Krebsstation, eine richtige Endstation, aber besser als dort kann mans nicht haben, und das beurteilte auch Nikes ältere Schwester so, sie muß es wissen, ihr Mann war Arzt. Es sind auch Männer auf der Station. Ja, ihre ältere Schwester war am Schluß in Nr. 305. Sie hat mir erzählt, daß genau in dem Augenblick, als bei Nike der letzte Atemzug bevorstand, die Tür aufgerissen wurde und die Frau des Schwagers reinstürmen wollte, und daß sie die Frau des Schwagers angefaucht hat. Zu mir sagte sie: Ich war sicher gräßlich zu ihr, sie wird mir das nie verzeihen, aber das war nun wahrhaftig nicht der geeignete Moment für einen ihrer sowieso fürchterlichen Besuche. Beim *letzten Atemzug*, so hat sie Nikes Tod dann nochmal genannt, bei dem wollte sie unbedingt allein mit ihrer Schwester sein.

Tanja wußte bei einem anderen Telephonat nicht genau, ob auch eine der Töchter mit in Nr. 305 gewesen war. Ich persönlich, ich möchte nicht im Kreis der Familie sterben. Auch nicht mit meiner Schwester an meinem Bett, ich möchts nicht für mich und erst recht nicht für sie, die Ärmste. Dazu muß man wissen, *wir* lieben uns, meine Schwester und ich, von Kind an: eine einzige Liebesgeschichte. Und auf keinen Fall würde ich es so haben wollen wie beim alten Nachbarn. Ich hätte es am liebsten total anonym. Auch ohne Kevin. Niemand, der mich kannte, wie ich als Gesunde war, soll bei mir sein, soll mich so sehen, so herzzerreißend und eine schlimme Erinnerung … Kevin fiel ihr ein und daß er zuhören könnte, und schnell fügte sie vernehmlich hinzu: Ganz friedlich und sanft muß Nike ausgesehen haben. Und dann, mit gedämpfter Stimme: Vielleicht ist das schon ein Hauch von der Schönheit, ein Abglanz ... vom Himmel, ich weiß nicht, aber vielleicht leuchtet dann schon das Ewige Leben aus einem, der stirbt, oder das Schöne, das der Sterbende, kurz bevor es aus ist, zu erblicken anfängt ... einen Schimmer vom Ende des Tunnels her ...

Tanja dachte an die zwei Toten ihres Lebens, die sie gesehen hatte, an eine alte Tante und an ihren Großvater. Ihre Tante hatte blöde ausgesehen, so ungefähr wie beim Anschauen einer Gala im Fernsehen, und ihr Großvater mürrisch und zusammengekniffen, als wolle er sich wie jeden Tag über die Verspätung beschweren, mit der er sein Mittagessen bekam.

Das Hin und Her zwischen Telephon und Kevin ließ sich nicht unendlich fortsetzen. Nikes Bekanntheitsgrad war nicht groß genug. Am liebsten wäre Tanja aus dem Haus gelaufen, am liebsten in die Klinik, wo sie nach dem Raum gefragt hätte, in dem sie die Toten unterbrachten, bis sie von den Leuten der Beerdigungsinstitute abgeholt wurden, falls das so vor sich ging. Die Tote, die hätte sie furchtbar gern gesehen. Es wäre gewesen, als schaue man auf ihre nicht besonders lange und nicht besonders glückliche Lebensgeschichte, und Tanja fand, Nike habe das verdient.

Kevin, wie wärs mit einer Tasse Schokolade? Oder willst du was anderes?

Kevin wollte nichts anderes und auch keine Tasse Schokolade, er wollte überhaupt nichts von allem, was Tanja ihm aufzählte.

Gehts dir irgendwie nicht gut?

Irgendwie?

Ich meine nur: Ist was?

Das glaub ich schon. Es *ist* was.

Natürlich, ich weiß. Entschuldige. Ein Schnaps wäre das Richtige. Nike hätte Sinn dafür, Humor hat sie gehabt. Ihren speziellen.

Tanja verschwieg, was sie dachte: Aber die Arme hatte immer weniger und auch früher nie genug Gelegenheit, von diesem speziellen Humor Gebrauch zu machen.

Sie traf ihre Entscheidung. Sie brachte Kevin einen Aquavit.

Ist auch gut für den Magen. Hast du das eigentlich noch?

Was, noch?

Magenprobleme. Blei im Magen.

Mal ja, mal nein.

Kevins Magen mußte herhalten, um von Nikes Tod abzulenken, und Tanja hielt es für eine gute Ablenkung, auf den Hausarzt zu schimpfen. Einfallsloser Bursche. Ich hab den Verdacht, mit Patienten wie dir hat ers nicht gern zu tun. Die selbst zu viel wissen und Vorschläge machen und ihre Symptome allzu exakt schildern können. Die alten Damen vom Seniorenstift nebenan sind ihm lieber, sie blicken zu ihm auf und halten es jederzeit für eine gute Idee, einen Nachmittag lang in seinem Wartezimmer bei den Illustrierten und den drei Topfpflanzen die Zeit rumzubringen. Ich fürchte wirklich, er mag dich nicht. Sie fand alles überflüssig, was sie sagte, aber es war Therapie und deshalb doch nicht überflüssig. Mich mag er schon mehr. Sie lachte. Meine Defekte, die hat er lieber. Mit einer Bronchitis kann er gut umgehen, und mit Frostbeulen. Mit diesen Bundeswehrkrankheiten. Du hast mir doch erzählt, daß er früher Arzt bei der Bundeswehr war, und …

Hilfreich klingelte das Telephon, und Tanja konnte wieder davonfliegen. Kurzstreckenflug leider, aber

Energie ließ sich auch ins Sprechen umsetzen. Tanja hoffte, der Anruf hätte mit Nikes Tod zu tun.

Und sie hatte Glück: Ja, die beiden armen mutterlosen Töchterchen, sie haben sich bei uns angekündigt, sie wollen zu mir ... es muß sich rumgesprochen haben, daß ich für den lieben Gott zuständig bin. Tanja lachte mit irgend jemandem. Und ich habe auch eine Menge Vorschläge für die Anzeige, viele wundervolle Bibelzitate, aber ich denke mir, Hebräer 13.14 wird das Rennen machen. Wie bitte? Tanja lachte wieder. Ach so, schon verstanden. Du brauchst dich nicht zu entschuldigen, die meisten wissens nicht. Hebräer 13.14, das geht so: »Denn wir haben hier keine bleibende Stadt, sondern die zukünftige, die suchen wir.« Ja, diese Stelle wird meine anderen mindestens so schönen besiegen, und ich finde sie ja auch besonders gut geeignet, weil Nike doch bei der *Stadt* gearbeitet hat. Tanja lachte wieder, scheu, kurz: Nicht bei der *zukünftigen.*

Sie dachte: Das macht sie vielleicht jetzt. Wann ist ihr Jüngstes Gericht? Sie hoffte immer, wenn sie an den Tod dachte, auf Einzelvorladungen. Todeswarten bis zu einem Schlußtermin für *alle* wäre entsetzlich. Wie endlos lang sich das hinzöge. Jeder, der sich öffentlich über die gefährdete Zukunft des Planeten und seiner Bewohner äußerte, wünschte ja, daß es weiterginge mit der Menschheit. Wann käme *dann* jemals das Jüngste Gericht dran?

Plötzlich, so unvermittelt aus dem Zusammenhang ihrer Gedanken gerupft wie bisher jedesmal, fiel Tanja die Zeile aus dem Gedicht von Raymond Carver ein: *Aber das war noch nicht das Schlimmste.* Eine gar nicht schlechte Idee für die Todesanzeige. Aber damit käme sie nicht durch. Nicht einmal, wenn sie versichern würde: Der Tod *war* nicht das Schlimmste, nicht mehr für eure Mutter. Er dürfte von niemandem für das Schlimmste gehalten werden, er ist für *keinen* das Schlimmste, für keinen, der stirbt. Für die Hinterbliebenen schon, meistens. Die Töchter würden sie taktlos finden. Und sie verstünden Tanja nicht. Tanja sah sie schon die schönen blassen Gesichter verziehen, die Köpfe mit den langen, glatt und dicht fließenden dunklen Haaren schütteln. Es blieb für Tanja ein Wunder, daß der unaufwendig gestalteten Nike und dem waldschratmäßig zauseligen Enzio zwei so wohlgefällig anzuschauende Töchter geglückt waren. Über die Gene ihrer Eltern mußten irgendwelche Gene von Vorfahren einen Riesensatz gemacht und in einem rekordreifen Weitsprung diese beiden Originale hervorgebracht haben.

Die Beerdigung? Diesmal war Nikes ältere Schwester am Telephon, und sie klang verärgert. Es war schon spät am Abend, zu spät für die Telephongewohnheiten der älteren Schwester, die eine Ausnahme machte, weil sie ihren Groll loswerden mußte.

Doch, ja, die Beerdigung wurde verschoben, bestätigte Tanja und genoß dabei ihre ruhige Stimme. Und das kam so: Enzio und die Töchter wollten dringend, daß ich dabei wäre. Und das hätte ich am Donnerstag nicht sein können. Deshalb die Verschiebung.

Und da hat es niemand für nötig gehalten, mir das mitzuteilen, sagte die ältere Schwester bitter.

Du weißt es ja aber jetzt. Jemand hats dir schließlich gesagt.

Reichlich spät, muß ich sagen. Und ich wüßte es bis jetzt nicht, wenn nicht ichs gewesen wäre, die dort angerufen hat … um mich zu erkundigen, wie es geht und ob ich was helfen kann. Und weil ich mich abmelden wollte. Ich hatte mich schon bei meinen Kindern in Bad Kreuznach angekündigt. Fürs Wochenende. Worauf nun plötzlich die Beerdigung verlegt ist. Die ältere Schwester seufzte, mehr als ein Seufzer war das ein Aushauchen ihrer Ablehnung. Man hatte sie mißachtet. Wirklich, ich muß schon sagen. Ich bin verwundert, gelinde ausgedrückt. Ich vermute doch, das kannst du verstehen.

Ich kanns verstehen, aber du kennst ja die chaotische Familie, sie waren es immer schon, chaotisch und kontaktarm, und jetzt sind sie es natürlich erst recht, unter diesen Umständen, schlampig, vergeßlich, und das kann ich gut verstehen.

Die ältere Schwester wurde zwar nicht versöhnlicher, blieb aber immerhin diskret genug, um für sich zu behalten, was Tanja dachte: Kevin und ich, wir hätten ihr die Verschiebung des Termins mitteilen sollen.

Tja, also dann, gute Nacht. Der Seufzer der älteren Schwester hörte sich jetzt eher schicksalsergeben unkenhaft an. Die Nächste werde ja wohl ich sein.

Sag das doch nicht immer, antwortete Tanja.

Nach der Statistik, sagte die ältere Schwester.

Es ging schon diesmal nicht nach der Statistik, sagte Tanja.

Kevin mußte über dieses letzte Telephonat des Tages informiert werden: Ich glaube, wahrhaftig, das glaube ich, über eine Fahrlässigkeit wie die mit dem verschobenen Beerdigungstermin, und daß man ihr das nicht gesagt hat, regt sie sich jetzt so auf, daß sie vorerst nicht auch noch um ihre kleine Schwester trauern kann. Das lenkt sie total ab. Fast gut für sie.

Kevin spürte das Bedürfnis, kein Wort zu sagen. Keine Ahnung, rang er sich trotzdem ab.

Doch, in gewisser Hinsicht ist sie zu beneiden. In ihrer weltlichen korrekten Art, wenn du weißt, was ich meine. Daß sie so saumäßig gekränkt wurde, weil man sie nicht informiert hat, und daß sie darüber alles andere vergißt.

In Tanjas Kopf meldete sich die Carver-Zeile: *Aber das war noch nicht das Schlimmste.*

Was wird das Schlimmste sein, Kevin, was eigentlich, hm?

Kevin schüttelte nur den Kopf. Er mußte jetzt mit dem Verlangen nach Stille ernstmachen.

Nach ihrem Tod, und noch immer nicht das Schlimmste, überlegte Tanja. Natürlich ists das nicht für mich, aber auch für die andern, es ist einfach nicht das Schlimmste.

Kevin, was wäre das Schlimmste?

Verdammt, sie meint es gut, aber sie geht mir auf die Nerven. Kevin räusperte sich. Weiß ich nicht, sagte er mit einem Gefühl von auszementiertem Mundraum. Es fiel ihm schwer, seine Zunge zu bewegen. Noch mehr reden, vorläufig wäre das – und noch mehr zuhören – das Schlimmste.

39

Was das Schlimmste war, kommt gar nicht vor

Ich hatte den Weg zu unserem Haus observiert, Enzio. Deine Töchter kamen ihn langsam herunter, mit hochgezogenen Schultern und übereinandergepreßten Armen. Ihre gewiß nicht hilfreiche Schutzmaßnahme gegen die Kälte wirkte auf mich wie die bildliche Darstellung ihrer Verlassenheit. Sie hatten jetzt nichts mehr als sich selber. Ich fand, ich müsse sie neu einkleiden, sie gegen Wind und Wetter wappnen. Leila trug über ihren dünnen Jeans nur eine kurze Jacke und Nora ihren Poncho. Kein Wunder, daß sie froren.

Aber auch bei uns im warmen Zimmer behielten sie ihre zusammengekrampfte Haltung bei, hier konnten sie ja nicht mehr frieren. Also hatte ich recht: Aus Verlassenheit krochen sie so in sich hinein.

Mit Enzio konnte man so reden. Tanja saß, um seinen Wunsch zu erfüllen, mit ihm in der Nichtraucher-Cafeteria der Klinik, aber Kevin durfte es nicht wissen.

Jetzt liegt sie nicht mehr da drüben zwei Blocks weiter, hatte Enzio vorhin gesagt. Seine neue Angewohnheit, starräugiges Fixieren mittenhinein in die Blickrichtung seines Gegenübers, irritierte Tanja. Macht er das nur bei mir? Und was soll es bedeuten? Vielleicht überhaupt nichts, vielleicht ists ein zusätzliches Parkinson-Symptom.

Ist doch besser so. Sie liegt nicht mehr in diesem Zimmer und leidet, das heißt, sie leidet nicht mehr.

Aber sie schlief ja ganz sanft. Es ging ihr nicht schlecht. Mit marionettenhaften Bewegungen griff

Enzio nach seiner Kaffeetasse, wozu er beide Hände brauchte.

Was wird das Schlimmste sein? Tanja war immer noch nicht dahintergekommen, aber als Enzio nun, vielleicht belebt vom Kaffee, wieder damit anfing, er habe vor, die Stadt zu verklagen, weil man Nike dazu verurteilt hatte, am Computer zu arbeiten, und der ganze Elektromüll sei karzinogen, zerbröckelte ihr Mitleid mit dem armen Teufel, sie dachte: Er ist verrückt. Sie war gereizt, warum interessierte er sich nicht für ihre Erzählung vom Besuch seiner Töchter?

Sie sind bald aufgetaut, Enzio, sie waren sogar lustig, haben zuerst vorsichtig, dann immer öfter und ganz normal, ich meine mit *normal*, als sei nicht gerade ihre Mutter gestorben, gelacht. Sie waren sofort für Hebräer 13.14, und ich halte Hebräer 13.14 auch für meinen besten Vorschlag. Weil sie bei der Stadt gearbeitet hat. Gib den Gedanken auf, die Stadt zu verklagen. Du kannst dabei nur scheitern. Jeder arbeitet heute am Computer. Und nicht jeder kriegt Krebs davon. Gibs auf.

Die Erstarrung in Enzios fixierendem Blick löste sich, es entstand ein Ausdruck, der schwer zu deuten war; Verwunderung? Bewunderung? Mehr als Bewunderung? Es war zugleich auch ein um Liebe bettelnder Hundeblick. Um Liebe in der Form eines zugeworfenen Leckerbissens vom Tisch seiner Herrin, ein Gnadentodblick.

Tanja sagte schnell: Wir sind dann in unser italienisches Stammlokal gegangen. Nora wollte zuerst nichts essen, aber dann hat sie ihre ganzen Spaghetti Soundso, ich weiß nicht mehr was es war, aufgegessen, und wir waren wirklich vergnügt.

Tanja wich dem hündischen Knechtschaftsblick aus, sah sich um. Sie wäre gern sehr bald aufgebrochen. Sie wollte nicht, daß Enzio aus dem Status der Ergebenheit in den der Verliebtheit überwechselte – oft geschehen schon in früheren Zeiten, es ging sehr schnell bei ihm und war von kurzer Dauer. Man mußte nur aufhören, liebevoll mit ihm umzugehen. Er ist wirklich ein schrecklich armer Teufel, dachte Tanja. Er wurde nie grundsätzlich geliebt, nie genug respektiert, aber warum ist er auch so verschroben, er ist einfach unmöglich. Gutartig, das schon, aber kaum auszuhalten. Er darf nicht anhänglich werden, schon wegen Kevin nicht, aber auch nicht meinetwegen. Ich kann ihn nirgendwo unterbringen, ich habe keinen Platz für ihn.

Während sie nervös und erhitzt vor sich hin überlegte, hörte sie dem feierlichen Dank zu, den Enzio ihr abstattete, weil sie und Kevin sich um seine Töchter gekümmert und sogar noch zum Essen eingeladen hatten. Es sei ein großes Erlebnis für die beiden gewesen. Sie waren richtig happy, sagte er.

Das läßt sich ja wiederholen, sagte Tanja und lachte vergnügt. Und dann wird es vor allem zur Freude unseres italienischen Gastwirts geschehen. Wir nennen ihn den Mafioso, aber er ist selbstverständlich keiner. Er folgte uns diesmal bis in die Garderobe bei den Toiletten, weil er Leila und Nora bewunderte und ihnen huldigte, er kam ins Schwärmen, er verglich sie mit Blumen, er pries ihre Schönheit, alles verstehen konnten wir nicht, er lebt schon lang hier, aber sein Deutsch ist immer noch hauptsächlich italienisch. Also *müssen* wir ja mit den beiden dort wieder aufkreuzen. Er wird enttäuscht sein, wenn Kevin und ich allein erscheinen.

Merkwürdig, wie wenig das Lob für seine Töchter diesen Sonderling von einem Vater aufstellte. Er schien gar nicht richtig zugehört zu haben. Tanja rückte etwas von ihm ab, sie merkte, daß er komisch roch. Enzio war bestimmt jemand, der vergaß, sich zu waschen und die Zähne zu putzen. Dritte Zähne, korrigierte sich Tanja. Enzio ließ allerdings oft großzügig wichtige Gebißteile weg.

Bei uns geht alles drüber und drunter. Es ist das totale Chaos, erzählte er. Das erheiterte ihn. Es scheint alles kaputt zu sein, die Waschmaschine, Nike hatte wohl irgendeinen Trick dafür, sie in Gang zu bringen, der Herd, und wir finden keine Akten und sonstige Papiere vom Haus, wir wissen nicht, wie hoch wir verschuldet sind. Er lachte. Wir wollen das Auto verkaufen, bei uns konnte ja nur Nike autofahren, aber wir finden die Schlüssel nicht.

Tanja riskierte eine Zigarette. Fast hätte es sie gefreut, wenn das wieder einem von diesen selbstgerechten Ekeln aufgefallen wäre. Aber es schien gut zu gehen.

Enzio predigte: Der Tod hat den Verkehrten abberufen. Er hätte mich mitnehmen sollen statt Nike.

Aber hör mal! Hör doch auf mit so was!

Mich hätte keiner vermißt.

Sag so was nicht. Tanja wunderte sich über die Klarsicht inmitten der durcheinanderwabernden Kreuzzugsphantastereien ihres Schwagers. Traurig, aber der Wahrheit ziemlich nah: Enzio würde, läge er statt seiner Frau in einem Schubfach des Kühlraums, in dem sie die Toten aufbewahren, weniger vermißt als Nike. Er tat Tanja leid. Sein Gebrauchswert liegt unter dem von Nike, sagte sie sich. Aber es ging, beim Vermissen, um noch mehr als den Gebrauchswert. Enzio hatte wohl leider recht.

Was wird das Schlimmste sein? Tanja raffte sich auf und fragte: Enzio, warum ist das Schlimmste der Tod?

Er gab keine Antwort, fixierte sie erwartungsvoll, auf Hundeart aus Anhänglichkeit unterjocht. Von diesem

Frauchen erhoffte er sich sein Heil. Tanja schüttelte sich ein bißchen, als könne sie seinen abhängigen Blick und seine Ansprüche an sie so loswerden.

Nach dem phantasielosen *menschlichen Ermessen* ist der Tod das Schlimmste, aber ich sag dir, Enzio, irgendwas stimmt nicht mit unserem Glauben. Und nicht mal mit unserem Denken. Philosophen und sogar Naturwissenschaftler denken über den Tod hinaus, sie denken vom Tod ganz anders. Tanja überlegte: Wie ging das noch mit dem Tod als der *ersten Information*?

Mit meinem Glauben stimmt gar nichts. Enzio genoß sein Bekenntnis und sich als Atheisten, mutig wie ein Hochseilartist ohne Netz, und konnte wieder lachen.

Großes Pech für dich, sagte Tanja, die sich vor der rosigen nackten Blöße im melierten Gestrüpp etwas ekelte, Enzios Mund im Bart. Du schmeißt die schönste Chance einfach weg. Es gibt keine bessere, ein Mensch verbringt sein Leben dumpf, aber, wenn er gläubig ist, doch mit der Erwartung einer ersten Information. Tanja war der Formulierung auf der Spur. Wie hatte es der junge Philosoph mit der schluchzenden Sprechweise neulich ausgedrückt?

Vielleicht kannst du mich missionieren? Enzio wandte wieder seinen Ergebenheitsblick an, nun aber wie im voraus vergnügt und auch etwas herausfordernd.

Tanja sah weg. Ich werde keine Menschenseele missionieren.

Du könntest mir helfen.

Hatte der Philosoph mit seinen Schnauf- und Schluchzerpausen ungefähr so gesagt: Im Tod erhalten wir die erste Information, auf die wir ein Leben lang gewartet haben, und wir erfahren dann endlich, warum wir so unglücklich waren? Und den Vorhang, der bei Karl Barth mit dem Tod erst richtig aufgeht, hatte er auch erwähnt: beim jungen Philosophen, der ohne Pathos redete, eher so, als zitiere er das Telephonbuch oder gebe günstige Zugverbindungen durch, bekam dieser Vorhang *Risse.* Fast so viel wert wie *Aufgehen.*

Enzio, hör zu, ich kann dir wahrscheinlich nicht helfen, aber so viel steht fest, was mich betrifft: Auf keinen Fall will ich nicht *nicht* glauben. Das ist manchmal schon der ganze Glaube. Tanja zerdrückte ihre Zigarette auf der Untertasse. Es ist ziemlich unvollkommen. Und das Unvollkommenste daran, das ist das Ablehnen des Todes. Ich möchte *nicht* dieses blöde angeborene kreatürliche Angstgefühl vom Tod als dem Schlimmsten haben. Es ist wirklich nichts wert und wie gesagt: verdammt kreatürlich. Wenn wir ein bißchen mehr wären als bloß diese armen Kreaturen, fiele uns zu Nike mehr als bloß dieses armselige Bemitleiden ein. Wir müßten froh für sie sein, wir müßten sie beneiden ... Tanja hatte die Unannehmlichkeit vergessen, von Enzio schmachtend angestarrt zu werden, aber jetzt fiel sie ihr wieder zur Last, und deshalb sagte sie rasch leichthin: Vergiß es. Du willst ja gar nicht glauben. Und deshalb muß für dich der Tod das Schlimmste sein.

Sie dachte: Eigentlich fühle ich nur, wenn ich mit Leuten wie Enzio so rede, daß ich den Tod nicht schlimm finde. Mit meinem eigenen Glauben und Denken ist leider was faul, beinah genau so faul wie bei all den andern.

Am Abend erinnerte sich Tanja beim Salatmischen, verärgert über sich und über Enzio und sogar über den in diesem Zusammenhang unschuldigen Kevin, an ihre Zusage beim Abschied, ehe sie in den Bus stieg: Okay, Enzio, wir trinken immer mal wieder einen Kaffee zusammen. Aber von jetzt an nicht mehr an diesem saubermännischen Nichtrauchertischchen in der Klinikcafeteria. Noch schlimmer, an ihr wahrscheinlich schmalziges Lächeln sich zu erinnern, das in eine Zukunft wies und Enzio in diesem Moment ermutigen sollte, die sie sich ganz und gar nicht wünschte und die schon Kevins wegen überhaupt nicht zur Disposition stand: Wir sollten Fortschritte machen. In Sachen Tod. Und dazu noch so ein schmieriges Grinsen: Und Leben, hm, Enzio? Oh, warum mußte sie bloß mit jedem herumflirten? Vom siebzehnjährigen Burschen, der meine Antenne repariert, bis zum Mummelgreis und zu diesem Clochard-Witwer, der seine Mütze hingelegt hat und um Liebesbrosamen bettelt? Kevin warf ihr manchmal vor, sie scharwenzle auch mit Frauen herum, aber da verteidigte sie sich: Die *Frauen* fangen an. Und ich bin bloß höflich. Eine Diagnose, die Kevin nicht gelten ließ. Recht hat er, urteilte sie so streng gegen sich, wie sie es sogar gern tat, vorausgesetzt, sie war ihr eigener Ankläger. Ich bin drauf aus, anderen unbedingt zu gefallen.

Kevin, sagte sie bei Tisch, mir ging doch immer wieder diese Gedichtzeile im Kopf rum, vom Tag an, als Enzio am Telephon sagte: Nike hat Krebs und die Brust ist schon ab. Tanja biß in ihr Schwarzbrot, das mit Krabben belegt war. Jedesmal fielen ein paar von den kleinen gekrümmten ohropaxähnlichen rosa Dingern wieder zurück auf den Teller.

Jetzt laß uns doch erst mal in Ruhe essen, bat Kevin.

Tanja gab sich Mühe und das Thema auf. Aber beim weniger kompliziert zu verspeisenden Dessert, Pfirsiche in Vanillecreme, machte sie weiter: Immer diese Zeile, als ich nach dem Telephonat damals sofort ins Hospital im schönen Frühherbstgarten flog, ja ich *flog*, Hinweg und Rückweg, *Gehen* war das wirklich nicht. Und wieder mit dieser Zeile im Kopf, und später auch, auf jedem Weg zu Nike, zu ihr nach Haus … da war ich eigentlich ziemlich selten … auf dem Weg zu den Seiferts hab ich, glaub ich, nicht dran gedacht, aber dann, wieder wie ein Vogel über die Stadt zur Klinik, das Gedicht liegt wie eine Begleitmelodie unter ihrer Krankengeschichte, oder es ist ihr Titel, diese Zeile meine ich … und niemals sonst dachte ich dran, im sonstigen Alltag nie, immer nur, wenn ich zu ihr unterwegs war.

Hm hm. Kevin machte sofort anschließend eine Bemerkung über die Vanillecreme, die Tanja nicht mitbekam, doch sagte sie aufs Geratewohl, weil es sicher um die Frage Zucker oder Diätsüße ging: Ja, es ist Diätsüße dran, kannst gut eine zweite Portion nehmen. Im Gedicht kommt die Zeile übrigens in Variationen vor. *Auch das ist jedoch nicht das Schlimmste* heißts mal und dann wieder *Auch das war nicht das Schlimmste*, und es geht, glaub ich, immer um eine Tochter, von der man gar nicht so genau mitkriegt, was Schlimmes mit ihr war.

Tanja schwieg, dachte: Krebs nicht. Die Tochter war nicht krank. Wahrscheinlich, weil sie bei Carver vorkam, war sie ständig betrunken.

Oder auch beim Denken an Nike, da fiels mir auch ein, sagte sie. Ich nehme mir nun schon zum dritten Mal, schlimm, hm?

Und jetzt ist sie tot. Tanja wusch das Geschirr ab. Sie ist tot, und ich finde nicht raus, was das Schlimmste immer noch nicht ist, Tanja überlegte. Was also könnte das Schlimmste sein? Das Allerschlimmste?

Sie konnte nicht anders und stellte später ihre Küchenfragen. Gemütlich in den Abendsesseln, Kevin und sie. Bei abgedrehtem Ton lief Werbung über den Bildschirm. Vorerst gabs nichts im Fernsehen. Kevin nahm einen US-Psycho-Thriller auf, der bis 22 Uhr 10 dauerte, und den sie, nachdem er zurückgelaufen war, sehen wollten. Am liebsten hatte Tanja die Startzeichen fürs Werbeprogramm: Beim Sender, den sie diesmal drin hatten, kullerten blaugrüngelbe Kugeln von unten herauf bis nach oben über den Bildschirm. Sie sah auch gern das malvenfarbige Tuch, das von der oberen Bildschirmkante nach unten wallte und sich beim Fall sanft übereinanderlegte und in schönen Falten liegen blieb. Jemand mit strohgelbem Haar, eine junge Frau vor einem ebenso strohgelben Feld voller Ähren, biß in einen Schokoladenriegel, von dem eine entzückte Stimme behauptete, er sei die Kulmination alles Knusprigen und außerdem reine Natur, gesund.

Was könnte das Schlimmste sein? Ich glaube nicht, daß Carver es sagt.

Eigentlich wollten wir lesen, Kevin versuchte, sich zu wehren.

Tut mir leid, vielleicht komme ich davon nicht los, weil sie nicht *meine* Schwester ist. Bin ich taktlos?

Keine Spur.

Ich hab mich doch wirklich engagiert, in der ganzen kurzen Zeitspanne, die Nike hatte, oder?

Hast du, das hast du.

Nicht daß du denkst, ich wollte gelobt werden.

Hört sich aber so an.

Auf dem Bildschirm lief eine Werbungs-Kurzgeschichte darauf hinaus, daß eine schöne Frau es aufgeben mußte, im Meer zu baden, weil sie nicht anders konnte, als einen Mann zu küssen, und eine riesengroße Rasierwasserflasche wurde von beiden angeschwärmt und schob sich über sie. Sofort schüttelte eine andere schöne Frau mit schrägem verwundertem Lächeln ihre gewaltige lange Mähne nach allen Seiten, immer wieder glitten Haarpflegemittelflaschen ins Bild, und Tanja sagte neidisch: Kein Mensch hat so viel Haare auf dem Kopf. Kevin, ich hab für Nike Leute erfunden, die Krebs haben und geheilt wurden. Und manche habe ich auch nicht erfunden, nur bei den meisten die Heilung, aber nicht bei allen.

Prima, lobte Kevin und schnickte zum Zeichen, daß er nicht reden wollte, seine Zeitung in eine andere Position.

Tanja dachte an ihr Pärchen Hilli und Roy. Alles vollkommen anders als bei Enzio und den beiden Blumentöchtern, Hilli ist auch tot, aber Roy ist ein vernünftiger und ordentlicher, korrekter Mann, dort herrscht kein Chaos. Was vielleicht viel Schlimmer ist.

Weil das nun wirklich ein unwiderstehlich erhellender Einfall war, eine wichtige Vermutung, mußte Tanja doch wieder sprechen: Ich dachte gerade, daß das Chaotische bei Enzio und den Töchtern geradezu eine Hilfe sein könnte. Es lenkt sie ab.

Na, ich weiß nicht. Das weiß ich nun wirklich nicht. Kevin reichte Tanja eine Doppelseite der Zeitung rüber zu ihrem Sessel, ohne sich dabei umzusehen. Lies mal diesen Artikel, es geht um Saugwürmer und ist bestimmt das Richtige für dich.

Roy *findet* alles, und das ist viel trauriger, dachte Tanja. Der korrekte, ordentliche Witwer muß in größter Ruhe die Sachen seiner toten Frau sehen und nach nichts suchen, er hat es schwerer als Enzio, der Wirrkopf.

Im Fernsehen fing ein Film wie mitten in der Handlung an, zwei Burschen mit Irokesenfrisur gerieten aneinander, und ein paar Mädchen wichen erschrocken aus, die Band spielte weiter, andere Jugendliche verrenkten weiter ihre Körper, durch die Szene in der Discothek jagten pink- und pistazienfarbene Lichtzuckungen, und Kevin, nach einer schnellen Reise durch die anderen Programme, schaltete den Apparat aus. Tanja war aufgestanden und in den hinteren Teil des großen Wohnzimmers gegangen. Aus dem Renaissanceschrank, vor dem sie in der Hocke saß, zerrte sie ihre dunkelbraune Reisetasche. Sie setzte sich vor die Tasche auf den Teppich, stöberte und ordnete darin herum. Sie führe übermorgen nach Norddeutschland, Grund für den verschobenen Beerdigungstermin, und Kevin vermutete, plötzlich und verfrüht habe das Reisefieber sie gepackt. Ob sie diesen Typen träfe, der ihr zur Zeit mit anzüglichen Briefen und Komplimenten nachstellte? Vielleicht käme sie darauf, wenn sie hellsichtig genug dazu wäre, daß die gewohnte Fortsetzung ihres Lebens mit ziemlich vielen kleinen Fehlern das Schlimmste war.

He, Tanja, rief Kevin der kauernden und werweißwas in der Tasche bewirtschaftenden Gestalt zu. Was *ist* in diesem Gedicht von deinem Amerikaner eigentlich schließlich das Schlimmste? Kevin klang mit voller Absicht beinah uninteressiert.

Tanja drehte sich zu ihm um. Was ist passiert? Du fängst von dir aus damit an?

Na und? Wenn du immer wieder davon redest?

Aber ich geh dir damit doch bloß auf die Nerven.

Na schön, und damit das aufhört, frag ich jetzt. Wie hörts denn auf, das Gedicht? Womit? Mit was für einem *Schlimmsten*?

Ich habs vergessen.

Tanja riß den Verschluß ihrer Tasche zu und stand auf. Sie ging aus dem Zimmer, ließ die Tür offen, und Kevin hörte sie in der Küche mit Geschirr klappern. Wahrscheinlich stellte sie die Sachen zurecht, die sie morgens fürs Frühstück brauchte. Das Schlimmste wäre nicht, wenn sie alle verfügbaren Tabletten schlucken würde. Entweder aus Angst vor dem Tod oder, weniger wahrscheinlich, aber bei einer Person wie Tanja in einem Lichtblickmoment, wohin die Sehnsucht nach dem verhießenen Gelobten Land sie manchmal transportierte, leider immerhin denkbar: aus Angst vor dem irdischen Weiterleben. Dazu müßte sie allerdings, was ja vorkam, eine Menge getrunken und schon ein paar von ihren Pillen intus haben, um Zweifel wegzufegen und Mut zu fassen. Nein, das wäre nicht das Schlimmste. Ihr Tod schon, für Kevin. Aber nicht die Motive, die er eben durchgegangen war. Transzendierende Motive könnten nicht das Schlimmste sein. Tanja hätte andere Motive. Eine Frau wie sie brächte sich nämlich doch schließlich aus Feigheit um. Damit nicht etwas so Trübes, Mieses, erbärmlich Banales wie die Verabredung mit einem ihrer Verehrer ans Tageslicht käme. Mit der fröhlichen kleinen Blondie, der Beryl, steckte sie ja ein bißchen allzu gern den Kopf über allen möglichen Affairen zusammen. Es machte für Kevin wenig Unterschied, daß Tanja ihrer Freundin Plädoyers *für* die Phantasie und *gegen* die Praxis hielt. Tanja bekannte sich gern als harmonieversessen. Ich weiß nicht viel, das mir wichtiger wäre als der häusliche Frieden, sagte sie, sobald Kevin Anstalten machte, ihr ein Problem aufzutischen.

Sachen wie die sind das Schlimmste, sagte Kevin.

Er dachte an Untreue.

Er hörte noch in der Erinnerung an eins der letzten Telephonate. Beryl hatte lang geredet. Dann Tanja, überzeugend: Alles, was du in der Schwebe hältst und wofür du dir die Fortsetzung ausmalst, ist tausendmal interessanter als jede Ausübung. Damals fand Kevin Tanjas Theorien einigermaßen beruhigend, aber plötzlich schien Beryls richtig normale Praxis viel weniger unheimlich zu sein. Ihre Untreue hatte etwas Übersichtliches und Triviales. Tanjas Untreue war gefährlich. Sie kann dich betrügen, während du ihr im Bistro gegenübersitzt.

Sachen wie diese? Welche Sachen? Tanja ließ sich wieder in ihren amerikanischen Ledersessel plumpsen, sie gab mit dem Rücken der Lehne einen Schubs, und der Sessel klappte zurück, unter seinem Sitzpolster schob sich das Fußteil heraus.

Weiß nicht. Schon vergessen, sagte Kevin und griff nach der nächsten Zeitung.

Bis in die Nacht hinein suchte Tanja im Keller alte Zeitungsstapel durch. Zum Glück hatten sie die ältesten Packen nicht abtransportiert, immer nur schnell nach den obenauf liegenden gegriffen. Die verstaubten alten Nummern wollten sie eines Tages abholen lassen. Tanja wurde schmutzig und ungeduldig und endlich fündig.

Am nächsten Tag durchbrach sie das Gesetz, nach dem Kevin und sie in den ersten Morgenstunden einsilbig umeinanderkreisten und nie zur gleichen Zeit am Frühstückstisch saßen.

Kevin, du wolltest es doch gestern abend wissen … du weißt schon, es geht um das Gedicht und diese Zeile, nur: Es fängt gar nicht mit *Aber das war noch nicht das Schlimmste* an. Es ist nicht die erste Zeile, die mir im Kopf rumging seit … seit Nike.

Kevin höhlte eine Grapefruit aus, nahm einen Bissen, las weiter im Leitartikel und sagte: Ja schön, und?

Das Gedicht fängt damit an, daß die erste Woche in Santa Barbara nicht das Schlimmste war.

Kein Wunder, in Santa Barbara ist es ja auch ganz nett.

Auf Nike übertragen: Als ich sie im Hospitalzimmer mit dem Blick in die altgoldenen Herbstbaumkronen besuchte …

Kevin seufzte und fragte, ob Tanja irgendwas eingenommen habe.

Natürlich nicht. Bloß genau die gleichen blöden

Vitamine wie du. Weißt du noch, der junge Philosoph mit dem schulterlangen dünnen Haar, er sieht nie so aus, als ginge er vor der Sendung in die Maske, sie machen nichts mit seinem Haar, es sieht fettig aus, mir gefällt er am besten von allen.

Hörst dich nach Doping an. Kevin las weiter, aber er aß nicht weiter. Und natürlich weiß ichs, weil du immer wieder damit angefangen hast, mit dem Tod als Information. Du redest wirklich erstaunlich viel für … Kevin sah auf seine Armbanduhr: Noch nicht mal halb neun.

Tanja nahm sich nicht die Zeit, beleidigt zu sein.

Damals, bei meinem ersten Besuch, das war nicht das Schlimmste, Kevin.

So würde es jeder beurteilen. Natürlich wars damals noch nicht das Schlimmste. Brauchst du irgendwas aus der Stadt? Kevin kniffte die Zeitung neu.

Im Moment fällt mir nichts ein. Der redet so komisch, so schniefend und schwer atmend und mit Schluchzern.

Wer? Kevin wußte, sie meinte den Philosophen. Er hat vermutlich Asthma. Oder es ist eine Angewohnheit, zwischendrin denkt er.

Er kann *auch* nicht denken, wenn er warme Füße hat. Genau wie ich. Er zieht vor der Sendung seine Wollsocken aus.

Tanja goß sich den dritten Kaffee in ihren holländischen Becher mit der farbigen aufgemalten Kinderszene. Drei altmodisch angezogene Kinder, zwei Mädchen und ein Junge mit Schildmütze spielten im Garten vor einer Backsteinhauswand und einem Schiebefenster zwischen Schaukelpferd, gedecktem Tisch, einer Puppe und einer Katze im Gras.

Ißt du eigentlich auch irgendwas oder trinkst du nur Kaffee? fragte Kevin.

Ich muß erst wach werden, und wenn ich esse, kann ich nicht denken. Ich krieg zu warme Füße vom Essen. Ja, und dann kommt im Gedicht …

Aha, das Gedicht, machte Kevin.

Dann kommt ganz viel Alltägliches aus einem üblichen Familienleben. Doch plötzlich reißt nachts irgendwann die Tochter aus, aber auch das war nicht das Schlimmste.

Und was wars schließlich?

Wollte Kevin es wissen oder nicht? Er wollte seufzen und mußte gähnen. Er sah beschädigt aus, als habe die Nacht ihn gekrümmt. In Tanjas Kopf und in der Herzgegend breitete sich ein warmes Gefühl aus, und sie kannte das: Wenn Kevin ihr leid tat, kam es zu einem Liebesüberfall. Mit Mitleid war diese Empfindung nicht zu vergleichen. Es hatte mehr mit einer Erkenntnis zu tun. Nach einem Streit, wenn sie einander stumm auswichen, die Gesichter eingefroren, und keiner den andern ausstehen konnte, mitten im Übelwollen und vollgestopft mit Anklagen gegen ihn, gelang es ihr manchmal, sich zu diesem Trick durchzuringen: Bedenke, er ist ein Lebewesen. Er hat Innereien. Er ist anfällig und sterblich, er vergeht, er wird sterben, er kriegt einen Bauch und was nicht alles, die Haare werden schütter, also los, liebe ihn, aber sofort, auf der Stelle! Und in diesem Augenblick mußte sie an Carvers Gedicht denken: Daß der Trick nicht oft genug funktioniert, könnte das Schlimmste sein.

Aber diesmal hatte sie mit dem Lieben Glück. Sie sagte: Es gibt keine Pointe, im Gedicht wirds nicht gesagt, das ist eben *Kunst.* Die letzte Zeile handelt nicht vom Schlimmsten, auf das man immerzu neugierig gemacht wurde. Aber der Mann und die Frau in dem Gedicht reden von der Vergangenheit. Und zwar so, *als ob es sie wirklich gegeben hätte.*

Unsere gibts wirklich. Kevin aß seine Grapefruit nicht auf.

Sie redeten von der Vergangenheit, als ob es sie wirklich gegeben hätte, sagte Tanja wie zu sich selber. Das muß wohl das Schlimmste sein. Dein Porridge wird kalt.

Ich werd ihn kalt essen, irgendwann, heut abend, sagte Kevin.

Tanja hielt die in der Nacht aufgestöberte Zeitungsseite vor die Augen, aber ziemlich weit weg. Sie wurde doch nicht weitsichtig? Komisch, wie undeutlich sie alles sah. Langsam lesen! Wenn sie sich versprechen würde, fände Kevin das nicht gut. Entweder hielte er sie dann für verdächtig aufgedreht, er argwöhnte, sie habe was eingenommen oder so früh am morgen schon einen Schnaps getrunken. »Redeten sich ein, daß im nächsten Jahr um diese Zeit / im nächsten Jahr um diese Zeit / alles ganz anders sein würde.«

Weil von Kevin nichts kam, fragte Tanja: Was hältst du davon. Er sagt nicht, ob das das Allerschlimmste war. Aber ich denke, das solls sein.

Das ist die Kunst.

»… daß alles ganz anders sein würde …« Das redeten sie sich ein. Die wollen also nicht, daß alles bleibt, wie es ist.

Hier ist ja jetzt schon einiges ganz anders. Kevin stand auf. Er war spät dran.

Aber dieses Ehepaar redet sich ein, daß *alles* ganz anders sein würde, nicht bloß *einiges*. Und im nächsten Jahr erst, nicht jetzt schon.

Für Enzio und die Töchter und erst recht für Nike war *alles* ganz anders und auch *jetzt schon*: Tanja wollte das lieber nicht sagen.

Schön wärs, sagte Kevin. Brauch ich einen Schirm? Sieht nach Regen aus.

Was wäre schön?

Wenn im nächsten Jahr alles ganz anders wäre.

Ich weiß nicht. Tanja wußte vor allem nicht, worauf Kevin anspielte. Sie spürte, er war mit *ihr* nicht zufrieden, und das beschäftigte ihn bei diesem widerspenstigen Dialog, der ihm auch nicht paßte. Er dachte nicht an Nike dabei, vielleicht vermied er das mit Absicht. Wahrscheinlich glaubte er immer noch, sie habe sich mit irgendwas aufgeputscht. Das ärgerte sie an ihm. Er brachte es fertig, daß sie sich ertappt fühlte, auch wenn mit ihr alles stimmte. Ziemlich gemein, fand sie sich, als sie sagte: Die Zeit arbeitet schnell gegen die Toten, zu Gunsten der Lebenden.

Klar wird in einem Jahr alles ganz anders sein, wir werden nur noch dann und wann an Nike denken, du denkst jetzt schon mehr dran, ob mit mir alles in Ordnung ist. Ja, nimm den Schirm.

Kevin ging zurück in sein Zimmer, anscheinend hatte er auf seinem Schreibtisch etwas vergessen, vielleicht tat er aber auch nur so.

Tanja prägte sich ein: Er ist sterblich, er kriegt einen Wanst, er ist nicht gut drauf, und deshalb arbeitet jetzt sein Magen nicht richtig und die Leber auch nicht, ich bin schuld, und allmählich fing der Trick an zu wirken.

Aber von Zeit zu Zeit sind sie unter uns, die Toten, Nikes Salatbesteck jeden Abend sogar, es holt sie an unseren Eßtisch … sie lachte. Falls wir Salat essen.

Von Kevin kein Mucks.

Tanja lachte wieder, um ihn zum Leben zu erwecken. Aber wir essen so gut wie jeden Abend Salat. Na, den Toten kanns außerdem egal sein, es *ist* ihnen egal, total schnuppe. Ich hoffe dringend, die Toten werfen keinen einzigen Blick mehr zurück auf uns.

Kevin sagte nichts.

Tanja folgte ihm in die Diele. Der Bauch, die Kopfhaut schimmert schon durch … liebe ihn!

Schön wärs, du hattest recht, vorhin.

Sie hatte keine Ahnung mehr, was vorhin mit *schön wärs* gemeint war.

Sie rief: Schön *wirds*!

Er würde hoffentlich nicht fragen, was genau sie damit sagen wollte und für wen es schön würde, und er tat es nicht, wie immer zog er es vor, das Reden nicht zu übertreiben. Aber bevor er ging, machte er doch nochmal den Mund auf: Okay. Machs gut.

Tanjas Reisetasche stand ihm im Weg, als er in der Garderobe nach seinem Schirm hangelte.

Nichts war schön, bis jetzt, sie wußten es.

40
Wenn aber ich krank werde

Ich wußte, er wartete drauf. Er würde zwar nicht wollen, daß ich es so entschiede, aber immerhin, ich hatte, wenn wir über meine kranke Schwägerin sprachen, oft genug prophezeit: *Ihre* Geduld brächte ich nicht auf. Ebenso wenig ihre Hoffnung, mein Leben zu retten. Ich fand es vernünftig, wie sie sich den Ärzten anvertraut hat, *richtigen* Ärzten, trotz ihres vorsichtigen Glaubens an die Tiraden ihres Mannes gegen die bitterböse Schul- und Apparatemedizin, und vielleicht klammert man sich ja auch an die jämmerlichsten Strohhalme, sie las alle diese Ernährungsratgeber und sonstigen Ermahnungsfibeln in der Richtung seelischer Hausputz, auch fast gläubig, aber eben nur *fast*, denn das Zweifeln gehörte zu ihrer Natur.

Er blieb stumm, und ich wußte, er wartete.

Die Alternative wäre also, überhaupt nichts zu unternehmen. Du glaubst doch nicht ausgerechnet von mir, daß ich irgendwas mit Misteln und Blutwäsche und verdammten Nadeln mache, Akupunktur und Diät, den ganzen Naturheilerhumbug. Aber gar nichts? Kann man seinem eigenen Verfall zusehen? Und Schmerzen? Man geht ja auch zum Zahnarzt, schon wenn man nur eine halbe Stunde lang Zahnweh gehabt hat. Neulich bin ich wegen der Wunde am kleinen Zeh sofort zum Arzt gerannt. Es geht wahrscheinlich nicht, einfach zusehen, es einfach mit sich geschehen lassen.

Er blieb stumm und wartete. Ich hatte ja auch niemals angekündigt, ich gäbe der Krankheit die Chance, mich in aller Ruhe, mit so viel Zeit, wie sie eben brauchen würde, zu ruinieren und am Ende zur Strecke zu bringen. Ich hatte vielmehr rausposaunt: Mit mir gibts all die Scherereien nicht. Ich, nach einer solchen Diagnose, ich bringe mich um. Ich mache das selber, *die* Sache, Sterben, lasse ich mir nicht von irgendwelchen Metastasen aus der Hand nehmen.

Ich hatte auch von meinem Widerwillen vor den Scherereien geredet, die man anderen bereitet, Ängste, Flucht in Hoffnungen, denen man nicht vertraut, Krankenbettbesuche, und daß ich diese Belastungen der anderen als meine eigenen empfände, ein schrecklich schweres Gewicht auf mir, und sie nicht würde haben wollen.

Und er hat immer weiter stumm gewartet.

Ihre Diagnose kam zu spät. Meine eigentlich nicht. Es klang nicht nach *zu spät*, gestern in der Praxis. Ich machte eine Pause. Keine Ahnung übrigens, ob wir genug da hätten für einen Selbstmord, Schlafmittel, die müssen es ja wohl sein, so viel ich weiß, nützen andere Sachen gar nichts, irgendwelche Sedativa.

Red doch keinen Unsinn, hat er da plötzlich gesagt. Natürlich gehst du morgen in die Klinik. Ehe keine genaueren Untersuchungsergebnisse vorliegen ... er hat nicht weitergeredet, er hat sich Mühe gegeben, aufmunternd zu klingen, ist aber gescheitert.

Zwar glaube ich nicht dran, daß er darüber froh wäre, wenn ich es selbst und zwar möglichst sofort machen würde, froh nicht, aber auf die zukünftige, die vor uns liegende Zeit ausgedehnt: erleichtert.

Ich sagte: Kierkegaard fand, man solle sich einen langsamen Tod wünschen.

Er sagte nichts, aber ich konnte mir vorstellen, was er dachte: Kierkegaard hat vielleicht ein friedliches Sterbebett und eine Dauer vom Morgen bis in die Nacht gemeint, bestimmt nicht Krebs.

Da war er konträr zu dem, was jeder sogenannte normale Mensch sich wünscht. Immer soll es so schnell wie möglich gehen. Und dann auch noch im Schlaf. Ich sagte jetzt laut: Langsam: um Zeit zu haben, seine Seele vorzubereiten.

Also packen wir mal deine Tasche, oder. Mit diesen Worten ist er aufgestanden und hats probiert, mich anzugrinsen.

Die Liebe unter der Lupe

Die 32 Geschichten von Gabriele Wohmann handeln von Treue und Untreue, von Glück und Eifersucht, von Männern und Frauen – von den Themen, bei denen die Autorin ihre erzählerische Meisterschaft am brillantesten zur Geltung zu bringen weiß. Wo es um die Liebe geht oder darum, was die Leute dafür halten, gibt es im deutschen Sprachraum wohl kaum einen Autor, der ähnlich genau beobachten, präzise beschreiben und souverän formulieren könnte.

PIPER

»Ein amüsanter und trostreicher, vielfach ungemein komischer Roman.« Brigitte

Der neue Roman von Gabriele Wohmann erzählt vom Alter: vom Altern anderer und von der eigenen Angst vor dem Älterwerden. Im Umgang mit ihrer Mutter und deren beiden Schwestern begegnet der Erzählerin die entspannte Heiterkeit des Alters ebenso wie das nicht auszutilgende Wissen darum, daß es der unwiderruflich letzte Abschnitt des Lebens ist. Die ihr eigene, unnachahmlich raffinierte Mischung aus Amüsiertheit und Ernst hat Gabriele Wohmann in diesem Buch zu einer neuen Qualität gebracht: wie sie hier ein ungeliebtes, verdrängtes Thema zur Sprache bringt, das erschüttert und befreit.

PIPER